U0528445

Лев Николаевич Толстой

[俄] 列夫·托尔斯泰 著

草婴 译

俄国社会主题中短篇小说

НЕТ В МИРЕ
ВИНОВАТЫХ

世间无罪人

人民文学出版社

根据 Л.Н.ТОЛСТОЙ, СОБРАНИЕ СОЧИНЕНИЙ В 12 ТОМАХ（МОСКВА，ГОСЛИТИЗДАТ,1958–1959）翻译。

图书在版编目(CIP)数据

世间无罪人/(俄罗斯)列夫·托尔斯泰著；草婴译. —北京：人民文学出版社，2021（2022.3重印）

（草婴译列夫·托尔斯泰中短篇小说全集）

ISBN 978-7-02-014629-1

Ⅰ.①世… Ⅱ.①列…②草… Ⅲ.①中篇小说—小说集—俄罗斯—近代 ②短篇小说—小说集—俄罗斯—近代 Ⅳ.①I512.44

中国版本图书馆CIP数据核字(2021)第149429号

责任编辑	柏　英
装帧设计	陶　雷
责任印制	宋佳月

出版发行	人民文学出版社
社　　址	北京市朝内大街166号
邮政编码	100705
印　　刷	三河市博文印刷有限公司
经　　销	全国新华书店等
字　　数	244千字
开　　本	890毫米×1290毫米　1/32
印　　张	12.125　插页6
印　　数	5001—8000
版　　次	2021年8月北京第1版
印　　次	2022年3月第2次印刷
书　　号	978-7-02-014629-1
定　　价	56.00元

如有印装质量问题，请与本社图书销售中心调换。电话：010-65233595

列夫·托尔斯泰 （列宾绘于 1893 年）

1886年8月28日

人生主要的谬误在于每一个人都以为他的生活应以追求享乐、回避痛苦为指南。……

28 августа 1886 года

Главное заблуждение жизни людей то, что каждому отдельно кажется, что руководитель его жизни есть стремление к наслаждениям и отвращение от страданий. ...

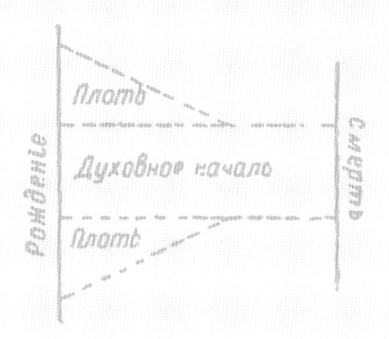

走进这座巍峨的大山

——序《草婴译列夫·托尔斯泰中短篇小说全集》

赵丽宏

二十多年前,曾经有报刊给我出题,要我推荐人类有史以来最伟大的十部小说。中国的小说,我首先想到的是《红楼梦》,外国的小说家,第一个出现在脑海里的就是列夫·托尔斯泰。然而,选他的哪一部小说? 我感到为难。《战争与和平》《安娜·卡列尼娜》《复活》,三部小说都是伟大的作品,选任何一部都不会辱没了这个小说的排行榜。我最后还是选了《战争与和平》,不过加了一个说明:托翁的这三部小说,难分高下,都可以入选。面对托尔斯泰和他的作品,再狂妄自大的家伙,也不敢发出不恭敬的声音。"伟大"这样的形容词,曾经被人用得很随便很泛滥,用来形容托尔斯泰,却是妥帖的。

托尔斯泰的形象和他的小说,似乎有些对不上号。照片和雕塑中那个满脸胡子的老人,更像一个普通的俄罗斯农夫。托尔斯泰是贵族,是大地主,但对贵族的头衔和田地钱财看得很轻。他把土地分给农奴,让农奴们恢复自由,自己也常常穿着粗布衣衫,操着农具,和农民一起在田野里劳动。但是,他的小说中表现的，却是那个时代知识分子最沉重最深刻的思考，他的小说中展现的宽阔雄浑的场景和丰富多彩的人物，让人叹为观止。他是一个小说家，也是一个哲学家，读他的那些哲学笔记，我也曾被他深邃的思想震惊。不是所有的小说家都在这样锲而不舍地寻找真理，探索人类的精神。他追求的是人与人之间的平等，希望人心向善，希望正义和善良能以和平的方式战胜邪恶。他是一个理想主义者，并用自己所有的生命和才华去追求这理想，尽管这理想在他的时代犹如云中仙乐、空中楼阁。他的向往和困惑，在小说中化成了有血有肉的人物，化成了让人叹息沉思的曲折人生。

如果认为托尔斯泰只写长篇小说，那就大错特错了。托尔斯泰一生写的中短篇小说，和其他篇幅不长的散文、特写、随笔、日记，不计其数。它们的数量和篇幅，也许远超托尔斯泰的长篇小说。人民文学出版社这次出版的由草婴翻译的列夫·托尔斯泰中短篇小说全集，篇幅浩瀚，有洋洋洒洒七卷之巨。它们的题材和内容极其丰富，几乎容纳和涵盖了托尔斯泰一生的经历和追求。这七卷中短篇小说的编排，没有以写作时间为序，而是根据不同的主题集合成卷。第一册《回忆》，是托尔斯泰的自传文字。多年前，人民文学出版社曾经出版过其中的三部曲《童年》《少年》《青年》，这是托尔斯泰早年的代表作。读这些回忆的篇章，可以生动地了解托尔斯泰最初的才华展露和精神成长。第二册《高加索回忆片段》，所选篇目都与托尔斯泰在高加索的经历有关——他在高加索亲历的战争生活，他对高加索问题、对战争问题的思考。第三册《两个骠骑兵》，作品多为军旅主题，表现俄罗斯贵族在军营中的哀怒喜乐，是了解俄国社会生活的一个特殊视角。第四册《三死》，所选作品都与死亡有关，如《三死》《伊凡·伊里奇的死》《费奥多尔·库兹米奇长老死后发表的日记》。思考死亡，表现死亡，其实也是对生活和生命的思考，托尔斯泰把自己对死亡的深邃见解，通过小说的人物故事，生动地传达给了读者。第五册《魔鬼》，并非写妖魔鬼怪，而是以欲望为主题的选篇，因其中有题为《魔鬼》的作品而取名。小说写的是情欲、财欲和权力之欲，思考的是人类的生存境况和命运走向，也传达了托尔斯泰的人生观。第六册《世间无罪人》，所选作品多与俄国社会问题有关，既有作家对俄国社会问题的关注，也有对人性的思考，表达着托尔斯泰对故土和人民的热爱。第七册《苏拉特的咖啡馆》是哲思主题的选篇。托尔斯泰是一位思想家，他一生都在做哲学的思考，晚年写过很多谈哲学的文章。而收在这里的小说，是以丰富多彩的故事、日记、人物对话以及别具一格的寓言，传达作家对生命之旅、对生活之道的探寻求索，对人类终极问题的深邃沉思。读这些小说，可以看到托尔斯泰是如何把他的哲思巧妙地融入了自己的小说。

列夫·托尔斯泰的中短篇小说，还是第一次如此完整系统地呈现给中国读者，通过这些作品，我们可以对这位文学巨匠有更全面和深刻的了解。托尔斯泰是一位创作态度极为严谨的作家，作品无论长短，他都一样用心对待。他曾经在为莫泊桑小说集写的序文中宣示自己的创作观。他认为，对任何艺术作品都应该从三个方面去评判：一是作品的内容，必须真实地揭示生活的本质，"作者对待事物正确的，即合乎道德的态度"；二是作品表现形式的独特和优美的程度，以及与内容的相符程度，"叙述的畅晓或形式美"；三是真诚，即"艺术家对他所描写的事物的爱憎分明的真挚情感"。他认为，作家是否有真诚的态度，是决定作品成败的关键。他用这三个标准批评他人的作品，也用这三个标准指导自己的创作。读托尔斯泰的中短篇小说，和读他的长篇小说一样，我们都能感受到他所遵循的这三条原则，感受到他的正直、独特和发自灵魂的真诚。这也许正是托尔斯泰成就他非凡的文学人生的秘诀。

中国读者能如此完整地读到托尔斯泰的中短篇小说，要感谢翻译家草婴先生。"草婴"这两个字，在我心里很早就是一个响亮的名字，在小学时代，我就读过他翻译的俄苏小说，他翻译的长篇巨著《一个人的遭遇》和《新垦地》，让中国人认识了肖洛霍夫。草婴的名字和很多名声赫赫的俄苏大作家连在一起——莱蒙托夫、托尔斯泰、巴甫连柯、卡达耶夫、尼古拉耶娃……在中国的俄罗斯文学翻译家中，他是坚持时间最长、译著最丰富的一位。

四十年前，我刚从大学毕业，分在《萌芽》当编辑，草婴的女儿盛姗姗是《萌芽》的美术编辑，她告诉我，她父亲准备把托尔斯泰的所有小说作品全部翻译过来。我当时有点儿吃惊，这是何等巨大的工程，完成它需要怎样的毅力和耐心。托尔斯泰的长篇小说，在草婴翻译之前早已有了多种译本。然而托尔斯泰小说的很多中译本，并非直接译自俄文，而是从英译本或者日译本转译过来，便可能失去了原作的韵味。草婴要以一己之力，根据俄文原作重新翻译托翁所有的小说，让中国读者能读到原汁原味的托尔斯泰作品，是一个极有勇气和魄力的决定。草婴先生言而有信,此后的岁月,不管窗外的世界发生多大的变化,草婴先生一直安坐书房,专注地从事他的翻译工作,把托尔斯泰浩如烟海的小说文字,一字字、一句句、一篇篇、一部部,全都准确而优雅地翻译成中文。我和草婴先生交往不多,有时在公开场合偶尔遇到,也没有机会向他表达我的敬意。但这种敬意,在我读他翻译的托尔斯泰小说时与日俱增。二〇〇七年夏天,《世界文学》原主编、翻译家高莽在上海图书馆举办画展。高莽先生是我和草婴先生共同的朋友,他请我和草婴先生作为嘉宾出席画展。那天下午,草婴先生由夫人陪着来了。在开幕式上,草婴先生站在图书馆大厅里,面对着读者慢条斯理地谈高莽的翻译成就,谈高莽的为人,也赞美了高莽为几代作家的绘画造像。他那种认真诚恳的态度令人感动,也让我感受到他对友情的珍重。在参观高莽的画作时,有一个中年女士手里拿着一本书走到草婴身边,悄悄地对他说:"草婴老师,谢谢您为我们翻译托尔斯泰!"她手中的书是草婴翻译的《复活》。草婴为这位读者签了名,微笑着说了一声"谢谢"。高莽先生在一边笑着说:"你看,读者今天是冲着你来的。大家爱读你翻译的书。"那天画展结束后,高莽先生邀请我到他下榻的上图宾馆喝茶,一边说话,一边为我画一幅速写。高莽告诉我,他佩服草婴,佩服他的毅力,也佩服他作为一个翻译家的认真和严谨。他说,能把托尔斯泰所有的小说作品都转译成另外一种文字,全世界除了草婴没有第二人。高莽曾和草婴交流过翻译的经验,草婴介绍了他的"六步翻译法"。草婴说,托尔斯泰写《战争与和平》用了六年时间,修改了七遍,要翻译这部伟大的杰作,不反复阅读原作怎么行?起码要读十遍二十遍!翻译的过程,也是探寻真相的过程，为小说中的一句话、一个细节，他会查阅无数外文资料，请教各种工具书。有些翻译家只能以自己习惯的语言转译外文，把不同作家的作品翻译得如出自一人之笔，草婴不屑于这样的翻译。他力求译出原作的神韵，这是一个精心琢磨、千锤百炼的过程。其中的艰辛和甘苦，只有认真从事翻译的人才能体会。高莽对草婴的钦佩发自内心，他说，读草婴的译文，就像读托尔斯泰的原文。作为俄文翻译同行，这也许是至高无上的赞誉了。

今天我们读到的这套托尔斯泰的中短篇小说全集，凝聚着草婴先生后半生的心血，其中的每一篇作品，都是他的智慧和心血的结晶。草婴先生的翻译，在托尔斯泰和中国读者之间，在俄罗斯文学和中国文学之间，架起了一座恢宏坚实的桥梁。托尔斯泰在天有灵，应该也会感谢草婴，感谢他的这位中国知音。他用一生心血创作的小说作品，被一位中国翻译家用一生的心血翻译成中文，这是怎样的一种深缘。

我很多年前访问俄罗斯，有一个很大的遗憾，就是没有去看看托尔斯泰的庄园，没有去祭扫一下托尔斯泰的墓。托尔斯泰的墓，被茨威格称为"世界上最美的、最感人的坟墓"。这位大文豪的归宿之地，"只是树林中的一个小小长方形土丘，上面开满鲜花，没有十字架，没有墓碑，没有墓志铭，连托尔斯泰这个名字也没有"，但这却是世上最宏伟的墓地，因为，里面长眠着一个伟大的灵魂，他在全世界都有知音。

在当时的苏联作家协会的花园里，有一座托尔斯泰的雕像，他穿着那件典型的俄罗斯长衫，坐在椅子上，表情忧戚地注视着每一个来访者。我在他的雕像前留影时,感觉自己是站在一座巍峨的大山脚下。现在,用中文阅读托尔斯泰这些展露心迹的中短篇小说,感觉是走进了这座巍峨的大山,慢慢走,细细看,可以尽情感受山中的美妙天籁和浩瀚气象。

二〇二一年三月七日于四步斋

目 次

暴风雪 …………………………… 001
一个地主的早晨 ………………… 039
谁对？ …………………………… 105
东家与雇工 ……………………… 127
舞会以后 ………………………… 185
假息票 …………………………… 201
草莓 ……………………………… 273
同路人的谈话 …………………… 289
世间无罪人 ……………………… 295
乡村三日记 ……………………… 335
霍登广场事件 …………………… 361

暴风雪

一

　　晚上六点多钟，我喝过茶，从驿站出发，那个站名已经记不得了，只记得是在顿河哥萨克军区一带，离诺伏契尔卡斯克不远。当我用皮外套和车毯裹紧身子，跟阿廖沙并排坐上雪橇时，天色已经黑了。驿站外面似乎又暖和又宁静。虽然没有下雪，却看不见一颗星星。天空看上去非常低，同展开在我们面前的洁白的雪野一比，又显得非常黑。

　　刚经过几座黑魆魆的风磨——其中一座正在笨拙地转动它的巨翼——出了村庄，我就发现道路越来越难走，积雪越来越深。风更加猛烈地吹着我的左面身子，把马尾和鬃毛吹向一边，又把雪橇滑木和马蹄刨开的雪一个劲儿地吹了起来，抛得远远的。铃铛声听不见了，一股凛冽的寒气从袖口里灌进去直达脊背。我不由得想起驿站长的忠告：最好不要动身，免得通宵盲目赶路，冻死在路上。

　　"我们不会迷路吧？"我问车夫。但是，听不到回答，我就把问题提得更明白些："哎，赶车的，我们到得了下一站吗？不会迷路吧？"

　　"那只有天知道，"他回答，没有回过头来，"瞧这刮地风好厉害，路一点儿也看不出来，哦，老天爷！"

　　"你倒说说，把我送到下一站有没有希望？我们到得了吗？"我又问。

"总得赶到哇。"车夫回答。他又说了些什么，因为风大，我听不清楚。

我不愿意回去，可是在严寒的暴风雪中，在顿河哥萨克军区这片精光的草原上通夜瞎跑，实在也太乏味了。再说，虽然在黑暗中看不清楚，不知怎的我不喜欢这个车夫，并且不信任他。他蜷缩起两腿坐在驭座正中，而不是坐在一侧。他的身材过分高大，他的声音懒洋洋的，头上那顶帽子不像是马车夫戴的——很大，前后左右摇摇晃晃。他吆喝马也不合规矩，两只手握着缰绳，就像个坐在驭座上权充车夫的跟班。不知怎的，我不信任他，主要是因为看到他耳朵上包着一块头巾。总之，我不喜欢这个直竖在我前面的微驼的背，觉得它不是什么好兆头。

"依我说，还是回去的好，"阿廖沙对我说，"瞎跑一阵有什么意思！"

"哦，老天爷！瞧，暴风雪刮得好厉害！路一点儿也看不出来，眼睛全被糊住了……哦，老天爷！"车夫嘀咕道。

我们走了不满一刻钟，车夫就勒住马，把缰绳交给阿廖沙，笨拙地从座位上伸出两腿去找路，大皮靴嚓嚓地踩着积雪。

"什么？你上哪儿去？迷路了？"我问道，可是车夫不理我。他转过脸去，避开刺眼的寒风，抛下雪橇走了。

"怎么样？找着了？"他一回来，我又问。

"什么也没找着！"他忽然又烦躁又懊恼地对我说，仿佛他迷路是我的过错。接着又慢条斯理地把那双巨大的腿伸进前座，用戴着冻硬的手套的手分开缰绳。

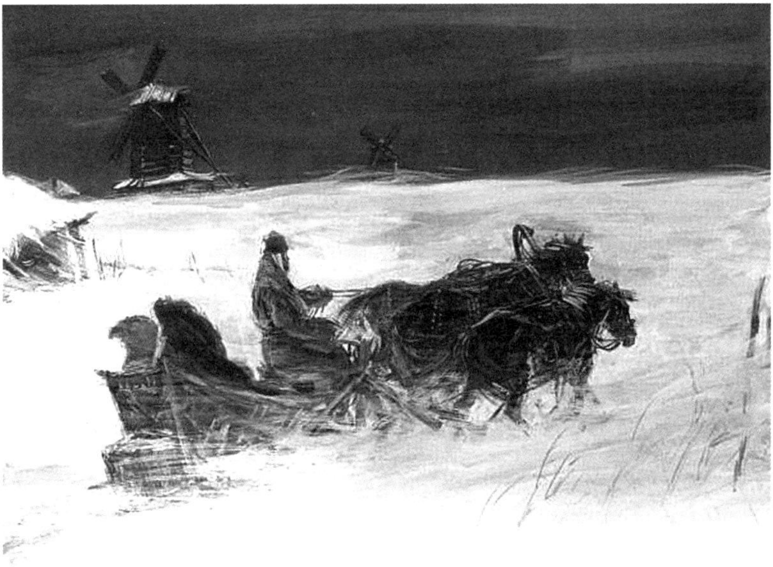

"我们怎么办呢?"我们重新上路时,我问。

"有什么办法! 跑到哪里是哪里。"

于是我们依旧不急不缓地前进,一会儿顺着厚厚的积雪,一会儿踏着咯咯响的冰凌。

天气虽然很冷,领子上的雪却融化得很快;刮地风吹得越来越猛,空中开始稀稀落落地下起干雪来。

显然,我们在盲目赶路。因为又走了一刻钟光景,连一个里程标都没看见。

"哎,你看怎么样,我们到得了站吗?"我又问车夫。

"到哪个站? 要是我们回去,只要让马自己跑,它们会把我们带到的;但要到下一站,那可就难了 …… 我们只会把自己给毁了。"

"哦,那就回去吧,"我说,"确实是 ……"

"那么,回去吗?"车夫又问了一遍。

"是,是,回去!"

车夫松了缰绳。马跑得更快了。虽然我没有发觉我们已掉过头,可是风向变了,不多一会儿通过飞舞的雪花又看见那几座风磨。车夫打起精神,谈起话来。

"前不久有辆雪橇从下面一站回去,"他说,"在草堆里过了一夜,直到早晨才到。幸亏来到草堆里,要不然个个都得冻死 —— 天冷得可厉害。但还是有个人冻坏了腿,整整三个礼拜神志不清。"

"这会儿天倒不冷,风雪也小一些了,"我说,"可以赶路吗?"

"暖和倒还暖和,可是在下大雪。现在回去,看来容易一些,就是雪下得厉害。如果这是辆私人雪橇,自己做得了主,那还可以赶路,但要是把乘客冻坏了,那可不是玩的。回头叫我怎么向您先生交代呢?"

二

这时候,我们背后传来了几辆三驾雪橇的铃铛声。它们很快就赶上了我们。

"这是特快雪橇的铃铛声,"我的车夫说,"这样的铃铛整个站里只有一个。"

果然,第一辆雪橇的铃铛声顺风传来,清晰可闻,特别悦耳:纯净、洪亮、低沉,稍微有点儿颤动。后来我才知道这是一种怪有趣的玩意儿:把三只铃系在一起,中间一只大铃声音特别甜美,旁边两只小铃组成三度音。这种三度音和颤动的五度音的和声荡漾在空中,扣人心弦,在这荒无人烟的原野里听来格外悦耳。

"邮政雪橇来了,"当三辆雪橇中的第一辆赶上我们时,我的车夫说,"路怎么样? 走得过吗?"他大声问后面的车夫,可是那车夫只顾吆喝马,没有理会他。

邮政雪橇在我们旁边一过去,铃铛声就随风消逝了。

我的车夫大概感到有点儿不好意思。

"我们去吧,老爷!"他对我说,"人家刚过去,趁他们的辙印还新鲜,看得清楚。"

我同意了。我们又掉过头,逆着风,顺着很厚的积雪吃力地前进。我注视着道路一边,免得离开那几辆雪橇留下的辙印。大约走了两里路,辙印一直看得很清楚;后来只看得出滑木留下的一些淡淡的痕迹,再过一会儿,就怎么也看不出这是辙印,还是被风吹起的一层雪了。一直看着滑木下面的雪往后飞溅这种单调的景象,眼睛看花了,我就开始向前望。第三个里程标我们还看得见,第四个却怎么也没有找着。我们像原来一样行进,忽而逆风,忽而顺风,忽而往右,忽而往左。最后车夫说我们偏右了,我说偏左了,而阿廖沙却肯定说我们在走回头路。我们又几次停下来,车夫伸出他那双大脚爬下雪橇去找路,但始终没有找着。有一次我也走下雪橇去看看,我隐隐约约感觉到一个地方可能是大路,可是我只勉强逆风走了五六步,就断定处处都是同样的积雪,道路只是我的幻觉罢了。这当儿我的雪橇却不见了。我叫喊起来:"车夫!阿廖沙!!"可是我觉得,我的声音一出口就被风抓住,一转眼就给刮掉了。我走到原来停雪橇的地方,雪橇不在了。我往右走,那边也没有。于是我用尖锐响亮,甚至有点儿绝望的声音又叫了一声:"车夫!"这情景现在回想起来都还有点儿害臊。谁知道他离开我只有两步路。他那黑乎乎的身体,手里执着鞭子,头上的大帽子歪向一边,忽然直立在我面前。他把我领到雪橇那儿。

"总算老天爷保佑,天气还暖和,"他说,"要是遇到大冷,那就糟了……哦,老天爷!"

"松下缰绳,让马把我们带回去吧,"我坐上雪橇说,"能带到吗?呃,车夫?"

"总能带到的。"

他抛下缰绳,在辕马的辕鞍上抽了三鞭子。我们又出发了。我们走了半小时光景。忽然前面又传来我那熟识的悦耳的铃铛声和另外两个铃铛声,但此刻声音是迎面而来的。这就是刚才那三辆雪橇,已经卸了邮件,换了马匹,正回到站里去。三匹高头大马拉着特快雪橇，发出悦耳的铃铛声，飞快地跑在前头。驭座上坐着一个车夫，威风凛凛地吆喝着。后面每辆雪橇上各有两个车夫，他们坐在空雪橇的中座上，兴致勃勃地大声说着话。其中一个抽着烟斗，被风吹旺的火星照亮了他的一部分脸。

瞧着他们，我对自己的害怕赶路觉得害臊。我那个车夫大概也有同样的感觉，因为我们不约而同地说："我们跟他们走！"

三

我的车夫没等最后一辆雪橇过去，就笨手笨脚把雪橇掉过头来，弄得车杠撞在人家几匹系住的马身上。那辆雪橇猛然往前一冲，绷断皮带，往一边驰去。

"瞧你这个斜眼鬼，没看见拐到哪儿去了：撞到人家身上来了。鬼东西！"一个个儿不高的车夫，用沙哑发抖的声音骂起来。从声音和身材上我能断定，这是坐在后面那辆雪橇上的小老头儿。他敏捷地从雪橇里蹿出来，跑去追马，继续粗声粗气地骂着我的车夫。

但是马并没有停止奔跑。那车夫跟在后面追，一会儿，马和车夫便消失在白茫茫的暴风雪里了。

"华西里——里！把黄马牵过来！不骑马赶不上！"传来他的声音。

一个个儿极高的车夫从雪橇里爬出来，默默地解开马，从皮颈套上跨上其中的一匹，把积雪踩得嚓嚓发响，步子杂乱地跑着，也在那个方向消失了。

我们就同另外两辆雪橇跟住铃声叮当的特快雪橇,也不管有没有路,一个劲儿向前赶去。

"可不是!他能把它逮住的!"我的车夫说到那个跑去捉马的人,"要是离了群,那准是一匹野马,它要跑到哪儿去,就再也回不来了。"

自从我的车夫跟在人家后面走之后,他似乎变得高兴起来,话也多了。我还不想睡觉,自然也不肯错过交谈的机会。我开始向他打听,他从哪里来,怎么会来到这儿,原来是干什么的。不久我就知道他跟我是同乡,也是图拉人,是个农奴,家住基尔比奇村。他们家土地很少,自从霍乱流行那年起,田里简直没有收成。他们家剩下弟兄两人,老三当兵去了,粮食吃不到圣诞节就没有了,他们只得靠挣工钱过活。他的弟弟当家,因为结了婚,而他自己还是个鳏夫。他说,他们村子里的马车夫年年结伙到这儿来,他以前虽然没有赶过车,但还是当了驿站马车夫,好帮助帮助他弟弟。感谢上帝,他在这儿每年能挣一百二十卢布工钱。他把一百卢布寄回家去,自己在这儿本来也可以过得很好,"要不是那些信差简直都像畜生,这儿的老百姓又太会骂人。"

"哦,那个车夫骂什么呀?老天爷?难道我是故意撞坏他的马吗?难道我是存心跟人家捣蛋吗?何必去追那些马呢!它们自己会回来的;这样只会把马累坏,自己也要完蛋。"这个敬畏上帝的庄稼汉说。

"这黑压压的是什么?"我发现前面有一样黑色的东西,问。

"这是车队。这种旅行可有趣啦!"当我们的雪橇驶到一辆接着一辆、盖着蒲席的巨大货车旁边时,他又说。"瞧,一个人也看不见,全都在睡觉。聪明的马很懂事,你没有办法使它迷路的。这行当我们也干过,所以知道。"

真的,这些从蒲席顶到车轮都盖满雪的巨大货车孤零零地在行进,看上去确实怪有意思。只有前头那辆车,当我们的铃铛在它旁边响起的时候,盖着两指厚积雪的蒲席才稍微往上掀了掀,有一顶帽子从那儿露了一露。那匹高大的花马伸长脖子,挺直脊背,在积雪很厚的路上均匀地迈着步子,单调地摇晃着它那在白色轭下的毛茸茸脑袋。当我们走到它旁边时,它警惕地竖起一只盖着雪的耳朵来。

我们又默默地走了半小时光景,我的车夫又跟我谈起话来了。

"哦,老爷,您看怎么样,我们走得对吗?"

"我不知道。"我回答。

"原先风是从那边吹来的,现在我们可是顶着风走了。不,我们走得不对,我们也迷路了。"他十分镇静地肯定说。

看来,他虽然胆怯,但正像俗话说的那样,"人多死也乐。"自从我们人数增加,他不必为雪橇的去向做主和负责之后,就变得十分镇静了。他冷冷地观察着前头那个车夫的错误,仿佛这事跟他毫不相干。真的,我发现前头那辆雪橇忽左忽右,我甚至觉得我们是在一块极小的地方兜圈子。不过,这可能是幻觉在骗人,正像我有时仿佛觉得前头那辆雪橇忽而上山,忽而下坡,忽而下山,其实草原到处都很平坦。

又走了一会儿,我看见遥远的地平线那儿似乎有一条黑带子在移动。过了一分钟,我就明白了,这就是我们刚才赶上的那个车队。雪依旧那么撒在吱嘎作响的车轮(其中有几个甚至已经不在转动了)上;车上的人依旧全睡在蒲席下面;那匹带头的花马依旧鼓起鼻孔,嗅着道路,竖起耳朵。

"瞧，转来转去又转到那车队旁边来了！"我的车夫不高兴地说，"特快雪橇的马都是好马，所以他们这样拼命赶，满不在乎。要是换了我们的马，通夜这么赶路，都会倒下的。"

他咳清了喉咙。

"老爷，让我们避开这场灾难吧！"

"这怎么成？总到得了什么地方的。"

"到得了哪儿啊？我们得在草原上过夜了。风雪多厉害呀……哦，老天爷！"

前头那个车夫显然已经迷失了道路和方向，找不到路，他却快活地呼喊着，继续飞快地赶路。这情景使我感到惊奇，但我不愿意再落在他们的后头。

"跟着他们走！"我说。

车夫服从了，但赶得比原来更不带劲，而且不愿意再跟我谈话了。

四

暴风雪越来越猛烈，空中飞着干燥的雪花，天开始上冻：鼻子和面颊冻得更厉害了，凛冽的冷空气更加频繁地灌进皮外套里，需要把衣服裹得更紧些。雪橇有时在光溜溜的冰面上沙沙滑过，因为地上的雪都被风刮走了。由于不宿夜而连续走了五百多里路，我虽然很为迷路的结局担心，还是不由自主地闭上眼睛，打起瞌睡来。一次，我睁开眼睛，不觉吃了一惊。开头一刹那，我仿佛觉得有一种强烈的光照耀着雪白的原野：地平线大大开阔了，又低又黑的天幕忽然消失，四面八方只看见落雪形成的一条条白色斜线；前面几辆雪橇的轮廓显得更清楚了。我抬头望望天空，开头一刹那觉得乌云仿佛飞散了，只有飞雪遮住了天空。在我瞌睡的时候，月亮升起来了，并且透过稀疏的乌云和飞雪，投下寒冷而明亮的光辉。我看得清清楚楚的是我的雪橇，马匹、车夫和走在前头的三辆驿橇：第一辆是特快雪橇，驭座上依旧坐着一个车夫，急急地赶着马；第二辆雪橇上坐着两个车夫，他们丢下缰绳，用厚呢上衣挡住风，不停地抽着烟斗——这从那闪亮的火星上看得出来；第三辆雪橇上一个人也看不见，车夫大概在中座里睡着了。不过，当我醒来的时候，带头的车夫也偶尔勒住马，找寻着道路。我们一停下来，风的怒号声就显得更响，空中多得惊人的飞雪也看得更清楚了。在漫天飞雪的月光下，我看见手拿鞭子的身材矮小的马车夫。他用鞭子柄探着前面的雪，在朦胧的雪雾中忽前忽后走动着，接着又走到雪橇旁边，从侧面跳上前座。于是，在狂风单调的呼啸声中，重新传出了嘹亮的叱马声和铃铛声。每当这带头的车夫爬下来，找寻道路或者草堆时，从第二辆雪橇里总听到有个车夫口气坚决地对前头的车夫嚷道："听我说，伊格纳特！偏左了，得往右点儿，顶风走！"或者说："你白白地转来转去干什么？打雪地上走就是了。瞧那个雪积得多厚啊，找得到路的。"或者说："往右，往右走，老弟！瞧，有一样黑魆魆的东西，准是个路标。"或者说："你犹豫什么呀？犹豫什么呀？把花马解下来，让它领头，它会把你带到路上去的。这样更可靠！"

然而，出主意的那人，自己不仅不把花马解下来，也不到雪地上去找路，连鼻子都不从厚呢上衣里往外伸一伸。当带头的伊格纳特有一次听了他的劝告，大声嚷着说，既然你认得路，就请你带头。那个好出主意的人回答说，等轮到他赶特快雪橇，他就会带路，并且准能找到路。

"我们的马是不会带路的，"他嚷道，"不是那种马！"

"那就别来打搅人！"伊格纳特快乐地向马挥着鞭子，回答说。

另一个车夫，跟那个好出主意的人坐在同一辆雪橇里，没对伊格纳特说什么，也不介入这件事，虽然他还没有睡觉。这一层，我是从他那只不灭的烟斗以及我们停下时听见的他那娓娓的絮语声断定的。他在讲故事。只有一次，当伊格纳特不知是第六次还是第七次停下来时，他显然因为旅行的乐趣被破坏而有点儿恼火，就对伊格纳特嚷道："干吗又停下来？瞧，他还想找到路！对你说，在刮暴风雪嘛！这会儿就是土地测量员也找不着路了。趁马还拖得动，快走吧！要不然咱们会冻死的……走吧，喂！"

"可不是！去年就有一个邮差差点儿冻死！"我的车夫附和说。

第三辆雪橇的车夫始终没有醒。只有一次停车的时候，那个好出主意的人对他嚷道："菲利浦！喂，菲利浦！"听不到答应，又说，"莫不是冻死了？伊格纳特，你最好去瞧瞧。"

从容不迫的伊格纳特走到雪橇旁边，推推睡着的人。

"瞧，半瓶白酒就把他灌醉了！还说他冻死了呢！"他一边摇他，一边说。

睡着的人嘟嚷着什么，骂了一声。

"他活着呢，弟兄们！"伊格纳特说着，又跑到前面。我们又上路了，而且赶得那么快，使我那匹拉边套的小红马尾巴上不断挨鞭子，时而被迫蹦跳几下，笨拙地奔驰起来。

五

跑去追赶惊马的小老头儿和华西里回来时，大概已近午夜了。他们逮住马，找到并赶上了我们，但在这漆黑一片的暴风雪中，在这精光的草原上，这一切他们是怎样做到的，我永远无法知道。小老头儿摆动两肘和两腿，骑着辕马小跑（另外两匹马系在颈圈上：在暴风雪中是不能把马丢下的）。他一跑到我跟前，就又骂起我的车夫来："瞧你这个斜眼鬼！真是的……"

"哎，米特里奇大叔！"第二辆雪橇上那个讲故事的人嚷道，"你还活着吗？上我们的雪橇来吧！"

但老头儿不理他，继续咒骂。直到他觉得骂够了，才跑到第二辆雪橇旁边。

"全都逮住啦？"雪橇里有人问他。

"当然啰！"

那小个儿老头儿在小跑中用胸膛压住马背，然后跳到雪地上，一刻不停地跟着雪橇奔跑，又一个筋斗翻进雪橇里，两条腿朝天搁在边上。高个子华西里依旧默默地跟伊格纳特坐在前面的雪橇上，开始同他一起找路。

"瞧这个家伙好会骂人……哦，老天爷！"我的车夫嘀咕道。

随后我们顺着白雪皑皑的荒野，在暴风雪的寒冷、朦胧而闪烁的微光中不停地跑了好一阵。我睁开眼睛一看，前面依旧竖着那个积满雪的难看的帽子和脊背，依旧是那个低矮的车轭，车轭之下，在两条拉紧的皮带中间，辕马的脑袋不断摇晃，并且跟我保持一定的距离，辕马的黑色鬃毛被风均匀地吹得倒向一边。从背后望去，右边依旧是那匹尾巴缚得很短的枣红骖马，以及那同样松散的积雪；风执拗地把一切都往一个方向吹。前面跑着带头的两辆雪橇，始终保持一定的距离。右边，左边，到处都是白茫茫、灰乎乎的。我的眼睛想找到一样新鲜的东西，但是找不到。没有一个路标，没有一堆干草，没有一堵篱笆，什么也看不见。到处是白茫茫的一片，而且变幻莫测：一会儿，地平线似乎无比遥远，一会儿，又似乎近在咫尺；一会儿，右边突然矗立起一道白色的高墙，并且跟着雪橇奔跑，一会儿，那墙突然消失，接着又出现在前面，不停地往后退，然后再次消失。往上望去，最初一刹那似乎很亮，仿佛通过迷雾可以看见星星；可是星星越来越高，所看见的就只有从眼睛旁边落到脸上和大衣领子上的雪花。天空处处同样光亮，同样单调，白茫茫，并且经常在变化。风似乎不停地在改变方向：一会儿，迎面吹来，吹得雪花糊住眼睛；一会儿，从旁边讨厌地把大衣领子翻到头上，嘲弄地拿它抚摩着我的脸；一会儿，又从后面通过什么隙缝呼呼地吹着。但听得雪橇滑木和马蹄不停地在雪地上发出微弱的沙沙声，以及我们走在积雪较深的地方时，铃铛逐渐低沉的响声。只有当我们偶尔逆风和走在光滑的冰地上时，才清晰地听见伊格纳特雄赳赳的呼哨声和他那响亮的铃铛声，以及与之呼应的小铃铛的五度音。这些声音忽然生气勃勃地打破了荒野的阴郁气氛，然后又单调地响着。我不禁觉得这似乎是在奏着一种令人难受的千篇一律的调子。我的一只脚开始冻僵了，而当我翻身想把身子裹得严密一些时，落在领子上和帽子上的雪就从脖子里滑进去，使我冷得发抖。但总的说来，我在盖暖的皮大衣里还是暖和的。我又打起瞌睡来。

六

回忆和幻想在我的头脑中越来越迅速地交织在一起。

我想："那个老是从第二辆雪橇里叫嚷的好出主意的人是个什么样的庄稼汉呢？准是个身子结实、两腿短小的红头发的家伙，就像我们家里的老管家费奥多尔·菲里佩奇那样。"于是我就看见我家巨大住宅的楼梯，看见五个农奴正在用几条大毛巾吃力地把一架钢琴从厢房里搬出来；我还看见费奥多尔·菲里佩奇卷起粗布上衣的袖子，手里拿着一个钢琴踏板，跑在前头，拉开门闩，扯住一条毛巾往里推，又在人家的腿缝中间钻来钻去，妨碍所有的人，并且焦急地嚷个不停："身子靠拢些抬，你们前头的两个，前头的两个！哎，对了，后面的抬高些，高些，高些，抬进门里去！就是这样。"

"您别费心了，费奥多尔·菲里佩奇！我们自己来。"花匠怯生生地说，身子贴住栏杆，脸涨得通红，拼足力气抬住钢琴的一角。

但费奥多尔·菲里佩奇不肯罢休。

"这是怎么一回事？"我心里琢磨着，"他这是自以为干这活需要他呢，还是仅仅因为上帝赋予他这种信心十足的雄辩口才而自鸣得意，兴致勃勃地在尽情发挥呢？看来，大概是后面这个缘故吧。"不知怎的我又看见池塘，看见在没膝深的水中拉网的疲劳的农奴们，而费奥多尔·菲里佩奇手里拿着喷壶,对大家呼喊着,在池塘边上跑来跑去,只偶尔走到水边,用一只手捏住金色的鲫鱼,把喷壶里的浑水倒掉,再加一些清水进去。哦,这是七月的一个中午。我沿着草地刚修整过的花园,在火辣辣的阳光照耀下,往一个地方走去。我还很年轻,我觉得缺少什么东西,很想去把它弄到手。我走到池塘边,走到玫瑰花坛和桦树小径之间的心爱地方,躺下来睡觉。我记得当我躺在地上,从野玫瑰的红色带刺枝条缝中观望松碎的黑土和清澈的波平如镜的蓝色池塘时,心里充满着什么样的感情。这是一种天真的扬扬自得而又带些忧郁的感情。周围的一切都那么美,使我深深感动。我觉得自己也很美好,唯一使我感到懊丧的是,没有一个人欣赏我。天气很热。我想睡一觉解解闷,可是苍蝇,讨厌的苍蝇,在这里也不让我安宁。它们在我的周围飞来飞去,并且执拗地像果子核一样沉重地从我的前额跳到手上。蜜蜂在太阳底下飞舞,在我身旁嘤嘤嗡嗡地响着;黄翅膀的蝴蝶懒洋洋地从这棵草飞到那棵草。我往上望望,眼睛感到刺痛——阳光穿过桦树弯曲的浅色枝叶照射下来,亮得耀眼,而桦树的枝叶就在我头上微微摆动——这样就使人觉得更热了。我用手帕盖住脸;我开始觉得气闷,同时苍蝇仿佛粘满了我那双出汗的手。麻雀在野玫瑰丛中跳来跳去。其中一只跳跃到离我一尺①远的地上,两次假装用力啄着地面,并且快乐地吱吱叫着,从花丛中飞走,弄得枝叶沙沙作响。另一只也跳到地上,翘翘尾巴,回头望望,也吱吱叫着,跟着那一只箭也似的飞掉了。池塘里传来一阵阵捣衣声。这些声音仿佛是低低地从水面上扩散开来

---

① 尺——俄尺。1俄尺合0.71米。

的。还听见洗澡人的笑语声和溅水声。一阵风吹得远处桦树梢飒飒发响，接着近一些，吹动青草，吹得野玫瑰的叶子也摇摆起来，贴近枝条；然后，一阵清风吹动手帕的一角，痒痒地抚弄着我那出汗的脸。一只苍蝇从扬起的手帕缝里飞进来，惊慌地在我潮湿的嘴巴旁边乱撞。我的脊背压着一条枯树枝。不，我不能再躺下去了。不如去洗个澡吧。就在这当儿，我听见花丛旁边有急促的脚步声和女人受惊的声音："哦，老天爷！这是怎么搞的！这儿连一个男人也没有！"

"什么事？什么事？"我跑到阳光底下，问那个尖声叫喊着从我旁边跑过的女农奴。她只回头望望，仍旧摆动两臂，向前跑去。接着就看见那个一百零五岁的老婆子玛特廖娜，一只手按住从头上滑下来的头巾，拖着一只穿毛袜的脚，跟跟跄跄地向池塘那边跑去。有两个女孩子手拉手跑过去；一个十岁的男孩子，穿着父亲的上衣，拉住其中一个女孩的麻布裙子，跟着她们跑去。

"出什么事啦？"我问她们。

"有个庄稼汉淹死了。"

"在哪儿？"

"在池塘里。"

"是哪一个呀？我们家的吗？"

"不，是个过路的。"

车夫伊凡穿着一双大皮靴，踩着刚割过草的草地；胖子账房雅科夫吃力地喘着气。他们一起向池塘跑去。我就跟在他们后面往那里跑。

我记得内心有一种冲动："喂，跳下去，把庄稼汉拉起来，把他救出来，大家都会称赞你的！"我当时很想这么做。

"在哪儿啊？在哪儿啊？"我问聚集在池塘边的一群农奴。

"喏,在那边,在靠近对岸水最深的地方,就在澡房那边,"洗衣妇把湿衣服挂在扁担上,说,"我看见他钻到水里,接着露了一露又沉下去,又露了出来,叫道:'救命啊,我要淹死了!'然后又往下沉,只看见冒着水泡。这当儿我看庄稼汉要淹死了,就拼命喊:'来人哪,有个庄稼汉要淹死了!'"

洗衣妇说着把扁担往肩上一搁,摇摇晃晃地顺着小径,离开池塘走了。

"瞧吧,造了什么孽啦!"账房雅科夫·伊凡诺夫绝望地说,"如今县法院够你跑的啦。"

有个庄稼汉手拿镰刀,从站在池塘边的女人、孩子和老人当中挤出来,把镰刀往柳树上一挂,慢吞吞地脱下靴子。

"他到底是在哪儿沉下去的?"我不断地问,很想跳下水去,干出一件不平凡的事来。

但是,他们只给我指指平滑如镜的池水,水面只偶尔被微风吹起一阵涟漪。我不明白他是怎么掉下水的,池水始终是那么光滑、美丽、宁静,在中午的阳光下闪着金光。我觉得我毫无办法,没法引起别人的注意,再说我的水性也很差。那个庄稼汉已经从头上脱掉衬衫,眼看就要跳下水去了。大家都满怀希望,屏住呼吸瞧着他;可是庄稼汉走到水深齐肩的地方,又慢吞吞地走回来,穿上衬衫:他不会游水。

老百姓还是络绎不绝地跑来,人越来越多了,娘儿们紧挨在一起,可是没有一个人动手抢救。那些刚来的人出着各种主意,叹着气,脸上现出恐惧和绝望的神色。那些原先聚集着的人,有些站累了,就在草地上坐下来,有些走回去了。玛特廖娜老婆子问女儿炉门有没有关上。那个穿父亲上衣的男孩子使劲把石子扔到水里。

费奥多尔·菲里佩奇的狗特列索卡从房子里跑出来，一边叫，一边困惑地回头望望，跑下山来。接着，费奥多尔·菲里佩奇自己也一边嚷，一边跑下山来。他的身子在野玫瑰丛后面出现了。

"你们还站着干什么？"他嘴里骂着，一边跑一边脱上衣，"人家要淹死了，可你们还站着不动！拿条绳子来！"

大家都怀着希望和恐惧看着费奥多尔·菲里佩奇，看他怎样一只手按住一个老实的农奴的肩膀，用左脚尖脱下右脚上的靴子。

"喏，那边，有人站着的地方，在柳树右边，费奥多尔·菲里佩奇，喏，就在那边。"有人对他说。

"我知道！"他回答，皱起眉头——一定是看到妇女中有人露出害臊的样子——脱去衬衫，解下十字架，交给那个顺从地站在他面前的花匠的孩子，精神抖擞地踩着割过的草地，向池塘走去。

特列索卡弄不懂为什么主人的动作这样敏捷，站在人群旁边，咂着嘴，吃了池塘边的几根草，怀疑地望着主人，忽然快乐地尖叫一声，跟着主人跳到水里。开头一刹那什么也看不见，只看见溅起的水沫直飞到我们身上；随后费奥多尔·菲里佩奇姿势优美地摆动双臂，雪白的脊背有节奏地一起一伏，迅速地向对岸游去。特列索卡吃了几口水，慌忙回来，在人群旁边抖去身上的水，又在池塘边上擦着脊背。费奥多尔·菲里佩奇一游近对岸，两个车夫就拿着一张卷在杆子上的大渔网，向柳树那边跑去。费奥多尔·菲里佩奇不知怎的举起双手，一次、两次、三次钻到水里，每次都从嘴里吐出一大口水来，洒脱地抖抖头发，并不回答四面八方向他提出的问题。最后他爬上河岸，我只看见他在吩咐怎样把渔网放下去。网拉起来了，可是，除了水草和几条鲜蹦活跳的小鲫鱼之外，网里什么也没有。

当渔网第二次放到水里去的时候,我就往对岸跑去。

但听得费奥多尔·菲里佩奇发号施令的声音,湿绳子的拍水声和恐惧的叹息声。渔网右边的湿绳子缠上的草越来越多,渐渐地从水里露出来。

"有样东西呢,沉得很,弟兄们!"有一个人说。

于是,渔网拖上来了,弄湿和压住地上的青草。网里有两三条鲫鱼在挣扎。哦,在张开的网里,通过一层搅浑的波动的水,看得见一样白色的东西。在死一般的寂静中,人群里发出一阵虽不很响、却异常清晰的叹息声。

"大家一起拉,拉到干燥的地方!"传来费奥多尔·菲里佩奇果断的声音。淹死的人就从刚割过的牛蒡和飞廉上被拖到柳树底下。

我看见我那个穿丝绸衣服的善良的老姑妈,我看见她那顶有穗子的紫色阳伞(这顶伞看上去跟这幅十分朴素的死亡的图画不知怎的极不协调)和她那张马上就要放声痛哭的脸。我记得这张脸上露出用山金车素也治不好的绝望神色。我记得当时她带着单纯的自私的爱对我说:"走吧,我的朋友。唉,多么可怕呀!可你总喜欢一个人洗澡、游水。"听了她这话,我感到痛苦和悲伤。

我记得:那天太阳耀眼而炽烈地烤着脚下干燥松散的泥土,阳光在波平如镜的池面上闪耀;大鲤鱼在池边跳跃;成群的小鱼在池塘中激起涟漪;一只鹞子高高地在一群小鸭子头上盘旋,而那些小鸭子正嘎嘎地叫着,溅着水,穿过芦苇向池塘中央游去;雷雨前的蓬松的白云聚集在地平线上;被渔网拖起来的泥浆渐渐流失;而当我走过堤岸时,我又听见捣衣声在池塘上扩散开来。

但这个捣衣声仿佛是两条大槌同时发出的三度音。这声音使我痛苦，使我烦恼，尤其是因为我知道这槌其实是钟，而费奥多尔·菲里佩奇又不让它停下来。这槌声像刑具一般压着我那只冻僵的脚。我睡着了。

我醒了过来，多半是由于我们的雪橇跑得太快了。还有，我的旁边有两个人在说话。

"喂，伊格纳特，伊格纳特！"我的车夫说，"把我的客人带上，你反正要去的，何必叫我多跑一趟呢！带上吧！"

伊格纳特就在我的身边回答："叫我负责一位客人，你给我什么好处哇？你出一瓶白酒吗？"

"哼，一瓶白酒……就算半瓶吧。"

"瞧，半瓶！"另一个声音嚷道，"为了半瓶白酒把马折磨死！"

我睁开眼睛。眼前依旧是一片令人难受的漫天飞舞的雪花，依旧是那几个车夫和马匹，但我看见旁边还有一辆雪橇。我的车夫赶上伊格纳特。我们并排走了好一阵。尽管另外一辆雪橇里有人劝伊格纳特至少要一瓶白酒的代价，伊格纳特却突然停下雪橇。

"那就搬过来吧，算你走运。明天一到，你就拿半瓶酒来。行李多吗？"

我的车夫异常敏捷地跳到雪地上，向我鞠了个躬，请求我换乘伊格纳特的雪橇。我一口答应。这个敬畏上帝的庄稼汉显然高兴极了，他要向人人表示他的感激和快乐。他行着礼，并且向我、向阿廖沙、向伊格纳特道谢。

"哦，赞美上帝！要不然简直糟糕！走了半夜，自己也不知道在往哪儿走。老爷，他会把您送到的，我那几匹马实在累坏了。"

他十分起劲地把我的行李卸下。

趁他搬行李的时候，我顺风（简直是风把我送过去的）走到第二辆雪橇旁边。雪橇上盖着半尺厚的雪。那两个车夫用上衣遮住头部来挡风的那一边，雪积得特别厚，而上衣底下倒是又安静又舒服。小老头儿依旧伸出腿躺着。那个讲故事的人继续讲他的故事："喏，就在将军以国王的名义到监狱里探望玛丽雅的时候，喏，就在那个时候，玛丽雅对他说：'将军！我不需要你，我也不能爱你。要知道你不是我的情人，我的情人就是王子本人……'喏，就在那个时候……"他正想讲下去，可是一看见我，便住了口，把烟斗抽旺。

"哦，老爷，您来听故事吗？"那个被我称为好出主意的人说。

"你们这儿很好，很快活！"我说。

"可不是！解解闷儿，至少不会胡思乱想了。"

"那么，你们知道我们眼下在什么地方吗？"

我发觉车夫们似乎不喜欢提起这个问题。

"谁弄得清在什么地方！也许我们已经闯到卡尔梅克人的地方了。"好出主意的人回答。

"那我们该怎么办？"我问。

"怎么办吗？我们就这样走下去，也许能走出去的。"他不高兴地说。

"要是我们走不出去，马在雪地里又走不动，那怎么办？"

"那有什么！没关系。"

"那会冻死的。"

"当然会的，因为这会儿连草垛都看不见，我们真的闯到卡尔梅克人的地方了。最要紧的是要注意这场雪。"

"老爷，你是不是怕冻死啊？"小老头儿颤声说。

他这话虽然像是在嘲笑我,其实他自己也冷得直打哆嗦。

"是啊,天冷得可厉害!"我说。

"哦,老爷!你要像我这样不时下来跑跑,就会暖和了。"

"是的,最要紧的是你得跟着雪橇跑跑。"好出主意的人说。

七

"您请过来吧,准备好了!"阿廖沙从前面那辆雪橇里大声对我说。

暴风雪刮得那么厉害,我低低地弯下腰,两手抓住外套的前襟,在那从脚底下被风吹起来的漫天飞舞的雪花中,好容易走了几步,才走到那辆雪橇跟前。我原来的车夫已经跪在空雪橇中间,但一看见我,就脱下头上的大帽子(这时风就狂暴地把他的头发吹得直竖起来),向我讨酒钱。其实他也不指望我会给他钱,因为我拒绝他的时候,他一点儿也不懊丧。他还是向我道了谢,戴上帽子,对我说:"老天爷保佑你,老爷……"于是,拉拉缰绳,嘴里喷了一声,从我们身边走掉了。接着,伊格纳特挺起腰杆,对马吆喝了一声。嗒嗒的马蹄声、叱马声和铃铛声又代替了狂风的咆哮 —— 在雪橇停下来的时候,风声特别响。

换了一辆雪橇之后,我有一刻钟光景没有睡觉,一直欣赏着那个新车夫和马匹。伊格纳特神气活现地坐着,身子不断地向上弹,向马匹挥动挂着鞭子的手臂,吆喝着,一只脚撞撞另一只脚,向前弯下腰,拉好老是往右边滑的辕马的皮颈套。他个儿不高,但看上去身材很匀称。他的皮袄外面套着一件不束腰的粗呢外套。外套的领子差不多完全敞开，整个脖子都露在外面。他脚上穿的不是毡靴而是皮靴。头上那顶小帽子他不时脱下来，拉拉整齐再戴上。他的耳朵只有头发遮着。他不仅一举一动都显出精力充沛的样子，而且我觉得他还有意在抖擞精神。不过，我们越往前走，他越发频繁地挺直身子，在座位上弹起，两脚相撞，还同我和阿廖沙说话。我觉得他这样做是怕泄气。这倒不是没有原因的：马虽然很好，路却越来越难走，而且马显然跑得越来越没劲，已经要用鞭子抽打了。辕马，一匹高大骏美、鬃毛很长的马，绊了两跤，显然像是吃了一惊似的立刻向前猛冲，并且把毛茸茸的头昂得几乎碰到车铃。右边那匹马不由得吸引了我的注意，它的皮颈套的皮穗子很长，晃荡着，向外摆动，显然它放松了挽索，因此要挨鞭子。不过，按照一般烈性骏马的习惯，它似乎对自己的软弱感到恼恨，怒气冲冲地忽而垂下头忽而昂起头去适应缰绳。风雪确实越来越厉害，天气越来越冷，马的力气用完了，路越来越难走，而我们压根儿不知道处身在什么地方，该往哪儿走，不仅不知道驿站在什么地方，连哪里可以躲避一下都不知道。看到这情景真是可怕。不过，听到铃铛响得那么轻松愉快，伊格纳特吆喝得那么豪放有劲，就像是在寒冬腊月阳光灿烂的节日中午，我们乘着雪橇在村道上游逛，使人觉得又可笑又古怪。但主要的是，我们一直在往前走，而且走得很快，离开原来的地方盲目地走着，这种情景想想也觉得有点儿古怪。伊格纳特唱起歌来。他虽然用一种极蹩脚的假声唱着，但唱得那么嘹亮，有时还停下来吹吹口哨，使人听了精神振奋，觉得胆怯是可笑的。

"嘿，嘿！你唱破喉咙干什么呀，伊格纳特！"传来了那个好出主意的人的声音,"歇一会儿!"

"啥呀?"

"歇 —— 一会 —— 儿!"

伊格纳特不唱了。一切又都沉寂下来,只有风在咆哮和尖叫,雪在飞舞,更稠密地落到雪橇里,好出主意的人走到我们跟前。

"喂,怎么样?"

"怎么样!往哪儿走啊?"

"谁知道它!"

"你的脚冻坏了,是吗?瞧你这样跺个不停!"

"完全冻僵了。"

"你往那儿走一趟吧,瞧,那边像是卡尔梅克人的营帐。你走一趟脚也会暖和了。"

"好吧。拉住马匹……喏。"

伊格纳特按照指出的方向跑去。

"不论哪儿都应该跑过去瞧瞧:这样你就找得着路了;要不然胡乱瞎跑有什么意思!"好出主意的人对我说,"瞧,马都跑得浑身出汗了!"

在伊格纳特去找路的时候 —— 他去了好一阵,弄得我真担心他别迷了路 —— 好出主意的人用满有把握的镇定口气告诉我,遇到暴风雪该怎么办,最好是解下马,让它自由行动,老天爷保佑,它会带你找到路的,有时候也可以观察星星,辨别方向。他还说,要是让他带路,我们早就到达驿站了。

"怎么样,有吗?"当伊格纳特踩着深可没膝的积雪吃力地回来时,他问伊格纳特说。

"有是有的，营帐看到了，"伊格纳特气喘吁吁地回答，"就是不知道是什么人的。老弟，咱们这下子可来到普罗果夫的别墅了。得往左走。"

"胡说八道！这是我们的营帐，在哥萨克村子后面的！"好出主意的人反驳说。

"我对你说，不是！"

"我一看就知道了，确实是的；如果不是，那就是塔梅舍夫斯科。还是得往右走，这样走可以到达大桥 —— 在八号里程标那儿。"

"对你说不是！我亲眼看见的！"伊格纳特恼火地回答。

"嘿，老兄！还算是个车夫呢！"

"当然是个车夫！你自己去瞧瞧。"

"我去干什么！我不去也知道。"

伊格纳特显然生气了。他没再说什么，跳上驭座继续赶路。

"可把我的腿冻坏了，怎么也弄不暖和。"他对阿廖沙说，继续更加频繁地用两脚相撞，并且挖出和倒掉落进靴筒里的雪。

我实在困极了。

八

"难道我真的已经冻死了，"我睡眼惺忪地想，"据说，人总是在睡觉的时候冻死的。与其冻死，不如淹死，让人家用渔网把我捞起来。不过，淹死也罢，冻死也罢，反正一个样，只要背上没有什么硬东西顶住,能打个瞌睡就好了。"

我迷迷糊糊地睡了一会儿。

"这一切到底怎样收场啊?"我忽然自问,刹那间睁开眼睛,凝视着白茫茫的天地。"到底怎样收场啊?要是我们找不着草垛,马又不肯走——眼看着就会发生这样的情况——那我们就会全冻死的。"说实话,虽然我也有点儿害怕,可是希望发生什么不平凡的悲剧性事件的念头,压倒了轻微的恐惧。我觉得明天天亮以前马能自动把我们——冻得半死的,有几个甚至已经冻死了——带到一个遥远的陌生的村庄,那就算不错了。类似的幻想异常鲜明而迅速地在我眼前掠过。马站住不走了,雪越积越厚,我们只能看见马的耳朵和马轭。突然伊格纳特乘着他的三驾雪橇在高处出现,又从我们旁边驶过。我们恳求他,向他呼喊,要他把我们带走;可是风把我们的喊声吹走,喊声听不见了。伊格纳特笑着,叱着马,吹着口哨,消失在一个积雪的山谷里。小老头儿骑在马上,挥动两肘,想往前跑,可是一步也跑不动。我那个年老的马车夫,头上戴着大帽子,向他冲去,把他拉到地上,拼命把他往雪里踩。"你这个巫师,"他喝道,"你这个好骂街的家伙!咱们一起都要完蛋了。"但小老头儿用头顶开雪堆:他不像个老头子,倒像只兔子,从我们身边跑掉了。所有的狗都跑去追他。好出主意的人——就是费奥多尔·菲里佩奇——说,我们大家来坐成一个圆圈,即使雪把我们盖住也不要紧,这样会暖和一点儿。真的,我们觉得温暖而舒服,只是口渴得要命。我拿出食品箱,请大家喝加糖的朗姆酒,自己也痛快地喝起来。那个爱讲故事的人讲着彩虹的故事,讲得我们头上仿佛真的出现了一片用白雪和彩虹塑成的天花板。"现在让咱们每个人在雪里做个小屋子,大家睡觉吧！"我说。雪像毛皮一样柔软而温暖。我给自己做了一座小屋子，正要进去，可是费奥多尔·菲里佩奇刚才看见我的食品箱里有钱，就说："慢着！把钱给我们。您反正要死的！"他说着抱住我的一条腿。我交出钱，只求他们让我走，可是他们不信我的钱只有这么一些，他们想杀死我。我抓住小老头儿的手，带着说不出的愉快心情吻它；他的手又温柔又可爱。开头他竭力想挣脱，后来却任凭我吻它，甚至还用另一只手抚摩我。但是费奥多尔·菲里佩奇走拢来威胁我。我跑进我的屋子里，但这不是屋子，而是一个白色的长廊。有人抓住我的两腿。我拼命挣扎。那个抓住我的人的手里就只剩下我的衣服和我的一块皮了，我却只感到寒冷和羞耻——特别使我害羞的是，我的姑妈手拿阳伞和急救包，同那个淹死的人手挽手向我迎面走来。他们笑着，不明白我对他们做的手势。我跳上雪橇，我的脚在雪地上拖着；可是小老头儿挥动两肘，拼命追我。小老头儿已经很近了。这时我忽然听见前面教堂里有两个钟在敲响。我跑近教堂，我知道得救了。钟声越来越近，可是小老头儿追上了我，扑过来用肚子压住我的脸，弄得我几乎听不见钟声。我又抓住他的手吻它，可是原来他不是小老头儿，而是那个淹死的人……他叫道："伊格纳特，站住！那不就是阿赫梅特金的草垛吗？你去看看！"这梦境实在太可怕了。不，我还是醒来的好……

我睁开眼睛。风把阿廖沙外套的前襟吹起来，蒙住我的脸，我露出一个膝盖。我们正在光滑的冰面上前进。铃铛的三度音夹着颤动的五度音听得清清楚楚。

我想瞧瞧，草垛在什么地方。我睁开眼睛，没有看到草垛，却看到一座带阳台的房子和带雉堞的要塞的城墙。我没有兴致仔细观

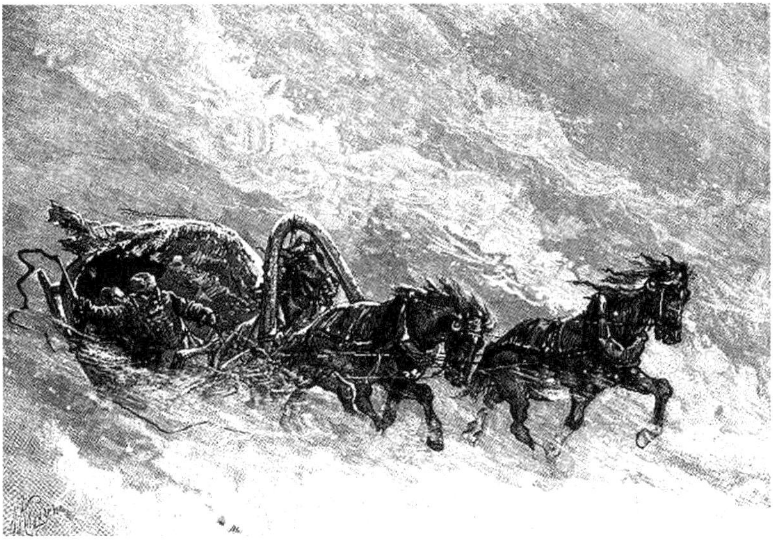

察这座房子和要塞，我主要想再看看我跑过的白色走廊，听听教堂的钟声，吻吻小老头儿的手。我又闭上眼睛睡着了。

九

我睡得很熟，但在梦中一直听见铃铛的三度音，那三度音忽而变成一条狗，汪汪叫着向我扑来；忽而变成一个管乐队，我在其中吹笛子，忽而变成我做的一首法文诗。有时我觉得这三度音是一种刑具，不断地夹住我的右脚踵。我感到很痛，醒过来，睁开眼睛，摩擦摩擦脚。脚冻僵了。夜晚还是那么光亮，雾蒙蒙，白茫茫的。我和雪橇还是那么摇摇晃晃；还是那个伊格纳特侧身坐在驭座上，两脚互相碰着撞着；还是那匹骖马，伸长脖子，低低地提起四脚，在积雪很深的地上小跑着，皮穗子在皮颈套上不断跳动，抽打着马的肚子。辕马的脑袋带着飘动的鬃毛，把系住马轭的缰绳忽而拉紧，忽而放松，有节奏地摇晃着身子。但车具上面的积雪比原来更厚了。雪在前面、在旁边飞舞着，撒在雪橇的滑木上和马的腿上，直到膝盖，同时从上面落到人们的衣领和帽子上。风忽右忽左地戏弄着伊格纳特的领子和厚呢上衣的前襟，戏弄着骖马的鬃毛，在马轭和车辕上面咆哮。

天冷得厉害，我从领子里一伸出头来，冰凉的干雪就纷纷落到睫毛上，鼻子上，嘴巴上，钻到脖子里。你向四下里望去，一切都是白的，亮的，覆盖着白雪，不论什么地方，除了昏暗的光和雪之外，什么也没有。我心里感到十分恐惧。阿廖沙睡在雪橇的后座和中间，他的整个脊背上都积了一层很厚的雪。伊格纳特并没有泄气:他不断拉着缰绳,吆喝着,两脚互相撞着。铃铛依旧响得那么美妙动听。马打着响鼻,但跑得越来越慢,越来越频繁地绊跤。伊格纳特又跳了一下,挥了挥手套,用他那尖锐的假嗓唱起歌来。他没有唱完歌,勒住马,把缰绳扔在前座上,跳下雪橇。风狂暴地呼啸着;雪大堆大堆地撒到皮外套的前襟上。我回头一看:我们后面的第三辆雪橇不见了(不知在什么地方掉队了)。在第二辆雪橇旁边,通过蒙蒙的雪雾,可以看见小老头儿两脚交替地跳跃着。伊格纳特从雪橇旁走开去三步,坐在雪地上,解开腰带,动手脱靴子。

"你这是干什么呀?"我问。

"得换一双靴子,要不我的脚要冻僵了。"他回答,继续干他的活儿。

要从外套领子里伸出脖子来看看他在干什么,我觉得太冷了。我挺直身子坐着,眼睛望着那匹骖马,看它怎样伸出一条腿,疲劳不堪地摆动着落满雪的打结的尾巴。伊格纳特跳上驭座,震动了雪橇,把我弄醒了。

"哦,我们眼下在哪儿?"我问,"天亮以前到得了吗?"

"您放心,到得了的,"他回答,"这会儿我换了双靴子,脚暖和了。"

于是他催动马匹,铃铛又响起来,雪橇又开始摇晃,风又在滑木底下呼啸。我们又在无边无际的雪海里航行了。

十

我睡得很熟。阿廖沙用脚把我踢醒。我睁开眼睛,天已经亮了。

天气似乎比夜里更冷。天不再下雪，但强劲的干风继续把雪粉吹到田野上，特别集中地吹到马蹄和雪橇的滑木底下。东方的天空起初呈深蓝色，使人有沉重的感觉；但一斜条一斜条鲜艳的橘红色朝霞越来越清楚地出现在空中。头上，从一片片飞卷过去的微微染红的白云之间，看得见发白的浅蓝色天空；左边，光亮、轻盈的云在飘动。极目望去，田野上到处是白色的重重叠叠、轮廓分明的积雪，有些地方还可以看见灰色的雪堆，雪堆周围急促地飞舞着细小的干雪粉。没有雪橇的痕迹，没有人的足迹，没有野兽的蹄印，什么也没有。马车夫的背部和马匹的背部的轮廓和色彩，即使在白色的背景衬托下也显得清清楚楚……伊格纳特深蓝色帽子的帽圈、他的领子、头发，甚至靴子都是白的。整个雪橇都被雪盖住了。紫灰色辕马的右半边头部和鬃毛上都积满了雪；我那匹骖马的腿齐膝盖陷在雪里，它的冒汗的臀部的右侧也粘满了雪花，看上去蓬蓬松松。皮穗子合着你所能想象的各种旋律，不断地跳动。骖马也那样跑着，但从它那凹陷的剧烈起伏着的肚子和垂下的耳朵上可以看出，它跑得精疲力竭了。只有一件新鲜的东西吸引了大家的注意，这就是里程标。雪从里程标上落到地上，风从右面吹来，在它的周围扫拢了一大堆雪，又把松散的雪从这边吹到那边。使我大为惊奇的是，我们听任那几匹马跑了一个通宵，十二个小时，不知道方向，也没有停止过，结果却仍然到达了目的地。我们的铃铛似乎响得更欢了。伊格纳特裹紧身子叫嚷着；后面，马打着响鼻，小老头儿和好出主意的人的三驾雪橇的铃铛响个不停；但那个睡觉的人肯定在原野上掉队了。我们又跑了半里路，看见稍微盖上些雪的三驾雪橇的痕迹，偶尔还有马的淡红色血迹。显然是马蹄跑得出血了。

"这是菲利浦！哦，他比我们早到！"伊格纳特说。

大路旁边的雪地上出现了一座挂着招牌的小房子。这座房子，直到屋顶和窗户，全被雪盖住。这家酒馆旁边停着一辆三驾雪橇，那三匹灰马叉开腿，垂下头，由于浑身出汗，毛都乱蓬蓬的。大门旁边放着一把铲子，门口的雪都铲干净了；但呼啸着的风不断把雪从屋顶上吹落下来，吹得雪花在空中盘旋飞舞。

听到我们的铃铛声，门里走出来一个身材高大、红头发、红脸庞的马车夫。他手里拿着一大杯酒，嘴里不知叫嚷着什么。伊格纳特向我回过头来，要求我允许他停一下。这时我才第一次看清他的面目。

十一

他的脸并不像我根据他的头发和身材所想象的那样是浅黑的，瘦削的，生有一个高鼻子。这是一张圆圆的快乐的脸，塌鼻子，大嘴巴，还有一双明亮的浅蓝色圆眼睛。他的面颊和脖子通红，仿佛用呢子擦过一般；眉毛、长长的睫毛和均匀地盖着他下半部脸的汗毛都粘着雪，完全变白了。离驿站只剩下半里路，我们就停下来。

"可得快一点儿。"我说。

"只要一分钟。"伊格纳特从驭座上跑下来，走到菲利浦跟前。

"给我吧，老兄，"他说着脱下右手上的手套，把它同鞭子一起扔在雪地上，接着仰起头，咕嘟咕嘟地把递给他的一杯白酒喝干了。

酒馆老板，准是个退伍的哥萨克兵，手里拿着个半升装的酒瓶，从门里走出来。

"谁要酒啊？"他问。

华西里是个淡褐色头发的又高又瘦的庄稼汉，留着山羊胡子；那个好出主意的人，很胖，淡黄头发，浓密的白色大胡子包住通红的脸。他们走过去，每人也都喝了一杯酒。小老头儿也想走到这群喝酒的人那边去，可是人家没有给他酒。他就走到他那几匹系在雪橇后面的马旁边，抚摩着其中一匹的背部和臀部。

小老头儿正是我所想象的那个样子：个儿瘦小，苍白的脸上满是皱纹，蓄着稀疏的大胡子，长着尖鼻子和发黄的蛀牙。他的头上戴着一顶崭新的马车夫帽子，可是那件皮的短外套已穿得很旧，沾满柏油，肩膀和前襟都破了，遮不住膝盖和掖在巨大毡靴里的粗麻布裤子。他全身伛偻，皱着眉，脸和膝盖都打着哆嗦，在雪橇旁边走来走去，显然竭力想使身子暖和些。

"哦，米特里奇，来半瓶白酒，这样就会暖和多了！"好出主意的人对他说。

米特里奇脸上抽搐了一下。他拉拉好他那匹马的皮颈套和车辕，走到我面前。

"哎，老爷，"他脱下帽子，露出灰白的头发，低低地鞠着躬，说，"跟您老爷一起跑了个通宵，找寻道路，您就赏我半瓶白酒吧。真的，老爷，大人！要不身子就没法暖和了。"他露出谄媚的微笑说。

我给了他四分之一卢布。酒馆老板拿来半瓶白酒，递给小老头儿。他放下鞭子，脱掉手套，伸出一只瘦小、粗糙、有点儿发青的黑手去拿酒杯，可是他的大拇指不听使唤，仿佛已不是他的了。他拿不住酒杯，把酒打翻了，酒杯也落到雪地上。

马车夫们都哈哈大笑。

"瞧，米特里奇冻成什么样子了！连酒杯都拿不住。"

米特里奇却因为打翻了酒很伤心。

不过，人家又给他斟了一杯酒，并且灌进他嘴里。他立刻兴高采烈起来，跑进酒馆，点着烟斗，露出黄色的蛀牙，每说一句话骂一声。马车夫们喝干了最后一杯酒，分头向自己的雪橇走去。我们又上路了。

雪越来越白，越来越亮，瞧着它，眼睛都给刺痛。橘红的、淡红的朝霞在空中升起，扩散开来，越来越高，越来越亮；在地平线上，透过灰云，甚至可以看见一轮红日；天空变得越来越亮，越来越蓝了。驿站附近的大路上，雪橇的痕迹清晰可见，略带黄色；道路坑坑洼洼；在严寒的凝重的空气中可以感觉到一种愉快的轻松和凉意。

我那辆雪橇跑得很快。辕马的头和脖子，连同在马轭旁边飘动的鬃毛，几乎在同一个地方，在中间那个大铃铛底下不断地晃动，这个铃铛的舌头已经不是在撞击，而只是擦着铃壁了。两匹良好的骖马同心协力地拉着冻住的弯曲的套索，拼命奔跃，皮穗子在马的腹部和尾鞘下面不断跳动。有时候一匹骖马在坎坷不平的路上被雪堆绊倒，它就四脚乱踢，把雪踢到人的眼睛里，但又勇敢地从雪堆里挣扎出来。伊格纳特不时用快乐的男高音叫嚷着；干冰在滑木底下吱嘎作响；后面传来两个铃铛过节般响亮的声音，还有马车夫酒意十足的吆喝声。我回头一看，两匹汗毛蓬乱的骖马伸长脖子，均匀地喘着气，带着歪在一边的嚼环，在雪地上奔驰。菲利浦挥动鞭子，拉拉帽子；小老头儿仍旧伸开两腿，躺在雪橇中央。

过了两分钟，雪橇就在驿站门前扫干净的木板上咯咯地响着了。伊格纳特把他那落满雪的、散发出冰味的愉快的脸转过来对着我。

"到底把您送到了，老爷！"他说。

一八五六年二月十一日

一个地主的早晨

一

聂赫留朵夫公爵念完大学三年级,一个人回到家乡度暑假。当时他才十九岁。秋天,他以稚嫩的笔迹写了一封法文信给姑妈别洛列茨基伯爵夫人。他把这位姑妈看作自己最好的朋友,是天下最有才华的女人。全信如下:

亲爱的姑妈:

我作了一个同我这辈子命运攸关的决定。我要离开大学到乡下去居住,因为觉得自己生来是属于农村的。亲爱的姑妈,看在上帝分上,您别取笑我。您一定会说我太年轻;也许我确实还是个孩子,但这并不妨碍我意识到自己的天职,我希望做点儿好事,热爱这样的事业。

我曾经写信告诉您,我发现这里的情况糟得简直无法形容。我很想整顿一下。后来通过深入调查,发现主要的不幸在于农民的处境实在太贫困可怜了。而要消除这种不幸的状况,只能依靠工作和耐心。您只要看我的两个农民,达维德和伊凡,看到他们和他们一家人所过的生活,我相信,光他们的模样就会比我向您所作的任何解释更富有说服力。关心这七百人的幸福，难道不是我在上帝面前义不容辞的神圣责任吗？为了贪图个人享受和功名，把他们交给粗暴的村长和总管任意支使，这难道不是一种罪孽吗？既然我的面前摆着这样高尚、光荣和直接的责任，我又何必再到别的地方去寻求有益于人的行善机会呢？我觉得我能成为一个好东家；而要做一个真正的好东家，既不需要大学文凭，也不需要官衔，像您对我所期望的那样。亲爱的姑妈，请您别为我的功名操心吧，您要明白，我走的是一条与众不同的道路，但我认为这条路是美好的，它将把我引向幸福。我反复思考过今后的责任，给自己订了行动准则，只要上帝赐我健康和长寿，我会在我的事业上取得成功的。

这信不要给华夏哥看，我怕他会嘲笑我；他总是自以为比我高明，而我也惯于听命于他。凡尼亚即使不赞成，也会理解我的意图的。

伯爵夫人回了他一封信，也是用法文写的：

亲爱的德米特里，你的来信毫无意义，它只证明你有一颗善良的心，而这一点我是从来没有怀疑过的。不过，亲爱的朋友，在实际生活里，善良的品性往往比恶劣的品性对我们更有害。我不想说你在干傻事，你的行为使我发愁，但我要竭力向你说清道理。让我们来探讨一下吧，我的朋友。你说你认为过农村生活是你的天职，你要使你的农民幸福,你希望做个好东家。首先,我得告诉你,我们往往只有在做了错事以后才能认识自己的天职;其次,为个人谋幸福要比为别人谋幸福省力得多;再次,要成为好东家,必须做一个冷静而严格的人,你尽管竭力想装成这样,却很难做到。

你自以为你的论断不容置辩,甚至把它当作生活的准则;不过,我的朋友,像我这样上了年纪的人,既不相信论断,也不相信准则,只相信经验,而经验告诉我,你的计划是幼稚可笑的。我快五十岁了,认识不少德高望重的人,可是从来没有听说过,一个有声望有才能的年轻人借口行善而隐居乡下。你总是喜欢标新立异,显得与众不同,但你的标新立异无非是一种过分的自负罢了。哦,我的朋友,你最好还是走一条踏踏实实的路,因为走一条踏踏实实的路更容易成功,你即使不指望个人的成功,但为了实现你所希望的行善,也需要取得成功。

有些农民的贫困是一种无可奈何的不幸,或者说是一种可以补救的不幸,但不能因此忘记你对社会应负的种种责任,你对亲人和对自己应负的种种责任。凭你的聪明才智,凭你的善良和行善的热情,不论干什么事你都会成功的;但你至少应选择值得你干并会给你带来荣誉的事业。

你说你没有功名心,我相信你说这话是诚恳的;但其实你是在欺骗自己。功名心,就你的年龄和你的财富来说是一种美德;但一个人在这方面如永不知足,那么,功名心就会成为缺点,变得庸俗了。你要是不改变你的计划,你就会落得这样的结局。再见了,亲爱的德米特里。知道了你那种荒唐可笑而又高尚慷慨的计划,我觉得更喜欢你了。照你的认识干吧,但说句实话,我是无法赞同你的思想的。

年轻人收到这封信,考虑了好久,终于断定:即使才华出众的女人也可能犯错误,自己就毅然向大学申请退学,从此留在乡下。

二

年轻的地主,正如他在给姑妈的信里所说的那样,制定了管理庄园的章程,他的全部生活和工作都按钟点、日子和月份做了规定。礼拜天规定接待求见的人、家仆和农民,视察贫困的农家,并通过村社给他们帮助。村社每礼拜天晚上开会,商量决定给谁帮助,给什么样的帮助。年轻的地主从事这项工作已有一年多了,他在实践上和理论上都已不是新手了。

六月间一个晴朗的礼拜天,聂赫留朵夫喝过咖啡,匆匆看了法文小说《农场①》中的一章,把笔记本和一叠钞票放进薄大衣口袋里,走出有廊柱和露台的乡下大邸宅 —— 他只在里面占用楼下一个小房间 —— 穿过没有打扫过的杂草丛生的古老英国式花园,向一个坐落在大道两边的村子走去。聂赫留朵夫身材高大挺拔,生有一头

---

① 楷体文字在原著中是法语,以下不再一一作注,其他语言另注。——编者注

浓密的深棕色鬈发，两只乌黑的眼睛炯炯有神，脸颊滋润，嘴唇鲜红，唇上刚刚长出一些柔软的茸毛。在他的举动和步态里处处显出青春的活力、精神和温厚的自信。穿着杂色衣服的农民一群群从教堂回来。老头儿们、姑娘们、孩子们、怀抱婴儿的娘儿们穿着节日的服装，都分散回家，低低地向东家鞠躬，然后从他身边绕过去。聂赫留朵夫走到街上站住，从口袋里掏出笔记本。在笔记本的最后一页上，稚嫩的笔迹写满了农民的名字和事项。他读到"伊凡·楚里斯——要柱子"，就走到街右边的第二户农家。

楚里斯住的是一座破败不堪的小木屋，四角潮湿霉烂，房子倾斜，陷进地里，肥料堆上面露出一扇打破的红色小天窗，另一扇窗更小，用破棉絮堵住。圆木造的门廊里，门槛肮脏，门很矮，另一座小屋比门廊更破旧更低矮，大门和树枝编成的棚子都靠着正屋。这些房屋以前都有高低不平的屋顶，如今屋檐上只剩下一层厚厚的发黑的烂麦秆；上面有几处还露出桁条和屋架。院子前面有一口井，井架倒塌，只剩下断桩和辘轳，一潭被牲口踩脏的水洼，里面有几只鸭子在戏水。井旁有两棵老柳树，树干断裂，上面稀稀落落地挂着几根嫩绿的枝条。这两棵柳树说明以前有人想到过美化这里的环境。在一棵柳树下坐着一个八九岁头发淡黄的女孩子，她听任一个两三岁的小姑娘在自己周围爬来爬去。有条看门狗在她们旁边玩着，一看见地主老爷，立刻冲到大门口，从那里惊慌地尖声吠叫。

"伊凡在家吗？"聂赫留朵夫问。

大女孩听到问话，仿佛愣住了，眼睛越睁越大，什么也没有回答；那个小姑娘张开嘴想哭。一个小老太婆，身穿破旧的方格裙子，腰里低低地系着一根淡红腰带,从门里探出头来,也没有吭声。聂赫留朵夫走到门口,又问了一遍。

"在家,老爷。"小老太婆声音哆嗦地说,低低地鞠着躬,越发惊慌不安了。

聂赫留朵夫向她问了好,穿过门廊走进狭窄的院子。老太婆一手托着下巴,走到门边,目不转睛地瞧着老爷,慢慢地摇摇头。院子里满目荒凉;里面还有一堆没运走的发黑的厩肥;厩肥上胡乱放着一块烂木头、一把草叉和两把耙。院子四周的板棚几乎都没有顶,一边放着木犁、没有轮子的大车和一堆废弃的空蜂箱;另一边倒塌了,因此横梁不是搁在柱子上,而是横在厩肥堆上。伊凡·楚里斯正在用斧刃和斧背劈着被棚顶压住的篱笆。他是一个五十岁光景的农民,个儿矮小,椭圆形的脸晒得黑黑的,深褐色大胡子有点儿花白,一头浓密的头发也是这样的颜色。他的整个模样很好看,而且富于表情。他那双深蓝色的眼睛半开半闭,现出聪明、善良和无忧无虑的神色。他的嘴不大,但很端正,嘴上留着稀疏的淡褐色小胡子,每当他微笑的时候,就显出镇定自若和对周围一切略带嘲弄的淡漠神态。从他的脖子、脸庞、粗糙的手、深深的皱纹和暴绽的青筋,从他身体畸形的佝偻,从他弯曲的罗圈腿上都可以看出,他干了一辈子难以胜任的重活。他穿着一条膝上有蓝色补丁的白麻布裤,一件同样料子、背部和袖子撕裂的脏衬衫。衬衫上低低地系着一根腰带,腰带上挂着一把铜钥匙。

"上帝保佑!"东家走进院子说。

楚里斯回头望了望,继续干活。他使劲把篱笆从棚子下拉出来,这才把斧子劈在木头上,整整腰带,走到院子中央。

"礼拜过得好，老爷！"他说，低低地鞠了一躬，把头发往后一甩。

"谢谢，乡亲。我来瞧瞧你们过得怎么样，"聂赫留朵夫打量着农民的衣着，带着孩子般亲切和羞涩的神态说，"告诉我，你在会上问我要柱子，准备做什么用。"

"柱子吗？当然是用来支撑啰，老爷。哪怕马马虎虎撑一下也好，老爷您看吧，前几天屋顶塌了一角，还得感谢老天爷，当时牲口不在里面。都快要全部塌下来了，"楚里斯轻蔑地瞧着没有顶的倒塌的棚子说，"如今已没有一根完整的叉梁、斜面板和横梁了，您摸一摸就知道。如今到哪儿去弄木料啊？老爷，这事您一定知道。"

"你的一个棚子已经倒塌了，另外几个也快倒了，五根柱子管什么用？你需要的不是柱子，而是叉梁、横梁和大柱，而且都要新的。"东家说，显然在炫耀自己这方面的知识。

楚里斯不作声。

"这么说，你需要的是木料，而不是柱子。那你应该直说呀。"

"需要是需要，可是没地方去弄，总不能什么都到老爷院子里去要呀！要是我们养成习惯，什么东西都要求您老爷施舍，那我们还算什么农民呢？但您老爷要是开恩，能给我们几根您老爷搁在谷仓里没用的麻栎梢头就好了。"他一边说，一边鞠躬，两脚倒换着，"那我就可以截掉几根旧的，换上新的，利用旧料凑合着用了。"

"怎么利用旧料？你刚才不是说你的棚子都旧了，朽烂了？今天塌这个角，明天塌那个角，后天还会塌第三个角。既然要修，就得全部重新修过，要不就会白白浪费人工。你倒给我说说，你这座房子今年过得了冬吗？"

"谁知道呢！"

"不，你看怎么样？它会不会塌？"

楚里斯想了一会儿。

"全部都会塌下来的。"他忽然说。

"啊，你瞧，你在会上就该说，你的整座房子都要重盖，而不是换几根柱子。要知道我是很愿意帮助你的……"

"多谢老爷开恩，"楚里斯眼睛不望东家，不信任似的回答，"我只求老爷赏我四根圆木和几根柱子就行，修我自己会修。只要换掉一些没用的木料，再用几根柱子马马虎虎撑住就行了。"

"那么，你的住房也不行吗？"

"我跟我那婆娘早晚会给压死的，"楚里斯若无其事地说，"前不久我那婆娘就被天花板上掉下来的横梁砸伤过！"

"伤得怎么样？"

"啊，老爷，是这样的：砸在脊梁上，砸得她直挺挺地躺到晚上才醒来。"

"怎么样，现在好了吗？"

"好是好了，但老是犯病。她从小就闹病。"

"你怎么样，身体不舒服吗？"聂赫留朵夫问女人。她一直站在门口，一听到丈夫说到她，立刻呻吟起来。

"喏，这儿一直很难过，我完了。"她指指她那肮脏干瘪的胸部，回答说。

"又是这样！"年轻的东家耸耸肩膀，愤愤地说，"你既然有病，为什么不到医院去看？办医院就是给你们看病的。难道你们不知道吗？"

"知道，老爷，就是没工夫：又要服劳役，又要忙家里的活，还有那些孩子，全靠我一个人！什么事都得自己干……"

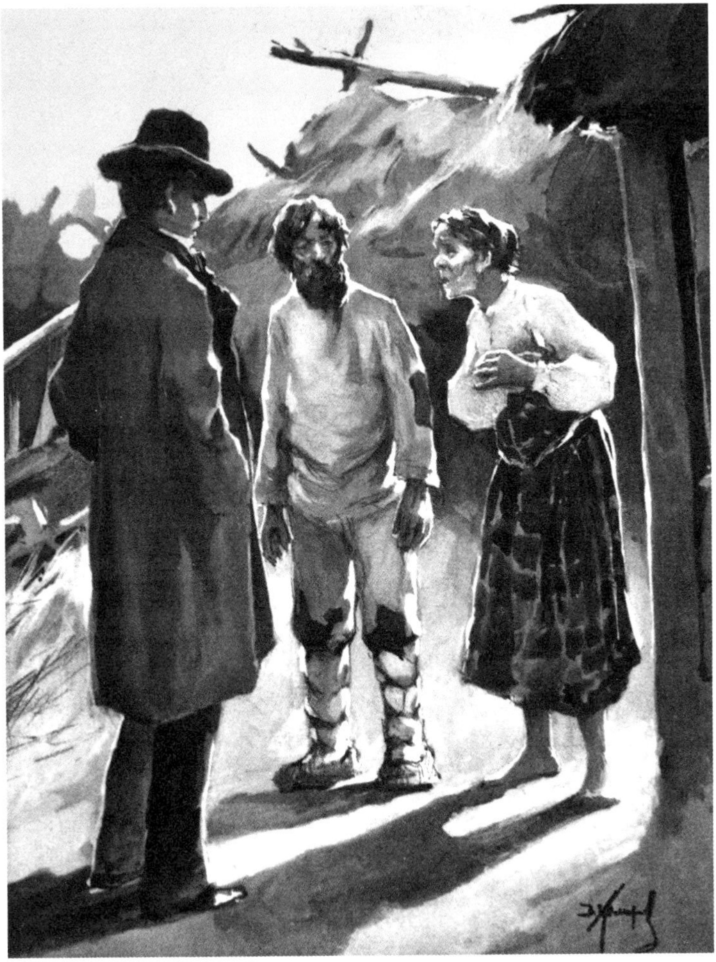

三

聂赫留朵夫走进屋子。在黑角①里,被烟熏黑的毛糙的墙上挂满破衣烂衫;在红角里,果然有许多红蟑螂麇集在圣像和长凳周围。在这间光线暗淡、臭气熏天的六尺见方小屋里,天花板上有一条大裂缝,尽管用两根柱子撑住,但看上去随时都会塌下来。

"不错,这房子很糟。"聂赫留朵夫打量着楚里斯的脸说。楚里斯似乎不愿谈这事。

"会把我们给压坏的,孩子们也会被压坏的!"那女人身子靠着炉子边的高板床,哭诉说。

"你别多嘴!"楚里斯严厉地说,接着,动动小胡子,依稀可辨地微微一笑,对东家说,"老爷,真不知道该拿它怎么办才好,我是说那房子;柱子用上了,垫板也用上了,可是不顶事!"

"叫我们在这儿怎么过冬呀?唉——唉!"女人说。

"啊,要是加上几根柱子,铺上新顶板,"丈夫沉着地打断她说,"再换上几根横梁,我们就可以凑合着过一冬了。住是可以住的,就是屋子里都是柱子,就是这样;还有,不能碰,一碰就没有一块完整的木板了,不碰还能撑一阵子。"他结束说,显然对自己的分析很满意。

聂赫留朵夫看到楚里斯弄到如此境地,却没有开口向他求助,

---

① 俄国农舍里,睡觉和堆放杂物的部分叫"黑角";供圣像和招待客人的部分,正对入口处,叫"红角"。

感到又气又恼,因为他回乡以来从没拒绝过农民的要求,总是竭力鼓励他们直接去找他。他对楚里斯简直有点儿恨,生气地耸耸肩膀,皱起眉头;但周围那种贫困的光景和楚里斯处身其中而怡然自得的神气,却使他的恼怒变为忧郁和绝望。

"啊,伊凡,你以前怎么没对我说呢?"他在歪斜的脏长凳上坐下来,带着责备的口气说。

"我不敢,老爷。"楚里斯又带着依稀可辨的微笑回答,同时在坑坑洼洼的泥地上倒换着两只发黑的光脚;不过他说得那么大胆和沉着,使人很难相信他会不敢去找东家。

"我们是庄稼人,我们怎么敢!"女人又抽抽搭搭地说。

"哼,别瞎扯!"楚里斯对她吆喝道。

"这屋子你不能住了;简直不像话!"聂赫留朵夫沉默了一会儿,说,"我们这么办吧,乡亲……"

"是,老爷。"楚里斯回答。

"你看到我在新村盖的有夹墙的砖房子吗?"

"怎么没有看到?"楚里斯笑得咧开嘴,露出一排雪白的牙齿,回答,"大家都弄不懂是怎么盖的,那房子真稀奇!大伙都笑了,说会不会是盖铺子,睡在夹墙里就不怕老鼠了。那房子高高大大的!"他摇摇头,露出嘲弄和怀疑的神气,结束说,"简直像牢房。"

"是啊,那房子挺好,又干燥又暖和,又不怕火烧。"东家皱起眉头反驳说,显然对农民的嘲笑很不满意。

"是座好房子,没话说的,老爷。"

"那么,我跟你说,有一座房子已经全盖好了。有十尺见方,有门廊,有贮藏室,都是现成的。我可以按造价赊给你,等你有钱的时候还我，"聂赫留朵夫说，一想到自己做了好事，忍不住得意地笑了，"你把旧房子拆了，可以拿它盖仓房；我们把院子也搬过去。那边的水很好，我会从荒地上划一块地给你种菜，再在那一带划一块三角地给你种庄稼。你的日子就可以过得很好了！怎么，难道你不喜欢这样吗？"聂赫留朵夫问，发现一谈到搬家，楚里斯就站在那里一动不动，脸上收起笑容，眼睛望着地面。

"随您老爷的便。"楚里斯回答，没有抬起眼睛来。

老太婆身子往前挪了挪，仿佛被刺痛似的。她正要开口，就被丈夫制止了。

"随您老爷的便，"他又坚决又驯顺地重复说，向东家瞧瞧，把头发往后一甩，"新村我们可不去住。"

"为什么呀？"

"不，老爷，您要叫我们搬到那里去，可我们在这里都过不好，一到那里，就再也不能好好给您当农民了。我们到了那里还像什么农民呢？那里没法过日子，不过随您的便吧！"

"这究竟是为什么呀？"

"因为会彻底破产的，老爷。"

"为什么没法在那里过日子呢？"

"那里怎么能过日子呢？您想想：那地方没有人住，水不知道怎么样，牧场也没有。我们这儿的大麻地自古以来就很肥，可是那里怎么样呢？那里会怎么样呢？一片荒地！没有篱笆，没有烤干房，没有仓房，什么也没有。我们要破产了，老爷，要是把我们往那儿赶，我们就要彻底破产了！那里是个新地方，谁也不知道……"他若有所思地重复说，坚决地摇摇头。

聂赫留朵夫劝导农民，搬到那里去对他只有好处，篱笆和仓房都会搭起来，那里的水也很好，等等，但楚里斯那种迟钝的沉默使他发窘，他以为他不该讲那些话。楚里斯没有反驳他；不过，等东家说完了，他微微一笑说，最好还是让那些老家仆和傻子阿廖沙搬到新村去，叫他们在那里看守庄稼。

"那样就好啦！"楚里斯说，又味地一笑，"这事没意思，老爷！"

"没有人住有什么关系？"聂赫留朵夫耐心地劝导说，"再说，就是这地方以前也是没有人住的，但现在有人住了。你第一个搬到那里去，那是你运气好……你一定要搬过去住……"

"啊，我的好老爷，这怎么好比呢！"楚里斯连忙回答，仿佛怕老爷做出最后决定，"我们这里靠近村社，地方挺好，已经住惯了：道路也有，池塘也有，娘儿们洗衣服也方便，还可以饮牲口；这里一切都是我们庄稼人的，自古以来就有了，又有谷仓，又有菜园子，还有我爹妈种的柳树；还有，我爷爷和我爹都是在这里归天的，老爷，我只求在这里过完一辈子，再没有别的要求了。您老爷只要发善心帮我修好这座房子，我们就感激不尽啦；要不就让我们在这房子里凑合着过到老。我们情愿一辈子为您老爷祷告，"他深深地鞠着躬，继续说，"只求您别把我们从老窝里赶出去，老爷！"

在楚里斯说话的时候，从他老婆站着的高板床下面传来了越来越响的啜泣声。等丈夫叫了最后一声"老爷"，他老婆就突然蹿出来，泪流满面地扑倒在东家脚下。

"别毁了我们，恩人哪！您是我们的亲爹娘！叫我们住到哪儿去啊？我们都是上了年纪的人，无依无靠。您跟上帝一样……"她放声痛哭起来。

聂赫留朵夫霍地从长凳上站起来,想拉起老太婆,可是老太婆情绪激动地拼命在泥地上叩头,把东家的手推开。

"你怎么啦!快起来!要是你们不愿意,那就不搬好了;我不来强迫你们。"聂赫留朵夫一边说,一边摆动两手向门口退去。

聂赫留朵夫又在长凳上坐下来,屋子里一片沉默,接着那婆娘回到高板床下,用衬衫袖子擦着眼泪,又发出嘤嘤的哭声。这时年轻的地主才懂得,破败的小屋、井架倒塌的水井、井边的水洼、朽烂的畜棚、小棚子和歪斜的窗子外面的柳树,这一切对楚里斯夫妇来说具有多大意义。他因而感到心情沉重、忧郁和歉疚。

"伊凡,上礼拜天村社开会,你为什么不说你需要房子?我现在不知道该怎样帮助你才好。我在第一次会上就对你们说过,我搬到乡下来住是要把我的一生都献给你们;我自己准备牺牲一切,只要你们能满意和幸福。我在上帝面前发过誓,我要信守诺言。"年轻的地主说,不知道他这种热情并不能赢得人家的信任,特别不能赢得俄罗斯人的信任,因为俄罗斯人不尚空话而重行动,而且不善于表达感情,哪怕是美好的感情。

但我们这位心地单纯的年轻地主因这种感情而十分快活,无法不让它流露出来。

楚里斯歪着头,慢慢地眨着眼睛,无可奈何地听着东家说话,因为,尽管他觉得东家的话不很中听,跟自己也毫无关系,但又不能不听。

"不过你要知道,我不能答应凡是来找我的人的要求。如果人家向我要木料,我有求必应,那么我自己的木料很快就会用光,我就无法满足真正需要的人。因此我把一部分木料划开,规定专门用来修理农民的房子,并完全交给村社处理。这批木料现在已不归我所有,而属于你们农民了。我现在已无权处理这批木料,只能由村社处理。你今天来参加大会吧。我把你的要求对村社说一说。要是村社答应给你修房子,那最好了,我现在已没有木料了。我一心一意想帮助你,但你不愿意搬家,这就不是我的事了,只能让村社来替你办。你懂得我的意思吗?"

"您老爷的恩典我们非常感激,"楚里斯尴尬地回答,"您要是能赏给我们木料修房子,我们的日子就可以对付过去了。至于村社嘛,谁都知道是怎么回事……"

"听我说,你一定要来。"

"是,老爷。我会来的。干吗不来呢?只是我不打算向村社提什么要求。"

四

年轻的地主显然还想向这家主人问些什么。他坐在长凳上没有站起来,犹豫不决地一会儿望望楚里斯,一会儿望望没有生火的空炉灶。

"那么,你们吃过饭吗?"他终于问道。

楚里斯胡子底下现出嘲弄的微笑。他似乎感到好笑,东家怎么会提出这样愚蠢的问题。他什么也没有回答。

"吃什么饭,老爷?"那婆娘深深地叹了口气,说,"吃了点儿面包，这就是我们的饭。今天没工夫割野菜，就没法烧菜汤，还有点儿克瓦斯①，都给孩子们吃了。"

"今天我们守斋，老爷，"楚里斯补充老婆的话说，"面包加大葱，这就是我们庄稼人的伙食。感谢上帝，我们靠您的恩典至今还有粮食，可是好些农民弟兄连粮食都没有了。今年各地大葱都歉收。前天我们到种菜的米哈伊尔那里去，他的大葱一把要一个铜板，这样我们就没法买了。从复活节到现在，我们还没有上过教堂，因为没有钱买支小蜡烛给米古拉圣像上供。"

聂赫留朵夫早就知道他的农民生活过得极其贫困。他知道这一点，不是根据传闻，也不是听信别人的话，而是确实了解。但这个事实跟他的教养、他的思想和生活方式那么格格不入，以致他往往有意不去想它。每次像现在这样清楚地想到这件事，他的内心就十分沉重和感伤，仿佛想到一件没有赎过的罪孽而感到痛苦难当。

"你们怎么会弄得这样穷啊？"年轻的地主情不自禁地问。

"唉，我们怎么能不穷呢，老爷？我们种的是什么地，这您也知道：都是黏土，坡地。还有，我们准是得罪上帝了，从闹霍乱那年起庄稼就不长了。草地和耕地也越来越少，有的指定做农庄，有的划到老爷的田里去了。干活只有我一个人，可我老了……我也很想卖力干，可是没有力气。老太婆有病，差不多年年都要生一个丫头，个个都得喂啊。您瞧，一个人干活，七个人吃饭。说来罪过，我心里常常想，但愿上帝快点儿把她们收回几个，我也可以好过些，这样，她们也比待在这世界上活受罪好些……"

---

① 克瓦斯——用面包发酵制成的饮料。

"唉——唉！"婆娘大声叹气，仿佛证实丈夫的话。

"您瞧，这就是我唯一的帮手。"楚里斯指指一个七八岁的男孩说。这男孩生着一头蓬乱的淡黄头发，鼓着一个大肚子，这时正轻轻推开门，怯生生地走进来。他皱起眉头，惊讶地盯住东家，一双小手抓住楚里斯的衬衫。"您瞧，这就是我唯一的帮手。"楚里斯粗糙的手摸摸孩子的头发，继续大声说，"还得等他多久哇？可我已经干不动了。年纪大不去说它，那个疝气病真叫我受不了。逢到阴雨天真要喊救命，照我的年纪早就该免除劳役了，我老了。您瞧，叶尔米洛夫、焦姆金、齐亚勃列夫，他们的年纪全比我小，可早就都免除劳役了。但我没有一个替身，苦就苦在这里。我们得吃饭，只好拼着命干，老爷。"

"我真愿意减轻你的负担，真的。可是该怎么办？"年轻的地主同情地瞧着农民，说。

"怎样减轻吗？当然啰，既然领了土地，就得给老爷服劳役，这规矩大家都知道。我只能等这孩子长大。只是请您老爷发发善心，免了他上学吧。前两天民兵来通知，说您老爷要他去上学。老爷，您这就免了他吧！您知道他的脑筋怎么样吗？他还小，还什么也不懂呢。"

"不，乡亲，不论你怎么说，"东家说，"你的孩子已经懂事，他应该念书了。要知道我说这话是为你好。你倒想想，等他将来长大成人，当家做主，他就能读会写，还能在教堂里读经，到那时靠上帝保佑，你们一家就会好过些了。"聂赫留朵夫说，竭力把话说得明白些，但不知怎的涨红了脸，显得很窘。

"那还用说，老爷，您是不会要我们坏的，可是我们家里没有人，我跟老伴都得服劳役。这孩子小虽小,到底还可以帮点儿忙:看看牲口,饮饮马。不论怎么说,到底是个庄稼人。"楚里斯脸上浮起微笑,用粗壮的手指捏住男孩的鼻子,替他擦去鼻涕。

"不管怎么样,逢到你自己在家或者他有空的时候,你就叫他来,听见吗? 一定叫他来。"

楚里斯深深地叹了口气,什么也没有回答。

五

"对啦,我还要问你,"聂赫留朵夫说,"你干吗不把肥料运走?"

"我有什么肥料哇,老爷! 根本没有东西好运。我有什么牲口吗? 只有一匹小母马和一匹马驹,一头小牛秋天卖给客栈老板了。我就只有这两头牲口。"

"既然你的牲口那么少,为什么还要把小牛卖掉呢?"东家惊讶地问。

"叫我拿什么喂它呢?"

"难道你的干草连喂一头牛都不够吗? 人家怎么就有办法呢?"

"人家的地肥,我的地全是黏土,毫无办法。"

"只要加点儿肥料黏土就可以改良,土地长了庄稼,就有东西喂牲口了。"

"可是没有牲口,哪来肥料哇?"

"这真是可怕的恶性循环。"聂赫留朵夫想,但实在想不出怎样才能说服这个农民。

"再说,老爷,长庄稼不是靠肥料,而要靠上帝。"楚里斯继续说。"去年我在没有施过肥的地里割了六堆干草,可是在施过肥的地里却连一束草也没有割到。谁也比不过上帝!"他叹了一口气,补充说。"再有,我们家的牲口也长不大。没有一头牲口活满过六岁。去年死了一头小牛,另一头也被我卖了,因为没有饲料喂;前年死了一头挺好的母牛,从牧场赶回来的时候还是好好的,啥事也没有,突然它的身子摇晃起来,晃啊晃啊,接着就倒下了。我这人真倒霉!"

"啊,乡亲,你以后别再说,你没有牲口是因为没有饲料,没有饲料是因为没有牲口了。喏,这你拿去买头母牛,"聂赫留朵夫涨红了脸,从马裤口袋里掏出一叠揉皱的钞票,把它理好,说,"我帮助你,你去买头母牛,饲料到打谷场去拿,我会对他们说的。你记住:下个礼拜天你家里就该有一头母牛了,我要来看的。"

楚里斯脸上现出微笑,好一阵两脚交替站着,没有伸手去接钞票。聂赫留朵夫只好把钱放在桌角上,脸涨得更红了。

"老爷,您的恩典我们真是感激不尽。"楚里斯现出惯常的嘲弄的微笑,说。

老太婆站在高板床旁深深地叹了几口气,好像在祷告。

年轻的地主有点儿窘,匆匆从长凳上站起来,走到门廊里,叫楚里斯跟他出去。楚里斯得到帮助,露出十分高兴的样子,聂赫留朵夫真舍不得马上跟他分手。

"我很高兴帮助你,"聂赫留朵夫站在井边说,"我可以帮助你,因为我知道你这人并不懒。你只要好好干活,我还会帮助你的。上帝保佑你日子逐渐好起来。"

"日子好起来，那可办不到，只要不完全破产就算不错了，老爷，"楚里斯说，脸色突然变得认真甚至严厉了，仿佛东家说他的日子会变得好起来，他听了很不高兴。"从前跟我爹和兄弟住在一起，根本不知道什么叫穷苦。等到我爹一死，我们分了家，日子就一天不如一天。我们变得孤孤单单了！"

"你们为什么要分家呢？"

"全是婆娘们闹出来的，老爷。那时您爷爷已过世了，要是他在，大家也不敢那样。他老人家在世的时候，一切都照着规矩办。他老人家也跟您一样，什么事都亲自过问，谁也不敢想到分家。他老人家可不喜欢让农民乱来。您爷爷去世后，就叫安德烈·伊里奇来管我们，我真不愿提到他，他是个酒鬼，办事马马虎虎。我们一次又一次向他要求：为了那些婆娘我们没法在一起过，让我们分家吧。他先是训斥我们，训斥我们，到头来还是听了婆娘们的话，叫我们分开过。可是谁都知道，独立门户是怎么一回事！再说，没有什么章程：安德烈·伊里奇高兴怎样管我们，就怎样管我们。他说：'你要什么有什么。'可是庄稼人怎么才能弄到需要的东西，他就不管了。后来人头税增加了，储备粮收得多了，土地却更少了，庄稼也不再生长。后来，重新划分土地，他把肥地都划到老爷名下，那强盗把我们抢个精光，哪怕死人他也不管！您家老太爷——愿他在天上安息——是个好东家，可我们看不到他，因为他一直待在莫斯科。当然啰，往那儿运东西的大车也越来越多了。有一次，天气不好，道路泥泞，我们没有饲料，可是还得运。东家那边总不能没有饲料哇。这事我们也不敢抱怨，可就是没有个章程。现在您老爷开恩，我们庄稼人个个都可以直接找您，管家也跟从前不一样了。现在我们至少知道我们有个东家了。我们庄稼人真是说不出有多么感激您老爷的恩典。从前您老爷还受监护的时候,我们没有个真正的东家,却有不少人来管我们:监护人老爷管我们,伊里奇老爷管我们,他老婆那老太太管我们,警察局来的书记官老爷也来管我们。唉,管我们的人实在太多啦!庄稼人受的罪真是太多啦!"

聂赫留朵夫又一次产生一种近乎羞愧和内疚的感觉。他举了举帽子,走了。

六

"怪人尤赫万卡要卖马。"聂赫留朵夫在笔记本上看到这句话,就穿过村街,向怪人尤赫万卡家走去。尤赫万卡的房子,顶上整齐地盖着从东家打谷场上弄来的干草,屋架用浅灰色新鲜白杨木(也是从东家林地里砍来的)搭成,每个窗子上都有两扇红板窗,门口台阶上搭着遮檐,还配上别致的薄板镂空的栏杆。门廊和没生火的房子也都很完整;不过这种富裕丰足的景象却被大门旁的披屋破坏了。披屋旁的篱笆还没有编好,披屋的屋檐也没有盖。聂赫留朵夫走近台阶,看见两个农妇抬着一个装得满满的大木桶从另一边走来。一个是怪人尤赫万卡的老婆,另一个是他的母亲。他老婆身体强壮,脸颊红润,胸脯异常丰满,颧骨阔大厚实。她身穿领口和袖子绣花的干净衬衫、同样绣花的围裙和格子毛料裙,脚穿暖鞋,脖子上挂着项链,头戴有红棉纱绣花和缀着亮片的漂亮四角帽。

扁担的末端并不摇晃,而是稳稳当当地压在她那宽阔厚实的肩

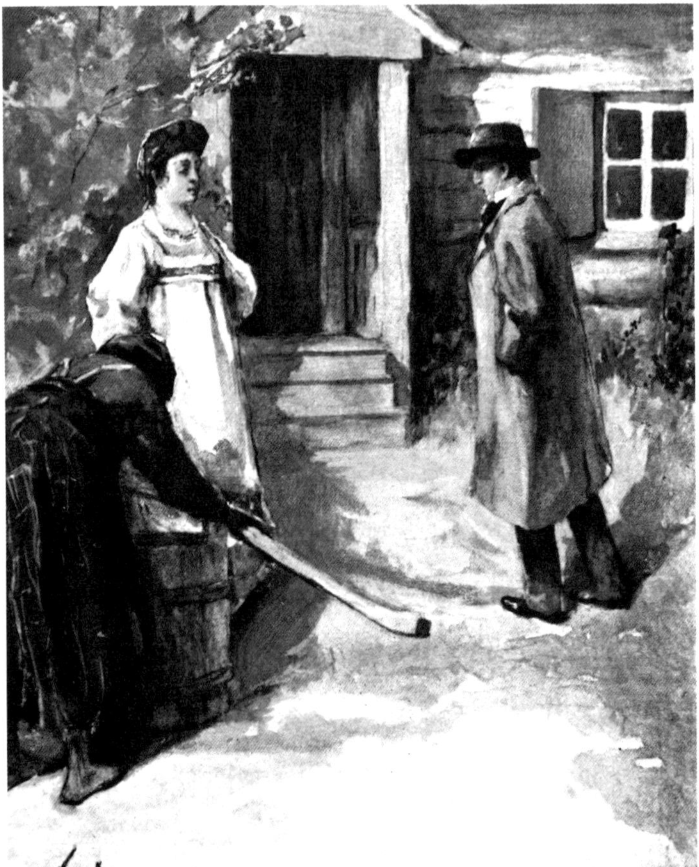

上。她那红润的脸上现出轻松的神气,脊背微微弯曲,手脚动作匀调,处处都表明她身体非常健康,力气大得像男人。尤赫万卡的母亲扛着扁担的另一头,模样正好相反,她显得老态龙钟,像风中残烛。她骨瘦如柴,穿着一件破旧的黑衬衫和一条本色裙子,身子佝偻,因此扁担不是搁在她的肩上,而是压在她的背上。她的双手黑得像土,畸形的手指抓住扁担,似乎已不能弯曲;她的头上包着一块破布,使她显得格外贫困和衰老。她的前额狭窄,上面布满交错的深深的皱纹;额下一双红红的眼睛没有睫毛,暗淡无光地瞧着地面。她的一颗发黄的门牙从凹陷的上唇里露出来,不停地晃动,有时触到尖尖的下巴。她的脸的下半部和喉咙上的褶皱像口袋般挂下来,不断地摆动。她沉重地呼噜呼噜喘着气;她那双畸形的光脚费力地在地上拖着走,但脚步还很匀调。

七

年轻的农妇几乎跟东家撞了个满怀。她连忙放下水桶,垂下眼睛,鞠了一躬,然后皱起眉头,用她那双炯炯有神的眼睛瞧了瞧东家,竭力用绣花衬衫袖子掩住微笑,急急地跑上台阶,发出响亮的脚步声。

"妈妈,你把扁担还给纳斯塔霞婶婶。"她在门口站住,对老太婆说。

年轻的地主一向平易近人,这会儿却严厉而关注地瞧了瞧脸颊红润的农妇,皱起眉头,转身招呼老太婆。老太婆正顺从地用畸形的手指抽出扁担，把它搁在肩上，向邻居家走去。

"你儿子在家吗？"东家问。

老太婆身子弯得更低，鞠着躬，想说什么，可是双手捂住嘴，剧烈地咳嗽起来。聂赫留朵夫不等她开口，就走进屋子。尤赫万卡坐在圣像旁的长凳上，一看见东家，就奔到炉前，仿佛想躲开他，把一样东西塞到高板床上。他牵动嘴巴和眼睛，身子贴在墙上，仿佛给东家让路。尤赫万卡三十岁光景，身材修长，头发浅褐，留着青年式山羊胡子。要不是他那双深褐的小眼睛骨碌碌地从紧蹙的眉毛下打量人，要不是他嘴唇短而又动个不停，使人一望而知他缺了两个门牙，他的外貌是相当漂亮的。他身穿前襟有鲜红镶条的节日衬衫和有条纹的印花布裤，脚穿靴筒起皱的长筒靴。尤赫万卡的屋子不像楚里斯的屋子那样狭小和阴暗，虽然里面同样气闷，充满烟味和羊皮味，衣服和杂物同样堆得乱七八糟。这里有两样怪东西引人注目：一个放在搁板上的凹瘪的旧茶炊；一个玻璃肮脏破碎、镶着身穿红色军服将军像的黑色镜框，挂在圣像旁边。聂赫留朵夫不愉快地望望茶炊、将军像和高板床——床上的破被下露出一根镶黄铜的烟管——招呼农民。

"你早，尤赫万卡。"他盯着农民的眼睛说。

尤赫万卡鞠了一躬，喃喃地说："贵体健康，老爷。"他称呼"老爷"时声音特别温柔，目光迅速地扫过东家的全身、房子、地板和天花板，没有在任何一处停留；然后他匆匆地走到高板床跟前，从那里拖下一件棉袄，穿在身上。

"你穿衣服干吗？"聂赫留朵夫说，在长凳上坐下来，竭力摆出严肃的神气打量着尤赫万卡。

"哦，老爷，这样怎么行呢？我们当然懂得……"

"我是来向你打听一下：你为什么要卖马，你是不是有很多匹马，你要卖掉一匹什么样的马？"东家冷冷地说，显然是把准备好的问题说了一遍。

"老爷不嫌脏，来到我们农家，我们真是感激不尽，"尤赫万卡目光迅速地扫了一下将军像、炉灶、东家的靴子和别的东西，就是避而不看聂赫留朵夫的脸，"我们一直在为您老人家祷告呢……"

"你为什么要卖马？"聂赫留朵夫咳嗽几声清清嗓子，提高声音又问。

尤赫万卡叹了一口气，把头发往后一甩（他的目光又把屋子扫了一遍），接着发现猫躺在长凳上安安稳稳地打呼，就对它吆喝道："滚开，死猫！"然后匆匆地转身对东家说："老爷，那匹马不好……要是马好，我也不会卖了，老爷。"

"你总共有几匹马？"

"三匹，老爷。"

"有没有马驹？"

"那当然有，老爷！马驹也有一匹。"

八

"走吧，带我去看看你的马。你的马在院子里吗？"

"是，老爷。您老爷怎么盼咐，我就怎么办。难道我们可以不听您老爷的吩咐吗？雅科夫·伊里奇叮嘱我们，明天不要放马下地，因为公爵要来视察。我们就没有放。我们可不敢违抗老爷的命令。"

趁聂赫留朵夫走出门去，尤赫万卡从床上抓起烟管，把它放到炉灶后面。东家不看他的时候，他的嘴唇仍旧不安地拼命抽动。

一匹青灰色的小母马在屋檐下翻动腐烂的干草；一匹两个月的长腿马驹紧贴着母马粘满牛蒡刺的细尾巴，身上的毛色还看不出来，但腿和嘴脸都是浅青色的。院子中央站着一匹大肚子枣红骟马，眯缝着眼睛，若有所思地垂下头，看样子是匹干农活的好马。

"你的马都在这儿了？"

"不，老爷；喏，还有一匹母马，还有一匹马驹。"尤赫万卡回答，指指那两匹马——其实东家是不会看不见的。

"我看见了。那么你想卖的是哪一匹呢？"

"喏，就是那一匹，老爷。"他回答，拿短褂前襟向那匹睡意正浓、不停地眨眼睛、翕动嘴唇的骟马挥了挥。骟马睁开眼睛，懒洋洋地把尾巴转到他这边来。

"这马看样子不老，还挺结实，"聂赫留朵夫说，"你捉着它，让我看看它的牙，我就知道它老不老了。"

"一个人怎么也捉不住它，老爷。这牲口一个钱也不值，性子躁，咬人踢人什么都来，老爷。"尤赫万卡回答，快乐地微笑着，眼睛骨碌碌地乱转。

"胡说！跟你说，把它捉住。"

尤赫万卡嬉笑了好一阵，两脚交替站着，直到聂赫留朵夫愤怒地喝道："哼，你这算什么？"他才跑到屋檐下，拿起笼头，威吓它，从后面而不是从前面接近它。

年轻的东家显然看得不耐烦了，但也许想显显自己的本领。

"把笼头给我！"他说。

"求老爷饶恕！您老爷怎么可以呢？您千万别……"

但聂赫留朵夫从正面走到马跟前，一下子抓住它的双耳，拼命把它往地上按。那是一匹驯顺的农家马，这时也摇摆着身子，嘶叫着，竭力要挣脱聂赫留朵夫的手。聂赫留朵夫这才发现根本不用费这样大的劲。他抬头一望，看见尤赫万卡嬉笑个不停，不禁想到尤赫万卡准是在嘲笑他，把他看作孩子，而对于他这样年纪的人来说，这是莫大的屈辱。他涨红脸，放下马耳朵，不用笼头就扳开马的嘴，瞧了瞧它的牙齿：犬牙完整，双尖牙齐全。年轻的东家立刻知道，这匹马岁数不大。

这当儿尤赫万卡走到屋檐下，发现铁耙没有放在原位，就把它捡起来，靠在篱笆上。

"你过来！"聂赫留朵夫带着孩子般恼怒神气，委屈得仿佛要哭出来似的嚷道，"这匹马怎么能算老呢？"

"说实在的，老爷，很老啦，总有二十岁了……那匹马……"

"闭嘴！你这人尽撒谎，真是个无赖，规矩的庄稼汉是不兴撒谎的，干吗撒谎！"聂赫留朵夫愤怒得要哭出来，喉咙里哽住，气喘吁吁地说。他闭上口，竭力不在庄稼人面前掉泪，丢脸。尤赫万卡也不作声，现出一副哭脸，吸着鼻子，微微抽动脑袋。"哼，你把马卖了，拿什么来耕地呢？"聂赫留朵夫已平静下来，能像平常一样说话了。"我们特地派你去干些别的活，好让你的马休整一阵，以后好耕地，可你却要把最后一匹马都卖掉，是不是？主要的是你为什么要撒谎？"

东家一平静下来，尤赫万卡也放心了。他仍旧直挺挺地站着，抽动嘴唇，眼睛忽而瞧瞧这个，忽而望望那个。

"我们替您老爷干活，决不会比人家差。"尤赫万卡回答说。

"可你拿什么来耕地呢？"

"您放心好啦，老爷，我们会把活干完的，"尤赫万卡回答，同时吆喝着把马赶开，"要不是缺钱，我们怎么会卖呢？"

"你怎么会缺钱呢？"

"我们没有粮食啦，老爷，还要还人家的债，老爷。"

"怎么会没有粮食？人家有儿女的都还有粮食，你没有儿女，怎么会没有粮食？粮食都到哪儿去了？"

"吃掉了，老爷，如今一颗粮食也没有了。马我到秋天就去买回来，老爷。"

"卖马，你就别想了！"

"要是不卖，老爷，叫我们怎么过呢？粮食又没有，又不许卖东西，"尤赫万卡身子转向一边回答，抽动嘴唇，突然大胆地直对着东家的脸望了一眼，"这样，我们就只好饿死了。"

"听我说，乡亲！"聂赫留朵夫脸色发白，对尤赫万卡怀着满腔怒火，大声嚷道，"像你这样的农民我可不想收留。你不会有好下场的。"

"要是我不称老爷的心，那就听凭老爷发落好了，"尤赫万卡闭上眼睛，装出一副恭顺的样子，"不过，我好像还没有做过什么错事。当然啰，我要是不能讨老爷的欢心，那就听凭您发落好了。可我不知道为什么该受处分。"

"那是因为，你的院子没有盖上顶棚，地里没有施肥，篱笆又都倒了,可你却坐在家里抽抽烟,不干活;还因为你母亲把全部家业都交给了你,你却连一块面包都不给她吃,还纵容你老婆打她,逼得她来向我告状。"

"您行行好吧,老爷,我连烟管是什么样的都不知道呢,"尤赫万卡窘态毕露地回答,显然说他抽烟最使他伤心,"如今什么话都可以说人家。"

"哼,你又撒谎啦!我亲眼看见的……"

"我怎么敢在老爷面前撒谎呢!"

聂赫留朵夫不再说什么,咬咬嘴唇,在院子里来回踱步。尤赫万卡站在一边,没有抬起眼睛,一直注视着东家的脚步。

"听我说,尤赫万卡!"聂赫留朵夫突然在他面前站住,竭力掩饰内心的激动,像孩子般温和地说,"不能再这样过日子了,你会把自己毁掉的。你好好想想。你要是想做个正正经经的庄稼人,就得改变生活,把你那些坏习惯都改掉,不要撒谎,不要喝酒,要孝顺你的母亲。你的事我全知道。好好干活,不要盗窃公家树木,不要上酒店。你想想,像你现在这样过日子有什么好处!你要是需要什么,就来找我,干脆告诉我你要什么,为什么要,可不许撒谎,只能说实话,这样我就不会拒绝你,只要我能办到。"

"说实在的,老爷,您老爷的意思我们是懂的!"尤赫万卡傻笑着回答,仿佛完全懂得东家这番话的奥妙。

聂赫留朵夫原想感动尤赫万卡,使他回到正道上来,可是尤赫万卡的笑容和回答使他大为失望。再说,他觉得他身为东家,虽然有权任意对待农民,但对他们说话很不客气,而且说得也很不得体。他闷闷不乐地垂下头,走到门廊里。老太婆坐在门槛上唉声叹气,表示非常赞同东家的话。

"这给你买面包吃，"聂赫留朵夫把钞票塞在她手里，对着她的耳朵说，"你自己去买，不要给尤赫万卡，不然他又会把钱都喝光的。"

老太婆用骨瘦如柴的手抓住门柱，想站起来谢谢东家，她的头不断晃动着。不过，等她站起来，聂赫留朵夫已经走到村街的另一头了。

九

"白人达维德要粮食和木柱。"——在聂赫留朵夫的笔记本里，紧接着尤赫万卡之后记着这样一句话。

聂赫留朵夫走过几户，在小巷转角处遇见管家雅科夫。雅科夫老远看见东家，就摘下漆布便帽，掏出一块绸手帕，擦擦红红的胖脸。

"把帽子戴上，雅科夫！雅科夫，我对你说，把帽子戴上……"

"老爷，您到哪儿去了？"雅科夫问，拿帽子挡住阳光，没有把它戴到头上。

"我在怪人那儿。你倒说说，他怎么会变成这个样子？"东家一边往前走，一边说。

"什么，老爷？"管家答应着，彬彬有礼地跟在东家后面，同他保持一定距离，戴上帽子，抚平小胡子。

"什么？他是个十足的无赖，懒鬼，小偷，撒谎成性，虐待亲娘，总之是个不可救药的无赖。"

"老爷,我不知道他竟这样叫您生气……"

"他老婆看上去也是一个坏透的女人,"东家打断管家的话说,"老太婆穿得比叫花子都不如,又没有东西吃,可是儿媳妇却打扮得漂漂亮亮,儿子也穿得不错。我真不知道该拿他怎么办才好。"

聂赫留朵夫谈到尤赫万卡老婆的时候,管家显得很不自然。

"是啊,老爷,他这样无法无天,是得采取措施,"管家说,"他确实像一般没有儿女的庄稼人那样,日子过得很穷,不过他比起别人来,还算守本分。他这个庄稼人还算聪明,能读会写,也还算老实。人头税他总是按时去收。自从我在这里管事以来,他已当了三年村长,没见他有什么错处。三年来您的监护人要他服劳役,他也都完成了。不过,他有时待在城里邮站,就会喝得酩酊大醉,那时就得采取措施了。有时候他胡闹,你只要拿鞭子吓唬吓唬他,他就会清醒过来。这样对他有好处,家里也就太平了。可是您不许我们采取这样的措施,那我就不知道该拿他怎么办了。他确实无法无天。叫他去当兵又不合适,因为少了两颗门牙,您老爷大概也注意到了。老爷,不瞒您说,这样做的不光是他一个人,他们都是无法无天的①……"

"你别说了,雅科夫,"聂赫留朵夫微笑着回答,"这事我跟你谈过,谈过不止一次。你也知道我的想法。不管你怎么说,我都不会改变主意的。"

"当然,这一切您老爷都是知道的,"雅科夫耸耸肩膀说。他从后面望着东家,仿佛知道不会有什么好事。"至于那个老太婆,您为她操心,那可不必了。不错,她把这个没有父亲的孩子带大,让他成

---

① 指农民为了逃避服兵役故意敲掉门牙。

了家,这是事实。但一般在农民家里,做母亲的或者做父亲的把家业交给儿子以后,那就由儿子和儿媳妇当家,老太婆就得靠自己的力气挣饭吃。他们当然不会很亲热,但在农民家里一般都是这样的。所以恕我冒昧说一句,您可不用为那个老太婆操心。她这人聪明,又很能干,您老爷何必为她操心呢? 是啊,她跟儿媳妇吵了一架,儿媳妇说不定还推了她一下 —— 这些都是娘儿们的事! 不过,不等您想出什么办法来,说不定她们已经和好了。您老爷也实在太关心这类事了。"管家说,又殷勤又和蔼地望着在他前面默默地大踏步沿街走去的东家。"您回家吗?"他问。

"不,我去看看白人达维德⋯⋯他是不是叫这个名字?"

"哦,这又是个懒鬼,让我来告诉您。达维德一家都是那种货。不论你用什么办法对付他,都没有用。昨天我坐车经过他们的地,看到他连荞麦都还没有播种。您说,对这种人有什么办法? 真该像老子教训儿子那样好好教训教训他,要不对这种懒鬼真是毫无办法。他既不种自己的地,也不种老爷的地,老是那样稀里糊涂过日子。您的监护人和我不论怎样对付他:把他送警察局也罢,在家里自己处罚他也罢 —— 当然您老爷不赞成这样办⋯⋯"

"处罚谁呀? 难道处罚这个老头子吗?"

"处罚这个老头子。您的监护人多少次当众处罚过他,可是老爷您想怎么样? 没用,他晃晃身子走了,到头来还是老样子。说实话,达维德倒是个安分守己的庄稼人,人不笨,也不抽烟 —— 我是说他不喝酒,"雅科夫解释道,"可是比那些喝酒的还要坏。我看只有一个办法,叫他去当兵,或者送他去充军,没有别的办法了。他们一家人都是这样的。还有马特留施卡住在没有窗的屋子里,也是他们家的人，也是个该死的懒鬼。老爷，我没有事了吧？"管家发觉东家不在听他，就补了一句。

"没有事了，你走吧。"聂赫留朵夫心不在焉地回答，同时向白人达维德家走去。

达维德的小屋歪歪斜斜，孤零零地坐落在村头。屋旁没有院子，没有干燥房，也没有谷仓；只有肮脏的牲口棚紧挨着房子的一边；房子另一边堆着些修院子用的干树枝和木柱。废弃的院子长满高高的野草。屋旁不见一个人影，只有一头猪躺在门口泥浆里尖叫。

聂赫留朵夫敲敲破玻璃窗，没有人答应。他走到门口喊了一声："有人吗？"也没有人回答。他走到门廊里，望了望空荡荡的牲口棚，走进门户敞开的屋子。一只红毛老公鸡和两只母鸡竖起脖子上的羽毛，爪子拍打着地面，摇摇摆摆地在地上和凳子上乱闯。鸡一看见人，咯咯狂叫，往墙上飞扑，其中一只跳上灶头。六尺见方的小屋里有一个烟囱断裂的火炉、一台到夏天也没有搬走的织布机和一张桌面歪斜裂开的黑桌子，显得很拥挤。

尽管院子是干的，门槛旁边却有一摊污水，那是由屋顶和天花板裂缝里漏进来的雨水积成的。屋子里没有床。很难想象这是住人的地方，因为里里外外是一片凄凉杂乱的景象，但白人达维德一家的确是住在这里。这时候，不管六月的炎热，达维德却蜷缩在炕上一角，用皮袄蒙着头呼呼大睡。一只受惊的母鸡跳到炕上，还没有定下神，就在达维德背上走来走去，但这样也没有把他弄醒。

聂赫留朵夫以为屋子里没有人，正想走，忽然听见一声拖长的叹息，说明主人在家。

"喂，这里有人吗？"他大声问。

炕上又传来一声长叹。

"谁啊？过来！"

随着东家的叫喊，又传出一阵叹息和哈欠声。

"喂，你这是怎么啦？"

炕上有一样东西慢慢地动起来，现出破羊皮袄的前襟。接着，一只穿破树皮鞋的大脚露出来，然后又是一只，最后出现了白人达维德的全身。他不高兴地坐在炕上，懒洋洋地用一只大拳头擦着眼睛。接着他慢慢垂下头，打着哈欠，向屋子里瞧了一眼，这才看见东家。他的动作稍微快了一点儿，但聂赫留朵夫在那摊水和织布机之间来回走了三次，达维德还没有从炕上下来。白人达维德的确很白：他的头发、身体和脸都白得出奇。他又高又胖，而且像一般农民那样，不是肚子胖，而是整个身体胖。不过，他胖得有点儿虚，显出病态。他的脸相当漂亮，生有一双浅蓝色的安详的眼睛，蓄着一把浓密的大胡子，但也带有病态。他的脸没有被太阳晒黑，也不红润，而显得苍白，发黄，眼圈有点儿紫，仿佛浑身都是脂肪，或者说有点儿浮肿。他的双手又肿又黄，就像水肿病人那样，上面长满白色的汗毛。他睡得糊里糊涂，怎么也睁不开眼睛，身子不断摇晃，连连打哈欠。

"哼，你怎么不害臊？"聂赫留朵夫说。"院子等着要修，粮食又没有，你怎么好意思大白天睡觉？"

达维德一清醒过来，立刻明白站在他面前的是东家。他双手放在肚子上，垂下微微歪着的头，手脚一动也不动。他没有作声；但脸上的表情和全身的姿势仿佛在说："我知道，我知道，这话我又不是

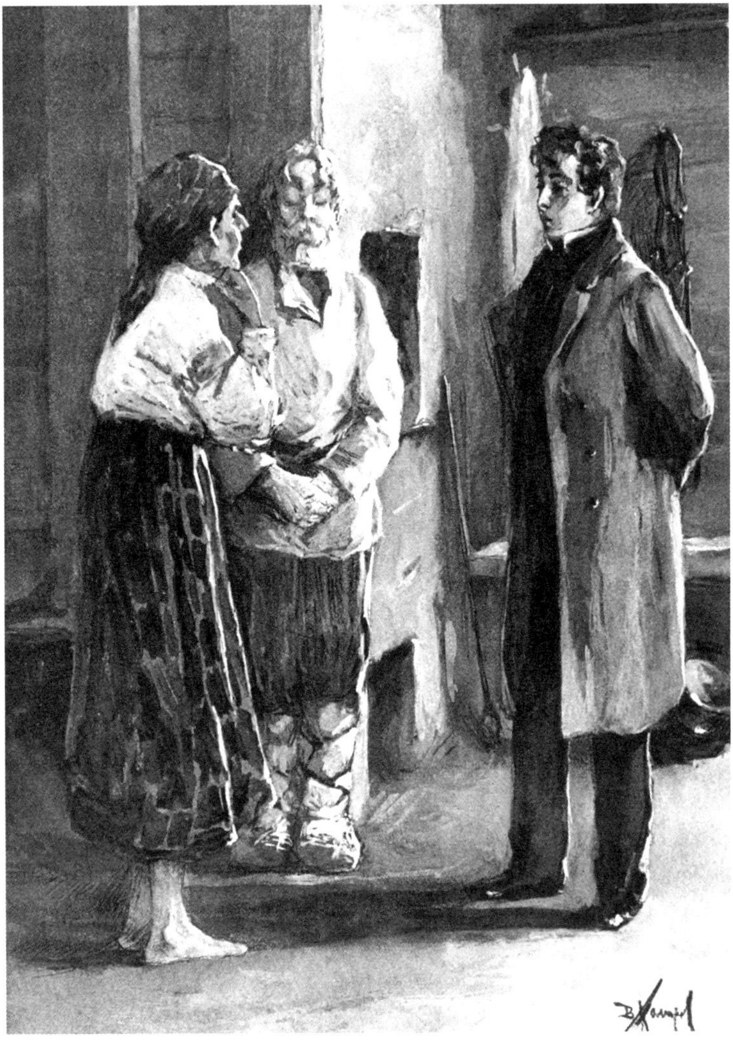

第一次听到。嗯,您打吧,要是非打不可的话,我能够忍受。"他似乎希望东家不要再说下去,还是赶快动手打他,哪怕重重地打他浮肿的脸也行,只要快点儿让他安宁。聂赫留朵夫发觉达维德不了解他,拼命提出各种问题,想打破农民这种顽固的沉默。

"你向我要木料做什么?木料在你这里整整放了一个月,而且现在正是农闲。你倒说说!"

达维德顽固地不作声,身子一动不动。

"喂,你回答我呀!"

达维德嘴里咕噜着什么,眨着他那白睫毛。

"人活着就得干活,老兄。不干活怎么行呢?你看,你现在已经没有粮食了,这是什么缘故?就是因为你的地耕得很糟,又不肯再耕一遍,也不及时下种,而这都是因为你太懒。你问我要粮食,我可以给你一点儿,因为总不能眼看着你饿死,但这样下去不行。我能拿谁的粮食给你呢?你看拿谁的好呢?你倒说说,叫我拿谁的粮食给你呢?"聂赫留朵夫固执地一再问。

"老爷的粮食。"达维德喃喃说,胆怯而试探地抬起眼睛来。

"那么老爷的粮食又从哪儿来呢?你自己想,是谁耕的地?是谁耙的地?谁下种?谁收割?还不是农民吗?是不是?因此你瞧:要是把老爷的粮食分给农民,那么,谁活干得多,谁就可以多分些;你只能比别人少分些。要不人家就会发牢骚,说你活干得最少。可是向老爷要粮食却最多。为什么要给你而不给别人呢?要是人人都像你这样睡大觉,大家早就饿死了。你得干活,老兄,像现在这样可不行。听见吗,达维德?"

"听见了,老爷。"他慢吞吞地从牙缝里挤出一声来。

十

这时候,窗外闪过一个挑麻布的乡下女人,接着达维德的母亲走进了屋子。她身材很高,五十上下,精神奕奕,动作灵活。她的脸布满麻子和皱纹,并不好看,但挺直的鼻子、紧闭的薄嘴唇和灵活的灰眼睛却显得聪明和精神。她肩膀瘦削、胸脯干瘪、双臂精瘦、黑黑的光腿肌肉发达,这些都表明她早已不像一个女人,而像个干粗活的男人。她轻快地走进屋子,关上门,解下围裙,怒气冲冲地对儿子瞅了一眼。聂赫留朵夫想对她说话,她却背过身去,对着织布机后面黑色木雕圣像画十字。她画过十字,整了整肮脏的方格头巾,低低地向东家鞠了一躬。

"礼拜天好,老爷,"她说,"上帝保佑您,您是我们的爹……"

达维德一看见母亲,立刻局促不安起来,腰弯得更厉害,头垂得更低。

"谢谢,阿林娜,"聂赫留朵夫回答,"你瞧,我正在跟你儿子谈你们的家业呢。"

阿林娜——她年轻的时候,乡亲们就唤她纤夫阿里施卡——左手托住右臂肘,右手拳头撑着下巴,不等东家说完,就声音洪亮而尖锐地讲起来,使整个屋子充满她的声音,从外边听,好像有几个女人同时在说话:

"我的爹啊,你跟他有什么可说的!他这人连话都不会说。他站在那儿,简直像个白痴,"她向达维德笨重可怜的身子扬扬头,继续说,"老爷,我们谈得到什么家业啊!我们是穷光蛋,村子里再也找不到比我们更穷的人家了,我们对自己对老爷庄院都毫无用处,真是丢脸哪!这都是他害的。我生他,奶他,养他,好不容易才把他拉扯大。但拉扯大了有什么用?饭他要吃,可是叫他干活,就像一块废料。他就知道在炕上睡大觉,要不就是站着搔搔他的傻脑袋瓜,"她说,学着他的模样,"老爷,你就吓唬吓唬他吧。我做娘的自己恳求你,看在上帝分上,你就惩罚惩罚他,或者送他去当兵。我实在拿他没办法。"

"唉,达维德,你把你亲娘害成这个样子,你就不怕罪过吗?"聂赫留朵夫责备他说。

达维德站着一动不动。

"他要是有病,倒不去说他,"阿林娜又激动地做着手势说下去,"可是你瞧瞧他那副模样,胖得简直像磨坊里的烟筒。这样结实的汉子,总该干点儿活吧!不,他成天躺在炕上,十足是个懒鬼。他要是多少干点儿什么,我也不会这样盯住他了。他哪怕起来走动走动,随便干点儿什么事也好哇,"阿林娜难看地扭动瘦骨棱棱的肩膀,拖长声音说,"你瞧,老头子今天自己到树林里捡柴去了。叫他挖挖坑,可他连铲子都不碰一碰……"她停了一会儿。"他害得我好苦,弄得我简直像个孤老婆子!"她突然尖叫起来,挥动双臂,向儿子威胁着走去。"你这个丑八怪!上帝饶恕我!"(她鄙夷而绝望地转过身子,吐了一口唾沫,又挥动双臂,神情激动,含着泪水,继续跟东家说话。)"家里就靠我这个苦命的老婆子。我那老头子有病,年纪又大,也没有什么用处,这就剩下我一双手,一双手。就是石头也要磨坏的。还不如死了的好，反正是死路一条。那混蛋，真把我折磨死了！唉，我的老爷！我没有力气啦！我的儿媳妇已经累得送了命，我也活不长了。"

十一

"怎么送了命？"聂赫留朵夫将信将疑地问。

"累坏的，老爷，真的，累得送了命。去年我们才把她从巴布林那儿娶来，"老太婆继续说，恼恨的神色突然变得悲伤而且眼泪汪汪了，"唉，老爷，她原来是个鲜嫩鲜嫩的好姑娘，脾气也挺好。她在娘家有兄嫂照顾，日子过得自在，没有尝过贫困的滋味，可是来到我们家，就得不停地干活，又是给老爷庄园干，又是给自己家干，老是干不完的活。总共只有我同她两个人，两双手。我吗？我是干惯了的，可是她呀，我的好老爷，肚子里有了孩子，这就受罪啦！总是干过了头，伤了身子，这个可怜的人。真倒霉，去年圣彼得节①上她生了一个男孩，可是没有东西吃，就胡乱吃一点儿，急急忙忙去干活了。唉，老爷，结果她的奶干了。这是个头生儿，又没有奶牛，我们乡下人也没有奶瓶，怎么喂呢！当然，她也有女人家那种傻里傻气的天性，心里就特别难受。孩子一死，她哭得死去活来，哭个不停，又是闹穷，又得干活，情况就越来越糟，过了夏天，到圣母节②这个苦命人自己也死了。就是他，这个畜生，害了她！"她又恶

---

① 圣彼得节 —— 在七月十二日（俄历六月二十九日）。
② 圣母节 —— 在十月十四日（俄历十月一日）。

狠狠地骂起儿子来……"我对你有什么要求吗？老爷！"她停了停，压低嗓子，鞠着躬又说。

"什么呀？"聂赫留朵夫听了她讲的事，心里很激动，脱口问。

"他年纪还轻。总不能尽靠我一个人干，我今天还活着，说不定明天就死了。没有老婆，他可怎么过呢？要他给你老爷干活也不行。你就替我们想想吧，我的好老爷。"

"你的意思是要给他讨个老婆，是不是？这倒是个主意！"

"老爷，您就发发慈悲吧，您是我们的再生父母。"

老太婆对儿子暗示了一下，就同他一起在东家脚边扑通一声跪下来。

"你干吗下跪啊？"聂赫留朵夫不高兴地抓住她的肩膀把她拉起来，说，"难道你就不能站着说吗？我可不喜欢这样。你就给他讨个老婆吧。只要找得到合适的姑娘，我也很高兴。"

老太婆站起来，用衣袖擦擦干枯的眼睛。达维德学她的样，也用胖拳头擦擦眼睛，仍旧那么驯顺而耐心地站着，听他母亲说话。

"姑娘有是有的，怎么会没有呢！譬如说华秀特卡·米海伊金娜，这姑娘不错，但没有你帮忙是办不成的。"

"难道她不答应吗？"

"哦，老爷，要她答应，事情就难啦！"

"那该怎么办呢？我又不能强迫人家；你们另外找一个吧，本村找不到，就到外村去找。我可以出钱替她赎身，不过要她自愿，不能强迫她嫁人。法律不允许啊，这样做可是太罪过啦。"

"唉，老爷！谁要看到我们过的日子，看到我们这样穷，怎么肯嫁到我们家来啊？就是大兵的老婆，也不愿意来过这样的穷日子啊。"

哪个庄稼人愿意把女儿嫁给我们这种人家？再苦也不肯嫁的。要知道我们是穷光蛋，叫花子。人家会说，他们家已经饿死一个媳妇了，我的女儿嫁过去也会饿死的。没有人肯嫁的。"她不相信地摇摇头，添上说，"老爷，您想想吧。"

"可我有什么办法？"

"老爷，你就替我们想一想吧，"阿林娜又恳切地说了一遍，"叫我们怎么办呢？"

"我能想出什么办法来呢？这事我也无能为力。"

"你要是不能替我们做主，还有谁能替我们做主呢？"阿林娜垂下头，无可奈何地摊开双手，说。

"喏，你们要粮食，我可以叫他们发给你们一点儿，别的我就无能为力了。"东家沉默了一会儿说，阿林娜不断叹气，达维德也跟着她叹气。

聂赫留朵夫走出屋子。母子俩鞠着躬，跟着他出去。

十二

"唉，我的命好苦哇，没依没靠的！"阿林娜深深地叹息说。

她停住脚步，怒气冲冲地对儿子瞅了一眼。达维德立刻转过身，提起那双穿着又大又脏树皮鞋的胖脚，沉重地跨过门槛，走进去了。

"老爷，叫我拿他怎么办哪？"阿林娜继续对东家说，"你也看到他是个怎样的人！他这人并不坏，不喝酒，脾气挺好，也不打骂孩子。老实说,他没有什么地方不好,可是天知道怎么搞的,他竟成了个无赖。其实他自己也不乐意这样。不瞒你说,老爷,我一看见他那种受罪的模样,就心疼。不管怎么说,总是我肚子里的一块肉啊。我真为他伤心,为他伤心!他不是跟我作对,不是跟他爹作对,也不是跟长官作对。他这人胆子小,小得像个孩子。他这样打光棍,怎么过呢?你替我们想想吧,老爷,"阿林娜显然想冲淡吵骂给东家留下的印象……"唉,我的好老爷,"她继续亲切地低声说,"我翻来覆去想了不知多少遍,总弄不懂他怎么会变成这个样子。准是什么恶人咒了他。"她停了停,"真想找个人来把他治一治。"

"你真是胡说八道,阿林娜!怎么有人咒了他呢?"

"哦,我的好老爷,恶人咒了他,他这辈子就永远好不了啦!天下恶人有的是!有人出于恶意抓走他脚下踩过的一撮土……或者别的什么……他就永远好不了啦。人要造孽还不容易吗?我有时心里想,要不要去找找董杜克老头儿?他住在伏罗比约夫克,懂得各种咒语,也识药草,会祛邪,会求圣水,说不定他有办法治好达维德的病。"阿林娜说。

"唉,这都是贫穷和愚昧造成的结果!"年轻的地主忧郁地垂下头想,大踏步沿着村道走去。"叫我拿他怎么办呢?总不能抛下他不管,不论为了我自己,还是为了给别人做个样子,或者为了他本人,我都不能不管。"他自言自语,同时屈指数着种种理由。"我不能眼看他这样下去,但怎样才能挽救他呢?他使我在农庄上最好的计划落空了。要是农民都像他这样,我的理想就永远无法实现。"他想,对达维德破坏他的计划感到十分恼恨。"我要像雅科夫说的那样,如果他不学好,那就拿他充军,或者叫他去当兵。这样行不行?不错,至少我可以摆脱他，拿他去代替好的农民当兵。"他考虑着。

聂赫留朵夫得意地想着，但心里又模模糊糊地意识到，这样单方面考虑问题不对。他站住了。"慢着，我想到哪儿去了，"他自言自语，"拿他充军，让他去当兵。凭什么呀？他是个好人，比许多人都好，而且我怎么知道……让他自由怎么样？"他不再单方面考虑问题，"那也不对，那也办不到。"但他突然有了一个好主意，不禁微微一笑，仿佛解决了一个难题。"我让他到我家里来当仆人，"他自言自语，"我要亲自监督他，用感情、劝告和合适的工作来培养他，改造他。"

十三

"就这么办！"聂赫留朵夫得意扬扬地自言自语。他想起他还得去看望富裕的农民杜特洛夫，就向村中心那座有两个烟囱的高大宽敞的房子走去。他走近这座大房子，迎面遇见一个衣着朴素、年约四十岁的高个子女人从旁边小屋走出来。

"礼拜天好，少爷。"这女人毫不拘束地说，在他旁边站住，笑眯眯地鞠着躬。

"你早，奶妈，"聂赫留朵夫回答，"身体好吗？我现在到你邻居家去一下。"

"噢，少爷，那很好。可是您怎么不到我们家坐坐？您去，我们老头子准会高兴的！"

"好，我去，去同你聊聊，奶妈。这是你的房子吗？"

"是的,少爷。"

奶妈跑在前头。聂赫留朵夫跟着她走进门廊,在木桶上坐下,掏出一支烟来抽。

"里面热,我们就坐在这儿谈吧。"奶妈请聂赫留朵夫到屋子里去,他这样回答。奶妈年纪还轻,长得也好看。她的面庞,特别是那双乌黑的大眼睛,很像东家。她把两手放在围裙下,大胆地瞧着东家,不停地晃动脑袋,说了起来,"哦,少爷,您光临杜特洛夫家有什么事啊?"

"我要他租我的地,租这么三十来亩①,搞个农场,再跟我一起买座树林子。既然他有钱,何必这么白白放着呢?奶妈,你看怎么样?"

"那有什么不好呢?少爷,大家都知道,杜特洛夫一家人精明能干,他是全领地第一号农民,"奶妈摇晃着脑袋,回答,"去年他用自己的木料添了一座房子,也没有来麻烦过东家。他们有不少马,除了马驹和小马外,总共有十八匹。至于牲口,就是牛羊,从田野上回来时,婆娘都走到街上来赶,简直把大门都堵住了。他们至少还养了两百箱蜜蜂。他这个庄稼人可能干了,钱肯定有的。"

"你认为他有很多钱吗?"东家问。

"大家都说这老头子钱不少,也许只是出于嫉妒。他自己从来没有说过,也没有向儿子公开过,但钱是一定有的。他干吗不经营一片树林子呢?准是怕把有钱的名声传开去。五年前,他跟客栈老板施卡利克一起经营牧场,不知是施卡利克骗了他还是什么缘故,老头子亏了三百卢布,从此就不干了。少爷,他们怎么会不发财呢?"

---

① 亩——俄亩,下同。1俄亩合1.09公顷。

奶妈继续说,"他们有三份地,家里人口又多,个个都能干活,老头子本人,说实在的,可是个精明的当家人。他处处走运,真叫人奇怪:种庄稼也好,养马也好,养牲口也好,养蜂也好,都很顺利,还有他那几个儿子,个个都很争气。如今几个儿子都成了亲。原来他在我们这种人家[①]姑娘中挑儿媳妇,如今他给伊柳施卡娶了个自由的农家姑娘,是他自己替她赎的身。这姑娘也挺不错。"

"他们一家人过得和睦吗?"东家问。

"家里只要有个好当家,一家人就和睦。拿杜特洛夫家来说吧,尽管妯娌姑嫂之间免不了有点儿争吵,但那是婆娘们的事,有老头子当家,几个儿子还是过得和和睦睦的。"

奶妈沉默了一会儿。

"听说,如今老头子要让长子卡尔普当家。他说:'我老了,只能养养蜂了。'哦,卡尔普也是个好庄稼人,很本分,至于当家,恐怕就远不如老头子了。他没有老头子那么精明!"

"那么,土地和树林子说不定卡尔普都会经营的。你看怎么样?"东家问,希望从奶妈嘴里打听到她邻居的情况。

"恐怕不见得,少爷,"奶妈说下去,"钱财方面的事,老头子一点儿也不向儿子公开。只要老头子在世一天,钱就一天掌握在他手里,一切都得由他做主。他们主要是搞拉脚。"

"老头子怕不会答应经营土地和树林子吧?"

"他有点儿担心。"

"担心什么呀?"

---

① 这种人家——农奴家庭。

"少爷，做底下人①的怎么敢向东家公开他的钱财呢？万一运气不好，就会丢了全部钱财！过去他跟客栈老板合伙办事，结果吃了亏。叫他到哪儿去跟他打官司呢？就这样丢了一笔钱。要是跟地主老爷合伙，那就会彻底完蛋了。"

"噢，原来如此……"聂赫留朵夫红着脸说，"再见，奶妈。"

"再见，少爷。我们衷心感谢您。"

十四

"是不是回家去？"聂赫留朵夫走到杜特洛夫家门口，感到一种莫名的忧郁和精神上的疲劳，这样思考着。

但就在这时候，两扇新板门嘎的一下在他面前打开来，门口出现了一个十八九岁的漂亮小伙子。他脸色红润，头发淡黄，身穿驿站马车夫号衣，牵着三匹腿力强健、鬃毛蓬乱、汗沫淋漓的马，麻利地甩了甩头发，向东家鞠了一躬。

"伊里亚，你父亲在家吗？"聂赫留朵夫问。

"他在院子后面养蜂场里。"小伙子把马一匹一匹从半开的门里牵出来，回答说。

"啊，我要沉住气，尽量说服他，叫他同意我的计划。"聂赫留朵夫想。他让马过去，走进杜特洛夫家宽敞的院子。院子里显然刚

---

① 底下人——农奴。

运过肥料：地面又黑又湿，这儿那儿，特别是近门的地方，还狼藉着一块块红色纤维般的畜粪。院子里和高高的敞棚下，整整齐齐地放着许多大车、木犁、雪橇、木桶和其他农具。几只鸽子在宽阔结实的木梁阴影里飞来飞去，咕咕地叫着。这里散发出一股畜粪和柏油的味儿。卡尔普和伊格纳特正在角落里给一辆三驾大马车装新坐垫。杜特洛夫的三个儿子相貌都很相像。在大门口遇见聂赫留朵夫的伊里亚，排行第三，没留胡子，比两个哥哥身材矮小些，脸色红润些，衣着漂亮些。老二伊格纳特个儿比较高，脸色黝黑，留着山羊胡子。他也穿着长靴和马车夫衬衫，戴一顶羔皮帽，却不像弟弟那么开朗和潇洒。老大卡尔普个儿更高，穿一双树皮鞋和一件灰长袍，衬衫上没有镶条，留着褐色大胡子。他的模样不仅严肃，而且有点儿忧郁。

"您要找爸爸来吗，老爷？"卡尔普走到东家跟前，笨拙地微微鞠着躬，说。

"不用了，我自己到养蜂场去找他，看看他那边弄得怎么样。我有话要跟你谈谈。"聂赫留朵夫说着走到院子另一边，使伊格纳特听不见他跟卡尔普的谈话。

这两个青年农民现出志得意满和自命不凡的神气，奶妈刚才又说了那么一番话，这就使年轻的地主感到很不自在，下不了决心跟他们谈要谈的事。他觉得自己仿佛犯了什么过错，还是单独同一个兄弟谈，不让另一个听见，比较自然。卡尔普觉得很奇怪，不知东家为什么把他领到一边，但还是跟着他走去。

"我说，"聂赫留朵夫支支吾吾地说，"我想问你，你们是不是有好多匹马？"

"能配成五套三驾马车，马驹也有几匹。"卡尔普搔搔脊背，放肆地说。

"你两个弟弟都在赶驿车吗？"

"我们赶三辆三驾驿车。伊里亚有时去拉脚，这会儿他刚回来。"

"怎么样，干这一行很有利吗？干这一行你们可以挣多少钱？"

"挣得到多少钱吗，老爷？能养活自己和那几匹马，就算不错了。"

"那你们为什么不干些别的行当呢？譬如说，你们可以买一片树林子，租一块地种种。"

"老爷，租一块地种种当然可以，要是有机会的话。"

"我现在就是要向你们提出：你们干拉脚这种行当，也只能糊口，还不如向我租三十亩地去种种。我愿意把萨波夫那边的一块三角地租给你们，这样你们就可以办一个大农场。"

聂赫留朵夫一心想办农民农场，老是在考虑这事，这会儿就毫不犹豫地把这个设想告诉卡尔普。

卡尔普细心地听着东家的话。

"我们非常感谢您的好心，老爷。"卡尔普说。聂赫留朵夫默默地听着，眼睛瞧着他，等待他的回答。"这事当然没有什么不好。庄稼人种田总比拿鞭子赶车强。像我们这样在陌生人中间来来往往，什么样的人都会碰到，自己只会被带坏。庄稼人种田，那再好也没有了。"

"那么你对这事有什么想法呢？"

"现在老头子健在，我能有什么想法呢？得由他拿主意。"

"你带我到养蜂场去，我要跟他谈谈。"

"您这里走。"卡尔普说，慢吞吞地向后面板棚走去。他打开通养蜂场的矮栅门，让东家过去，又把门关上，自己回到伊格纳特跟前，默默地干起中断的活来。

十五

聂赫留朵夫弯下身子，通过遮阴棚矮门，来到院子后面的养蜂场。六月炎热的阳光照耀着一块不大的空地，它的四周围着麦秆和树枝编成的篱笆，上面对称地放着一排排木板钉成的蜂箱，蜂箱周围嘤嘤嗡嗡地飞舞着金色的蜜蜂。一条踩实的小径从矮门直通场地中央的一个木头神龛，神龛里贴金的神像在阳光下熠熠闪光。几株小菩提树树干挺拔，枝叶繁茂的梢头伸出在邻居小屋之上，它那深绿色的嫩叶伴随着蜜蜂的喧闹发出沙沙的响声。篱笆、菩提树和蜂箱都在蜂箱之间的杂草上投下黑色的阴影。菩提树中间有一座新铺上干草的小木棚，门前站着一个老头儿，弯着腰，灰白的秃头在阳光下闪闪发亮。老头儿听见矮门吱嘎一声，回过头，拉起衬衫前襟擦擦汗淋淋的晒黑的脸，快乐而亲切地笑着向东家走去。

养蜂场里那么宁静、光亮、愉快和舒服；头发花白的老头儿，眼睛周围布满细密的鱼尾纹，赤脚穿一双宽大的软鞋，脸上露出和善而自满的微笑，身子摇摇晃晃地在他的小天地里欢迎东家，他的神情又是那么和蔼可亲，这就使聂赫留朵夫忘记了一早晨不愉快的印象，头脑里又生动地浮现出他那心爱的理想。他仿佛看见他的农民个个都像杜特洛夫那样富裕和善良，个个都向他亲切而快乐地微笑，因为他们的财富和幸福都是他赐予的。

"老爷，您要不要用个网罩？如今蜂子可凶啦，要蜇人，"老头儿从篱笆上取下一个散发出蜜香的脏网罩递给东家。"蜜蜂认得我,不会蜇我。"他露出温顺的微笑补充说,这笑容一直没有从他那晒黑的好看的脸上消失。

"那我也不需要。蜜蜂在分群吧?"聂赫留朵夫问,自己不知道为什么也笑了。

"就算是分群吧,德米特里老爷,"老头儿回答时这么称呼,显得特别亲切,"也才刚刚开始。您也知道,今年春天冷得很。"

"我在一本书里读到过,"聂赫留朵夫挥开一只扑向他的头发、在耳朵边嗡嗡叫的蜜蜂,说道,"要是蜂房固定在木杆上竖着放,蜜蜂分群就早。因为这个缘故,蜂房要用十字交叉的木板做……"

"老爷,您不要用手挥动,这样更糟,"老头儿说,"您不要用个网罩吗?"

聂赫留朵夫被蜂蜇得很痛,但出于一种孩子气的自负不愿承认。他再次拒绝用网罩,继续把他从《农场》一书里读到的蜂房构造讲给老头儿听,并且认为这样蜜蜂会分群两次;但这时一只蜜蜂蜇他的脖子,使他痛得讲不下去。

"对啊,德米特里老爷,"老头儿眼睛瞧着东家,带着一种长辈的宽厚态度说,"书本里是这么写的。是啊,书本里有时写得很糟,他们会说:让人家照我们写的那么办,以后我们就可以取笑他们。就是有这样的事!人怎么能教会蜂子往哪儿造蜂房呢?它们在蜂箱里随意造,有时候交叉,有时候竖直。老爷,您看,"他抽出手边的一个蜂房,从小孔里张望爬满嗡嗡叫的蜂子的蜂房,"这是一窝新蜂,头上的雌蜂就是王,它们就是顺着一边竖直地筑蜂房,认为这样最合适。"老头儿说,显然陶醉于他所心爱的东西里,也不顾旁边站着东家。"今天它们脚上都沾满了蜜，因为天气暖和，什么都看得清楚。"他补充说，关上蜂箱，拿一块破布压住一只爬着的蜜蜂，接着用粗手掌从起皱的后颈上抓下几个蜜蜂。蜜蜂并不蜇他，但聂赫留朵夫几乎想从养蜂场逃走，因为蜜蜂已蜇了他三处，并且围着他的脑袋和脖子嗡嗡乱飞。

"你有好多箱蜂吗？"他问，同时向门口退去。

"那都是天老爷赐给的，"杜特洛夫笑着回答，"老爷，数可不用数，蜜蜂不爱被人家数。老爷，我可有个事要求您，"他指着篱笆旁的几个空蜂箱，继续说，"就是为了奥西普，您奶妈的那个丈夫，您最好对他说说，本乡本土的，这样对待邻居可不好。"

"他干了什么坏事？……哦，它们真蜇人！"东家抓住门把手，说。

"哼，他年年都把自己的蜂箱放在我的新蜂旁边。新蜂正需要调养，可是他的蜜蜂却飞来偷蜜。"老头儿没有注意到东家皱紧眉头，说个不停。

"好，这事以后再说，现在我……"聂赫留朵夫说，再也忍不住了，就挥舞双手，拔腿往门外跑去。

"用泥巴擦擦就好了，不要紧。"老头儿说，跟着东家走到院子里。东家用泥巴擦擦蜇过的地方，脸涨得通红。他迅速地看了一眼没有注意他的卡尔普和伊格纳特，生气地皱起眉头。

十六

"老爷，我有点儿事要求您，是我那两个孩子的事。"老头儿说，仿佛没有发觉东家不快的神色,但也许是真的没有发觉。

"什么事?"

"至于马,感谢天老爷,我们养得还不错,雇工也有一个,劳役我们也从不耽误。"

"那你有什么事?"

"要是您老爷开恩,免去孩子们的劳役,那么伊里亚和伊格纳特一夏天就可以赶三辆三驾马车去拉脚,也许可以多挣几个钱。"

"他们到哪儿去?"

"那得看情况,"伊里亚这时把马拴在屋檐下,走到父亲跟前,插嘴说,"卡德明家几个孩子用八辆三驾马车到罗门拉脚,据说吃饱不算,每辆车回来还挣到三十卢布;再有,据说敖德萨饲料很便宜。"

"哦,这事我正要跟你谈谈,"东家转身对老头儿说,想自然而然地引他谈农场的事,"你倒说说,难道干拉脚比在家里种庄稼更有利吗?"

"有利得多了,老爷,"伊里亚麻利地把头发往后一甩,又插嘴说,"待在家里,马连饲料都没有吃的。"

"那么,你一个夏天可以挣多少钱呢?"

"打从春天起,尽管饲料价钱贵,我们运货到基辅,在库尔斯克又装粮食到莫斯科,我们自己吃饭不算,让马也吃饱肚子,还带了十五卢布回家。"

"不论干哪一行,只要正当,就没有害处,"聂赫留朵夫又对老头儿说,"我认为你们还有别的事可干。干拉脚这一行,让小伙子到处跑,什么样的人都会碰到,自己也会被带坏的。"东家重复卡尔普的话说。

"我们这种乡下人不拉脚,还有什么活好干呢?"老头儿露出温顺的微笑,不以为然地说,"拉脚好,自己吃得饱,还可以把马喂饱,至于说到变坏，我那几个孩子也不是第一年干这活了，我自己也干过，感谢天老爷，可从来没有碰到过什么坏人，都是好人。"

"你们在家里不是也有好多活好干吗？种庄稼啰，养牧草啰……"

"这怎么行，老爷！"伊里亚兴奋地插嘴说，"我们生来就是干这一行的，什么规矩都懂，老爷，我们弟兄几个就喜欢赶车！"

"哦，老爷，您能光临我们的小屋吗？您还没有来过我们的新房子呢！"老头儿说，深深地鞠着躬，向儿子使了个眼色。伊里亚往屋子里跑去，聂赫留朵夫就同老头儿一起跟着他走进去。

十七

老头儿走进屋子，又向东家鞠了一躬，拿短袄前襟擦去上座长凳上的灰尘，笑眯眯地问："老爷，我们拿什么招待您呢？"

屋子洁白宽敞，有烟囱，里面安着高板床和低铺。新鲜的白杨圆木还没发黑，上面还有干枯不久的青苔；新做的长凳和板床还没有磨平；地也还没有踏实。伊里亚的老婆，一个年轻消瘦的农家女人，生有一张忧郁的鹅蛋脸，坐在床上，用脚摇着吊在天花板下长杆子上的摇篮。摇篮里有一个小娃娃，闭着眼睛，伸开手脚，睡得很熟。另一个女人，身子结实，脸颊红润，那是卡尔普的老婆。她卷起袖子，露出一双晒得黑黑的强壮的手臂，站在炉子前面，把洋葱撕碎放在木碗里。炉子边还站着一个麻脸的孕妇，用衣袖遮着脸。屋子里除了温暖的阳光外,还有炉子的热气,以及刚出笼面包的香味。高板床上有两个淡黄头发的男孩和一个女孩,好奇地上下打量着东家。他们爬到那儿等吃饭。

聂赫留朵夫看到这种富足的光景,很高兴,同时面对这些瞧着他的女人和孩子,不知怎的有点儿害臊。他红着脸在长凳上坐下来。

"给我一块热面包,我爱吃新鲜面包。"聂赫留朵夫说,脸涨得更红了。

卡尔普的老婆切了一大块面包,放在盘子里递给东家。聂赫留朵夫没作声,不知道说什么好。女人们也不作声。老头儿和蔼地微笑着。

"我干吗害臊哇?仿佛做了什么错事似的,"聂赫留朵夫想,"我干吗不提办农场的事呢?我真傻!"但他还是没有说什么。

"哦,德米特里老爷,您对我那两个孩子有什么吩咐哇?"老头儿说。

"我想劝你不要放他们出去,就在这里给他们找点儿活干,"聂赫留朵夫突然鼓起勇气说,"我给你出个点子,你跟我向公家合买一片树林,还有土地……"

老头儿脸上和蔼的微笑突然消失了。

"哦,老爷,您叫我们拿什么钱去买呢?"他打断东家的话说。

"只买一小片树林,有这么两百卢布就行了。"聂赫留朵夫说。

老头儿生气地冷笑了一声。

"是啊,要是有钱,干吗不买?"他说。

"难道你连这几个钱都没有吗?"东家责难似的说。

"唉,老爷!"老头儿眼睛望着门,愁眉苦脸地回答,"我的钱只够养家活口,哪里买得起树林。"

"你明明有钱,干吗闲放着不用?"聂赫留朵夫固执地说。

老头儿突然大为激动,他的眼睛闪出光芒,两肩不住地耸动。

"大概是恶人造了我的谣,"他颤声说,"请您相信上帝,"他越说越激动,眼睛望着圣像,"除了伊里亚带回十五卢布以外,我要是再有钱,那就叫我眼睛瞎掉,当场死去,再说您老爷也知道,还得付人头税,我们还盖了这房子……"

"嗯,好啦,好啦!"东家从凳子上站起来说,"再见,当家人。"

十八

"天哪!天哪!"聂赫留朵夫穿过荒草丛生、浓荫蔽天的小径,大踏步向家里走去,沿途漫不经心地撕着枝叶,心里想,"难道我对生活的目的和责任的理想都是荒诞的?我为什么感到烦恼和悲伤,对自己那么不满意?我原以为既然找到了这条路,我将永远感到心满意足,就像刚产生这种思想时那样。"于是他清清楚楚地想起一年前那个幸福的时刻。

那天在家里,他一早第一个起身,内心充满无法表达的青春的烦恼,漫无目的地走进花园,又从花园走到树林里。在春意盎然而又一片宁静的五月美景中,他独自漫游了好半天,头脑昏昏沉沉,全身洋溢着过剩的感情而又无处发泄。一会儿,他出于青春的热情想象着女人肉感的身子,仿佛觉得这就是他无法表达的欲望。但另一种感情,高尚的感情,却说"不对头",并且迫使他追求别的东西。一会儿,他那缺乏经验、容易冲动的智能越升越高,达到抽象的境界，似乎向他展示了生活的准则。于是他就得意扬扬地停留在这样的思想上。但高尚的感情又对他说"不对头"，又迫使他重新追求和激动。他没有思想，也没有欲望（在紧张的活动之后总会发生这种情况），仰天躺在树下，眺望早晨的轻云怎样飘翔在广袤无垠的蓝天中。突然他的眼眶里无缘无故涌出泪水来，他的头脑里出现了一种充溢心灵的明确思想：爱和善就是真理和幸福，就是人生唯一的幸福。他高兴地抓住这思想，而这次高尚的感情却没有说"不对头"。他支起身来，开始检验这个思想。"对了，对了！"他欣喜若狂地自言自语，用这思想来衡量以前的种种信念和生活现象，觉得这思想确是一种崭新的真理。"我以前所知道、所信仰、所热爱的一切都是那么荒唐啊！"他自言自语，"只有爱和自我牺牲才是真正不受环境影响的唯一幸福！"他微笑着挥动双手，信心十足地说。他拿这个思想多方面对照生活，并且在生活和自己的心灵中找到了确证，他感受到一种全新的兴奋和欣喜。"对了，要获得幸福，就该做好事。"他想，在他面前展开的未来生活已不是抽象的，而是一种具体的地主生活。

他看到自己一生都奉献给慈善事业的广阔天地，并因此获得幸福。他用不着去找寻献身的地方，它就现成摆在面前；他有不容推卸的责任，他手头有一批农民……这是一项多么愉快而有益的工作！"去影响这批天性淳朴、感情真挚的人，使他们摆脱贫困，让他们生活富足，把我所受的教育传授给他们，纠正他们由愚昧和迷信所造成的缺点，培养他们高尚的品德，使他们热爱行善……这是一种多么光明幸福的前景啊！而这一切全在于我，我将为自己的幸福这样做，我将快乐地领受他们的感激，我将看到日益接近既定的目标。多么美妙的前景！以前我怎么会看不到呢？"

"再说，"他想，"又有谁妨碍我去领略同女人恋爱的幸福，阻止我去过美满的家庭生活呢？"于是年轻人的想象又给他描绘出一幅更加迷人的前景："我将跟我的妻子 —— 天下还没有人像我爱她那样爱过人 —— 带着我们的孩子或者加上我那年老的姑妈，永远过这种恬静而诗意盎然的田园生活。我们相互热爱，我们宠爱我们的儿女，并且知道我们的天职就是行善。我们会相互帮助，走向这个目标。我制定总的规划，大公无私地帮助人，开办农场、储蓄银行和各种工场；她呢，长着一个美丽的小脑袋，身穿一件朴素的白色连衣裙，露出一双好看的小脚，踩着泥地到农民子弟学校去，到医院去，去照顾 —— 其实是不值得照顾的 —— 不幸的农民，到处安慰人，帮助人……男女老少个个崇敬她，把她看作天使，看作神。然后她回家来，不告诉我去看望过不幸的农民，还给过他钱，但这事我全知道，我紧紧地拥抱她，热烈地吻她那双迷人的眼睛，羞红的双颊和含笑的樱唇……"
…………

十九

"我这些理想在哪里啊？"年轻的地主访问归来，走近自己的房子，想。"啊，我在这条道路上寻找幸福已经有一年多了，可是我找到了什么？不错，有时我觉得可以心满意足，但这种满足是乏味的。不，其实我对自己很不满意！我不满意，因为我在这儿没有找到幸福，可我又渴望幸福。我没有感觉到快乐，并且同一切使人快乐的事绝了缘。这是为什么？这是为了什么？谁因此感到幸福呢？姑妈来信说得对，自己找幸福容易，给别人谋幸福难。难道我那些农民变得富裕些了吗？难道他们的教养提高了，道德增强了吗？一点儿也没有。他们的日子一点儿也没有变好，而我却每况愈下，越来越痛苦。我要是能看到事业成功，看到人家感恩戴德，倒也罢了……可是没有，我看到的只是虚伪的成规、放荡的恶习、相互猜疑、走投无路的困境。我白白糟蹋了一生中最好的年华。"他想，接着又忽然想起奶妈告诉他的话。她说，街坊都叫他呆公子。他想起账房里一点儿钱也没有了；那天他在打谷棚第一次当众试用他所发明的脱粒机，可是那机器除了呼呼直响外，什么谷子也打不出来，只引得农民们哄堂大笑；他还得随时准备地方法院来人登记他的财产，因为他热衷于经营各种新企业，过期没有付押款。突然，就像原来回想林中散步和地主生活那样，他鲜明地想到莫斯科的学生生活。他在宿舍的一支蜡烛光下，跟一个十六岁的同学和挚友一起坐到深夜。他们一连五小时反复阅读枯燥乏味的民法笔记，读好后就去取晚餐，两人共喝一瓶香槟，边喝边谈他们的前途。在年轻大学生的想象中，前途完全是另一种样子！那时他们觉得前途似锦，充满欢乐、活动和光辉的成就，并且无疑会使他们获得荣誉——他们当时心目中至高无上的幸福。

"他倒是在沿着这条路飞黄腾达，"聂赫留朵夫想到他的朋友，"可是我呢……"

不过这时他已走到家门口，有十来个农民和家仆正带着形形色色的要求在那里等待他，他不得不从胡思乱想中回到现实生活上来。

这里有一个农妇，衣衫褴褛、头发蓬乱、满脸血迹，哭诉公公要杀她。这里有弟兄俩,分家分了两年还没有分好,此刻正满腔怒火地对视着。这里有一个头发花白、胡子蓬乱的老仆,因为醉酒而双手不住哆嗦;他那个当花匠的儿子把他带到东家这里来,控告他行为放荡。这里有一个农民,他把老婆从家里赶走,因为她整个春天都没有干过活。他那个有病的老婆也来了,她一言不发,只是嘤嘤哭泣,坐在门口草地上,露出她那条胡乱用脏布包着的肿腿……

聂赫留朵夫听了各种要求和申诉,给有些人出了主意,给另一些人排解纠纷,又答应另一些人的要求,感到又疲劳,又羞愧,又无能,又悔恨,就怀着这种错综复杂的感情走进自己的屋子。

二十

聂赫留朵夫住的房间并不大,里面放着一张钉有铜钉的旧皮沙发,几把同样的安乐椅;一张曲腿的嵌花包铜老式牌桌,上面放着些文件;一架打开的发黄老式英国三角钢琴,狭窄的琴键都磨光了,凹陷了。窗户之间挂着一面边框镀金的老式大镜子。桌旁的地板上堆着文件、书籍和账簿。整个房间显得杂乱无章,不成体统。这种紊乱的样子,同大住宅里其他房间刻板的老式贵族的陈设,形成鲜明的对照。聂赫留朵夫走进屋子,气呼呼地把帽子往桌上一扔,在钢琴前面的椅子上坐下来,架起腿,垂下头。

"少爷,您用早饭吗?"这时又高又瘦、满脸皱纹的老保姆走进来问。她头戴便帽,外包大围巾,身穿印花布连衣裙。

聂赫留朵夫回头瞧了她一眼，沉默了一会儿，仿佛刚定下神来。

"不，我不想吃，保姆。"他说着又沉思起来。

老保姆生气地对着他摇摇头，叹了一口气说："唉，德米特里少爷，您什么事烦恼哇？就是再伤心的事也会过去的，真的……"

"我又没有烦恼！你想到哪儿去了，保姆？"聂赫留朵夫回答，竭力装出笑容来。

"您说不烦恼，难道我看不出来？"老保姆激动地说，"从早到晚就是孤零零的一个人。什么事您都往心里去，什么事您都要亲自去办，又什么东西也不吃。这样行吗？您至少也该到城里去走走，或者串串门子，像现在这样怎么行呢？您年纪轻轻，怎么能这样成天伤心！少爷恕罪，我坐了，"老保姆在近门处坐下来，又说，"您待他们这样宽大，他们就毫无顾忌了。做东家的这样行吗？这样一点儿好处也没有，您只会毁了自己，把老百姓惯坏。我们这里的老百姓就是这样的，一点儿规矩也不懂，真的。您就是去看望看望姑妈也好，她信上写的真对……"老保姆劝他说。

聂赫留朵夫越来越愁闷。他的右手支在膝上，这会儿没精打采地提起来碰碰琴键。钢琴发出一声和音，又是一声，又是一声……聂赫留朵夫身子凑近钢琴，从口袋里伸出另一只手，弹起琴来。他弹的曲子有时听来不熟练，甚至弹错了，多半弹得很平庸，听不出一点儿音乐才能，但弹琴能让他抒发一种淡淡的哀愁。每当和音发生变化的时候，他总是屏息静气地期待着，看自己会弹出什么音乐来，然后模模糊糊地用想象来补充不足的地方。他仿佛听见几百个旋律：同他弹出的和音协调的合唱与乐队的演奏。使他陶醉的主要是幻想增强了。这种幻想虽然断断续续，毫不连贯，但却极其清楚地

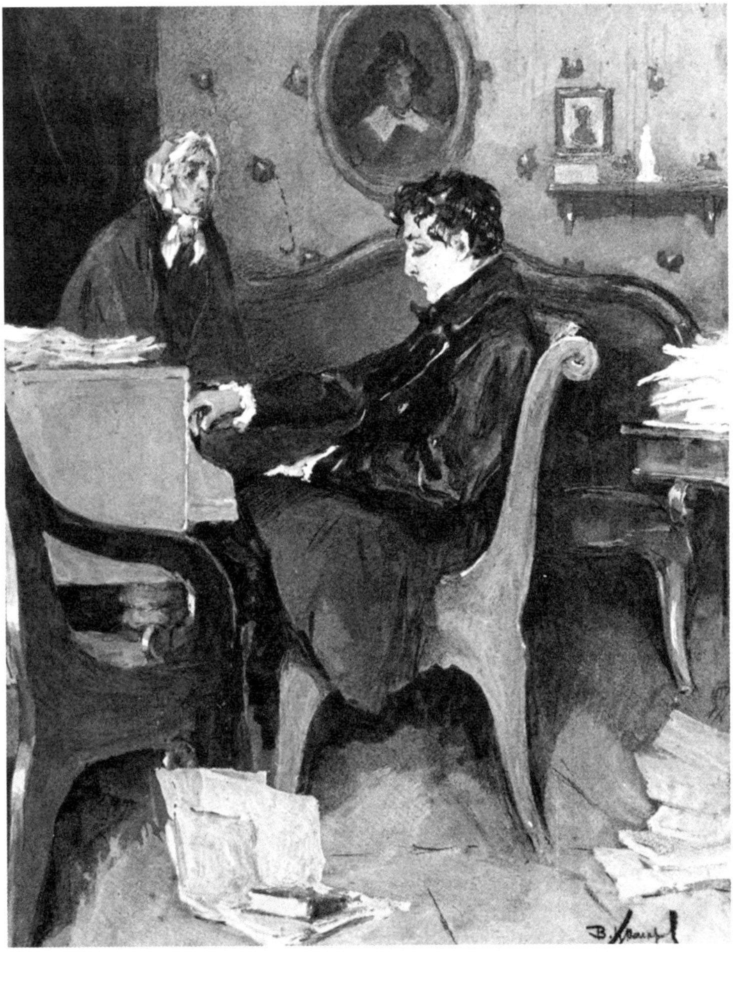

向他展示出种种错综而荒唐的往事和未来的画面。一会儿，聂赫留朵夫面前出现了白人达维德，达维德看到他母亲青筋暴起的黑拳头，怯生生地眨动白睫毛。接着聂赫留朵夫又看到白人达维德圆圆的脊背和一双长满白毛的巨手，以及他对命运的折磨和生活的贫困所抱的漠然态度。一会儿，聂赫留朵夫看见他那个在仆人中显得泼辣大胆的奶妈，她在乡下到处串门，劝告农民有关钱财的事必须瞒着地主，而他也就无意识地自言自语："是的，钱财的事必须瞒着地主。"一会儿，聂赫留朵夫面前出现了淡褐色头发的未婚妻，她不知怎的眼泪汪汪，十分悲伤地把头伏在他的肩上。一会儿，他看见楚里斯那双善良的浅蓝色眼睛，温柔地瞧着他的大肚子的独子。是啊，楚里斯不仅认为他是他的儿子，而且把他看作帮手和救星。"是啊，这就是爱！"他喃喃地说。然后他想起了尤赫万卡的母亲，想起了她那逆来顺受和饶恕一切的神情，尽管她那苍老的脸上露出一颗门牙，显得很丑。"她活了七十岁，她这种神情也许还是我第一个发现的。"聂赫留朵夫一面想，一面喃喃地说："真怪！"接着又漫不经心地按着琴键，倾听着琴声。然后他生动地想到他怎样逃出养蜂场，想到伊格纳特和卡尔普的脸色，他们想笑，却又不敢朝他望。他涨红了脸，不由得回头望望老保姆。她仍旧坐在门边，默默地瞧着他，偶尔摇摇花白的脑袋。他的面前突然出现了三匹汗水淋漓的骏马和伊里亚匀称而强健的身姿。伊里亚生着一头浅色鬈发，一双喜气洋洋的光亮狭长的浅蓝色眼睛；面颊红润；嘴唇和下巴上刚出现淡黄色的胡子。他想起伊里亚怎样担心不让他去拉脚，怎样为他心爱的行当辩护。他仿佛看到一个浓雾弥漫的灰蒙蒙的早晨、一条滑溜溜的大路和一长列货物装得很高、上面盖着蒲席、写有黑色大字母的三套马车。这些腿粗体壮的骏马弓起背,振响铃铛,拉紧挽索,用蹄铁上的棘刺紧抓住滑溜的泥地,齐心协力地往坡上跑。迎面跑来一辆下坡的驿车,铃声叮当,回声震响大路两边的密林。

"驾!"领头的车夫戴一顶嵌有铜号牌的羔皮帽,把鞭子高高地举到头上,用响亮的童音喝道。

卡尔普蓄着深褐色大胡子,目光忧郁,穿一双大皮靴,迈着沉重的步子,挨着第一辆马车的前轮走着。第二辆车上露出伊里亚漂亮的头部,他坐在前座的蒲席下,悠然自得地迎着晚霞。三辆装满行李的三套车,车轮辘辘,铃声叮当,加上车夫的吆喝声,从身旁驰过。伊里亚又把自己漂亮的头藏到蒲席下,打起瞌睡来。啊,这是一个晴朗温暖的黄昏。木板大门吱嘎作响,几辆聚集在驿站院子里的三套车高装着行李,一辆辆踩着大门里的铺板,走进宽敞的棚子。伊里亚愉快地向脸色白净、胸脯宽阔的女主人打了个招呼。女主人问他说:"打从老远来吗?要多少饭菜?"接着得意扬扬地用她那双明亮迷人的眼睛瞧着英俊的小伙子。伊里亚把马安顿好,走进挤满人的暖和小屋子里,画了十字,在一个盛满饭菜的木碗前坐下,快乐地跟女主人和同伴们聊了起来。他就在这儿敞棚下过夜,直接睡在香喷喷的干草上,望得见繁星闪烁的天空,旁边就是马匹。那些马倒换着蹄子,喷着鼻息,翻动着木槽里的饲料。他爬上干草堆,面向东方,在自己强壮的阔胸膛上画了三十次十字,抖了抖浅色的鬈发,嘴里不断念着:"主哇!"和二十次"上帝保佑!",然后这个强壮的小伙子用粗呢大衣蒙住头,顿时进入无忧无虑的梦乡。他梦见一个个城市:充满圣徒和信徒的基辅,挤满商人和货物的罗门,敖

一个地主的早晨

德萨和远处白帆点点的蓝海,然后他鼓动无形的翅膀飞到皇城①,那里有金碧辉煌的房子和白胸脯、黑眉毛的土耳其女人。他轻快自如地越飞越远,看见下面金光灿烂的城市、繁星闪烁的蓝天和白帆点点的沧海,他悠游自在地越飞越远……

"太美啦!"聂赫留朵夫低声地自言自语,同时情不自禁地想:"我为什么不能像伊里亚那样!"

一八五六年

---

① 皇城——君士坦丁堡,今伊斯坦布尔。

谁　对？

你们若不回转，变成小孩子的样式，断不得进天国。①

黑土区一个县地方行政长官的妻姐和她的丈夫、女儿每年总去彼得堡过冬，今年十月半他们又路过他家。他们在十二点到达，此刻已两点多，吃了例行时间以外的茶点，正在等吃饭。他们分开来，丈夫同丈夫，妻子同妻子，孩子同孩子，都在各自的房间里聊天。

对地方行政长官太太来说，姐姐来得不是时候，因为地方行政长官预定那天要在他的树林里打猎。还在初秋，当地一位有地位的公爵，一位养有大群猎犬的阔猎人，要求在今天，也就是连襟到达这一天，到这儿来打猎。这是不能拒绝的，而且公爵本人今天也要来。

猎人和猎犬已到，但公爵还没有来，甚至不知道他究竟来不来，倘若来的话，将留在这儿过夜还是只消磨一个黄昏。

男人们聚集在书房里。男主人生着一头往后梳的浓密头发，留

---

① 见《新约全书·马太福音》第十八章第三节。

着山羊胡子,活泼英俊,风度翩翩,激动地在地毯上从书房这一角走到那一角,没有放下烟卷,热烈地说着话。

来做客的连襟肥胖沉重,身体把写字台旁的安乐椅填得满满的,手里抚弄着象牙裁纸刀,眼睛里露出嘲弄的微笑,用持重的语调反驳着主人的话。两连襟彼此没有好感,说到对方时都必须克制,以免说出心里一直想说的有损对方的话来。他们之间似乎没有什么差异,两人出身相同,所受教育和世界观也一样。两人都是地主,只不过来客弗拉基米尔·伊凡诺维奇·斯彼西弗采夫比地方行政长官阿纳托里·德米特里耶维奇·雷任更有钱。两人都在供职,客人在彼得堡国家财产部任委员,主人是穷省一个地方行政长官。两人都是自由派,对宗教很冷淡。两人都认为必须遵守礼节[1],不要突出自己。两人表面上都同妻子过得很好,两人都有子女:弗拉基米尔·伊凡诺维奇有两个儿子,大的十八岁,在贵族子弟军官学校念书,小的十三岁,在读法律,女儿薇拉十六岁,最近跟他们一起出国,又一起归来。阿纳托里·德米特里耶维奇有一个十五岁的女儿和三个儿子。他们似乎没有什么可争论的事,但他们必须竭力克制,才能就他们所谈论的问题取得一致意见。

"完全不是。我原则上承认,"阿纳托里·德米特里耶维奇说,"选举办法对社会更有保障,但这里是另一个问题,这里的问题是:我有没有权利放弃责任,让一个恶霸农奴主占有这个职位并鞭打农民。"

"既然您不经选举,根据上面的任命就取得了这个职位,那么怎么还谈得上承认选举办法呢?"弗拉基米尔·伊凡诺维奇说。

---

[1] 楷体文字在原著中是拉丁文。——编者注

"法律又不是我定的。"

"说实在的，我可不能容许，"弗拉基米尔·伊凡诺维奇微笑着回答，"容许……"他想说，"一个自尊的人，"但迟疑了一下改口说，"容许一个现代人谈论例如鞭打或者不鞭打，就是说用桦树条抽打成年人或一家之主的腰背。这样的事是不应该的……"

"不，应该。"阿纳托里·德米特里耶维奇提高嗓门说。他被这种欲言又止的态度和已说出口的话，尤其是弗拉基米尔·伊凡诺维奇那种若无其事的讽刺口吻所激怒。当弗拉基米尔·伊凡诺维奇说到用桦树条打人时，他已张开嘴准备说点儿什么不愉快的话，但一想到他是主人，客人又刚到，他就克制自己，走到桌子边把烟蒂狠狠地在贝壳烟灰缸里揿灭。"不，应该。不应该无所用心。我知道这是应该的，因为我知道我这样干不是为了自己。"

这时他想到了他十分需要的薪水，就更加生气，甚至激动起来。

"要是我们都不干，那么所有的位子就都会被形形色色的无赖所占据，我们在六十年代所做的一切就将前功尽弃。不，弗拉基米尔·伊凡诺维奇，我们最好还是别说下去了。"

"好，不说下去了，"弗拉基米尔·伊凡诺维奇平静地微笑着说，"这样太平些。"他放下裁纸刀。"您这个鹿头真不错。"他指着一个鹿头标本说。

"是的，这是我去年打的。"阿纳托里·德米特里耶维奇说，立刻又不愉快地想：弗拉基米尔·伊凡诺维奇对打猎一窍不通，还取笑过打猎。这时一个听差走进来，带来地方自治局的一封公函。阿纳托里·德米特里耶维奇把它拆开来。

"叫彼得·谢苗诺维奇来。哦，不用了，我自己去一下吧，"他说，想到能避开同连襟面面相对真是高兴,"对不起,弗拉基米尔·伊凡诺维奇。"说完就走了。

弗拉基米尔·伊凡诺维奇等阿纳托里·德米特里耶维奇一走,立刻收起眼睛里的笑意。他所以眼睛含笑,是故意要逗弄连襟。此刻他严肃地望着前方。"不过,这关我什么事?"他想,"我只是不喜欢这样装腔作势和这种庸俗的自由主义,六十年代的东西。他对此就像对去年冬天的雪一样不感兴趣。她把它放到哪儿去啦?"他想到雪茄烟盒,他记得他交给了妻子,可是哪儿也找不到。这时他又想到了妻子,妻子坚持要去妹妹家。"她在罗马遇到奥尔蒂尼那个傻瓜之后显然更加年轻了。真是讨厌……怎么还不叫我们吃午饭?是时候了!不大可能有一顿好饭!俄罗斯嘛!"他感到烦恼,当他独处的时候,总有这种感觉。他连忙站起来,从桌上拿起一本书。这是日历。他动手一页页地翻,读到一位他不认识的将军的悼词。

"讨厌的家伙!"阿纳托里·德米特里耶维奇想,沿走廊走去,"也不是讨厌。他没什么,可是同他一起我就感到不快。那种居高临下、无所不知的口吻我真受不了。真是自以为是。我希望他不会待久。哼,去他的。"

"阿纳托里,是你吗?"他经过妻子的房间,妻子从里面唤他。他停住脚步。一个身材矮小、相貌可爱的女人,脸上有两个酒窝,眼睛里和嘴唇上浮着笑意,长着一头鬈发,向他探出身子,"你怎么了?"

他想到她屋里去。

"别进来,玛尼雅在换衣服。"

"你怎么了?"

"马特廖莎(女管家)给他们收拾了角房。万一公爵留下来过夜怎么办？让弗拉基米尔睡书房。玛尼雅跟我一起睡。这样就可以把角房让给公爵睡了。"

阿纳托里·德米特里耶维奇皱起眉头。

"公爵不会留下来过夜的。"

华丽雅，他的妻子，知道他同连襟的关系，她明白他皱眉头，是因为想到连襟将睡他的书房。

"好在没几天。你太性急了。"

"我一点儿也不性急，"阿纳托里·德米特里耶维奇烦恼地嘟哝说，"你总是批评人家。"

"你连两晚都不能把书房让出来，我干吗还要客气？"

"哦，我又不是说这个。我很高兴把书房让出来。我只是……"他没有说完"只是什么"，就去找秘书。

这时，马特廖莎拿着两个烛台和干净床单，带了一个手拿大盆和洗脸盆的男孩从门里出来。华丽雅站在门口，拦住了她。

"马特廖莎！我们改变主意了。他们不睡角房，玛尼雅跟我同睡。让公爵睡角房。你们已经铺好了吗？"

"我什么都准备好了。您该早说啊！"马特廖莎嘀咕道。

"就那么办吧。"华丽雅走了出去。

马特廖莎站住，站了好一阵，华西卡站在她后面。

"到底搬到哪儿去啊，马特廖莎？"华西卡问。

"搬到无底洞去。唉！"马特廖莎说。她回转身，啪嗒啪嗒沿着走廊走去，脑子里考虑着怎样搬动家具，重新铺床。

玛尼雅是弗拉基米尔·伊凡诺维奇的妻子，身穿一件花边白短袄，坐在妹妹的梳妆镜前，梳着她那长而稀的头发。

"因此我要求他一件事,"她把同妹妹的谈话继续下去,"要他自己来管家,既然他认为我花费太多。简直受不了。"

华丽雅一言不发,但认为弗拉基米尔是对的,因为她知道姐姐不切实际但很能干。

"那你就让他去管吧。"

"哼!这不行。我们试过了。开始是那些鸡毛蒜皮的小事,那些零零星星的小账……后来我也罢,薇拉(薇拉是她的十六岁女儿)也罢,都不可能为一点小事儿去找他。"

"薇拉很会花钱吗?"

"不,不很会。但也像所有的女孩子那样不知道钱的价值。她要买一匹骑的马,因为莉莉有一匹。可是在尼斯①养一匹马,你知道要花多少钱,还得有个跟班,代价惊人哪。"

"那么,莉莉一直没有出嫁吗?"华丽雅问。玛尼雅没注意她们已换了话题,立刻讲起莉莉的事来,讲到她的卖弄风情,讲到她为什么没有出嫁。这时,华丽雅讲到自己,讲到玛尼雅早就知道,她原来根本不想结婚,这事她现在常常对阿纳托里说起。谈到这里,玛尼雅说他们都蠢得要命,做事情往往前后不一贯,她还想说一件前后不一贯的事,但华丽雅却举出丈夫前后不一贯的更有力的例子。

"是的,他们都是这样的。"玛尼雅一面说,一面摸索着玳瑁发针。华丽雅把发针递给她,并问现在大家是不是都留长发。这样,谈话就转到发式上去。

"太轻佻了。"华丽雅想,看到玛尼雅脱去上衣,在绷得很紧的

---

① 尼斯——法国东南部疗养地。

胸衣外穿上华丽雅认为太过华丽的带天鹅绒饰物的深绿色连衣裙。"她显得多么年轻啊！"华丽雅想，"可她比我大三岁呢。"玛尼雅看到华丽雅在注意她的装束并显出不以为然的表情，心里想她太落拓了。"这件上衣是绒布的，也不干净。可她的丈夫倒还年轻。"想到这一点，她就想向她问问他的情况。

"那么，阿纳托里怎么样，对乡村生活不感到无聊吗？"

"不，由于这次饥荒，今年的事情多得要命。我平时几乎看不到他的人影子。这次你们能碰到他，真是特别幸运。"

"哦，真的有饥荒吗？国外报纸写得很可怕，都在募捐了。我觉得有点儿夸大其词。"

"你去问问阿纳托里。他说没有。不过，我看到，有时有人来。"华丽雅想起今天早晨她在下房看见一个衣衫褴褛、穿破树皮鞋、背着袋子的女人，想到她，华丽雅就想到了穿鞋。"我想你一定带回来许多鞋吧。外国的鞋真好。我喜欢穿那种好鞋。"

"是的，我带来不少。你要我让给你几双？你的脚同我一样大，是吗？"

"不完全一样，宽一点儿，"华丽雅说，她从来不同意玛尼雅说她们的脚一样大，"不完全合脚，但我可以穿。那么，行李来了吗？"

"大概来了，我去问问。你好了吗？"

"咱们走吧。快吃午饭了。我想你饿了吧？"

老一辈这样谈着话。这时，在腾出来给薇拉的儿童室隔壁的房间里，表姐妹见了面，也在谈话。薇拉身材苗条，脸色红润，眼睛和牙齿光泽发亮，生着一头像她姨妈一样的鬈发，身穿时髦而朴素的连衣裙,坐在长沙发上,旁边坐着雷任家的四个大孩子。她同十五岁的大表妹萨莎谈着话。萨莎坐在她旁边,含情脉脉地盯着她,但没搂住她,显然怕薇拉不喜欢这样做。

第二个孩子,十一岁的黑眼睛、模样热情的男孩米沙也处于这种状态。第三个男孩华夏是个皮肤白净的宽脸胖墩,他生有一双明亮的灰色小眼睛,一刻不停地盯着说话的表姐的脸和嘴。只有坐在薇拉膝盖上的五岁的阿纳托里显然并不像其余的人那样崇拜她。他非常冷静,也不明白他们为什么这样激动。嗯,表姐,嗯,薇拉,她让他坐在膝盖上,她的膝盖像奶妈的膝盖一样。她身上的衣服是缎子的,她还有一块表。这很好。但这一切没什么了不起,主要是这些都不能吃,现在可是吃饭的时候了。

薇拉发觉大家崇拜她,十分兴奋。她这人特别敏感,很容易因人们崇拜她而激动,她受到宠爱,她喜欢这样的气氛。此刻她很高兴。她看到大家崇拜她,因此她也爱这些可爱的孩子。孩子们则觉得她爱他们,因此越发崇拜她。他们平时同外界隔绝,因此爱的电越积越多。

薇拉告诉他们,有一次在意大利,男孩子们拿狗吓唬她,她就把他们的狗夺过来。

"他们后来怎样停止捉弄你?"皮肤白净的宽脸胖墩华夏突然问。

薇拉瞧了他一眼,大家都瞧了他一眼,胖墩脸红了,越来越红。他的脸红得不能再红了,但血还是不断地涌上来,他的额上开始冒汗,眼睛开始湿润。他一动不动地坐着,只是把脖子缩到肩膀里,显然觉得只要稍稍一动他就会完蛋。

"哦,当然啰,薇拉叫他们停止。他们就停止了。"萨莎说,她深信薇拉的命令世界上没有人敢违抗。

薇拉连忙把目光避开面红耳赤的胖墩，继续说话。

"嗨，小姐，他们同您在一起连时间都忘了。"奶妈走进来说。

"来吧，阿纳托里。妈妈叫您去散步。"

瑞士女教师也进来找孩子们。但孩子们个个恼恨地避开她，大家抓住薇拉，一分钟也不愿离开她，都跟着她到花园去。瑞士女教师带着责备和恼怒的神气瞧了瞧薇拉，薇拉不仅把孩子们从她身边引开，而且用不友好的挑战神气对待她。

这时，厨房里正一片混乱，大家紧张地干着活。

"谁知道他们要来呢。今天他们才告诉我。"玛特廖莎双臂支在碗柜上，抽着烟说。

"即使现在就杀，现在就炸，也做不出热菜，"厨师身穿工作服，头戴白帽，说，"再说也没有鸡。"

"怎么没有鸡？你先拿婆娘手里这一只，再去捉两只来。"

"喂，拿过来。"厨师对抓着一只母鸡的婆娘说。

"您哪，马特廖莎，再加五戈比吧。"

"喂，拿来。"

厨师捉住母鸡，拿起刀，砍下鸡头，把它扔在地上。鸡拼命挣扎，砖地上洒满了血。

"他为什么不把自己的鸡抓来？叶甫多基姆！"他叫着，走出厨房。

离厨房不远，丁香花旁，一个农家小伙子张开双臂向两只母鸡走去。这两只母鸡一白一黑，抖动颈上的羽毛，在花丛旁走来走去。

厨娘提起围裙从另一边走来。

"您这是怎么啦?"厨师说,他刚一说完,厨娘就一个箭步向黑母鸡扑去。两只母鸡懂得这是在抓它们,就拼命奔跑。小伙子横冲过去,几乎追上它们,但两只母鸡一看见他,就跑得更快,从他身边跑过,同时摆脱了厨娘。它们穿过丁香花丛,向栅栏跑去。小伙子追上去,但这两只鸡越跑越远。小伙子落在后面,厨娘就上去代替他。鸡跑得慢一点儿,但一看见厨娘,就没命地咯咯乱叫,跑得更快,简直连兔子也追不上。厨娘追赶它们,它们又绕过丁香花丛,厨娘又停下来。她再也跑不动了,抱住胸脯拼命喘气。小伙子立刻替换她。

"别让它歇息,千万别让它歇息!"厨娘叫道。小伙子靴子踩得咯咯直响,又跑去追赶。

"彼得洛维奇!您来帮帮忙啊!彼得洛维奇!"厨娘看到鸡又被赶到栅栏边,对厨师说。

厨师微微一笑,但当两只母鸡低头缩到墙边时,他突然向黑母鸡扑去,截住它,把它赶到墙角,也不顾它没命啼叫和拍动翅膀,一把将它抓住,得意扬扬地把它举起来。

"瞧,人家是怎样带兵打仗的,可您把它们乱赶。"

厨师的责备起了作用。厨娘和小伙子一起拦截白母鸡,他们交替追赶,不让它歇息,又把它赶到丁香花丛里。厨娘在那里伸开双臂把它逮住。这两只母鸡也被宰了。那只先被宰的鸡已被小伙子放在桌上煺毛。

"收下吧。马特廖莎,把它解下来好吧?羊确实是不错的。"高个子农民说,他身穿一件肩上磨破、腰里束带的无领上衣,一早就站在院子里的大车旁,车上载着一只捆住脚的山羊。

马特廖莎丢掉烟卷。

"没机会向她报告。她一直忙于招待客人。我再去说说。"

"得,得!"农民弹着舌头,"这是明摆着的事。还不是因为穷,我干吗要卖!不然我会把牛都吃掉的!我会把最后一文钱都吃掉的。"农民对提着木桶到水车旁装水的仆人说。

"那么,面粉什么价钱?"

"大概六十戈比吧。"

"一卢布六十戈比。"

"我们一般不说卢布。一只羊换一普特^①面粉。能吃多久呢?七口人哪。"

"我们不远,是从吉略金卡来的。"

"噢!"仆人不愿进屋里去,"这么说,是你们在准备打猎吗?"

"准是我们那儿。傍晚我们村庄里来了许多人。我说,老兄,狗就有一大群。他本人相貌堂堂,简直像金子。"

"是公爵家的吗?"用人问。

"还有谁家的呢?"

"他本人在哪儿?"

"据说,待在波克洛夫斯科耶。"

"他也要到我们这儿来。"用人说。

"哦……哦……哦!"农民说,一半是赞同,一半是惊讶。

用人还想说点儿什么,但有人叫他,他就跑了。

---

① 1普特合16.38公斤。

农民终于等到了。他们买了羊。农民自己在棚子里把它宰了,剥下羊皮,把它啪的一声扔在大车上,等着取钱。

六点钟,母鸡做成了鸡肉饼,羊肉也已烤熟,午餐准备好了。

餐桌上有两对夫妇、薇拉、四个孩子、瑞士女教师和俄国教师。这位俄国教师毕业于神学院,住在他们家。先是随便聊天:天气啰,音乐啰,娜斯嘉阿姨啰,山间游览啰。除了孩子、女教师和男教师,大家都参加谈话。谈话中心是薇拉。她显然是在向孩子、姨妈、阿纳托里·德米特里耶维奇姨夫(当他瞧着她同她说话的时候,都笑得嘴唇起皱了)、男教师(他默默不语,一直带着赞赏的神气盯着她,使她坐立不安)卖弄风情。她要知道连男教师都被她征服了。她偶尔对他望望,仿佛要证实,是不是连他也被她迷住了。

对她不满的只有华丽雅。华丽雅察觉她给丈夫的印象,故意对她露出亲切的微笑,以掩饰自己的反感。特别对她不满,简直达到憎恨程度的是瑞士女教师,瑞士女教师指摘她身上的一切——从耳环到发音。

薇拉确实不太自然,这一点她自己也感觉到,但她不能改变自己的腔调,即使情绪很好时也是这样。例如她讲到跟她父亲的旅游,讲到她对待父亲就像对待孩子一样,替他穿衣服,喂他吃东西。

"要不爸爸会把什么都忘记的。"——诸如此类的话。这不太自然,有点儿"肉麻"(弟兄们这样说她),多愁善感,但她无法自制。

午餐吃到一半,男仆慌慌张张地跑进来,说公爵乘马车来了。

"哦,好。可你像傻子一样乱跑干什么?请他来。"阿纳托里·德米特里耶维奇恼怒地说,走出去迎接公爵。不错,男仆不用乱跑,但主人也不必批评这种事。

公爵走了进来,他是个英俊的年轻人。主人把在场的人一一向他作了介绍,给他上了茶。他同女士们谈天气,谈打猎,眼睛不时瞧瞧薇拉。当薇拉在屋里微笑的时候,人不能不这样做。她不仅微笑,而且同孩子们一起发出开朗、浑厚而富有感染力的笑声。

过了两小时,公爵吃完午餐,农民才等到了钱。他从早晨起没有吃过东西。他看着仆人给老爷们做饭,不断地摇头叹气,终于忍不住,向厨娘讨面包吃。

"早知道这样,我就随身带吃的东西来了。"

"吃吧。"厨娘说,给他倒了一杯克瓦斯,切了一块面包。他吃完,耐心地等着,终于等到了。傍晚,他们给了他一卢布八十戈比。他道了谢,用麦秸裹住血淋淋的羊皮,垫在自己身下,挪开袋子,坐到车上,驾起褐色母马直奔面粉铺。公爵又待了不多久,不到一小时,答应明天去"狐仔"会合,告了别,向薇拉露出特别愉快的微笑,希望明天能再见到她,这使她特别高兴。接着在主人陪同下走到台阶上。

"天气真好哇,简直像夏天!这些黄叶多美啊,像黄金一样。"

"对打猎来说,天气太干燥。可有什么办法,不能再等了。"

大块头车夫穿着裙子,臀部显得格外宽阔,叫了一声:"驾!"挥动缰绳。

四匹高大肥壮的黑马轻松地拉动马车。公爵坐上马车走了。

途中他追上了卖羊的农民。农民睡着了,没有拨转马头。公爵的车夫一手握住缰绳勒住马,灵活地拿鞭子抽了一下农民的脖子。农民一怔,来不及揉揉眼睛,四匹马就沿着坚实的大路,拉着车,步子均匀地飞跑而去。

"是个酒鬼,大人。"车夫说。

"大家都说饥饿。"公爵想,打量着路右边的高地,在那里野兽出没的地方,明天他将同那可爱的姑娘见面。

第二天他们去打猎。七点钟,薇拉已准备停当,等着阿纳托里·德米特里耶维奇,她约好跟他一起乘车到打猎的地方去。马匹早就牵出来了。天气好得出奇,确实是好得出奇。黄叶上,青草上,浓霜闪烁。鲜红的朝阳放射出万道光芒,漏过红黄色的栎树叶,闪耀着瑰丽的色彩。空气清新,沁人心脾。一对黑马拉的马车已停在门口,但阿纳托里·德米特里耶维奇却因事在门口被农民拦住。阿纳托里·德米特里耶维奇对此显然很厌烦,但还是留下来跟他们谈了好一阵。薇拉听着。他们在谈木桶的事。一个农妇和一个农民激烈地争论着。薇拉一身骑装,手拿鞭子,焦急地等待着。

"你最好去喝点儿茶。"

"我喝过了。"

最后一个农民终于走了。她想起母亲怎样放水蛭,水蛭又怎样脱落。

阿纳托里·德米特里耶维奇坐上车,拿起缰绳。他们沿着光滑的留有马蹄刺印的村道驰去,村庄里升起一道道炊烟,弥漫着一片烟味。

快乐,真快乐。一切都很快乐。马匹奔驰,人们望着,白嘴鸦飞上天,道路转了个弯,草木茂盛。一切都很快乐。

"快到了吗?"

"还有五俄里,我们这样也很开心。"

瞧,他们经过被朝阳照透的稀疏树林。现在可以听到狗的吠叫声和猎人的吆喝声。

他们已经来了。是的，就在这儿。经过树林，拐了个弯，面前就出现了一群五光十色的人和马。马、狗、红帽子、金银饰带，一切都在阳光下熠熠生辉。薇拉和阿纳托里·德米特里耶维奇的马也在这儿。但不等阿纳托里·德米特里耶维奇和薇拉看清这群人和马，山上就出现了一辆四轮马车。这是公爵。

"这会儿大家都到齐了。"

"天气多好。就是稍微干了点儿。"

"您不累吗？"公爵和薇拉立刻开始调情。

一切都非常快乐。狼没有捕获，兔子猎到了三只。他们在野地里驰骋了好一阵。接着他们坐下来吃早餐。公爵斜躺着切鸡，他叉了一块鸡给薇拉。

"小姐，我能给您一块鸡吗？"他说。他这样做有点儿不自然，有点儿愚蠢。薇拉还是很高兴，尽管她也发觉这一点。后来公爵又用叉子叉了一块鸡给他的爱狗吃。这一点薇拉也注意到了，特别是因为路边站着一群从村里跑出来瞧热闹的婆娘和孩子。有两个婆娘身穿方格短裙，脚穿树皮鞋，头戴盾形头饰，挥动双臂跑到路边，突然站住，眼睛盯着打猎的人群。

"他们有点儿像埃及人，是不是？"公爵问。薇拉表示同意。

大家都兴高采烈。

早饭后又打了一阵猎，回到公爵逗留的地主家。弗拉基米尔·伊凡诺维奇也到那儿来找女儿。他留下来吃午饭，同时不乐意地发觉，公爵和薇拉在进行不合适的，甚至不成体统的调情。天已经黑了，他们在月光下回家。路上弗拉基米尔·伊凡诺维奇对女儿直率地说，他不喜欢她对待公爵的态度。她立刻表示接受，虽然脸红耳赤，但接受他的批评。

"我没有办法,爸爸。我觉得快活,我无法自制,但我一点儿也不喜欢他。"

父亲放心了。

他们回到家里。喝茶的时候,阿纳托里·德米特里耶维奇的邻居来了。他们谈到了农民的处境。阿纳托里·德米特里耶维奇讲了县议会和省议会所作的决定,讲了他现在不得不详细调查农民的经济状况。他说这件事必须做得十分谨慎,因此村社处在斯库拉和卡律布狄斯①之间:不帮助是残酷的,但帮助那些不需要帮助的人,就是鼓励游手好闲,不劳而获。

"您说不必为这种事出力,"他对弗拉基米尔·伊凡诺维奇说,"那么,叫谁来干这件事,又怎么干?"

"我并没有这样说,"弗拉基米尔·伊凡诺维奇回答。"这种事是神圣的,依我看,在艰难的年头我们都应该帮助老百姓。我首先愿意为这件事献身。"

"那么,该怎么办呢?"薇拉问,她不参加谈话感到无聊。

"得挨家挨户去了解生活条件,了解每一户的经济情况,登记下来。"

"那好,我能行。您派我去吧。"

"您不是后天要走吗?"

"我可以留下来。"

"那太好了。"孩子们说。

---

① 斯库拉和卡律布狄斯 —— 希腊神话中分别住在意大利墨西拿海峡两岸的两个妖怪。此句意为处在两大危险之中。

"爸爸，让我留在华丽雅阿姨这儿吧。阿姨，你带我去吧。我会听你的话，我会干活的。"

这个临时建议起初看来有点儿突兀，似乎难以实现，但过了一会儿就觉得有可能实现。再过三星期，娜斯嘉阿姨要到这儿来。她将把薇拉带走，但在薇拉住在这儿的时候，她将做阿纳托里姨夫的秘书，做他交办的工作。

薇拉觉得这是一次大规模、长时间的快乐的郊游。

"明天打猎，天气很好，我们将同萨莎一起去。萨莎行吗？我们会记录，什么都会干，我们将一起干。啊，真是太美了。乌拉！您是不是跟我们一起去？"他问男教师。"这是真的吗？"

男教师自然很高兴。

父亲，自由主义的弗拉基米尔·伊凡诺维奇，同意把女儿留在姨妈家。姨妈和姨夫作为主人表示欢迎，再说薇拉又十分可爱，所以华丽雅阿姨被她迷住了。只有母亲玛尼雅反对。

她想："这件事总有点儿古怪，不自然。一个姑娘挨家挨户到农民家去干什么。也不体面，再说她又能做些什么呢。主要是为了什么？"

晚上，夫妇之间，也就是薇拉的父母之间，就这件事争论了好久。

"你自己不是说过，薇拉轻佻、奢侈、不认真。对像她这样年龄的姑娘来说，再没有比了解生活，看到老百姓怎样生活，更能使她懂得她所享受的全部奢侈生活是怎么一回事了。总之，这对她只有极好的影响，不会有别的结果。"

弗拉基米尔·伊凡诺维奇胜利了。他们决定让薇拉在姨妈家待三个星期。同时决定弗拉基米尔·伊凡诺维奇同妻子星期二一早回去。同一天,薇拉跟男教师和萨莎一起去巡视。

事情是这样的,到了约定的三星期期限,他们派保姆去接薇拉,但薇拉没有回来,却写了一封语气很坚决的信,说她不能、也不愿放下工作。保姆独自回来,说小姐情况很糟,从早到晚同农妇们待在一起。人瘦了,不断搔痒,身上发现虱子。

这使玛尼雅大为沮丧。大家都像仆人一样干活,包括公爵小姐德、男爵小姐帕和勒,对此都满怀同情,可是他们心血来潮,想出风头,与众不同。这是为什么呀?"妹妹华丽雅一向很任性,现在还是这样。显然,她不管束我的女儿,完全放任她。"玛尼雅想。

"嗨,我早就说过了,"玛尼雅对丈夫说,使用他最不喜欢、因此也是她说得最多的用语,"嗨,我早就说过了。""只有坏处,没有好事。我一直有这种感觉。果然不出所料。我有病,但我要亲自去一下。我会死的。但我不能忍受这种事。你总是像女人一样既患得患失又固执得要命,"她说,一激动总是不分性别乱说,"如果真弄到这种境地,她可是彻底堕落了。我简直说不出口。我一看见她,就浑身不舒服。这都是由你那粗鲁的性格造成的。"

弗拉基米尔·伊凡诺维奇想插话,他认为谈话已离题太远,但没有机会,就像带弹仓的枪,要等一颗子弹打出去,才能打第二颗。

"我早就知道你一说话,大家都非听不可,都得欣赏你的口才。可我不会说话,我只有一颗做母亲的心,你却折磨……折磨我。我只有一个女儿,我要保护她,不让她接触任何垃圾,任何脏东西,可是你故意把她扔到最野蛮最下流的地方。"

"她可是你的……"他想说"妹妹"。

"不,你有过胡思乱想。如果出于真心,那都是好的,可是你说的都是谎言。如果你可怜他们，那就把全部收成送给他们得了。你怕不愿意吧。"她说，完全忘记她曾埋怨他要发给本村每户贫农一普特粮食。

他想说他要做的还不止这些。

"不过，全都是装模作样，姑息纵容，"她继续刺他最痛的地方，就像蜜蜂刺眼睛那样，"你给人发粮食，你可以向大家夸耀；其实你给人发粮食，是因为我坚持要发。"

"天哪，这女人怎么可以这样瞎说！"弗拉基米尔·伊凡诺维奇心里想。最后，她的子弹放完了，而新的还没有装上，弗拉基米尔·伊凡诺维奇终于能说出要说的话。

担心是不必要的。保姆讲到她身上得了三种传染病，但这还不算太糟。至于她迷恋这项活动，走向极端，那也可以理解，没有问题。委员会要派人去发救济粮，弗拉基米尔·伊凡诺维奇只要自告奋勇，他们就会派他去。这样，他就可以把女儿带去。这样就行了。

弗拉基米尔·伊凡诺维奇一提出要求，事情就解决了。三天后，他带着委员会的委托到女儿那儿去。

在克拉斯诺伏，在雷任家，年轻人正在紧张地工作：到各村挨家挨户登记，虽然为数不少，但不算太繁重，繁重的是内部工作：对所有人员评定工作成绩。

一八九一年[①]

[①] 这篇作品是未完稿。当时列夫·托尔斯泰正在梁赞参加救济饥民的活动。最初发表于一九一一年。

东家与雇工

一

这事发生在七十年代冬圣尼古拉节的第二天。教区里正在庆祝节日,乡下旅店老板二等商人①华西里·安德烈伊奇·勃列洪诺夫必须去教堂(他是教会长老),还要在家招待亲友,因此无法出门。现在,最后一批客人走了,华西里·安德烈伊奇便立刻收拾行装,准备到邻村地主那里去买一片早就讲定的小树林。他急于出发,唯恐城里商人赶在他前头抢走这笔有利可图的买卖。那位年轻地主出卖这片树林只要一万卢布,因为华西里·安德烈伊奇已给过他七千卢布。七千卢布只有这片树林实际价值的三分之一。华西里·安德烈伊奇也许还想还还价,因为树林在他的地区,他同乡镇商人早就有约在先,一个商人不准在另一个商人的地区抬高价格,但华西里·安德烈伊奇知道,省城的木材商想买戈略奇金诺的树林,因此他决定立刻动身,同邻村地主做成这笔买卖。这样,节日一过,他就从箱子里取出七百卢布,再加上手头的两千三百卢布教会财产,凑成三千卢布。他反复点数,小心翼翼地把钱放到皮夹子里,准备出发。

雇工尼基塔是华西里·安德烈伊奇家雇工中那天没有喝醉的一

---

① 据旧俄习俗,商人按资本多少分成不同等级。

个，他跑去套雪橇。尼基塔原来是个酒鬼，这天他没有喝醉，因为在斋戒期前一天他把棉袄和皮靴都喝掉了，因此发誓戒酒，至今已有一个多月没沾过一滴酒。在这节期的头两天他也没有喝，尽管到处都是诱人的酒香。

尼基塔是邻村的庄稼汉，年纪五十岁左右。他不善于当家（人家都这样说他），大半辈子没待在家里，而在外面当长工，他到处受人称赞，因为他勤劳、麻利、力气大，尤其是生性忠厚乐天；但没有一处他能干得长，因为每年总有两三次（有时次数更多）喝得烂醉，不仅把自己的东西喝个精光，还同人打架，寻衅闹事。华西里·安德烈伊奇曾几次把他撵走，但后来又重新把他叫回来，因为他为人忠厚，又爱惜牲口，更主要的则是因为他工钱低廉。华西里·安德烈伊奇不像人家那样付给这样的雇工八十卢布年薪，他只给尼基塔四十卢布，而且不是一次付清，而是零零星星给一点儿，甚至多半不付现金，而用他店里的商品以高价抵付。

尼基塔的妻子玛尔法原是个活泼美丽的女人，操持家务，抚养一个儿子和两个女儿。她不叫尼基塔回家来住，因为第一，她跟一个箍桶匠姘居已有二十年，箍桶匠是个外乡人，寄居在他们家里；第二，尽管平时她可以任意支使丈夫，但一旦他喝醉酒，她怕他就像怕火一样。有一次，尼基塔在家里喝醉酒，大概要发泄平时所受的屈辱，他撬开她的箱子，取出她最贵重的衣服，拿起斧头把她所有的衣服斩成碎片。尼基塔挣得的全部工钱归了妻子，对此尼基塔并无异议。这次也是如此。节日前两天，玛尔法来到华西里·安德烈伊奇家，从他那里取走了白面粉、茶叶、砂糖和一小瓶葡萄酒，共值三卢布，还领到五卢布现金。她为此道了谢，仿佛得了特殊的恩典。

其实即使按照最低廉的工资计算，华西里·安德烈伊奇也得付给尼基塔二十卢布。

"难道我跟你订过合同吗？"华西里·安德烈伊奇对尼基塔说，"你要什么，就拿去，可以做工抵。我可不像人家那样叫你等，又要结算，又要罚款。我们做事老老实实。你替我干活，我不会亏待你的。"

华西里·安德烈伊奇说这话，确实以为他待尼基塔很好。他说得那么肯定，而那些在金钱上要依靠他的人，从尼基塔起，也都跟着说他不会欺骗人而只会给他们恩惠。

"是的，我明白，华西里·安德烈伊奇；我会卖力干，就像替我亲爹干一样。我很明白。"尼基塔回答，其实他很明白华西里·安德烈伊奇是在欺骗他，但同时觉得同他算账是没有用的，在没其他去处之前只能他给什么就拿什么。

此刻听了主人的吩咐，尼基塔照例高高兴兴迈动两只朝里拐的脚板走到板棚里，从钉子上取下沉重的带流苏的皮笼头，碰得马嚼子上的铜环叮当作响，向关着的马厩走去。马厩里单独关着华西里·安德烈伊奇所要的那匹马。

"怎么，傻东西，是不是闷得慌，闷得慌啦？"尼基塔回答马的轻声嘶鸣说。这匹驯顺的中等身材、臀部下垂、褐色带黄斑的公马被单独关在马厩里。"等一下，等一下！来得及的，我先给你饮点儿水。"他同马说话，就像同完全懂得他语言的人说话一样，接着他用衣襟掸掸肥壮的落满尘土的马背，给漂亮的马头戴上笼头，拉出它的耳朵和额鬃毛，摘下头络，牵它去饮水。

黄斑马小心地从积满粪的马厩里走出来，嬉戏着，尥蹶子，装作要用后腿踢同他一起向井边跑去的尼基塔。

"真淘气，真淘气，调皮鬼！"尼基塔说，知道黄斑马只用后脚碰碰他的外套，并不会真的踢，更知道它喜欢这样嬉闹。

马喝够了冰凉的水，叹了一口气，动动潮湿的厚实嘴唇，透明的水就从嘴边滴到马槽里。它一动不动地站着，仿佛在想心事，接着忽然打了个响鼻。

"不想饮就算了，可别再站着了。"尼基塔说，一本正经地向黄斑马详细说明自己的行为。接着他牵着在整个院子里嗒嗒地欢蹦乱跳的小马，又向板棚跑去。

雇工一个也不在，只有一个陌生人跑来过节，那是厨娘的丈夫。

"老兄，你去问问，"尼基塔对他说，"老爷吩咐套哪辆雪橇？大的还是小的？"

厨娘丈夫走到地基很高、铁皮顶的房子里，很快就回来说，老爷吩咐套小雪橇。这时尼基塔已给马套上颈圈，绑上马肚带，系好钉满小钉的马鞍，一手拿着上过漆的轻马轭，一手牵着马，走到停有两辆雪橇的板棚下。

"套小的就套小的吧。"他说着，把一直装作要咬他的机灵的马牵到辕木中间，在厨娘丈夫的帮助下开始套雪橇。

一切都几乎准备就绪，只剩下系缰绳。尼基塔便差厨娘丈夫到板棚取干草，再到仓库拿粗麻布。

"现在好了。喂，喂，别摆架子了！"尼基塔说，在雪橇里把厨娘丈夫拿来的新近脱粒的燕麦秸搓软。"现在让我们把垫子铺好，上面再铺麻布。就这样，就这样，这样坐上去就舒服了，"他一面说，一面做，"把干草上的麻布在座位四周披好。"

"谢谢啦，老兄，"尼基塔对厨娘丈夫说，"两人一起干快多了。"

尼基塔分开联结处有套圈的皮缰绳,坐到驭座上,催动要求出发的好马,从粪肥上冻的院子朝大门口走去。

"尼基塔叔叔,好叔叔,喂,好叔叔!"一个七八岁的男孩身穿黑色短大衣,脚套白毡靴,头戴暖帽急急地从前厅跑到院子里,用尖细的声音从后面叫道。"让我坐上。"他要求道,一边跑,一边扣上短大衣。

"好,好,跑过来,小宝贝。"尼基塔说,停下雪橇,让高兴得容光焕发的主人家苍白瘦弱的男孩坐上雪橇,这才来到街上。

这是下午两点多钟。天气严寒,零下十度左右,阴沉沉的,刮着风。天空一半被低垂的乌云遮住。户外一片寂静。街上的风更大,邻居棚顶上的雪被吹下来,街角澡堂附近刮着旋风。尼基塔刚走出大门,把马赶到台阶旁,华西里·安德烈伊奇就嘴叼烟卷,身穿羊皮外套,低低地紧束着腰带,从前厅走到铺满坚硬积雪、在镶皮毡靴下吱吱作响的高台阶上。他停下来,吸尽残烟,把烟蒂扔到脚下踩灭,又从胡子里吐出烟圈,斜眼瞧瞧就要上路的马,把羊皮外套领子塞到除了小胡子满脸刮得精光的红润腮帮下,免得皮毛被呼吸弄潮。

"瞧你这小淘气,已经坐上了!"华西里·安德烈伊奇看见儿子坐在雪橇上,说。他刚同客人喝过酒,很兴奋,因此对他所拥有的一切和他所做的一切都格外满意。他总是暗自把儿子唤作继承人。此刻儿子的模样使他十分高兴。他眯缝起眼睛,露出长长的牙齿,望着儿子。

华西里·安德烈伊奇的妻子怀了孕,脸色苍白憔悴,头上包着一块披到肩膀的羊毛大围巾,只露出一双眼睛。她送他出来,站在他后面的前厅里。

"对,你把尼基塔带去,对。"她说,怯生生地从门里走出来。

华西里·安德烈伊奇没有理她,显然对她的话感到讨厌,愤怒地皱起眉头,唾了一口口水。

"你身上带着钱,"妻子继续忧心忡忡地说,"天气又不好,带他去最好。"

"什么?难道我不认识路,一定得带个向导吗?"华西里·安德烈伊奇噘起嘴唇,一字一字特别清楚地说,就像平时同买卖人说话那样。

"对,把他带去。我以上帝的名义求你!"妻子继续说,把围巾裹得更严些。

"简直像水蛭一样叮住不放……叫我把他带到哪儿去啊?"

"好了,华西里·安德烈伊奇,我准备好了,"尼基塔快乐地说,"只是我不在的时候请您叫人喂喂马。"他对女主人说。

"我会照料的,尼基塔,我会叫谢苗喂的。"女主人说。

"那么我们走吧,华西里·安德烈伊奇?"尼基塔说,等待主人下命令。

"好,看来只好尊重老太婆了。不过,既然出门,你就得穿一件暖和些的外套。"华西里·安德烈伊奇说,又露出笑容,对尼基塔那件腋下、背部、下摆都有破洞,油腻发亮的短外套挤挤眼。

"喂,老兄,你把马拉住!"尼基塔对院子里厨娘的丈夫叫道。

"我自己来,我自己来!"男孩子尖声叫喊,从口袋里伸出两只冻红的小手,抓住冰凉的皮缰绳。

"只是别磨磨蹭蹭摆弄你那件外套了,快一点儿!"华西里·安德烈伊奇对尼基塔大声嘲笑说。

"马上就好，华西里·安德烈伊奇老爷。"尼基塔说，他穿着一双打过毡鞋掌的旧毡靴，迅速迈着脚尖朝里拐的双脚，往工棚跑去。

"喂，阿琳奴施卡，把炕上我那件外套给我，我要跟东家出门！"尼基塔说，跑进工棚，从钉子上摘下宽腰带。

厨娘睡过午觉，为丈夫摆好茶炊，此刻高高兴兴地迎接尼基塔。尼基塔的匆忙感染了她，她也迅速从炕上取下在那里烘烤的破呢外套，麻利地抖了抖，把它拉拉平。

"这回你可以同你当家的好好玩玩了。"尼基塔对厨娘说，他出于善意跟人单独相处时总要应酬几句。

尼基塔把他那条狭长的旧腰带系在腰上，收缩本来就很瘦的肚子，使劲拿它把短外套束紧。

"这下子好了，"接着他不再同厨娘说话，而是对腰带说话，并把腰带一头塞到腰里，"这样你就不会掉下来了。"说完耸耸肩膀，活动活动双臂，穿上长袍，挺挺胸部，托托腋部，接着从架子上取下手套。"这就行了。"

"你啊，尼基塔，最好把包脚布重新包一包，"厨娘说，"你的靴子太糟了。"

尼基塔仿佛这才想到他的破靴子，站住了。

"说得对……不过就这样也能对付，路又不远！"

他向院子跑去。

"你不会冷吧，尼基塔？"当他走近雪橇时，女主人对他说。

"冷什么，暖和着呢。"尼基塔回答，把雪橇头部的干草拉过来，以便盖住双脚，并把靴子藏到干草下，因为好马是不用靴子打的。

华西里·安德烈伊奇已坐在雪橇里。他穿着两件皮外套,宽阔的背几乎填满整个后座。他立刻抓住缰绳,催动马匹。尼基塔在雪橇启动后跳上去,坐在左前方,一条腿伸到雪橇外面。

二

好马拉着雪橇沿村里冻硬的道路轻快地前进,滑木发出轻微的吱咯声。

"你爬到哪儿来啦?喂,尼基塔,给我靴子!"华西里·安德烈伊奇看见儿子坐在雪橇滑木上显然很高兴,吆喝道,"我揍你!快到妈妈那儿去,狗崽子!"

男孩跳下雪橇。黄斑马加快步子,打了个嚏,小跑起来。

华西里·安德烈伊奇居住的小村有六户人家。他们一过最后一户人家——铁匠铺,就发觉风比他们想象的要猛烈得多。道路几乎已看不出来。滑木的痕迹立刻被雪盖住,他们能认出道路,只因为它比其他地方高些。田野上空雪花飞舞,远处已分不清哪里是天哪里是地。戈略奇金诺的树林平时看得一清二楚,此刻透过飞雪只见远处黑魆魆一片。风从左面吹来,把黄斑马粗脖子上的鬃毛吹向一边,并把它绾了个活结的蓬松尾巴也刮到一旁。尼基塔坐在挡风的一边,长长的衣领紧贴着他的脸颊和鼻子。

"它在这儿没法跑,雪太深了,"华西里·安德烈伊奇夸耀他的好马说,"我有一次去巴苏金诺,它半小时就把我拉到了。"

"啥事啊?"尼基塔问,因为耳朵被领子挡住没听清。

"我说,上次到巴苏金诺只跑了半小时。"华西里·安德烈伊奇大声叫道。

"没话说的,是匹好马!"尼基塔说。

他们沉默了一会儿。但华西里·安德烈伊奇想说说话。

"我说,你有没有嘱咐你老婆别给箍桶匠酒喝?"华西里·安德烈伊奇仍旧大声说,满心以为尼基塔准会高兴同他这样有地位而又聪明的人说话,他对自己的玩笑又十分得意,以致根本没想到这场谈话会使尼基塔不高兴。

主人的话被风吹走,尼基塔又没听清。

华西里·安德烈伊奇又用洪亮清晰的声音把有关箍桶匠的玩笑说了一遍。

"去他们的,华西里·安德烈伊奇,我才不管这种事呢。只要她不亏待我的孩子,我就让他们去。"

"噢,说得对,"华西里·安德烈伊奇说,"那么,开春你还买不买马啊?"他换了个话题。

"不能不买啦。"尼基塔回答,翻下皮袄领子,身子向主人凑过去。

这个话题尼基塔很感兴趣,他不愿听漏一个字。

"儿子大了,该自己耕地了,可现在我们还得雇工。"尼基塔说。

"好吧,你就把那匹瘦屁股马拉去,我不会算你很多钱的!"华西里·安德烈伊奇叫道,一谈到这种赚钱的事他就十分兴奋,全身都投入进去。

"您要是给我十五卢布,我就到马市上去买一匹。"尼基塔说,知道华西里·安德烈伊奇要卖给他的瘦屁股马至多值七卢布,可是

东家与雇工 | 137

华西里·安德烈伊奇卖给他要算二十五卢布,这样,半年里他就别想从他那里得到一个钱了。

"这是一匹好马。我把你看作自己人。凭良心说,我勃列洪诺夫从来不欺侮人。宁可自己损失,也不叫人家吃亏。说实话,"他用那种使买卖人感动的声音大声说,"这可是匹真正的好马!"

"是啊!"尼基塔说,叹了一口气,断定没有什么话可听的,就翻上领子又把耳朵和脸颊捂住。

他们默默地走了大约半小时。风刺着尼基塔的一边腰部和一条手臂,因为外套的这些部位都破了。

他缩成一团,在捂住嘴巴的衣领下面呼吸,这样全身就不觉得冷。

"你说,我们穿过卡拉梅歇伏还是一直走?"华西里·安德烈伊奇问。

卡拉梅歇伏的路走的人多些,两边都有清楚的路标,不过远一点儿。一直走,近一点儿,但路不大有人走,路标也不好,都被雪盖住了。

尼基塔想了想。

"走卡拉梅歇伏虽然远一点儿,但是好走些。"他说。

"一直走,只要过了洼地就不会迷路,那边有一座很好的树林。"华西里·安德烈伊奇说,他想一直走。

"随您的便。"尼基塔说,又放下领子。

华西里·安德烈伊奇就这么办。他走了半俄里光景,从一株枯叶稀零地在风中摆动的高大栎树旁向左拐了弯。

拐弯后,他们几乎顶风前进,空中还飞着雪花。华西里·安德烈伊奇驾着雪橇,鼓起双颊,往胡子底下吐着气。尼基塔打着盹儿。

他们这样默默地走了十分钟的样子。华西里·安德烈伊奇突然说起话来。

"啥事？"尼基塔睁开眼睛问。

华西里·安德烈伊奇没有回答，他弯下身子，向前后张望。马的脖子和大腿大汗淋漓，毛都卷了起来，它一步一步地走着。

"我问你啥事。"尼基塔又说。

"啥事，啥事！"华西里·安德烈伊奇怒气冲冲地学着他的腔调说，"路标看不见！准是迷路了！"

"那么停住，让我看看路。"尼基塔说，轻快地跳下雪橇，从干草下摸出鞭子，向左边走去。

今年的雪不深，路到处都看得清，但有些地方雪还是深可没膝，落进尼基塔的靴子里。尼基塔走着，用脚和鞭子探索，但哪儿也没有路。

"喂，怎么样？"尼基塔又回到雪橇旁，华西里·安德烈伊奇问。

"这边没有路。得往那边看看。"

"瞧，前面有一样黑黑的东西，你走过去看看。"华西里·安德烈伊奇说。

尼基塔往那边走去，走近那堆黑黑的东西。原来是越冬作物幼苗上的雪被风吹掉，露出黑色的地面。尼基塔又走到右边，然后回到雪橇那儿，掸去身上的雪，又把靴子上的雪抖掉，这才坐进雪橇。

"得往右走！"他肯定地说，"风原来吹到我左边，可现在一直往脸上吹。往右走！"他断然说。

华西里·安德烈伊奇听他的话向右边驶去。但还是看不见路。他们这样走了一会儿。风没有减弱，雪花又飘起来。

"华西里·安德烈伊奇，看来我们完全迷路了，"尼基塔突然说，仿佛很得意,"这是什么?"他指着雪地里竖着的黑色马铃薯茎叶,问。

华西里·安德烈伊奇勒住热汗淋漓、两胁重重喘气的马。

"什么?"他问。

"我们来到扎哈洛夫的田里。瞧我们闯到哪里来啦!"

"你在胡说吧?"华西里·安德烈伊奇答道。

"我没胡说,华西里·安德烈伊奇,我说的可是实话,"尼基塔说,"从雪橇的声音也听得出来,我们是在马铃薯田里。瞧那边还有一堆堆马铃薯茎叶。这是扎哈洛夫的场地。"

"你瞧,闯到哪儿来了!"华西里·安德烈伊奇说,"现在怎么办?"

"一直走就是了,总能走出去的,"尼基塔说,"要不能到扎哈洛夫卡,也能到老爷的庄园。"

华西里·安德烈伊奇听从尼基塔的话,策动了马。他们这样走了好一阵。一会儿他们来到精光的田野,雪橇就在上冻的土地上沙沙行进。一会儿雪橇来到留茬地,一会儿来到冬麦地,一会儿来到春麦地,那里透过积雪可以看见在风中摇摆的苦艾和麦秸。一会儿他们来到平坦的积雪很厚的洁白雪地,上面已经什么也看不见了。

雪从上空飘下来,有时又从地面扬起。马显然十分疲乏,全身出汗,毛都卷起来,上面还积着霜花,一步一步地走着。突然,马失足跌进沟里。华西里·安德烈伊奇想停下来,但尼基塔对他叫道:"别耽搁!我们走错了路,得赶快走。喂,宝贝!喂!喂!宝贝!"他兴奋地对马喝道,从雪橇里跳出来,自己也落进沟里。

马挣扎了一下,立刻冲到冰冻的沟岸上。显然这是一条排水沟。

"我们这是在哪儿啊?"华西里·安德烈伊奇问。

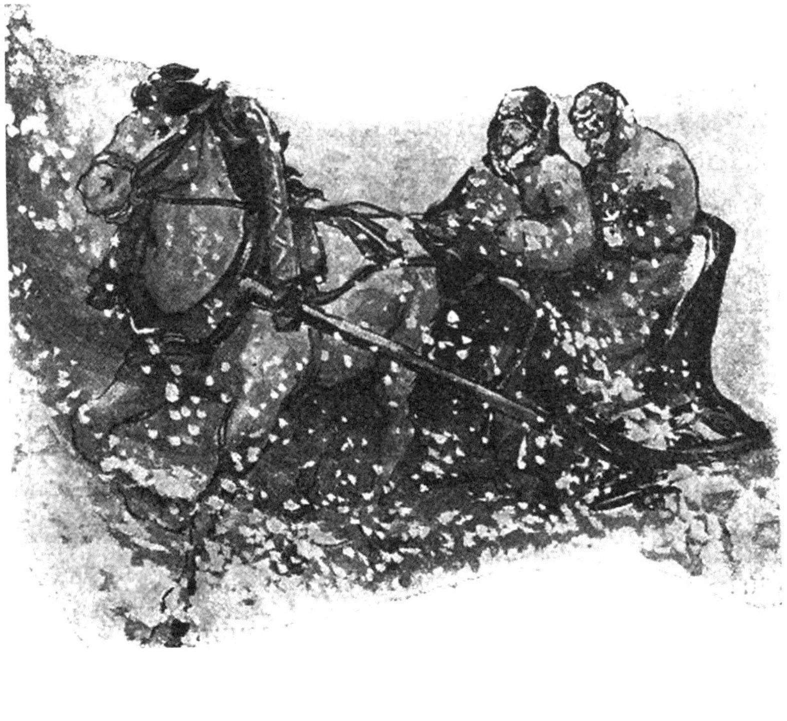

"马上就会知道!"尼基塔回答,"往前走,总能走出去的。"

"那是不是戈略奇金的树林?"华西里·安德烈伊奇指着前方飞雪中黑魆魆的一片,问。

"好,我们过去看看,就知道是什么树林了。"尼基塔说。

尼基塔看到那片黑影旁边飘着狭长的干柳叶,知道这不是树林而是住家,但他不愿说出来。果然,他们走了不到十俄丈①,面前就出现了一排黑黑的树木,还听见一种新的凄凉的声音。尼基塔猜得对,这不是树林,而是一排高高的柳树,树上稀稀落落地挂着些叶子。柳树显然种在打谷场周围的水沟边。一走近在风中哀鸣的柳树,马突然高高地提起前腿,紧接着后腿也一跃而起,把雪橇拖到高处,再向左一拐,就离开了没膝深的雪地。他们上了大路。

"嚄,到了,"尼基塔说,"可是不知道这是什么地方。"

马没有迷路,沿着积雪的大道前进。他们又走了四十俄丈,就看到一道仓房的黑色篱笆,仓房顶上积着的厚雪不断撒落下来。过了仓房,道路折向顺风的方向,他们闯到一个大雪堆前。前面两座房子之间有一条小巷,雪堆显然是雪花被风刮到路上形成的,他们得越过这个雪堆。果然,越过雪堆,他们就来到街上。村尾第一户人家的房子前晾着一些结冰的衣服,衣服在风中摆动,有两件衬衫,一白一红,有裤子,有包脚布,有一条裙子。那件白衬衫的袖子在风中拼命飘舞着。

"瞧,好一个懒婆娘,也许快死了,过节也不把衣服收起来。"尼基塔望着飘动的衬衫说。

---

① 1俄丈合2.134米。

三

村口还有点儿风,路也被雪封住,但到了村子中央就没有风,感到温暖舒服。在一家院子里有一条狗在叫;在另一家院子里,有一个婆娘拿外套裹着头,从什么地方跑来,跨过门槛站住,瞧了瞧过路人。村中传来姑娘们的歌声。

村子里,风雪小一点儿,也不那么冷。

"哦,这不是格里施金诺村吗?"华西里·安德烈伊奇说。

"可不是。"尼基塔回答。

不错,这是格里施金诺村。原来他们偏离方向,走到左边去,走了八俄里光景,但还是比较接近目的地。从格里施金诺到戈略奇金诺有五俄里路。

他们在村里撞见一个在街心走着的高个子。

"你们是什么人?"那人喝道,拦住了马,但立刻认出华西里·安德烈伊奇,就一把抓住辕木,顺着它走到雪橇旁,在驭座上坐下。

原来是华西里·安德烈伊奇认识的庄稼汉伊萨。伊萨是当地人人知道的第一号偷马贼。

"哦!华西里·安德烈伊奇!您这是从哪儿来啊?"伊萨说,嘴里吐出来的酒气喷了尼基塔一脸。

"我们要到戈略奇金诺去。"

"瞧你们走到哪儿来啦!你们应该穿过马拉霍伏。"

"应该是应该,可是没走对。"华西里·安德烈伊奇勒住马说。

"马倒是匹好马。"伊萨打量着马说,熟练地把毛茸茸尾巴根部松开的结系紧。

"那么,你们是要在这儿过夜吧?"

"不,老弟,我们一定得走。"

"看来你们有事,非走不可。那么,这位是谁? 哦! 尼基塔!"

"还会是谁呢?"尼基塔回答,"那么,亲爱的朋友,我们怎样才不会再迷路?"

"怎么会迷路! 往后转,一直沿着街道走,出了村庄还是一直走。别向左拐。一上大路,才往右拐。"

"从大路上哪儿拐? 走夏天路还是走冬天路?"尼基塔问。

"走冬天路。你一离开大路,就会看见矮树林,矮树林对面有一个很大的带枝叶的栎树路标,就在那儿拐弯。"

华西里·安德烈伊奇掉转马头,沿着村路走去。

"还是在这儿过夜吧!"伊萨在后面对他们叫道。

华西里·安德烈伊奇没有回答他,自顾策马前进。总共五俄里平路,其中两俄里要穿过树林,看来比较好走,再说风好像小些了,雪也停了。

他们穿过路面碾实、撒有黑色新鲜畜粪的街道,经过那户晾着衬衫的人家,白衬衫已经撕破,袖子结了冰还挂在那里。他们又来到那排哀鸣着的柳树跟前,接着驶到田野上。风雪不仅没有停止,似乎刮得更厉害了。整条路都被雪封住,他们只能从路标上看出,他们没有迷路。但前面的路标很难辨认,因为风是迎面刮来的。

华西里·安德烈伊奇眯缝起眼睛,低下头察看路标,同时松开缰绳让马自己走,希望它能够认路。马果然没有迷路,沿着弯弯曲曲的道路忽右忽左,凭脚下的感觉前进,因此尽管雪越下越大,风越刮越猛,路标还是一会儿出现在右边,一会儿出现在左边。

他们这样走了十分钟的样子。忽然马的前面出现了一样黑色的东西,在斜飞的雪花中晃动。原来是同路的雪橇。黄斑马已追上他们,它的蹄子踢到前面那辆雪橇的后板。

"超……啊——啊……超过他们!"雪橇上的人叫道。

华西里·安德烈伊奇开始超越他们。那辆雪橇上坐着三个庄稼汉和一个农妇。他们准是过节做客回家的。一个庄稼汉用长树枝打着马的落满雪的臀部。另外两个庄稼汉在前座挥动双臂大声叫嚷。农妇裹着大围巾,身上落满雪,没精打采一动不动地坐在后座上。

"你们从哪儿来?"华西里·安德烈伊奇大声问。

"从阿……阿……来的!"只听得这样的回答。

"我说,你们从哪儿来?"

"阿……阿……来!"一个庄稼汉大声回答,但还是听不清。

"加油!别让!"另一个庄稼汉叫道,不停地用树枝打马。

"你们是过节回来的吧?"

"走,走!肖姆卡,快走!超!快走!"

两辆雪橇的跨杠相撞,差点儿挂住,好容易才分开。庄稼汉的雪橇落后了。

那匹鬃毛蓬松的大肚子马全身落满雪花,在低低的马轭下拼命喘气,竭力想逃避树枝的鞭打,但没有用。它迈动短腿在深雪里蹒跚着,把雪片纷纷踢起来。它的模样还很年轻,下唇像鱼一样突出,鼻孔张得很大,耳朵吓得紧贴着,在尼基塔的肩旁停留几秒钟,才渐渐落到后面。

"都是喝酒的结果,"尼基塔说,"他们这样糟蹋马儿。真是野蛮人!"

一连几分钟听见那匹受尽折磨的马的喘息和庄稼汉酒意十足的叫嚷。后来马的喘息声渐渐听不见,叫嚷声也静止了。周围又是一片寂静,只有耳边呼啸的风声和滑木擦过路上雪被吹散的地方发出轻微吱咯声。

这次无意间遇到过路人,使华西里·安德烈伊奇得到鼓舞,增加了信心。他不再分辨路标,更大胆地赶着马,把希望全寄托在马身上。

尼基塔没事可做,照例打瞌睡,以弥补睡眠的不足。马突然站住,尼基塔往前一冲,差点儿摔下来。

"看来我们又走错了。"华西里·安德烈伊奇说。

"怎么回事?"

"路标看不见。准是又迷路了。"

"迷路了,得再找找。"尼基塔简短地说,站起身跳下雪橇,又迈动朝里拐的脚板,跳着雪走开去。

他走了好一阵,一会儿消失不见,一会儿又出现,一会儿又消失不见,最后他回来了。

"这儿没有路,也许前面什么地方有。"他说着坐上雪橇。

天色渐渐黑下来。风雪没有加强,也没有减弱。

"要是能听见那些庄稼汉说话就好了。"华西里·安德烈伊奇说。

"是啊,我们赶不上,准是偏离道路很远了。说不定他们也走偏了。"尼基塔说。

"那么,我们该往哪儿走?"华西里·安德烈伊奇问。

"让马自己走,"尼基塔说,"它会把我们拉到的。把缰绳给我。"

华西里·安德烈伊奇很乐意交出缰绳,因为尽管戴着厚手套,他的手还是冻僵了。

尼基塔接过缰绳,只松松地提着,竭力不挥动,完全相信他那匹心爱的马的智能。果然,聪明的马一会儿转动这个耳朵,一会儿转动那个耳朵,不断地拐来拐去。

"它就差不会说话,"尼基塔说,"瞧它干得多漂亮!走吧,走吧!对了,对了。"

风开始从背后吹来,身子感到暖和些了。

"它真聪明。"尼基塔继续称赞着马,"吉尔吉斯马力气是大,可是很笨。而这匹马,你瞧,耳朵转来转去。有了它不用电报,一俄里外它都能听到。"

又走了不到半小时,前面果然有一片黑乎乎的东西,不知是树林还是村庄,接着右边又出现了路标。显然他们又来到大路上。

"嘿,还是格里施金诺。"尼基塔忽然说。

真的,他们左边又出现了那座有积雪撒落下来的仓房,接着又是那条晾着结冰衣服的绳子,挂着的衬衫、裤子仍在风中拼命飘舞。

他们又来到街上,风又那么平静,又令人感到温暖和愉快,又看到撒着畜粪的道路,又听见说话声、唱歌声和犬吠声。天色已很暗,有些窗子里已亮起灯光。

在街道中央,华西里·安德烈伊奇掉转马头向一座双开间大砖房驶去,到台阶边才勒住马。

尼基塔走近一个冰雪封盖的窗子,窗子里亮着灯火,里面透出来的灯光把飞雪照得闪闪发亮。尼基塔用鞭子敲敲门。

"谁啊?"里面有人答应。

"我们是克里斯特村勃列洪诺夫家的,朋友,"尼基塔回答,"请快开门!"

里面的人从窗口走开。过了一两分钟门廊的门开了,接着外边那道门的插销嗒地响了一声,一个白胡子的高个老农民探出头来,他身穿过节的白衬衫,外披羊皮短袄,手握门把手,怕门被风吹拢。后面站着一个穿红衬衫和皮靴的小伙子。

"是你吧,华西里·安德烈伊奇?"老头儿问。

"是啊,老兄,我们迷路了,"华西里·安德烈伊奇说,"我们想去戈略奇金诺,却来到了你们这儿。我们又迷路了。"

"瞧你们瞎跑,"老头儿说,"彼得,去把大门打开!"他对穿红衬衫的小伙子说。

"行!"小伙子快乐地回答,向穿堂跑去。

"哦,老兄,我们不在这儿过夜。"华西里·安德烈伊奇说。

"深更半夜还到哪儿去,就在这儿过夜吧!"

"我们真想在这儿过夜,可是得走。有事啊,老兄,不能耽搁。"

"噢,至少来烤烤火,喝点儿茶。"老头儿说。

"烤烤火,行!"华西里·安德烈伊奇说,"天也不会更黑,月亮一升起,就亮了。我们进去烤烤火怎么样,尼基塔?"

"哎,那好,烤烤火也好。"尼基塔说,他冻坏了,很想烤烤冻僵的手脚。

华西里·安德烈伊奇跟老头儿一起进屋,尼基塔则从彼得打开的大门里把雪橇赶进去,并听从他的指点把马牵到板棚屋檐下。板棚里积满畜粪,雪橇的高轭触到横梁。栖在梁上的母鸡和公鸡不快地咯咯直叫,用爪子抓住横梁。几头羊受了惊,用蹄子跺着冻住的畜粪,冲到一旁。一只狗没命地尖叫,接着像小狗一样对陌生人发

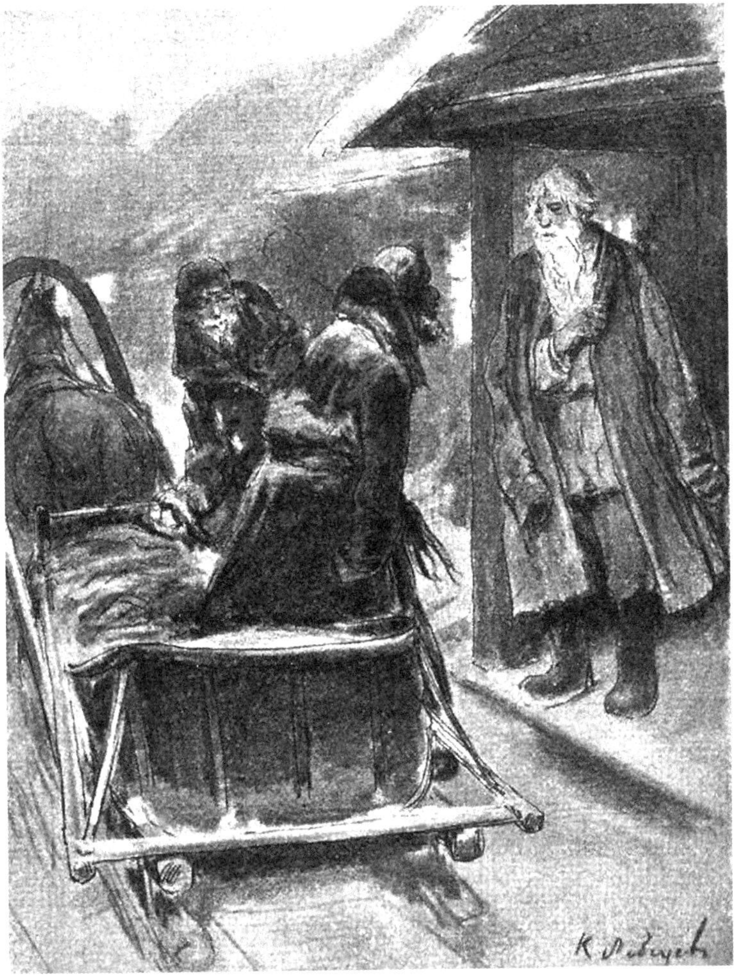

出又惊又怒的吠声。

尼基塔一面系马,一面向鸡道歉,保证不再打扰它们,他又训斥羊不该无故惊慌不安,同时不断数落狗。

"这下子可好了。"他掸去身上的雪,说。"瞧你叫的!"他又对狗说,"你叫得也够了!够了,够了,你这傻东西。你这是自找麻烦,"他说,"又不是小偷,都是自己人……"

"它们哪,俗话说,是三位家庭顾问。"小伙子说,用粗大的手把外面的雪橇推到屋檐下。

"它们怎么是顾问呢?"尼基塔问。

"保尔森[①]的《识字课本》中印着:小偷进屋狗就叫,提醒你别大意。公鸡啼,得起床。猫洗脸,贵客来,准备招待。"小伙子含笑说。

彼得识字,几乎能背诵他唯一的一本书——保尔森的《识字课本》,像今天这样有几分酒意,特别喜欢用几句应景的话。

"说得对。"尼基塔说。

"你一定冻坏了吧,大叔?"彼得又问。

"是的,有一点儿。"尼基塔说。他们经由院子和穿堂走进屋里。

四

华西里·安德烈伊奇去的是村里一户很富裕的人家。他们有五

---

① 保尔森(1825—1898),俄国教育家,著有通俗读物。

块份地，还在边上租了一块地。家里有六匹马、三头牛、两头牛犊、二十只羊。全家共二十二口人：四个成家的儿子、六个孙子（其中只有彼得一人结了婚）、两个曾孙、三个孤儿、四个儿媳和她们的婴儿。他们没有分家，这样的大家庭已很少见；但家里也出现了无声的分裂（照例总是由女人开头的），而且不久定会导致分家。两个儿子住在莫斯科做运水工，另外一个在当兵。现在在家的是老头子、老太婆、当家的次子和从莫斯科来度假的长子，还有媳妇和孩子。除了家人之外还有一位来做客的邻居和干亲。

屋里餐桌上方吊着一盏带灯罩的灯，把下面的茶具、酒瓶、小吃和砖墙照得雪亮，正面墙角上挂着圣像，两壁挂着图画。华西里·安德烈伊奇身穿黑皮袄，坐了首席，他咂着结冰的小胡子，用一双老鹰般的鼓眼睛打量着人和屋子。除了华西里·安德烈伊奇，桌旁还坐着秃头、留白胡子、身穿白色土布衬衫的老主人；他旁边坐着一个穿薄印花布衬衫、体魄强壮的小伙子，那是从莫斯科来过节的儿子；再有就是那个当家的身强力壮的儿子；还有一个棕色头发的瘦庄稼汉，那是邻居。

庄稼汉们喝过酒，吃过小吃，准备喝茶。茶炊放在炕旁地板上，已经响了。孩子们躺在床上和炕上。一个婆娘坐在摇篮旁的铺板上。上了年纪的女主人，皱纹满脸，连嘴唇都打皱，殷勤地招待着华西里·安德烈伊奇。

尼基塔进屋的时候，她正往一只厚玻璃的小酒杯里斟酒，端给客人。

"请别见笑，华西里·安德烈伊奇，您得喝一杯，"她说，"干杯，好人。"

这景象和酒香使尼基塔感到兴奋,尤其此刻他冻僵了,感到筋疲力尽。他皱起眉头,掸去帽子上和衣服上的雪花,站在圣像前,旁若无人地画了三次十字,向圣像行了礼,然后转身先向年老的主人鞠了躬,接着向屋里所有的男人,最后向站在炕边的女人鞠了躬,这才说:"节日好!"接着,眼睛不望桌子,动手脱衣服。

"大叔,你可一身都是雪了。"大儿子望着尼基塔脸上、眼睛上和胡子上的雪花说。

尼基塔脱掉外套,抖了抖,挂在炕旁,走到餐桌前。主人也请他喝酒。有那么一会儿,尼基塔脑子里痛苦地斗争了一阵:他差点儿接过酒杯,把香喷喷的透明液体倒进嘴里。不过,他瞟了华西里·安德烈伊奇一眼,想起自己的誓言,想起喝掉的皮靴,想起箍桶匠,想起儿子,他答应开春给他买一匹马,就叹了口气,谢绝了。

"我不喝酒,十分感谢。"他皱起眉头说,在靠近第二个窗口的长凳上坐下。

"这是为什么呀?"大儿子问。

"我不喝酒,就是不喝酒。"尼基塔说,没有抬起眼睛,俯视着自己稀疏的胡子,摘下胡子上的冰碴儿。

"他不能喝酒。"华西里·安德烈伊奇说,干了一杯酒,吃着小面包。

"那么喝点儿茶吧,"和蔼可亲的老太婆说,"可怜的,我看你是冻僵了。娘儿们,你们烧茶炊怎么这样磨磨蹭蹭?"

"好了。"儿媳妇回答,用围裙掸掸烧开的茶炊,费力地把它搬上来,砰的一声放到餐桌上。

这时候华西里·安德烈伊奇讲着,他们怎样迷了路,怎样两次回到那个村庄，怎样不辨方向乱走，怎样遇见一批喝醉酒的人。主人们感到惊讶，并向他们解释他们在什么地方和为什么迷了路，他们遇见的喝醉酒的人是谁，并指导他们应该怎么走。

"这儿到莫尔恰诺夫卡就是小孩子也能走到，只要从大路拐弯就是了。那里有一丛灌木。你们刚才没有走到！"那个邻居说。

"你们就在这儿过夜吧。让娘们给你们铺床。"年老的女主人说。

"你们明天一早走，这样方便点儿。"年老的男主人附和说。

"不行啊，老兄，我们有事！"华西里·安德烈伊奇说。"错过一小时，一年补不上。"他想到商人可能抢先买下那座树林，添加说。"我们赶得到吧？"他问尼基塔。

尼基塔好半天没回答，仿佛一直在用心扯去胡子上的冰碴儿。

"可别再迷路了。"他闷闷不乐地说。

尼基塔闷闷不乐，因为他真想喝酒而不能喝，唯一能克制这种欲望的只有饮茶，可是茶还没有送来。

"我们只要到拐弯的地方就行，到了那里就不会迷路了；到目的地一直走树林。"华西里·安德烈伊奇说。

"随您便，华西里·安德烈伊奇；走就走吧。"尼基塔说，接过递给他的一大杯茶。

"我们喝了茶就上路。"

尼基塔一言不发，只摇摇头。他小心翼翼地把茶倒在茶碟里，把干活干得手指肿胀的手放在热气上烘。然后咬一小块糖，向主人们鞠躬致谢说："祝你们健康！"说完把热气腾腾的茶一饮而尽。

"最好能把我们送到拐弯的地方。"华西里·安德烈伊奇说。

"行，没问题，"大儿子说，"让彼得套马，把你们送到拐弯的地方。"

"那就劳驾套马吧,老弟。我先谢谢你啦。"

"哦,不客气,好朋友!"和蔼可亲的老太婆说。"我们从心里高兴。"

"彼得,你去套马。"大儿子说。

"行!"彼得笑眯眯地说,立刻从钉子上摘下帽子,跑去套马。当彼得备马的时候,谈话又回到刚才华西里·安德烈伊奇走近窗口时停下的话题上。老主人向当村长的邻居抱怨第三个儿子没有送他过节礼,却送给儿媳妇一条法国头巾。

"年轻人都自顾自了。"老头儿说。

"他们自顾自,你就毫无办法!"邻居的干亲家说。"人都变得太精明了。瞧那个杰莫奇金,他把他爹的手臂都折断了。人都变得太精明了。"

尼基塔听着他们的谈话,注视着各人的脸,显然也想加入谈话,但他正忙着喝茶,只赞同地点点头。他喝了一杯又一杯,身子越来越暖和,情绪也越来越好。谈话一直停留在一个话题上,那就是分家的害处;他们不是泛泛地谈谈分家,而是具体地谈这个家庭的分家。分家是第二个儿子提出来的,此刻他就坐在这儿,一直闷闷不乐,一言不发。显然这是一个伤脑筋的问题,大家都很关心,但由于有陌生人在场,他们碍于面子不谈家里的事。不过,最后老头儿还是忍不住,哽咽着说,只要他活着一天就一天不让分家。他说,感谢上帝他们家兴旺发达,一旦分家,大家就只好去要饭。

"就说马特维耶夫家吧,"邻居说,"他们原来有一座大房子,可是一分家,大家就什么都没有了。"

"你也想这样吗?"老头儿对儿子说。

儿子什么也没有回答。出现了尴尬的沉默局面。彼得已套好马，几分钟前回到屋里，一直笑眯眯，没作声，这时他打破了沉默。

"保尔森的《识字课本》里有一个寓言，"他说，"父亲叫儿子们把一把笤帚折断。他们折不断，但笤帚一拆散，一根根树枝就很容易折断。这事也一样，"他笑容可掬地说，"雪橇套好了！"他添加说。

"套好了，那我们走吧，"华西里·安德烈伊奇说，"至于分家，老大爷，你别让步。家业是你挣的，你可以做主。你去找调解法官，他会照规定处理的。"

"牛脾气，就是牛脾气，"老头儿哭着说，"真拿他没办法。他简直像中了邪一样！"

这当儿尼基塔已喝下了第五杯茶，还没把茶杯倒过来，而把它放在一边，还要人家给他倒第六杯。但茶炊里已没有茶，女主人没再给他加，而华西里·安德烈伊奇已在动手穿衣服。没有办法。尼基塔也站起来，把一块周围都啃过的糖放回糖缸，用衣襟擦去脸上的汗，走去穿外套。

他穿上外套，深深地叹了一口气，向主人道了谢，同他们告了别，从温暖明亮的正房走到黑暗寒冷、风声呼啸、有雪花从抖动的门里钻进来的门廊，再从那里走到黑暗的院子里。

彼得身穿皮外套跟他的马站在院子中央，笑眯眯地背诵着保尔森《识字课本》里的诗篇。他背诵道："暴风雨遮蔽天空，雪花漫天飞舞，像野兽一样咆哮，又像婴儿哇哇啼哭。"

尼基塔赞赏地摇摇头，分开缰绳。

老头儿手提马灯把华西里·安德烈伊奇送到门廊，他想给他照路，但马灯立刻熄灭。院子里的风雪显然更狂暴了。

"咳,这鬼天气,"华西里·安德烈伊奇想,"恐怕走不到了,但也没有办法,有事啊!再说都已准备好,主人的马也套好了。上帝保佑,我们走得到的!"

老主人也认为他们不该走,他已劝过他们留下来,可是他们不听,再说也没意思。他想:"也许是我人老胆子小了。不过我们可以及时躺下睡觉,再不会有麻烦了。"

彼得倒没有想到危险:他那么熟悉道路和这一带的地形,再说,"雪花漫天飞舞"这首诗也鼓舞了他,因为诗句正好描写了户外的景色。尼基塔根本不想走,但他早已习惯于听别人的话,因此就没有人能阻止他们了。

五

华西里·安德烈伊奇走到雪橇旁,在黑暗中困难地分辨着他们所在的地方,接着跳上雪橇,拿起缰绳。

"往前走!"他大声喝道。

彼得跪在无座雪橇上,策马前进。黄斑马闻到前面有母马,早就嘶个不停,这会儿跟着它往前一冲,于是两辆雪橇就来到街上。他们又穿过村郊和那条道路,经过那个原来晾着结冰内衣而现在已荡然无存的院子;经过那个板棚,此刻雪几乎已积到棚顶,棚顶上不断有雪撒落下来;经过那些悲鸣的垂柳,又驶进那片上下翻腾的雪海。风刮得十分猛烈,当它从旁边刮来时,乘客们就顶风前进,雪橇被刮得倾斜，马则被刮往一边。彼得雄赳赳地吆喝着，驾着他的好马，让它轻快地跑着小步。黄斑马紧跟着它。

这样走了十分钟的样子，彼得转过身来，嘴里叫着什么。华西里·安德烈伊奇也好，尼基塔也好，都因风大没听见，但猜想他们已到了拐弯的地方。果然，彼得向右拐弯，原来山旁边吹来的风又迎面刮来，右边，透过飞雪可看见一片黑魆魆的东西。原来是拐弯处的一丛灌木。

"再见，上帝保佑你们！"

"谢谢，彼得！"

"暴风雪把天空遮没了。"彼得叫道，接着就消失不见了。

"瞧，还是个诗人呢。"华西里·安德烈伊奇说，挥挥缰绳催动马匹。

"是啊，是个好小子，真正的庄稼汉。"尼基塔说。

他们继续赶路。

尼基塔裹紧衣服，把头紧缩在肩膀里，他的胡子遮住了脖子。他默默地坐着，竭力不让屋里喝茶产生的热量散失。前面两根笔直的辕木使他觉得好像踩实的道路。他还看见摇晃着的马屁股和绾了个结的马尾巴。前面，他看见高高的马轭和歪向一边的摇晃着的马头和脖子以及飘动的鬃毛。偶尔他也看见路标，他知道他们还走在大路上，他无事可做。

华西里·安德烈伊奇驾着雪橇，听任马自己找路。但黄斑马尽管在乡下歇了一会儿，此刻还是跑得没精打采，看样子又偏离了大路，华西里·安德烈伊奇不得不几次纠正它。

"瞧，右边有一个路标，又是一个，又是一个，"华西里·安德

东家与雇工

烈伊奇数着,"瞧,前面又是树林,"他望着前面一片黑魆魆的东西,想,但被他当作树林的只是一丛灌木。他们经过灌木,又走了二十俄丈光景,却再也没看到路标,也没看到树林。"现在应该有树林了。"华西里·安德烈伊奇想。他喝了酒和茶,精神很好,没有停下来,却不断地挥动缰绳。驯顺的好马服从他,遵照他的意志一会儿遛蹄,一会儿小跑,尽管它知道他们走的路完全不对头。又走了十分钟,还是看不见树林。

"看来我们又迷路了!"华西里·安德烈伊奇勒住马说。

尼基塔默默地跳下雪橇,掩住时而被风吹得贴住身子,时而要从身上吹掉的外套,在雪地上探索着。他一会儿走这个方向,一会儿走那个方向。有三次他完全消失不见。最后他回到雪橇旁,从华西里·安德烈伊奇手里接过缰绳。

"得往右走。"他严厉地断然说,掉转马头。

"好,往右就往右。"华西里·安德烈伊奇说,交出缰绳,把冻僵的双手伸进衣袖里。

尼基塔没有回答。

"喂,朋友,加把劲!"他对马吆喝道;但马不顾挥动的缰绳,还是一步一步地走着。

有些地方积雪已有齐膝深,雪橇随着马的每次冲动而颠簸。

尼基塔拿起挂在前座上的鞭子,抽了一下马。驯良的马不惯于挨鞭子,往前冲了一下,开始小跑,但立刻又改成遛蹄和慢步。这样走了五分钟的样子。天很黑,雪漫天飞舞,有时连马轭都看不见。有时雪橇似乎停止不动,只有田野在往后退。马突然停住,显然发觉前面情况不妙。尼基塔连忙跳下雪橇,丢掉缰绳,走到马的前面,想看看它为什么站住。他刚走到马的前面,双脚一滑,自己就从斜坡上滑下去。

"停,停,停!"他对自己说,一面往下滑,一面竭力想停住,但是停不住,直到双脚插入山沟底厚厚的积雪里,才停下来。

斜坡上的雪堆受尼基塔的冲击,纷纷撒到他身上,落进他的领子里……

"哼,该死的!"尼基塔咒骂雪堆和山沟,同时把雪从领子里抖出来。

"尼基塔,喂,尼基塔!"华西里·安德烈伊奇在上面叫道。

但尼基塔没有回答。

他没有工夫回答。他一个劲儿地抖着身上的雪,然后寻找他滑下斜坡时丢失的鞭子。他想爬回原来滑下的地方找鞭子,但没有办法爬。他又往后滑,也许这样能在下面找到通往上面的路。他滑下三俄丈,才好不容易四肢着地爬上小山,走到马应该在的山沟边上。他没有看到马和雪橇。因为是顶风走的,他还没有看到马和雪橇,却听到了华西里·安德烈伊奇的喊声和黄斑马的嘶叫。

"来了,来了,叫什么呀!"尼基塔说。

直到走近雪橇,他才看见马和站在旁边的华西里·安德烈伊奇。华西里·安德烈伊奇的身子显得特别高大。

"你这是跑到什么鬼地方去了?得往回走。哪怕回格里施金诺也好。"主人怒气冲冲地责备尼基塔说。

"我真愿意回去哪,华西里·安德烈伊奇,可是往哪儿走?这儿有个大山沟,一掉进去,就再也别想爬出来了。我滑到那儿,好容易才爬出来。"

"那怎么办，总不能停在这儿吧？我们得找个地方去。"华西里·安德烈伊奇说。

尼基塔什么也没回答……他背风坐在雪橇上，脱下靴子，抖掉落进靴里的雪，拿起一撮干草，努力堵住左靴里的窟窿。

华西里·安德烈伊奇不作声，仿佛现在一切又都交托给尼基塔了。尼基塔穿上靴子，把腿缩回雪橇里，又戴上无指手套，拿起缰绳，掉转马头沿山沟边走去。但他们走了不满一百步，马又站住不走。前面又是一道山沟。

尼基塔又爬出雪橇，又踩着积雪走去。他走了好一会儿。最后来到他们走过的地方对面。

"华西里·安德烈伊奇，你活着吗？"他叫道。

"我在这儿！"华西里·安德烈伊奇回答。"喂，什么事？"

"什么也看不清楚。天太黑了。好像是一道山沟。又得顶风走了。"

他们又上路，尼基塔又下来，在雪地上走。他又上了雪橇，又跳下来，最后气喘吁吁地在雪橇旁站住。

"喂，怎么样？"华西里·安德烈伊奇问。

"唉，可把我累坏了！马也不肯走。"

"那怎么办？"

"好，你等一下。"

尼基塔又跳下雪橇，很快又回来了。

"跟我来！"他说，从马前面绕过去。

华西里·安德烈伊奇不再发号施令。尼基塔叫他做什么，他就做什么。

"这儿，跟我来！"尼基塔叫道，迅速地走到右边，抓住黄斑马的缰绳，把它往下面的雪堆那里拉。

马起初不肯走，后来往前猛冲，想跳过雪堆，但力不从心，陷到雪堆里，直陷到颈圈上。

"下来！"尼基塔对仍坐在雪橇上的华西里·安德烈伊奇叫道。接着他抓住一根车辕把雪橇拉到马跟前。"老弟，是挺费劲，"他对黄斑马说，"可是有什么办法，加把劲！对了，对了，再加把劲！"他喊道。

马挣扎了一下又一下，但还是爬不出来。它又蹲下去，仿佛在思考。

"喂，老弟，这样可不行啊，"尼基塔劝说黄斑马，"来，再加把劲！"

尼基塔又从自己一边拉车辕，华西里·安德烈伊奇从另一边拉。马动了动脑袋，接着突然猛地一冲。

"来！加把劲！不会掉下去的！"尼基塔吆喝道。

马跳跃一次，又一次，再一次，终于从雪堆里挣扎出来。它站住，喘着粗气，抖掉身上的雪。尼基塔想把马往前拉，但华西里·安德烈伊奇穿着两件皮外套喘个不停，他支持不住，倒在雪橇里。

"让我歇会儿。"他说，解开他在村子里束住皮外套领子的手帕。

"这儿不要紧，你躺着吧，"尼基塔说，"我来拉马。"他拉着载着华西里·安德烈伊奇的雪橇往下走了十来步，然后又往上走了几步，才停下来。

尼基塔停留的地方不是沟底。沟底往往积着从小山上撒落下来的雪，可能把他们完全埋没。不过，这地方多少还有山沟边缘挡着风。风仿佛停了几分钟,但没有持续多久。接着,仿佛要弥补这次休息的损失,暴风雪以十倍的力量呼啸和旋转起来。当华西里·安德烈伊奇歇了一会儿爬出雪橇,走近尼基塔,想同他商量该怎么办时,正好遇到这阵狂风。两人都不由得弯下腰,等狂风过去再说话。黄斑马也无可奈何地贴住耳朵,抖动脑袋。这阵狂风一过去,尼基塔就脱下手套,把它插在腰带里,往手里哈了一口气,动手把缰绳从马轭上解下来。

"你这是干什么呀?"华西里·安德烈伊奇问。

"把马卸下,还能干什么?我没有力气了。"尼基塔道歉似的回答。

"难道我们就走不出去啦?"

"不能走出去,要不会把马折磨死的。瞧这可怜的东西已经不行了,"尼基塔说,指着驯顺地站在那儿、冷漠地翕动瘦削的汗淋淋两胁的马。"得在这儿过夜了。"他又说,仿佛准备在客店里过夜,动手解颈圈。

颈圈扣子解开了。

"我们不会冻死吧?"华西里·安德烈伊奇问。

"有什么办法?冻死也只好冻死了。"尼基塔说。

六

华西里·安德烈伊奇穿着两件皮外套一点儿也不冷,特别是在雪堆里折腾了一阵之后。不过当他明白真的得在这儿过夜时,背上还是掠过一阵寒战。他坐在雪橇上，掏出烟卷和火柴，想吸吸烟使自己镇静。

尼基塔这时正在卸马。他松开肚带、背带，解下缰绳，摘下皮环，搬开车轭，同时不停地同马说话来安慰它。

"喂，出来，出来，"他说着把马从车辕间拉出来。"我们把你拴在这儿。我会给你草料，还要给你解下马勒，"他边说边做，"你吃点儿草，就有劲了。"

但黄斑马并没因尼基塔的话而安静下来，它紧张不安，倒换着蹄子，身子挤着雪橇，转过身来让屁股顶着风，脑袋在尼基塔的袖子上蹭着。

尼基塔拿一束干草送到黄斑马鼻子下。黄斑马只是为了不辜负尼基塔的厚意，才从雪橇里叼了一束干草，但立刻觉得现在不是吃草的时候，又把它扔了。风顿时把干草吹散，雪又从上面把它盖住。

"现在我们来做个记号，"尼基塔说。他把雪橇转过来正面对着风。用背带把辕木扎住，竖起来，靠在雪橇前座上。"要是雪把我们埋没，好心人就会看见辕木，把我们挖出来，"尼基塔把两只手套对拍了一下，戴上说，"老人们曾这样教导我们。"

这时，华西里·安德烈伊奇解开皮外套纽扣，裹紧衣襟，在铁盒上划着一根又一根硫黄火柴，但他双手发抖，火柴划了一根又一根，有时没有点着，有时他一拿近烟卷就被风吹灭了。最后，有一根火柴完全烧着，刹那间照亮他外套的皮毛、他那向里弯曲的无名指上的金戒指和从垫布下戳出来上面撒满雪的燕麦秸，点着了烟卷。他猛吸了两口，咽下烟气，再从胡子里吐出来，他还想吸，但点着的烟卷被风吹灭,往干草飞走的那边飞走。

不过这几口烟也使华西里·安德烈伊奇高兴。

"过夜就过夜吧!"他坚决地说。

"你等一下,我还要做一面旗子。"他说着,捡起刚才从领子上解下、扔在雪橇里的手帕,脱下手套,站在雪橇上,挺直身子,用死结把手帕缚在车辕旁的背带上。

手帕立刻没命地飘动,一会儿贴在车辕上,一会儿展开来,发出哗啦啦的响声。

"瞧,多妙!"华西里·安德烈伊奇赞赏着自己的杰作,又在雪橇里坐下。"坐在一起暖和些,可惜两个人坐不下。"他说。

"我得找个地方,"尼基塔回答,"不过先得把马盖起来,要不这可怜的东西汗出太多会冻僵的。让我一下。"他添加说,走近雪橇,从华西里·安德烈伊奇身下拉出垫布。

他拉出垫布,一叠为二,然后解开后鞧,摘下鞍鞯,把垫布盖在黄斑马身上。

"这样会暖和些,傻东西,"他说着又在垫布上装上鞍鞯和后鞧。"您不需要麻布了吧?给我点儿干草。"尼基塔做完这事,又走到雪橇旁,对华西里·安德烈伊奇说。

尼基塔从华西里·安德烈伊奇身下取出麻布和干草,走到雪橇背后,在雪地里挖了一个坑,铺上干草,把帽子拉得低低的,裹紧外套,再拿麻布盖在身上,靠着雪橇挡风雪木板后背,坐到坑里。

华西里·安德烈伊奇对尼基塔这种做法不以为然地摇摇头。他看到农民缺乏教养和愚昧无知总是这样摇头的。接着他也自己准备过夜。

他把雪橇里剩下的干草铺铺平,在腰部垫得厚些,双手伸到衣袖里,头靠在挡风的雪橇前座角上。

他不想睡。他躺在那儿想,想的始终只有一件事,也就是那成为他生活唯一目的、意义、快乐和骄傲的事:他已挣到多少钱,还能挣多少钱;他所知道的其他人挣了多少钱,拥有多少钱;这些人以前怎样挣钱,现在又怎样挣钱;他也像他们一样,还能挣到许多钱。买进戈略奇金诺的树林对他意义重大。他希望从这片树林的买卖中一下子挣到一万卢布。他在头脑里估算着那片树林的价值,秋天他曾在两俄亩地里数了树木的总数。

"栎木可以做雪橇滑木。砍伐是不用说啦。每俄亩会出三十俄丈木柴的,"他自言自语。"这就是说每俄亩至少可得价值二百二十五卢布木柴。五十六俄亩,五十六乘一百,就是五千六百,再加上五百六十,再加上五百六十,再加上五十六乘五。"他发现总数是一万二千,但没有算盘无法知道确切的数字。"一万卢布我说什么也不出,出八千还可以,但要扣掉林中的空地。我得给土地测量员一百或者一百五十卢布;他会给我减去五俄亩林中空地。这样对方就肯以八千卢布卖给我了。现在先付三千卢布现钞。这样准能打动他,"他想,用下臂碰碰口袋里的皮夹子,"天知道我们在拐弯时怎么迷了路!树林和看林人的小屋应该在这儿。应该听得见狗的叫声。这些畜生,该叫的时候不叫。"他翻下衣领侧耳倾听:只听得那一直呼啸的风声、手帕在车辕上哗啦啦吹响,以及飞雪打在雪橇后背的声音。他又把耳朵遮起来。

"早知这样,就该在那里留下来过夜。嘿,反正一样,明天总能到达的。只不过多费一天时间。这种天气他们也不会去的。"他记起来，到九日得从卖肉的那儿收取阉羊的钱。"他想自己跑来，但他碰不到我，妻子又不会收钱。她太没有教养，一点儿不会应酬，"他继续想，想到昨天她不会招待来他家做客的警察局长。"这也难啦，妇道人家嘛！她见过什么世面？原来我们家是什么样子？有钱的庄稼人，全部家产只有一座磨坊和一家客店。可是十五年来我做了什么？开了一家铺子、两个酒店、一座磨坊和一座谷仓，还有两座出租的庄园、一所带铁皮顶仓房的住宅，"他得意扬扬地想，"跟我爹在世的时候可大不相同了！如今谁是区里的头面人物？是我勃列洪诺夫。

"为什么会这样？因为我一心干事业，不怕辛苦，不像别人那样尽睡大觉，干傻事。我夜以继日地干活，不顾狂风大雪照样出门。事情就是这样干出来的。他们以为挣钱可以不用花力气。没有那回事，你得不辞辛苦，绞尽脑汁。还得在田野里过夜，不睡觉。动足脑筋，辗转反侧，"他自豪地想，"他们以为人发财靠运气。瞧，米隆诺夫成了百万富翁。靠什么？你卖力干活，上帝自会奖赏你。但愿上帝保佑我身体健康。"

想到他也能像米隆诺夫那样从一无所有变成百万富翁，华西里·安德烈伊奇十分兴奋，他很想跟谁说说话。可是没有人……只要到戈略奇金诺，他就可以跟那个地主聊聊，跟他吹吹牛了。

"瞧，风刮得多厉害！到早晨我们就会被雪埋住，爬不出来！"他听着风声想，风把雪橇前部吹得翘起来，雪片打着雪橇的木板。他支起身环顾四周：在一片白茫茫的昏暗中只看见黄斑马黑乎乎的脑袋和它那盖着翻腾麻布的脊背，以及绾在一起的毛茸茸尾巴。四下里，前后左右，到处都是一片夜色覆盖下白茫茫的天地，这夜色有时亮一点儿，有时一团漆黑。

"我真不该听尼基塔的话，"他想，"应该走，总能走到什么地方的。即使回格里施金诺，也可以在塔拉斯家过夜。可如今只好通宵坐在这儿啦。哦，我刚才想到什么啦？对了，上帝会奖赏干活的人，他不会保佑懒汉、二流子和傻瓜。对了，我得抽支烟！"他坐起来，掏出烟盒，伏下身子，用衣襟挡住风，但风还是钻进来，吹灭一根又一根火柴。最后他想办法点着了一根，吸起烟来。他点着了烟，感到很高兴。尽管风吹掉的烟比他吸进的还多，他还是吸到两三口，觉得高兴。他又靠到雪橇后背上，裹紧衣服，开始胡思乱想。突然他失去知觉，打起盹来。

接着，仿佛有什么东西猛推了他一下，把他惊醒了。不知是黄斑马扯着他身下的干草，还是他身上的什么东西惊吓了他，总之他醒过来了。他的心剧烈地怦怦乱跳，仿佛身下的雪橇在抖动。他睁开眼睛。周围一切还是老样子，只是明亮些。"天在亮起来，"他想，"大概天快亮了。"但他立刻想到，天亮是因为月亮升起来了。他支起身，先回头看看马。黄斑马依旧背着风站在那儿，浑身哆嗦。它身上的盖布落满雪，滑到一边，后鞧歪在一侧，它头上和颈上撒满雪的鬃毛在狂风中飞舞，现在看得清楚些了。华西里·安德烈伊奇俯身往雪橇后面望了望。尼基塔仍保持原来的姿势坐在那儿，身上的麻布和双腿厚厚地盖上了一层雪。"可不能把这个庄稼汉冻死啊；他的衣服太单薄了。我得对他负责呢。老百姓真是不懂事，愚昧无知，"华西里·安德烈伊奇想，他想从马身上取下盖布，盖在尼基塔身上，但要起身和行动实在太冷了，再说马也会冻死的。"我带他来干什么？都怪她太愚蠢！"华西里·安德烈伊奇这样想到他那位不称心的妻子。他又在雪橇前座的原位上躺下。"我叔叔有一次也这样在雪地里坐了个通宵,却没有事,"他回想着,"不过,那次人家把谢瓦斯基扬挖出来,"他立刻又想到另一件事,"他死了,全身僵硬,就像冰冻的牛羊一样。要是留在格里施金诺过夜,什么事也不会有。"

他竭力裹紧身子,这样毛皮保住的热量一点儿也不会失掉,脖子、膝盖和脚都会暖和。他闭上眼睛,竭力想再入睡,但不论怎样努力,都睡不着。相反,他觉得精神很好,生气勃勃。他又计算起盈利和人家欠他的债,又自吹自擂,十分得意。不过,现在这种心情不断被潜入心里的恐惧和不在格里施金诺过夜的悔恨所破坏。"要是躺在长凳上过夜,那该多好,那就暖和了。"他几次翻身,竭力想躺得舒服些,少受点儿风,但怎么躺也不舒服。他又抬起身子换了个姿势,把两脚裹住,闭上眼睛,静下心来。但不是他那双穿厚毡靴的腿作痛,就是冷风吹在什么地方不舒服。他躺了一会儿,又懊恼地想,他本可以安安稳稳睡在格里施金诺温暖的小屋里。他又坐起来,又辗转反侧,又裹紧衣服,又躺下。

有一次华西里·安德烈伊奇仿佛听见远方有鸡的啼声。他很高兴,翻下外套领子,竖起耳朵听,但不论他怎样用心听,还是什么也听不见,只听见在车辕间呼啸的风声、手帕的飘动声和雪片拍打雪橇的声音。

尼基塔从晚上起就一直这么坐着,一动不动。华西里·安德烈伊奇呼唤了他两次,他都没有答应。"他倒无忧无虑,准是睡着了。"华西里·安德烈伊奇懊恼地想,从雪橇后背望望身上厚厚地落满雪的尼基塔。

华西里·安德烈伊奇起来、躺下总有二十次。他觉得今夜长得没有尽头。"天快亮了吧。"他有一次想，支起身向四下里张望，"让我看看表，但解开衣服会冻死的。不过，只要知道天快亮，就定心了。那时我们就可以套马。"华西里·安德烈伊奇心里知道天还不会亮，但越来越胆怯，他既想知道时间，又想欺骗自己。他小心翼翼地解开外套搭钩，一只手伸到怀里摸了好一阵子，终于摸到背心。他好不容易掏出他那只珐琅面的银表。但没有火什么也看不见。他又像刚才吸烟时那样屈膝伏在地上，掏出火柴。这回他干得比较利索。他摸到一根硫黄头最大的火柴，第一下就把它划着。他把表面送到火光底下，瞧了瞧，他不能相信自己的眼睛……才十二点十分。还有大半夜呢。

"唉，夜真长哪！"华西里·安德烈伊奇想，感到脊背上掠过一阵寒战。他又扣上搭扣，裹紧衣服，挤到雪橇角落，准备再耐心地等待。忽然从单调的风声中清楚地听见另一种动物的声音。声音越来越响，变得十分清楚，然后又渐渐减弱。毫无疑问，这是狼。这头狼就在附近嚎叫，因为顺风可以听清它翕动颌骨发出不同的声音。华西里·安德烈伊奇翻下领子，留神细听。黄斑马也竖起耳朵紧张地听着。等狼的嚎叫静止了，马才倒换蹄子，警惕地打了个响鼻。这样一来，华西里·安德烈伊奇不仅不能入睡，心里也无法平静。不管他怎样拼命算账，思考他的事业、荣誉、人品和财富，心里却越来越害怕。不过，压倒这些思想并同它们混杂在一起的是这样一个念头：他为什么不留在格里施金诺过夜。

"去他妈的树林吧，没有树林我也过得挺好，感谢上帝。唉，真该在那里过夜的！"他自言自语。"据说，喝过酒的人容易冻死，而我喝过酒了。"他仔细体会,觉得自己开始哆嗦,但他不知道是由于寒冷还是由于恐惧。他试着像原来那样蒙头躺着,但是办不到。他躺不住,想站起来做点儿什么,以克服越来越增长但无法克服的恐惧。他又掏出纸烟和火柴,但火柴只剩下三根,而且都是坏的。三根火柴都擦去硫黄头,却没有一根发火。

"哼,活见鬼,去你的!"他骂道,但自己也不知道在骂谁,顺手扔掉揉过的烟卷。他想把火柴盒也扔掉,但犹豫了一下又把它塞进口袋。他心里烦躁极了,在雪橇里待不住。他爬出雪橇,背风站着,动手把腰带系得更紧些,更低些。

"干吗躺着等死?骑上马走,"他忽然想,"马有人骑就不会站着。他呢?"他想到尼基塔,"他死活一个样。他活着有什么意思!他没有什么丢不下的,可是我呢,感谢上帝,活着可有意思啦……"

他解下马,把缰绳套在马脖子上,想跨上去,但外套和皮靴太重,他没有成功。于是他站在雪橇上,想从雪橇跨到马上。雪橇在他的重量下晃了晃,他还是没跨上去。最后,第三次,他把马拉近雪橇,小心翼翼地站到雪橇边上,终于让肚子横趴到马背上。这样趴了一会儿,身子往前一抬,又一抬,终于一条腿跨上马背,坐了起来,再用两脚夹住后鞧。雪橇晃了晃,把尼基塔惊醒了,他支起身来。华西里·安德烈伊奇觉得他在说什么。

"要我听你这种傻瓜的话吗!叫我这样白白完蛋吗?"华西里·安德烈伊奇嚷道,把被掀开的外套下摆塞到膝盖下面,掉转马头,赶它离开雪橇,朝他认为是树林和看林人小屋的方向走去。

七

尼基塔身上盖着麻布,一直坐在雪橇后面,一动不动。他也像一切生活在自然环境中、听天由命的人那样很有耐心。他能平静地坐上几小时,甚至几天,既不觉得烦躁,也不感到恼怒。他听见主人在唤他,但他没答应,因为他不想动,不想回答。虽然刚才喝过茶,又在雪地上爬来爬去,身上还有点儿余热,但他知道这点儿热量维持不了多久,再要靠活动来取暖已没有力气,因为实在太疲劳了,就像一匹累坏的马,不论怎样用鞭子抽都不能使它前进。主人明白要喂它一点儿东西,它才能再干活。尼基塔那只穿破靴的脚冻僵了,他的大脚趾已失去知觉。此外,他感到全身越来越冷,越来越冷。他想到他很可能在今夜死去,不过这个念头并不特别使他难过,并不特别可怕。他觉得这个念头并不特别不快,因为他这辈子难得过到好日子,他总是不停地为人家干活,因此十分疲劳。这个念头并不特别可怕,因为,除了他现在所侍候的华西里·安德烈伊奇这类主人之外,他这辈子总是离不开那个主要的主人,是他把他送到这个世界上来的,他知道他死后也得服从这个主人,而这个主人是不会欺负他的。"要抛下过惯的生活很舍不得吧?但是有什么办法,将来的生活也得适应啊。"

"罪孽吗?"他想起以前的酗酒、把钱喝光、虐待妻子、骂人、不上教堂、不持斋,以及忏悔时神父训斥他的话。"当然这些都是罪孽。不过，这些罪孽难道是我自己找的吗？看来上帝就把我造成这个样子啦。唉，罪孽啊！叫我怎么办啊？"

起初他想着今夜他可能出事，后来便没再想这个问题，而是沉湎于涌进脑子里的往事中。一会儿他想到玛尔法的到来，工人们的酗酒和自己的戒酒，一会儿想到这次出门、塔拉斯的小屋、有关分家的谈话，一会儿想到儿子和此刻披着马衣取暖的黄斑马，一会儿想到现在躺在雪橇里翻来覆去弄得雪橇吱咯作响的东家。"他对连夜硬要赶路现在也该后悔了吧，"尼基塔想，"像他那样过日子是不愿意死的。他跟我们不一样。"种种往事交织在一起，在他的头脑里混成一团。他睡着了。

华西里·安德烈伊奇骑上马把雪橇推开了一点儿，背靠雪橇后板坐着的尼基塔就失去了依靠，雪橇滑木还打了一下他的脊背。尼基塔惊醒过来，不得不改变姿势。他困难地伸直腿，拍去腿上的雪，站了起来。一阵彻骨的寒冷立刻穿透他的全身。他明白是怎么一回事，要华西里·安德烈伊奇把马现在不用的麻布垫子留给他，让他裹在身上。他对华西里·安德烈伊奇大声说了这件事。

但华西里·安德烈伊奇没有停下来，在一片雪雾中消失了。

剩下尼基塔一个人。他考虑了一下他该怎么办。他觉得没有力气去找一个栖身的地方。坐在原地也不行，因为那里已积满了雪。他觉得雪橇里也不暖和，因为没有东西好盖，他的长袍和外套现在已完全不能御寒。他觉得非常冷，好像身上只穿着一件衬衫。他感到害怕极了。"主哇！天上的父啊！"他叫道，他觉得他并不孤独，有人在听他说话，没有离开他。这念头安慰了他。他深深地叹了口气，没有揭下头上的麻布，爬进雪橇，在他主人原来的位置上躺下。

但在雪橇里怎么也暖和不起来。起初他浑身哆嗦，后来寒战过去，他渐渐失去知觉。他在死去还是睡着了，他不知道，但觉得自己对两者都能泰然处之。

八

这时，华西里·安德烈伊奇用腿和缰绳梢头策马，要它朝他认为是树林和看林人小屋的方向走去。雪糊住他的眼睛，风仿佛不让他前进，但他弯下腰，不断裹紧外套，下摆塞在身体和妨碍他骑坐的冰冷的马鞍之间，同时不停地赶马。马虽然很吃力，但还是驯服地朝着他要它走的方向一步步前进。

他走了五分钟的样子，除了马头和白茫茫的雪野，什么也看不见；除了马的耳朵和外套领子旁边风的啸声，什么也听不见。

忽然前面出现了一堆黑乎乎的东西。他的心快乐得怦怦直跳。他向这堆黑东西走去，已经看见那里有村舍的墙壁。但这堆黑东西不是静止不动，而是一直在动，原来它不是村庄，而是长在田埂上的高高的艾蓬。这丛艾蓬直立在雪地上，在狂风中弯向一边，疯狂地摆动，发出啸声。不知怎的，这丛受狂风肆虐的艾蓬使华西里·安德烈伊奇全身打了个哆嗦。他连忙策马前进，没注意他在接近艾蓬时完全改变了方向，现在马走的是另一个方向，但他还以为是往看林人小屋走去。不过，马总是往右走，因此他总是把马转到左方。

前面又出现了一堆黑乎乎的东西。他高兴了，满心以为这一定是村庄。结果又是长着艾蓬的田埂。一丛高高的干枯的野草又在没命地摆动，不知怎的使华西里·安德烈伊奇胆战心惊。这里不仅是一丛同样的野草，旁边还有被雪覆盖的隐约的马蹄印。华西里·安德烈伊奇站住，俯下身仔细察看：这确实是被雪覆盖的马蹄印，而且不是别人的马，正是他自己的马的蹄印。他显然是在兜圈子，而且范围不大。"这下子我完了！"他想，为了排除恐惧，他就更用力地策马，注视着这片白茫茫的雪雾。他仿佛看到许多光点，但一仔细凝望，光点又消失了。有一次他仿佛听见狗吠或狼嚎，但声音很微弱很模糊，因此不能断定是真的听见还是一种幻觉。他勒住马，凝神倾听。

忽然耳边响起一个震耳欲聋的可怕叫声，脚下的一切都哆嗦起来。华西里·安德烈伊奇抓住马脖子，但马脖子也在打战，而叫声则更加可怕。有几秒钟工夫华西里·安德烈伊奇弄不懂出了什么事。原来是黄斑马为了给自己壮胆或者呼救而发出的一声长嘶。"呸，死鬼！吓死我了，畜生！"华西里·安德烈伊奇自言自语。但即使知道了恐惧的真正原因，他还是不能驱除内心的恐惧。

"我得定定心，好好想一想。"他对自己说。他无法停下来，一直不停地赶马，也没注意他现在不是顶着风走而是顺着风走。他的身体，特别是两腿没有衣服盖住，接触到鞍鞯，冻得冰凉，格外疼痛。他的手脚不断哆嗦，呼吸急促。他看到他正在这片可怕的雪野里毁灭，没有生还的办法。

突然胯下的马咕咚一声栽倒，陷入雪堆里，它拼命挣扎，最后横着倒在地上。华西里·安德烈伊奇跳下马，跳下时一只脚把后鞴扯到一边，把他挡着的鞍鞯也掀翻了。华西里·安德烈伊奇一下马，马就站起来，向前猛冲，它蹶了两下，接着又嘶叫起来，拖着麻布和后鞴一溜烟跑了，把华西里·安德烈伊奇一个人扔在雪堆里。华西里·安德烈伊奇冲上去追,但雪是那么深,身上的外套又那么重,每走一步,脚都齐膝盖没到积雪里。他走了不到二十步,上气不接下气,站住了。"灌木林、羊群、租地、小店、酒店、铁皮顶房子和仓房、继承人,"他想,"我怎么能抛下这一切?这是怎么回事?这是不可能的!"他的头脑里闪过这样的念头。不知怎的他想起被风刮得疯狂摇摆的艾蓬,他曾在这丛艾蓬旁经过两次。他魂飞魄散,简直不相信他遇到的事都是真的。他想:"我是不是在做梦啊?"他想清醒过来,但怎么也清醒不过来。这是真的雪,雪片打在他脸上,撒在他身上,把他失掉手套的右手冻得冰凉。这是真的荒野,现在这里只有他一个人,就像那丛艾蓬,等待着眼前无法逃脱的毫无意义的死亡。

"圣母娘娘啊!教导我们禁欲的圣徒尼古拉神父啊!"他想起昨天的祈祷,想起穿金色法衣的黑脸圣像,想起他为这圣像而售出的蜡烛。这些蜡烛立刻又被收回来给他,他把这些只点了一点儿的蜡烛又藏到抽屉里。他于是祈求这位创造奇迹的尼古拉,求他拯救他,并许愿做一堂感恩礼拜,点几支蜡烛。但他心里明白,圣像、法衣、蜡烛、神父、礼拜——这一切在教堂里都很重要,不可缺少,但在这荒野里毫无用处,这些蜡烛和礼拜同他目前的悲惨处境也毫无关系。"可不能泄气啊!得循着马蹄印走,不然马蹄印也会被雪淹没的,"他这样想,"马蹄印会把我带出去,也许我还会抓住马。但不能性急,不然我会换不过气来,那就更糟。"可是,尽管心里想慢慢走,他还是向前跑。他不断摔跤,爬起来,又摔跤。在积雪不太深的地方,马蹄印已很难辨认。"我完了!"华西里·安德烈伊奇想,"我看不出马蹄印,又追不上马。"但就在这当儿,他向前望了望,看见一样黑东西。这是黄斑马。不仅黄斑马,还有雪橇和系着手帕的车辕。黄斑马的后鞯和麻布歪在一边,它现在不是在原地,而是紧挨车辕站着。它摇动脑袋,因为脑袋被踩住的缰绳往下拉。原来华西里·安德烈伊奇就陷在他原先同尼基塔一起掉进的沟里,马刚才把他带回雪橇旁,而他从马上跳下来的地方离雪橇不到五十步。

九

华西里·安德烈伊奇跌跌绊绊地走到雪橇旁。他抓住雪橇一动不动站了好一阵,让自己定下心,喘平气。尼基塔已不在原来的地方,但雪橇里有一样东西,上面盖着一层雪。华西里·安德烈伊奇明白,这是尼基塔。华西里·安德烈伊奇心中的恐惧已一扫而光。如果说他还有什么余悸的话,那只是在回味他骑在马上特别是独自留在雪堆里经受的恐惧才有。必须千方百计克服这种恐惧,而要克服恐惧就必须行动,必须做点儿事。因此,他立刻转过身来背对着风,再解开外套。等到他稍稍喘平气,他便抖掉靴子和左手套里的雪,落掉的右手套再也找不到,准是埋在半俄尺深的雪地里了。然后,他把腰带低低地束紧,就像平时走出店堂向农民购买粮食时那样,准备行动。他想到首先要把那条被缰绳绊住的马腿放开。他就这样做了。他解开缰绳,把黄斑马又系在原来雪橇前座的铁环上,再从马后面绕过去,以便整理一下马身上的后鞯、鞍鞯和麻布垫子。但就在这时,他看见雪橇里有一个东西在动,接着尼基塔的头从积雪底下探了出来。显然，尼基塔已经冻僵，他挣扎着坐起来，一只手古怪地在鼻子前面挥动，仿佛在驱赶苍蝇。他挥着手，嘴里喃喃说着什么，华西里·安德烈伊奇觉得是在招呼他。于是华西里·安德烈伊奇放下麻布垫子，走到雪橇旁。

"你怎么了？"他问，"你在说什么？"

"我要死了……是的，"尼基塔费力地断断续续说，"你把我的工钱交给我儿子或者老婆，都可以。"

"怎么，你真的冻僵啦？"华西里·安德烈伊奇问。

"我觉得我要死了……看在基督分上，饶恕我吧……"尼基塔哭丧着脸说，一直在脸庞前挥动双手，仿佛在驱赶苍蝇。

华西里·安德烈伊奇默默地站了半分钟，一动不动，然后，仿佛做成一笔赚钱的买卖，断然后退一步，卷起外套袖子，双手扒去尼基塔身上和雪橇里的雪。扒去雪之后，华西里·安德烈伊奇连忙松开腰带，敞开皮外套，推倒尼基塔，趴在他身上。不仅用自己的皮外套，而且用自己整个温暖的身子盖住他。他把外套前襟塞在雪橇侧板和尼基塔之间，又用双膝压住外套下摆。他就这样脸朝下躺着，头抵住雪橇前部的底板。现在他已听不见马的动静和暴风雪的呼啸，只听见尼基塔的呼吸。尼基塔先是一动不动地躺了好久，然后长叹一声，活动起来。

"这就对了，你还说你要死了。躺着暖和暖和，我们就这样……"华西里·安德烈伊奇说。

但他再也说不下去——这使他自己大吃一惊——因为眼泪夺眶而出，下颏拼命抖动。他不再说话，只是吞咽着涌上喉咙来的泪水。"可把我吓坏了，身子虚了。"他想。不过，这种虚弱不仅没有使他

东家与雇工

不愉快，还使他感到一种从未体验过的异常快乐。

"我们就这样。"他自言自语，体验到一种奇怪的庄严的伤感。他这样默默地躺了好一会儿，拿外套毛皮擦擦眼睛，把被风吹起的外套右襟塞到膝盖下。

不过他很想跟谁说说自己的快乐。

"尼基塔！"他唤道。

"很好，现在暖和了。"尼基塔在他身下答应。

"对了，老弟，我差一点儿完蛋。你也就会冻死，我也会……"这时他的颧骨又哆嗦起来，眼睛里又充满泪水，他再也说不下去。

"嗯，不要紧，"他想，"我自己知道，我自己心中有数。"

他不再作声。他就这样躺了好一阵。

他下面感到温暖，因为有尼基塔垫着；上面感到温暖，因为有皮外套盖着；只有抓住外套前襟盖住尼基塔腰部的双手和盖住的外套不断被风吹开的双脚觉得冻僵了。没有手套的右手冻得尤其厉害。但他既没有想到自己的脚，也没有想到自己的手，而只想着怎样使躺在自己身下的庄稼汉暖和。

他几次望望马，看到马背上没有盖东西，麻布垫子和后鞧掉在雪地上，应该起来替马盖点儿什么，但他一分钟也不能离开尼基塔，破坏他此刻的快乐心情。现在他已一点儿也不感到恐惧了。

"这下子不会失掉他了。"他自言自语，指的是他正在使庄稼汉暖和，而那种得意的语气就像说到他的买卖一样。

华西里·安德烈伊奇这样躺了一小时，两小时，三小时，没有察觉时间是怎样过去的。起初，他的头脑里萦回着暴风雪、车辕和马轭下的马，这些东西都在他眼前晃动，他还想到躺在他身下的尼基塔。后来，有关节日、妻子、警察局长、蜡烛箱的回忆混杂在一起，接着又想到躺在蜡烛箱下的尼基塔。后来又想到做买卖的庄稼汉、白墙、铁皮顶房子，房子里躺着尼基塔。后来，这一切都交融在一起，就像七色彩虹融成一片白光那样，所有不同的印象都汇合成一片混沌。于是他睡着了。他睡了很久，没有做梦，但黎明前又进入梦境。他梦见他站在蜡烛箱旁，吉洪诺夫的老婆问他买一支五戈比蜡烛，他想拿一支给她，但双手夹在口袋里伸不出来。他想绕过蜡烛箱，但迈不开腿，他那双崭新的擦得干干净净的套鞋在石头地上生了根，提不起，也脱不掉。突然，蜡烛箱不再是蜡烛箱而变成了床铺，华西里·安德烈伊奇看见自己俯卧在蜡烛箱上，也就是在自己家里的床上。他躺在床上起不来，但他得起来，因为警察局长伊凡·马特维伊奇就要来找他，他得同伊凡·马特维伊奇一起去买卖树林，或者整理黄斑马身上的后鞴。他问妻子："喂，尼古拉夫娜，他还没有来吗？"妻子回答说："没有，没有来。"他听见有人乘马车朝大门口走来。"准是他。"但马车过去了。"尼古拉夫娜，喂，尼古拉夫娜，怎么还没来？"她回答说："没来。"但他还是躺在床上起不来，他一直等待着。这样的等待又可怕又快乐。突然他的喜事降临了：他所等待的人来了，但已不是警察局长伊凡·马特维伊奇，而是另一个人，也就是他所等待的人。那人走来，叫唤他，也就是那个大声吆喝他，命令他躺在尼基塔身上的人。华西里·安德烈伊奇看到那人走来找他，感到很高兴。"我来了！"他快乐地叫道，这一声可把他叫醒了。他渐渐醒来，但醒来的已不是刚才睡着的他。他想起来，但起不来；他想动动手，但不能动，他想动动脚，脚也不能动。他想转动脑袋，但脑袋也不能动。他觉得奇怪，但一点儿也不感到伤心。他明白这是死神临头,但一点儿也不感到伤心。他想到尼基塔躺在他的身下,尼基塔暖和了,还活着。他觉得他就是尼基塔,尼基塔就是他,他的生命不在自己身上而在尼基塔身上。他聚精会神地听着,听到了尼基塔的呼吸,甚至听见尼基塔微弱的鼾声,"尼基塔活着,这就是说我也活着。"他得意地自言自语。

他想到了钱,想到了小店、房子、买卖和米隆诺夫家的百万财产。他很难理解这个叫华西里·安德烈伊奇的人做这些事干什么。"看来他不明白他所做的事。"他想着华西里·安德烈伊奇。"我以前不知道,现在知道了。现在不会再弄错了。现在我知道了①。"他听见那人又在呼唤他。"我来了!我来了!"他的整个身心欢天喜地地叫道。他觉得他自由了,什么也不能再束缚他了。

在这个世界上华西里·安德烈伊奇已不再能看见什么,听见什么,感觉什么了。

周围仍是漫天大雪。雪片依旧随风飞旋,撒在死去的华西里·安德烈伊奇的外套上和仍在哆嗦的黄斑马身上,以及隐约可见的雪橇上。雪橇里躺着靠死去的主人保暖的尼基塔。

十

尼基塔在天亮之前醒来。又是背上彻骨的寒冷把他冻醒了。

---

① 加着重号文字在原著中是斜体,以下不再一一加注。——编者注

他梦见他运送一车主人的面粉从磨坊出来,涉过小溪时没有找到小桥,弄得大车陷到污泥里。他钻到大车底下,伸伸腰想把大车抬起来。真奇怪,大车一动不动,却贴在他的背上。他既不能把车抬起,又不能从车下爬出去。他的整个腰部被压坏了。天又冷得要命!显然,他得爬出去。"够了!"他对拿大车压住他腰背的人说。"把面粉袋卸掉!"但大车越来越冷、越来越冷地压着他。突然有什么东西敲了一下。他清醒过来,想起了一切。冰凉的大车原来是躺在他身上的主人的尸体,而发出的响声原来是黄斑马两次用蹄子踢着雪橇。

"华西里·安德烈伊奇,华西里·安德烈伊奇!"尼基塔已预感到真实的情况,挺直腰,小心地叫道。

华西里·安德烈伊奇没有答应,他的肚子和两腿又硬又冷又重,好像砝码一样。

"他准是死了。愿他在天上平安!"尼基塔想。

他转过头去,用手扒开身前的雪,睁开眼睛。天亮了,风仍在车辕间呼啸,雪片仍在纷纷落下,唯一的区别就是不再敲打雪橇板,而是无声地落在雪橇上和马上,越落越厚,而马却寂然无声,既没有动,也听不到呼吸。"它一定也冻死了。"尼基塔想到了黄斑马。其实,尼基塔是被马蹄踢雪橇的声音吵醒的,而那也是身上落满雪的黄斑马的垂死挣扎。

"看来上帝也在召唤我了,"尼基塔自言自语,"愿你的旨意实现。可是太可怕。好在人不会死两次,但一次是逃不掉的。但愿快一点儿……"他又把手藏起来,闭上眼睛,渐渐失去知觉,但深信现在他真的要死了。

第二天中午,农民们在离大路三十俄丈、距村庄半俄里的地方用铲子挖出华西里·安德烈伊奇和尼基塔。

雪积得比雪橇还高,但车辕和系在上面的手帕还看得见。黄斑马齐腹埋在雪里,后鞧和麻布垫子从背上滑落下来,它浑身雪白,站在那儿,冻死的脑袋垂在僵硬的喉结上,鼻孔下挂着冻碴儿,眼睛蒙着白霜,仿佛含着眼泪。一夜之间它瘦得只剩皮包骨头。华西里·安德烈伊奇冻得像牲口屠宰后的胴体,当人们把他同尼基塔分开时,他的两腿叉得很开。他那双鹰一般鼓起的眼睛冻住了,他那个留小胡子的张开的嘴也塞满了雪。尼基塔还活着,虽然全身也都冻僵。他们把尼基塔弄醒。尼基塔相信,他已经死了,他周围所发生的一切都不是在阳间,而是在阴间。但当他听见农民们叫嚷着,把他挖出来,并把僵硬的华西里·安德烈伊奇从他身上搬开时,他起初感到惊讶,以为在阴间农民们也这样大声嚷嚷,身体也和人世间一样,但当他明白他还在这里,还在阳间时,他与其说高兴,不如说伤心,特别是他感觉到他两脚的脚趾都冻坏了。

尼基塔在医院里躺了两个月。三个脚趾被截去了,其余几个都恢复功能,所以他仍能干活。他又活了二十年,先是做雇工,后来当看守。他今年才死,而且如他所愿望的那样死在家里圣像之下,双手拿着点燃的蜡烛。临死前,他请求他的老伴原谅他,他也原谅她同箍桶匠的事。他同儿孙们告了别就死了,衷心高兴他的死使儿子和媳妇减轻负担,他自己也真正脱离了使他厌烦的生活,进入他一年比一年、一小时比一小时更理解和更向往的世界。死去之后他在那里觉得好一点儿还是坏一点儿呢?他在那里感到失望，还是找到了他所期待的东西？这一点我们大家不久就会知道的。

一八九四年

舞会以后

"你们说,人自己无法分清什么是好,什么是坏,问题全在于环境,是环境摆布人。可我认为问题全在于机遇。好哇,就拿我自己经历的一件事来说吧……"

我们谈到,一个人要做到完美无缺,先得改变生活的环境。这时,受大家尊敬的伊凡·华西里耶维奇就说了上面这段话。其实谁也没有说过人自己无法分清什么是好,什么是坏,但伊凡·华西里耶维奇有个习惯,总喜欢解释自己在谈话中产生的想法,顺便讲讲他生活里的一些事。他讲得一来劲,往往忘记为什么要讲这些事,而且总是讲得很诚恳,很真实。

这次也是如此。

"就拿我自己的事来说吧。我这辈子这样过而不是那样过,并非由于环境,完全是由于别的原因。"

"由于什么原因?"我们问。

"这事说来话长。要让你们明白,不是三言两语讲得清的。"

"噢,那您就给我们讲一讲吧。"

伊凡·华西里耶维奇想了想,摇摇头说:"是啊,一个晚上,或者说一个早晨,就使我这辈子的生活变了样。"

"到底出了什么事?"

"是这么一回事:我那时正热恋着一位姑娘。我恋爱过好多次,但要数这次爱得最热烈。事情早就过去了,如今她的几个女儿也都已出嫁了。她叫……华莲卡……"伊凡·华西里耶维奇说出她的名字,"直到五十岁还是个极其出色的美人。不过,在她年轻的时候,在她十八岁的时候,就更迷人了:修长、苗条、秀丽、端庄——实在是端庄。她总是微微昂起头,身子挺得笔直,仿佛只能保持这样的姿态。这种姿态配上美丽的脸蛋和苗条的身材——她并不丰满,甚至可以说有点儿瘦削——就使她显得仪态万方。要不是从她的嘴唇,从她那双亮晶晶的迷人的眼睛,从她那青春洋溢的可爱的全身,都流露出亲切而永远快乐的微笑,恐怕没有人敢接近她。"

"伊凡·华西里耶维奇讲起来真是绘声绘色,生动极了。"

"再绘声绘色也无法使你们想象她是个怎样的美人。但问题不在这里。我要讲的是四十年代的事。当时我在一所外省大学念书。那所大学里没有任何小组①,也不谈任何理论——我不知道这是好事还是坏事。我们都很年轻,过着青年人特有的生活:念书,作乐。我当时是个快乐活泼的小伙子,家里又有钱。我有一匹烈性的遛蹄马,常常陪小姐们上山滑雪(当时溜冰还没流行),跟同学一起饮酒(当时我们只喝香槟,没有钱就什么也不喝,可不像现在这样喝伏特加)作乐。不过,我的主要兴趣是参加晚会和舞会。我舞跳得很好,人也长得不难看。"

"得了,您也别太谦虚了,"在座的一位女士插嘴说,"我们早就从银版照相上看到过您了。您不但不难看,而且还是个美男子呢。"

"美男子就美男子吧,问题不在这里。问题是,正当我跟她热恋

---

① 十九世纪俄国大学生成立了各种小组,探讨哲学和文学问题。

的时候,在谢肉节最后一天,我参加了本城首席贵族家的一次舞会。他是位和蔼可亲的老头儿,十分有钱,又很好客,还是宫廷侍从官。他的夫人同样心地善良,待人亲切。她穿着深咖啡色丝绒连衣裙,戴着钻石头饰,袒露着她那衰老虚胖的白肩膀和胸脯,就像画像上的伊丽莎白女皇①那样。这次舞会非常精彩:富丽堂皇的舞厅,有音乐池座,一个酷爱音乐的地主的农奴乐队演奏着音乐,还有丰盛的菜肴和满溢的香槟。虽然我也喜欢香槟,但那天没有喝,因为我就是不喝酒也在爱情里沉醉了。不过,舞我跳得很多,跳得都快累倒了:一会儿卡德里尔舞,一会儿华尔兹,一会儿波尔卡,自然总是尽可能跟华莲卡一起跳。她穿着雪白的连衣裙,束着玫瑰红腰带,手戴长达瘦小臂肘的白羊皮手套,脚穿白缎便鞋。跳玛祖卡舞的时候,有人抢在我前头。那个可恶之至的工程师阿尼西莫夫一见她进来,就请她跳舞。我至今还不能原谅他。我那天上理发店买手套②来晚了一步。结果玛祖卡舞我没有跟华莲卡跳,而跟一位德国小姐跳——我以前也向她献过殷勤。不过那天晚上我担心对华莲卡很不礼貌:我没有跟她说过一句话,没有瞧过她一眼,我只看见那穿白衣裳、束红腰带的苗条身影,只看见那有两个小酒窝的绯红脸蛋和那双妩媚可爱的眼睛。其实不光是我,不论男的还是女的,人人都在欣赏她,尽管她使所有在场的女人都黯然失色。谁也忍不住不欣赏她啊。

"照规矩,玛祖卡我不是跟她跳的,而实际上我一直在跟她跳。她穿过整个舞厅,落落大方地向我走来。我不待她邀请,就连忙站

---

① 伊丽莎白·彼得洛夫娜——俄国女皇(1741—1761)。
② 当时俄国理发店兼卖手套、领带之类的东西。

舞会以后 | 189

起来。她嫣然一笑,以酬谢我的机灵。我们两个男舞伴①被带到她跟前,她没有猜中我的代号②,只得把手伸给另一个男人。她耸耸瘦小的肩膀,向我微微一笑,表示歉意和慰问。玛祖卡中间插进华尔兹,我就跟她跳了好多圈。她跳得上气不接下气,但还是笑眯眯地对我说'再来一次'。我就一次又一次地同她跳,但一点儿也没有感觉到自己的身体。"

"嘿,怎么会不感到身体?您搂住她的腰,一定会感觉到自己的身体和她的身体。"一个客人说。

伊凡·华西里耶维奇顿时脸涨得通红,气冲冲地喝道:"哼,你们现在这些年轻人哪,你们心目中只有一个肉体。我们那个时候可不同,我爱她爱得越热烈,就越不注意她的肉体。如今你们只看到大腿、脚踝和别的什么,你们恨不得把所爱的女人脱个精光。可我就像优秀作家阿尔封斯·卡尔③说的那样,我的爱人永远穿着青铜衣服。我们不是把人家的衣服脱光,而是像挪亚的好儿子④那样把赤裸的身子遮起来。哼,算了吧,反正你们不会懂的……"

"别理他。后来怎么样?"我们中间有人说。

"好。我就这样多半跟她跳,也没注意时间是怎么过去的。乐师们都已筋疲力尽 —— 舞会快到结束时总是这样的 —— 反复演奏着同一支玛祖卡舞曲,客厅里的老先生和老太太都已离开牌桌,等着

---

① 指两个同时邀她跳舞的男人。
② 每个男舞伴自定一个代号,两个人同时由第三者介绍给一个女舞伴,请她猜代号,被猜中的就可以跟她跳舞。
③ 阿尔封斯·卡尔(1808—1890)—— 法国作家。
④ 典出《旧约·创世记》第九章:挪亚有一次喝醉酒,光着身子睡着了,他的儿子闪和雅弗就给他盖上衣服。

吃晚饭，男仆们端着饭菜来回奔走。时间已是半夜两点多了，必须抓紧利用最后几分钟时间。我又一次选定了她。我们在舞厅里都转了百来次了。

"'吃过晚饭还跟我跳卡德里尔舞吗？'我领她入席时问。

"'当然，只要家里不叫我回去。'她含笑说。

"'我不放你走。'我说。

"'把扇子还给我。'她说。

"'我舍不得还。'我说着把那把普通的白羽毛扇子还给她。

"'那就给您这个，省得您舍不得。'她从扇子上拔下一根羽毛送给我，说。

"我接过羽毛，只能用目光来表示我的喜悦和感激。我不仅觉得快乐和满足，也感到幸福和陶醉。我心里充满善良的感情，我不是原来的我，而是一个只能行善、不知有恶的圣人。我把羽毛藏进手套里，呆呆地站在她旁边，再也离不开她。

"'您瞧，他们在请爸爸跳舞呢。'她对我说，指指她那个体格魁伟、戴银色上校肩章的父亲。他跟女主人和另外几位太太站在门口。

"'华莲卡，过来！'戴钻石头饰、袒露着伊丽莎白女皇式肩膀的女主人大声叫道。

"华莲卡向门口走去，我跟在她后面。

"'好姑娘，劝您爸爸跟您跳一次吧。喂，彼得·弗拉迪斯拉维奇，请！'女主人对上校说。

"华莲卡的父亲是个体格魁梧、相貌端庄的老人。他容光焕发，脸色红润，留着两撇尼古拉一世式鬈曲的银白小胡子和跟小胡子连成一片的银白络腮胡子，两边鬓发向前梳。他那明亮的眼睛和嘴唇也像女儿一样流露出亲切愉快的微笑。他仪表堂堂，宽阔的胸脯像军人那样高高隆起，胸前挂着几枚勋章。他的肩膀强壮结实，两腿匀称修长。他是个尼古拉一世时代典型的军事长官。

"我们走到门口，老上校嘴里说他对跳舞早已荒疏，但还是笑眯眯地把左手伸到腰部，解下佩剑，把它交给一个殷勤的年轻人，右手戴上麂皮手套。'一切都得照规矩办。'他含笑说，抓住女儿的手，侧过身来等待着音乐的拍子。

"等玛祖卡舞曲一开始，他就敏捷地用一只脚跺了跺，再伸出另一只脚，魁伟的身子时而轻盈平稳，时而用靴子重重地跺了跺，两脚相碰，兴奋地在舞厅里旋转起来。华莲卡的优美身影在他的周围飘翔着，及时收缩和迈开她那穿着白缎鞋小脚的步子，轻巧得没有一点儿声音。舞厅里人人注视着这对舞伴的每个动作。我呢，不仅欣赏他们的舞姿，简直感到心醉神迷。我特别喜欢他那双被裤脚带绷紧的上等牛皮靴。那不是时髦的尖头靴，而是老式平跟方头靴。这双靴子显然是部队靴匠做的。我想：'为了把女儿打扮得漂漂亮亮带进交际场，他就不买时髦的靴子而穿部队制的靴子。'我这样想着，对这双方头靴也就更有好感了。他的舞技原来一定很出色，如今人发胖了，虽然很想跳各种快速的优美步子，但两腿弹性不足。不过他还是麻利地跳了两圈。他敏捷地分开两腿又合拢，然后单膝跪下，他的身子显得有点儿笨重，钩住了女儿的裙子，但女儿笑眯眯地理好裙子，又轻盈地绕着他跳了一圈。这时在场的人都热烈鼓掌。他有点儿费力地站起来，温柔而亲热地用双手抱住女儿的头，吻了吻她的前额，然后把她领到我跟前，以为我要跟她跳舞。我说，这会儿我不是她的舞伴。

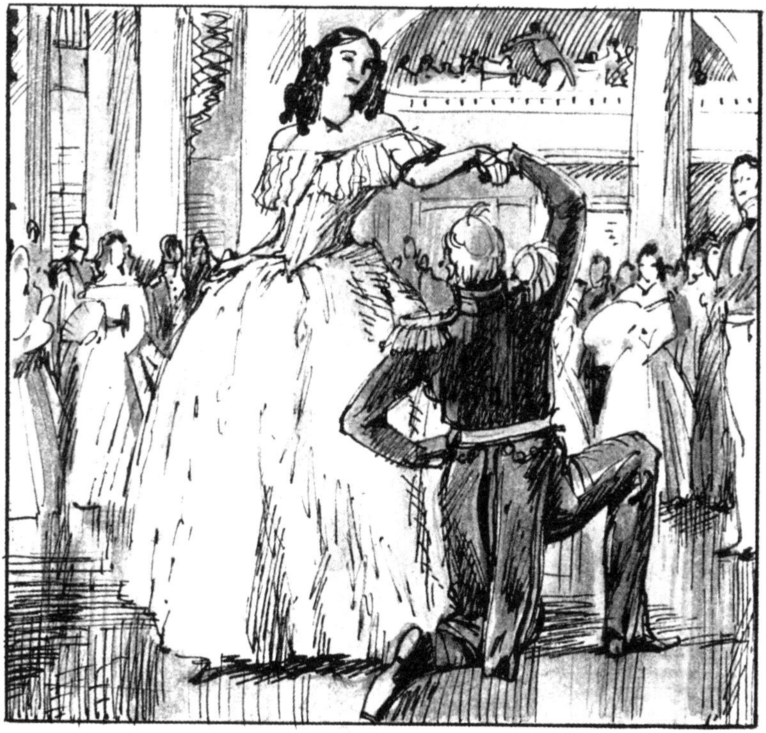

"'噢,那也没关系,现在您就跟她跳吧。'他和蔼可亲地微笑着,把佩剑插到武装带里。

"瓶里的水只要倒出一滴,里面的水就会咕嘟咕嘟地冲出来,同样,我心里对华莲卡的爱也使我身上蕴藏着的全部爱一股脑儿倾泻出来。我就用我全部的爱拥抱着整个世界。我爱那戴着头饰、袒露着伊丽莎白式胸脯的女主人,我爱她的丈夫,我爱她的客人、她的仆人,甚至爱那个对我板着脸的工程师阿尼西莫夫。对于她的父亲,连同他日常穿的皮靴和像他女儿一样亲切的微笑,我则充满了一种热烈而温柔的感情。

"玛祖卡舞结束了,主人夫妇请客人入席,但老上校说他明天得早起,谢绝参加,接着就向主人告辞。我担心他会把女儿带走,幸亏她跟她母亲都留了下来。

"晚饭后,我跟她跳了她刚才答应跟我跳的卡德里尔舞。尽管我已感到无比幸福,可是我的幸福感还在不断地增长。我们只字不提爱情。我没有问她,也没有问我自己,她爱不爱我。只要我爱她,这就足够了。我担心的只是,别让人家破坏我的幸福。

"我回到家里,脱下衣服,打算睡觉,可是发觉根本没法睡。我手里拿着那片从她扇子上拔下的羽毛和她的一只手套。这只手套是我扶她母亲和她上车时,她送给我的。我望着这两样东西,不用闭上眼睛,就清清楚楚地看见了她:一会儿,她在挑选舞伴时猜我的代号,用亲切的声音问:'是不是骄傲?嗯?'说着快乐地伸给我一只手;一会儿,她在餐桌上一小口一小口地呷着香槟,亲热地瞧着我。不过在我头脑里浮现的多半是她跟父亲跳舞的情景,她身子轻盈地在父亲周围打转,得意扬扬地瞧着赞赏的观众。我对这父女俩不禁都产生了亲切的感情。

"当时我跟后来故世的哥哥住在一起。我哥哥不喜欢社交活动，从不参加舞会。他正在准备考副博士，过着极其严肃的生活。那天他已睡了。我瞧瞧他那埋在枕头里、半被法兰绒毯子遮住的脑袋，不禁怜惜起他来了。我对他不能分享我所体会的幸福感到惋惜。服侍我们的农奴彼得鲁施卡擎着蜡烛出来迎接我。他要帮我脱衣服，可我叫他回去休息。我看到他那睡眼惺忪的模样和蓬乱的头发，心里很同情他。我踮着脚走进自己屋里，竭力不弄出声音，在床上坐下来。哦，我太幸福了，我没法睡。再说，我在炉子烧得很旺的屋里感到闷热，就没脱衣服，悄悄地走到前厅，穿上外套，打开大门，走到街上。

"我四点多钟离开舞会，回到家里又坐了一会儿，大约有两个小时，所以我出门的时候，天已经亮了。那是在谢肉节，天气多雾，路上积雪渐渐融化，屋檐上滴着水。老上校住在城郊，靠近田野，田野的一头是所游乐场，另一头是女子中学。我穿过冷清的胡同来到大街上。我在大街上遇到一些行人，还有在薄雪地上运送木柴的雪橇。马匹套着光滑的车轭，有节奏地摇摆着湿漉漉的脑袋；车夫身披蓑衣，脚穿肥大的皮靴，在运货雪橇旁啪嗒啪嗒地走着；街两边的房屋在雾中显得格外高大 —— 这一切在我看来都特别亲切，特别有意思。

"我来到他们家所在的田野上，看见游乐场附近有一大团黑乎乎的东西，还听到从那里传来的笛声和鼓声。我的心情一直很轻松愉快，耳边老是萦回着玛祖卡舞曲。但这会儿听到的却是另一种音乐，又粗野，又刺耳。

"'这是怎么回事?'我边想边沿着田野中被车马轧平的光滑道路往那里走去。我走了百来步,透过一片迷雾看出那里有许多黑乎乎的人影。显然是一群士兵。'准是在上操。'我想,同时跟一个身穿油腻短皮袄和围裙、手里拿着一样东西走在前头的铁匠一起,往那里走去。穿黑军服的士兵分两行面对面持枪立正,一动不动。鼓手和吹笛子的站在他们背后,反复奏出粗野刺耳的旋律。

"'他们这是在干什么呀?'我问站在身边的铁匠。

"'对一个鞑靼逃兵执行夹棍刑。'铁匠望着士兵行列的尽头,愤愤地说。

"我也往那边望去,看见两行士兵中间有一样可怕的东西在向我逼近。原来是一个光着上身的人,两手分别被捆在两支步枪上,两个士兵握住枪的一端押着他走。旁边有一个穿军大衣、戴军帽、身材魁梧的人,我觉得有点儿面熟。犯人浑身痉挛,两脚沙沙地踩着融雪,身上挨着雨点般从两边打来的棍子,跟跟跄跄地向我走来,一会儿身子向后倒,于是两个用枪押着他的军士就把他往前推,一会儿身子向前栽,于是军士便把他往后拉,不让他栽倒。那个身材魁梧的军官步伐稳健,大摇大摆地紧紧跟在后面。原来就是那个脸色红润、留着银白色小胡子和络腮胡子的上校,华莲卡的父亲。

"犯人每挨一下棍子,仿佛很惊讶似的,把他那痛苦得起皱的脸转向棍子落下的那一边,露出雪白的牙齿,反复说着同一句话。直到他走得很近了,我才听清那句话。他不是在说,而是在呜咽:'好兄弟,行行好吧!好兄弟,行行好吧!'可是好兄弟并没有行行好。当这一伙人走到我跟前时,我看见对面一个士兵断然向前迈出一步,呼的一声挥动棍子,狠狠打在鞑靼人的背上。鞑靼人身子向前猛冲

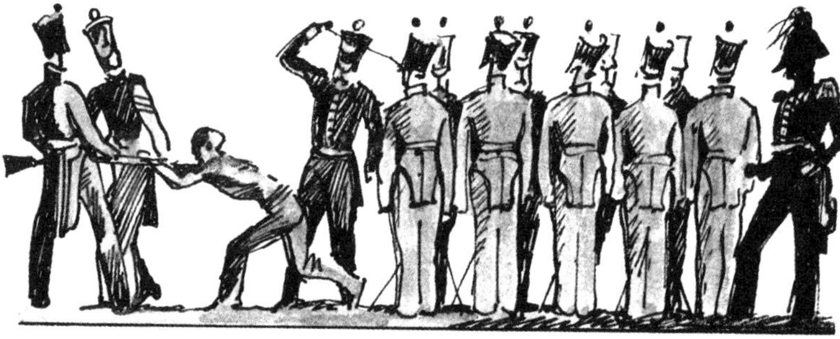

了一下，但被军士拉住。从另一边又打来同样的一棍，接着又是这边一棍那边一棍。上校在旁边走着，一会儿望望自己脚下，一会儿瞧瞧罪犯。他吸了一口气，鼓起两颊，噘着嘴唇，慢慢把气吐出来。当这伙人走到我旁边时，我从两行士兵中间瞥了一眼犯人的脊背。这是一块色彩斑驳、血肉模糊的奇形怪状的东西，我简直无法相信这是人的身体。

"'哦，天哪！'铁匠在我旁边说。

"这伙人渐渐远去，两边的夹棍仍不断落在浑身抽搐、步履踉跄的犯人身上，鼓声和笛声仍响个不停，身材魁梧、相貌堂堂的上校仍步伐稳健地在犯人旁边走着。突然，上校停住脚步，接着快步走到一个士兵跟前。

"'你这不是在敷衍塞责吗？哼，我要让你知道敷衍塞责的后果。'我听见他愤怒的吆喝声。

"我看见他举起戴麂皮手套的手，猛地给那被吓坏的个儿矮小、力气不大的士兵一个耳光，以惩罚他没有使劲往那鞑靼人紫红的脊背上打棍子。

"'拿几根新棍子来！'他一面叫，一面向四周环顾着，终于看见了我。他装作不认识我，恶狠狠、气冲冲地皱起眉头，迅速地转过脸去。我觉得羞愧难当，眼睛不知往哪里瞧才好，仿佛我犯了见不得人的大罪，被人揭穿了。我垂下眼睛，慌忙跑回家去。一路上我的耳朵里忽而响起鼓声和笛声，忽而传来'好兄弟，行行好吧！'忽而听到上校严厉的怒吼声：'你这不是在敷衍塞责吗？'我心里产生了一种近似恶心的感觉，不得不几次停下脚步。我觉得那个惊心动魄的场面在我内心造成的极度恐怖统统就要呕出来。我不记得我是怎样回家和躺下的。可是一闭上眼睛，我又听到和看到那一切，于是连忙爬了起来。

"'他显然懂得一个我不懂得的道理，'我想到上校，'要是我也懂得他所懂得的那个道理，我就能理解我所看到的一切，也就不会觉得痛苦了。'但不管我怎样苦苦思索，还是无法懂得上校所懂得的道理。直到晚上我才睡着，而且是在朋友家喝得烂醉以后。

"哦，你们以为我当时就明确这是一桩坏事吗？根本没有。我当时想：'既然他们干得那么认真，并且人人都认为必要，可见他们一定懂得一个我所不懂的道理。'我竭力想弄个明白。可是不管我怎样努力，都是徒然。就因为弄不明白，我无法进军界服务，当差也没有当成，我这人就像你们看到的那样，成了个废物。"

"嘿，我们可知道您是个怎样的废物，"我们中间有个人说，"还不如说：要是没有您，这世界还会产生多少废物。"

"得了，这可是十足的胡说。"伊凡·华西里耶维奇十分恼恨地说。

"那么爱情呢？"我们问。

"爱情吗？爱情从那天起就一落千丈。当她像原来那样含笑沉思的时候，我立刻想起那天广场上的上校，心里就觉得别扭和不快。我跟她见面的次数越来越少。爱情也就这样消失了。天下就有这样的事，它会彻底改变一个人的生活，改变他生活的方向。可你们还说……"他就这样结束了他的话。

一九〇三年八月二十日于雅斯纳雅·波良纳

假 息 票

第一部

一

省税务局局长斯莫科夫尼科夫为官清廉,并以此自豪。他是个极端自由派,不仅具有自由主义思想,而且憎恨一切宗教观念。他认为宗教观念是迷信的残余。这天他从税务局回家,心情恶劣。省长给他写了一封极其荒唐的信,指摘他行为不端。斯莫科夫尼科夫大为恼怒,立即写了一封尖刻的回信。

在家里,斯莫科夫尼科夫觉得事事不称心。

五点还差五分,斯莫科夫尼科夫以为立刻就要开饭,不料饭还没准备好。他砰的一声关上门,走进自己的房间里。这时有人敲门。"还有什么鬼上门来?"他心里想,大声问道:"谁啊?"

他那个念中学五年级的十五岁儿子走了进来。

"你有什么事?"

"今天是一号。"

"什么?要钱?"

父亲规定每月一号给儿子三卢布零花钱。斯莫科夫尼科夫皱起眉头，掏出皮夹子，找了找，取出一张两卢布半息票，又摸出一个五十戈比的银币。儿子不作声，也没接受。

"爸爸，请你再预支给我一点儿。"

"什么？"

"我本不应该求你，可是我借了钱，还起过誓，答应还给人家。我是个规矩人，不能……我还需要三卢布，以后我真的不会再求你了……不是不求你，而是……爸爸，请你答应我。"

"我不是对你说过吗……"

"爸爸，就这一次……"

"你每月拿三卢布零花钱还嫌少。我在你的年纪都还没有五十戈比呢。"

"现在，我的同学都拿得比我多，彼得洛夫·伊凡尼茨基每月拿到五十卢布。"

"我对你说，你要是这么过，将来准会成为骗子的。我说过。"

"您说过有什么用。您永远不了解我的处境，我只好成为无赖了。您满意了吧。"

"滚出去，二流子！滚！"

斯莫科夫尼科夫霍地跳起来，向儿子扑去。

"滚！我揍你。"

儿子又害怕又愤怒，但愤怒超过害怕。他低下头，快步向门口走去。斯莫科夫尼科夫不想揍儿子，但他觉得出出气痛快，就在儿子后面又大声骂了好一阵。

使女报告午饭准备好了，斯莫科夫尼科夫站起身来。

"总算好了，"他说，"我可已经不想吃了。"

他愁眉不展,走去吃午饭。

吃饭时,妻子同他说话,但他只怒气冲冲地回答一两句,妻子也就不作声了。儿子眼睛只望着盘子,也不作声。他们默默地吃饭,默默地站起来走开。

饭后,中学生回到自己房间里,从口袋里摸出息票和零钱,扔在桌上,然后脱去校服,穿上上装。他先拿起封面破旧的拉丁文文法,然后锁上门,伸手把桌上的钱扫进抽屉,从抽屉里取出卷烟纸筒,装上烟草,再用棉花堵住,抽起烟来。

他坐着学习文法和笔记有两小时光景,但一点儿也没学进去,然后站起来,脚步沉重地在房间里踱步,回想着同父亲的冲突。他历历在目地回想着父亲骂他的话,尤其是父亲那张凶恶的脸,仿佛此刻他就在眼前。"二流子,我揍你!"他越想越生父亲的气。他记起父亲对他说:"我看你准会变成个骗子。你要放明白。"他想:"如果这样,我准会变成个骗子。他倒高兴。他忘记他也有过年轻的时候。哼,我究竟犯了什么罪?只不过去看了一次戏。我没有钱,向彼嘉·格鲁歇茨基借了一点儿。这有什么错?换了别人还会同情我,问个明白,可他就知道骂人,只顾自己。只要他少了什么,就会向全家人大嚷大叫,还骂我是骗子。哼,虽说他是父亲,我可不喜欢他。我不知道别人怎样,可我不喜欢他。"

使女敲了敲门。她拿来一张字条。

"吩咐要立刻回信。"

字条上写着:

我向你索还你借的六卢布已是第三次了,可你总是有意回避。规矩人是不会这样做的。请你立刻让来人带回。我自己非常需要。难道你真的弄不到这点儿钱吗?

你还不还钱将决定我将蔑视你或者尊敬你。

格鲁歇茨基

米嘉想:"真是没想到。这头猪。你就不能等一等吗? 让我再试试。"

米嘉去找母亲。这是最后的希望。他母亲心地善良,不会拒绝的。本来她很可能帮他的忙,但今天她因两岁的小儿子彼嘉生病,心里焦急。米嘉来吵闹,她大为生气,一口拒绝了他的要求。

他低声嘀咕着,走了出去。她可怜儿子,叫他回来。

"等一下,米嘉,"她说,"我手头没有,但明天就能弄到。"

但米嘉心里还在恨父亲。

"我今天就需要,干吗要拖到明天? 好吧,我去向同学借。"

他走出去,砰的一声关上门。

"没有别的办法,他叫我把表当了。"他摸摸口袋里的表,想。

米嘉从抽屉里拿出息票和零钱,穿上外套,去找马兴。

二

马兴是个留小胡子的中学生。他打牌,玩女人,手里总有钱。他同姨妈住在一起。米嘉知道马兴这小子不好,但同他在一起,米嘉总是不由自主地服从他。这天马兴在家,正准备去看戏。他肮脏的房间里散发着香皂和花露水的气味。

"老弟,这可真是太糟了,"米嘉告诉他自己的苦恼,给他看息票和五十戈比，并说他需要九卢布。"可以当表，也可以用更好的办法。"马兴挤挤一只眼睛说。

"什么是更好的办法？"

"很简单，"马兴拿起息票，"只要在二卢布五十戈比前加一个一，不就成了十二卢布五十戈比吗。"

"难道有这样的事吗？"

"当然，一千卢布的息票也可以加。我就做过这样的息票。"

"恐怕不行吧？"

"那有什么，来不来？"马兴说，拿起羽笔，用左手一个手指抚平息票。

"这可不好。"

"废话。"

"真的，"米嘉想，他又记起父亲骂他骗子的话，"这下我真的要变成骗子了。"他瞧了瞧马兴的脸。马兴对他望望，若无其事地微笑着。

"那么，来不来？"

"来。"

马兴小心翼翼地在息票上加一个"1"字。

"好了，现在咱们上铺子去。这里转角有一家照相器材店。我正好需要一个小镜框，放这张照片。"

他掏出一张照片，上面是一个大眼睛、头发蓬松、胸脯高耸的姑娘。

"这姑娘怎么样？啊？"

"不错，不错。当然……"

"很简单。我们去吧。"

马兴穿上衣服。他们一起走了出去。

假息票 | 207

三

照相器材店的门铃响了。两个中学生走了进去,他们环顾店堂,里面没有顾客,只有一些放照相器材的货架和玻璃柜台。从后面门里走出一个相貌难看但很和气的女人。她站在柜台后面,问他们要什么。

"要一个好的小镜框,太太。"

"要什么价钱的?"太太麻利地弯曲戴露指手套的手(她的指关节肿大),指指各种不同式样的镜框。"这种五十戈比一个,这种贵一点儿。喏,这种很好看,款式新,每个一卢布二十戈比。"

"好,就给我这个吧。能不能便宜点儿?算一卢布吧。"

"我们这儿不讨价还价。"太太庄重地说。

"好,就这样吧。"马兴说,把息票放在柜台上。

"给我一个小镜框和找头,但要快一点儿,我们要去看戏,可不能迟到。"

"你们来得及的。"太太说,用她那双近视眼察看着息票。

"嵌在这个镜框里很美。是吗?"马兴对米嘉说。

"你没有别的钱吗?"老板娘问。

"真糟糕,没有。是父亲给我的,得把它兑开来。"

"难道您真的没有一卢布二十戈比吗?"

"只有五十戈比。怎么,难道您怕我们拿假息票骗您吗?"

"不,我无所谓。"

"那么您还给我吧。我们会兑开来。"

"那么该给您多少啊?"

"哦,十一卢布多一些。"

老板娘嗒嗒嗒打了打算盘,拉开抽屉,取出十卢布纸币,一手抖动硬币,数出六枚二十戈比硬币和两枚五戈比硬币。

"请您包一包。"马兴不慌不忙地接了钱说。

"这就给您包。"

老板娘包好小镜框,再用绳子扎住。

直到他们走出店堂,门上的铃响了响,米嘉才松了一口气。他们来到街上。

"喏,给您十卢布,这些给我。我会还你的。"

马兴去了剧院,米嘉则到格鲁歇茨基那儿去还钱。

四

两个中学生走后一小时,商店老板回家来,开始点算今天的营业款。

"哼,傻婆娘! 真是个傻婆娘,"他看见息票,立刻发现涂改的地方,对妻子嚷道,"你干吗收息票?"

"你自己,热尼亚①,上次不是当着我的面也收过十二卢布的息票吗?"妻子又委屈又伤心,差点儿哭出来。"我自己也不知道他们怎么欺骗我,"她说,"都是中学生。两个漂亮的青年,看上去挺体面的。"

"你这个体面的傻婆娘,"丈夫一面算账,一面继续骂,"我一拿起息票,就看出上面加过字了。可你啊,这把年纪了,还尽欣赏中

---

① 热尼亚——叶甫盖尼的爱称。——编者注

学生的脸蛋。"

这下子妻子忍不住,也发起火来。

"亏你是个男子汉!只知道责怪别人,自己打牌输掉五十四卢布倒无所谓。"

"我可是另一回事。"

"我真不想跟你说话。"妻子说着,走到自己房间里,回想当年家里反对她嫁给他,认为他的地位比她低得多,只有她一人坚持这门亲事。她想到她那个死去的孩子,丈夫对这事无动于衷。于是又想到要是他死了,那该多好。但一想到这一点,她对自己这种感情感到害怕,就匆匆穿上衣服走了。她丈夫回到家里,妻子已不在。她没等丈夫回来,就穿戴整齐,独自到熟识的法语教师家去。今晚他邀请他们参加晚会。

五

法语教师是个俄籍波兰人,他在家举行有甜点心的丰盛茶会。吃完茶点,大家分几桌坐下来打文特牌。

照相器材店老板娘同主人、一位军官和一个戴假发的耳聋太太(她是乐器店老板的遗孀,酷爱打牌,而且打得很好)坐一桌。照相器材店老板娘牌运很好。她两次都是得大满贯。她旁边放着一盘子葡萄和梨,她心里乐滋滋的。

"叶甫盖尼·米哈伊洛维奇怎么不来?"女主人从另一桌问,"我们把他定为第五个。"

"他准是一心在算账,"叶甫盖尼·米哈伊洛维奇的妻子说,"今天他在算食物账、木柴账。"

她想起刚才同丈夫的争吵，皱起眉头，气得那戴露指手套的双手直发抖。

"说到叶甫盖尼，叶甫盖尼就到，"男主人对走进来的叶甫盖尼·米哈伊洛维奇说，"您怎么迟到了？"

"事情太多了，"叶甫盖尼·米哈伊洛维奇搓搓手，快乐地说。使妻子惊讶的是，他走到她跟前说："告诉你，我把那息票脱手了。"

"真的吗？"

"真的，我付给卖木柴的庄稼汉了。"

于是叶甫盖尼·米哈伊洛维奇怒气冲冲地给大家讲了两个不要脸的中学生怎样愚弄了他的妻子，他妻子又补充了详细经过。

"好吧，现在干我们的正事。"他说着，坐到桌旁，正好轮到他洗牌。

六

叶甫盖尼·米哈伊洛维奇确实把息票给了庄稼汉伊凡·米隆诺夫作为柴钱。

伊凡·米隆诺夫从木柴场买进一方[①]木柴，拿到城里零卖。他把这一方木柴分成五摊，每摊的价钱相当于木柴场四分之一方的价钱。在这个倒霉的日子，伊凡·米隆诺夫一早装了八分之一方木柴出门，很快就卖光了。他又装上八分之一方去卖，但直到晚上都没有人来

---

① 一方——一立方俄丈。

买。他遇到的都是精明的城里居民，他们知道庄稼汉卖柴往往做手脚，都不相信他，尽管他再三说木柴是从乡下运来的。他饥肠辘辘，身上穿着破旧的短袄和外套。傍晚天气冷到零下二十摄氏度。那匹老马站住不肯走，他却毫不怜惜它，因为已准备卖给兽皮贩子了。因此，当伊凡·米隆诺夫遇见从烟草店回家的叶甫盖尼·米哈伊洛维奇时，他甚至准备亏本把木柴卖给他。

"您买吧，老爷，我便宜卖给您。我的马走不动了。"

"你是从哪儿来的？"

"我从乡下来。自己的木柴，很好，很干。"

"我们知道你们这些人。那么，你要多少钱？"

伊凡·米隆诺夫先讨价，再减价，最后成交了。

"这价钱只给您一个人，老爷，因为路近。"他说。

叶甫盖尼·米哈伊洛维奇没多还价，因为想到可以把息票脱手而高兴。伊凡·米隆诺夫自己勉强拉车，把木柴拉进院子，卸到板棚里。管院人不在。伊凡·米隆诺夫接受息票起初有点儿犹豫，但叶甫盖尼·米哈伊洛维奇再三说服他，并且现出一副十分威严的样子，使他接受了息票。

伊凡·米隆诺夫从后门走到下房，画了个十字，化开胡子上的冰溜，解开上衣，掏出皮夹子，从中取出八卢布五十戈比作为找头，折好息票，放进皮夹子里。

伊凡·米隆诺夫照例向老爷道了谢，用鞭子柄（不是鞭子）狠打勉强挪动四脚、身上挂满霜花、即将倒毙的老马，把空车赶到酒店。

伊凡·米隆诺夫在酒店里要了八戈比酒和茶，身子感到暖和，甚至出了汗。他心情十分愉快，跟同桌的一个管院人交谈。他同他

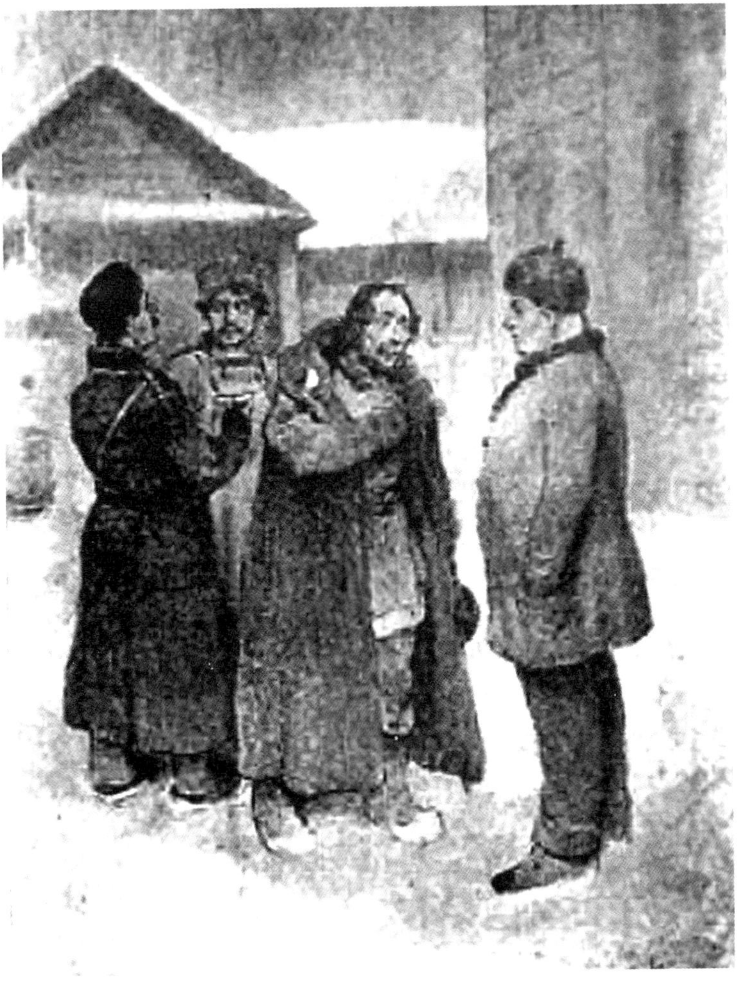

闲聊，把自己的情况全都讲给他听。他说他是从华西列夫斯基乡来的，离城十二俄里；说他同父亲和兄弟分了家，现在同妻子和两个孩子住在一起，大儿子刚进学校，还不能帮助家庭。他说，他现在待在这里，明天就将到马市去把他的老马卖掉，如果碰巧，再买一匹新马。他说，他现在积了二十四卢布，一半是息票。他掏出息票给管院人看。管院人不识字，但说他曾为居户换过这种钱，说钱是好的，但也有假的，因此劝他交给账台检验一下。伊凡·米隆诺夫拿它付给跑堂的，叫他找钱来，但跑堂的没拿找头来，而那个红光满面的秃头掌柜却用胖手拿着息票走过来。

"您的钱不能用。"他指指息票说，但没把息票还给他。

"钱不会错，是一位老爷给我的。"

"钱真的不好，是假的。"

"是假的，那就还给我。"

"不，老弟，得教训教训你们这些家伙。你同那骗子一起伪造息票。"

"把钱还给我，你凭什么不还我？"

"西多尔！去叫警察来。"酒店老板对跑堂的说。

伊凡·米隆诺夫喝醉了。他一喝醉就失去理智。他抓住掌柜的领子，叫道："还给我，我去找老爷。我知道他在哪儿。"

掌柜的挣脱伊凡·米隆诺夫，他的衬衫被撕破了。

"哼，你竟敢这样。把他抓起来！"

跑堂的抓住伊凡·米隆诺夫。这时警察来了。警察弄明白是怎么一回事，立刻做出决定："上局里去。"

警察把息票放到自己的皮夹子里，连马一起把伊凡·米隆诺夫带到警察局。

七

伊凡·米隆诺夫在警察局里同酒鬼和小偷一起过了一夜。直到将近中午他才被叫去见警察局长。警察局长对他进行了一番审讯，派警察去传照相器材店老板。伊凡·米隆诺夫记得那条街道和房子。

警察传来老板，给他看息票和伊凡·米隆诺夫。伊凡·米隆诺夫断定就是这个老爷给了他息票，叶甫盖尼·米哈伊洛维奇先是装出一副惊讶的样子，然后板起脸说："你准是疯了。我第一次见到他。"

"老爷，罪过啊，我们都是凡人，都要死的。"伊凡·米隆诺夫说。

"他这是怎么啦？你准是睡糊涂了。你卖给别的人了，"叶甫盖尼·米哈伊洛维奇说，"等一下，让我去问问妻子，她昨天有没有买过木柴。"

叶甫盖尼·米哈伊洛维奇走了。他立刻叫来看院子的华西里（华西里是个漂亮、强壮、机灵和乐天的花花公子），对他说，要是有人问他最近一次木柴是从哪儿买的，就说是从木柴场买的，没向庄稼人买过木柴。

"不然那个庄稼人会说我给了他一张假息票。庄稼人糊涂，天知道他在说些什么，你可是个明白人。你就说，木柴我们一向是从木柴场买的。这是我给你买上装的，我早就想给你了。"叶甫盖尼·米哈伊洛维奇添加说，给了看院人五卢布。

华西里拿了钱，看到钞票眼前一亮，然后瞧瞧叶甫盖尼·米哈伊洛维奇的脸，抖了抖头发，微微一笑。

"当然，老百姓糊涂，没有文化。您不用担心。我知道该怎么说。"

假息票 | 215

不管伊凡·米隆诺夫多少次含泪请求叶甫盖尼·米哈伊洛维奇承认那息票是他的,并要看院人证实他的话,但叶甫盖尼·米哈伊洛维奇和看院人都一口咬定:他们从未买过车子送上门的木柴。于是警察就把伊凡·米隆诺夫带回警察局,告他涂改息票。

听从同他关押在一起的醉酒的文书的劝告,伊凡·米隆诺夫给了警察局长五卢布,才出了拘留所。他失去了息票,身上只剩七卢布,可昨天他还有二十五卢布呢。伊凡·米隆诺夫从七卢布中取出三卢布喝了酒,喝得酩酊大醉,头破血流回到妻子那儿。

妻子怀孕即将分娩,身体有病。她破口大骂丈夫,他推了她一下,她就动手打他。他不再理她,伏在床上放声大哭。

直到第二天早晨,妻子才知道是怎么一回事。她相信丈夫的话,咒骂欺骗她家伊凡的老爷是强盗,骂了好半天。伊凡清醒过来,记起昨天同他一起喝酒的老师傅的话,决定去找律师申诉。

八

律师接受了这个案件,主要不是为了他能得到多少钱,而是因为相信伊凡是个规矩人,对有人恬不知耻地欺骗庄稼人感到气愤。

原告和被告都出庭,看院人华西里也作为证人,被传唤。庭上又重复了原来的对话。伊凡·米隆诺夫提到上帝,提到人都是要死的。叶甫盖尼·米哈伊洛维奇虽然意识到自己行为的卑鄙和危险,感到良心受折磨,但他现在不能改口,继续故作镇定,矢口否认。

看院人华西里又得到十卢布,就镇静地含笑证明他从未见到过伊凡·米隆诺夫。当他被领去起誓时,他虽然心虚,但还是故作镇定,重复老司祭的誓言,向十字架和《福音书》起誓,他将完全说实话。

结果法官驳回伊凡·米隆诺夫的诉讼,还要罚他五卢布诉讼费,但叶甫盖尼·米哈伊洛维奇慷慨地免了他这笔费用。在释放伊凡·米隆诺夫时,法官教训他以后对有声望的人起诉要慎重,他还应感激人家不要他付诉讼费,也不告他诽谤罪,不然他还得因此坐三个月牢。

"衷心感谢。"伊凡·米隆诺夫说,他摇摇头,叹着气,走出法庭。

这件事对叶甫盖尼·米哈伊洛维奇和看院人华西里来说似乎了结得很顺利,但这只是事情的表面,真正发生的情况谁也没看到,这可比人们看到的要重要得多。

华西里从乡下移居城里已是第三个年头。他寄给父亲的钱一年比一年少,自己也不娶妻,觉得他不需要结婚。他在城里有许多妻子,要多少有多少,而且不像他那个丑婆娘。华西里一年比一年淡忘乡下规矩,一年比一年适应城里的生活。乡下什么都是粗鲁、愚昧、贫穷、畸形,而城里则一切都是高雅、优美、洁净、富裕,一切都有条不紊。他越来越相信,乡下人像林中野兽一样糊里糊涂地过日子,而城里人过的才是真正人的生活。他阅读优秀作家的作品、小说,还到民众馆去观看演出。乡下连做梦也看不到这些东西。乡下老人说:同妻子过合法生活,勤劳动,不暴食,不讲究穿着。可是城里人聪明,有学问,懂得真正的法律,生活过得自在。一切都很好。提到息票的事,华西里绝不相信,老爷们生活没有法律。他始终认为他们有他们的法律,但他不知道。不过,那件有关息票的事,主要是他那心口不一的誓言并没有产生什么不良后果(尽管他心里还是有点儿害怕,而且他又得到了十卢布)。他完全相信法律是没有的,只要自己过得开心就是了。以前他这样生活,今后还将继续这样生活。起初,他只利用替居民买东西弄到点儿好处,但这些钱不够他全部开销。于是他一有机会就偷窃居民的钱和贵重物品,还偷叶甫盖尼·米哈伊洛维奇的钱包。叶甫盖尼·米哈伊洛维奇揭露他,但没把他送交法庭,只是把他解雇了。

华西里不想回家,他留在莫斯科和情妇住在一起,同时找寻工作。他找到了一个报酬菲薄的差事,给小店老板打扫院子。华西里开始工作,但第二个月就偷窃了袋子。主人二话没说,把华西里打了一顿,然后把他撵走。以后他再也没找到工作,钱花光了,就典当衣服,最后只剩下身上的破上装、裤子和鞋。情妇抛弃了他。不过,华西里并没失去开朗快乐的心情,到了春天,他就步行回家。

九

彼得·斯文提茨基长得矮壮结实,戴一副黑眼镜(他有眼疾,有可能完全失明),照例天没亮就起身,喝了一杯茶,穿上袖口镶羔皮的短大衣,便去料理家务。

彼得·斯文提茨基原是海关官员,在那里挣了一万八千卢布。十二年前,他退休了,但并非完全出于自愿。他向一个荡尽家产的地主少爷买了一座庄园。彼得·斯文提茨基还在工作时就已结了婚。他妻子是个旧贵族出身的穷孤女,长得高大健美,但没生过孩子。彼得·斯文提茨基不论干什么都严格认真,一丝不苟。他对农业原来一窍不通(他是波兰小贵族的儿子),但他埋头苦干,使一座拥有三百俄亩土地的破产田庄十年后成为模范庄园。他所有的建筑物,从住宅到粮仓和消防龙头棚,都很坚固结实,上面盖着铁皮屋顶,经常油漆一新。工具棚里整整齐齐地摆着大车、木犁、铁犁和耙。鞍具都涂上油。马不高大，全是本地种马场产的黑鬃黄马，膘肥体壮，像一个模子里铸出来的一样。脱粒机在有屋顶的仓房里运转，饲料放在饲料棚里，粪水流进石砌的坑里。奶牛也是本地养殖场的种，个儿不大，但产乳量很高。猪是英国种。养鸡场里饲养着产蛋率很高的母鸡。果园棚子都涂上油漆，里面种满果树。到处都很整齐清洁，有条不紊。彼得·斯文提茨基对自己的庄园十分满意，他引以自豪的是，他取得这一切不是靠榨取农民，而是靠待他们公平合理。在贵族中，他的观点是中庸的甚至是自由主义而不是保守的，在农奴主面前他总是袒护老百姓。"你待他们好，他们也会待你好。"不错，他不放过工人的疏忽和过错，有时也推搡他们，要他们干活，不过，工人们的宿舍和伙食都是极好的，工资也准时支付，逢年过节还送酒给他们喝。

彼得·斯文提茨基小心翼翼地踩着融化的雪（这是二月），经过役畜厩向工人居住的小屋走去。天色还很暗，因为有雾天显得更黑，但工人宿舍的窗子里已露出灯光。工人们正在起床。他想去催促他们：根据派工单他们得驾一辆六套马车去小树林里运最后一批木柴。

"这是怎么回事？"他看见马厩门开着，想。

"喂，有人吗？"

没有人答应。彼得·斯文提茨基走进马厩。

"喂，有人吗？"

没有人答应。马厩里很暗，脚下软绵绵的，还闻到马粪味儿。门右边棚子里站着两匹年轻的黑鬃黄马。彼得·斯文提茨基伸手一摸，里面是空的。他用脚踢踢，以为马也许躺着，可是什么也没踢到。"他们把马牵到哪儿去啦？"他想。也没有套车，雪橇仍在外边。彼得·斯文提茨基走到门外，大声叫道："喂，斯捷潘！"

斯捷潘是个老工人。他正好从工房里出来。

"噢!"斯捷潘快乐地答应,"是您吗,斯文提茨基老爷?工人们马上就来。"

"你们的马厩怎么开着?"

"马厩?我不知道。喂,普罗施卡,拿灯来!"

普罗施卡拿着风灯跑来。他们走进马厩。斯捷潘立刻明白是怎么一回事。

"小偷来过了,斯文提茨基老爷。锁被砸了。"

"你在胡说吧?"

"偷走了,这些强盗。玛施卡没有了,'鹰'没有了。'鹰'还在这儿。'花斑'没有了。'美男子'没有了。"

丢了三匹马,彼得·斯文提茨基什么也没说。

他皱紧眉头,痛苦地喘着气。

"哼,被我碰上了!是谁看守的?"

"彼吉卡。彼吉卡睡糊涂了。"

彼得·斯文提茨基报了警。他去找警察局长,找地方行政官,又派家人分头去找马,但始终没有找到。

"老百姓坏透了!"彼得·斯文提茨基说,"竟干出这样的事来!难道我没给过他们好处吗?你们等着吧。强盗,都是强盗。今后我再也不会这样对待你们了。"

十

三匹黑鬃黄马已经各有去处。"玛施卡"以十八卢布被卖给吉卜赛人,"花斑"已被牵到四十俄里外换掉,"美男子"被赶出去宰了,它的皮卖了三卢布。这些事都是伊凡·米隆诺夫领头干的。他在彼得·斯文提茨基那里干过活,知道彼得·斯文提茨基的规矩,决心要弄回自己的钱,就干了这些事。

自从发生假息票一事后,伊凡·米隆诺夫一直喝酒,要不是妻子把马具、衣服和一切可以换酒喝的东西藏好,他会把家里的东西喝个精光。在酒喝得醉醺醺的时候,伊凡·米隆诺夫不仅总是想到自己的委屈,而且想到那些老爷先生,他们就是靠榨取我们的血汗过日子的。有一天,伊凡·米隆诺夫跟波多尔斯克几个农民一起喝酒。那些农民喝醉了酒,一路上讲给他听,他们怎样从一个农民家里牵走了马。伊凡·米隆诺夫就骂盗马贼欺侮了农民。"这是罪孽,"他说,"农民的马就是他的兄弟,可你弄得他破产。要偷就偷老爷们的马。那些狗东西才罪有应得。"他们谈得起劲,波多尔斯克农民讲给他听,他们怎样狡猾地牵走老爷家的马。要知道路径,非有内线不可。于是伊凡·米隆诺夫想起了斯文提茨基。他在他那里当过长工,想起斯文提茨基算工资时为折断车轴扣掉他一个半卢布,想起他使用过的两匹黑鬃黄马。

伊凡·米隆诺夫到斯文提茨基家去,装作想当雇工,其实是想观察地形。他知道那里没有看守,马都关在单间马厩里。他就领了几个小偷去作案。

伊凡·米隆诺夫跟波多尔斯克农民分了赃,拿了五卢布回家。回到家里没事可干,因为没有了马。从此伊凡·米隆诺夫就跟盗马贼和吉卜赛人勾结在一起。

十一

彼得·斯文提茨基竭力想找到小偷。没有内线是不可能作案的。因此他开始怀疑家里人,他先查问那天夜里谁不在家。结果查出普罗施卡那天夜里不在家。普罗施卡是一个漂亮机灵的小伙子,刚从军队复员回来。彼得·斯文提茨基常带他出门,让他赶车。区警察局局长是彼得·斯文提茨基的朋友,彼得·斯文提茨基还认识县警察局局长、首席贵族、地方行政长官和侦查员。所有这些人常去他家参加命名日酒宴,品尝他家美味的果子酒和各种腌蘑菇。他们都很同情他,竭力帮助他。

"瞧您还庇护庄稼汉,"区警察局局长说,"我说句实话,他们比畜生都不如。不使用鞭子和棍子你对他们就毫无办法,那么,您说的普罗施卡就是给您当车夫的那个吗?"

"就是他。"

"叫他到我这儿来。"

普罗施卡被带来审讯:"你当时在哪儿?"

普罗施卡抖了抖头发,两眼一抬说:"在家里。"

"怎么在家里,长工们都证明你当时不在家。"

"随您便。"

"这不是随我便的问题。那么,你当时在哪儿?"

"家里。"

"嗯,那好。索茨基,把他带到局里去。"

"随您便。"

普罗施卡始终没说他在哪儿。他没说，因为那天晚上他在朋友家里，和巴拉莎聚会，他答应不供出她，就没提她的名字。没有罪证。普罗施卡被释放了。但彼得·斯文提茨基相信，这是普罗施卡干的，因此恨透了他。有一天，彼得·斯文提茨基叫普罗施卡驾车去取支架。普罗施卡照例在客店里要了两俄斗燕麦。他拿一俄斗燕麦喂了马，还有半俄斗换酒喝。彼得·斯文提茨基知道这件事，把他送交治安法院，治安法院判了普罗施卡三个月监禁。普罗施卡挺爱面子。他认为自己比别人高明，并且沾沾自喜。监禁损害了他的名声，他不能再在人面前骄傲逞能，从此灰心丧气。

普罗施卡出狱回家，与其说他恨彼得·斯文提茨基，不如说他恨整个世界。

大家都说，普罗施卡出狱后一蹶不振，懒得干活，开始酗酒，不久因偷窃女市民衣服再度被捕入狱。

彼得·斯文提茨基知道马匹被盗的事，是由于他认出了从黑鬃黄马"美男子"身上剥下的皮。盗马贼逍遥法外使彼得·斯文提茨基越发恼怒。他现在看到农民、谈到农民就忍不住满腔怒火，竭力欺压他们。

十二

尽管叶甫盖尼·米哈伊洛维奇用掉息票后不再想到这件事，他的妻子玛丽雅·华西里耶夫娜却不甘心自己在假息票一事上受骗，也不能宽恕丈夫对她的恶言咒骂，尤其不能饶恕那两个狡猾地欺骗她的小流氓。

自从受骗上当那天起，她便留神观察每一个中学生。有一天她遇见马兴，但没认出他来，因为他一看见她就做了个怪相，使他的容貌完全变了。不过，在那件事发生两个星期后，她在人行道上面对面撞见米嘉·斯莫科夫尼科夫，立刻认出他来。她让他走过去，然后转身紧紧跟住他。走到他家，知道他是谁的儿子，第二天她便到学校里去，在前厅遇见神学教师米哈伊尔。他问她有什么事。她说她想见校长。

"校长不在，他病了。也许我能为您办什么事或者转告他什么吧？"

玛丽雅·华西里耶夫娜决定把受骗一事全告诉神学教师。

神学教师米哈伊尔是个鳏夫，是神学院院士，自尊心很强。去年他在一个交际场所遇见米嘉的父亲，在谈到信仰问题时同他发生了冲突。斯莫科夫尼科夫一条条驳斥他，引起哄堂大笑。因此，米哈伊尔神父就特别注意他的儿子，发现儿子像他不信神的父亲一样对神学十分冷淡，就折磨他，让他考试不及格。

从玛丽雅·华西里耶夫娜那里知道米嘉的行为，米哈伊尔神父不禁满心欢喜，觉得可以因此证实他的假设：人若失去教会引导就会道德败坏。他还决定利用这件事竭力使人相信，凡是离开教会的人都面临着危险，而他内心却认为可以对那个骄傲自大的无神论者进行报复。

"是的，很可悲，很可悲，"米哈伊尔神父说，一手抚摩贴身十字架光滑的侧面，"您把这件事告诉我，我很高兴。作为神职人员，我一定要好好教诲年轻人，但在教训他的时候，我会尽量温和些。"

"是的，我要做得符合我的身份。"米哈伊尔神父自言自语，仿佛完全忘记父亲对自己的严厉态度，他只想让青年幸福并且拯救他。

第二天上神学课的时候，米哈伊尔神父把假息票的事如实告诉了学生，并说这是一个中学生干的。

"这种行为是恶劣的，可耻的，"他说，"但拒不承认就更加恶劣。

如果这是你们中间的一个干的（我不信会有这样的事），他自己忏悔要比隐瞒好。"

说到这里，米哈伊尔神父眼睛盯着米嘉·斯莫科夫尼科夫。中学生们跟着他的目光也盯着米嘉。米嘉脸红了，头上冒汗，终于放声大哭，从教室里跑了出去。

米嘉母亲知道后，又从儿子身上问出全部经过，跑到照相器材店。付给女主人十二卢布五十戈比，请她不要说出中学生的名字。她叫儿子否认这件事，尤其不能向父亲承认做过这件事。

果然，斯莫科夫尼科夫知道中学里的事，把儿子唤来，儿子则矢口否认。他就去找校长，讲了这件事，指出神学教师的行为极其卑劣，他对此决不罢休。校长把神父请来，于是他跟斯莫科夫尼科夫之间就展开了一场激烈的争论。

"那蠢女人诬告我的儿子，后来又否认自己说过的话，可您只知道诽谤一个规矩的正派孩子。"

"我没诽谤，我不许您这样对我说话。您忘了我的教职。"

"我才不管您的教职呢。"

"您歪曲事实是全市都知道的。"神学教师说，他的下巴哆嗦，他那稀疏的胡子也随着抖动起来。

"先生，神父。"校长竭力劝慰争论双方，但无法使他们平静下来。

"我凭自己教职的责任应该关心宗教道德教育。"

"别再装模作样了。难道我不知道您根本什么也不信吗？"

"我认为我不值得同您这样的先生说话，"米哈伊尔神父说，他被斯莫科夫尼科夫最后的话激怒，尤其因为他知道这些话说得一点儿不错。他在神学院修完所有的课程，早就不信他所信奉和宣扬的东西了。他只相信，人人都得强迫自己相信他强迫自己相信的东西。

斯莫科夫尼科夫生气与其说是因为神学教师的行为，不如说是因为发现这是教权主义势力最好的说明——这种势力开始在我们这里出现。他把这件事讲给所有的人听。

米哈伊尔神父看到，虚无主义和无神论思想不仅出现在年青一代身上，而且出现在年老一代身上，他就越相信必须同它进行斗争。他越谴责斯莫科夫尼科夫之流的不信神，就越相信自己的信仰是坚定不移的，无须进行反省，或者使自己的生活同它一致。他的信仰得到周围人们的公认，而这也就是他对抗反对者的主要武器。

同斯莫科夫尼科夫的冲突，以及在学校里发生的不愉快事件——校长的申斥和批评，使米哈伊尔决心采取自从妻子死后早就吸引他的主意：出家进修道院，从事神职工作。他在神学院的部分同学都挑选这条路，其中一个已当上高级僧侣，另一个当上修士大司祭，将补主教之缺。

到学年结束，米哈伊尔离开中学，正式出家，改用教名米萨伊尔，不久就在伏尔加河上一个城市里当了神学校校长。

十三

这时候，看院人华西里沿着大路往南方走去。

他白天走路，晚上由甲长派给他住轮值人家的客房。每到一处都有面包供给，有时主人还请他一起吃饭。在奥尔洛夫省他投宿的一个村子里，人家告诉他，有个商人向地主租来一座果园，正在物色一个年轻的看守人。华西里对行乞过活感到厌倦，又不愿回家，就去找果园商，表示愿意当看守人。那里每月的工资是五卢布。

看守棚的生活，特别是在早苹果成熟，看守人从老爷打谷场搬来大捆大捆刚脱粒的新鲜麦秸时，华西里觉得挺快活。他整天躺在香喷喷的新鲜麦秸上，旁边是比麦秸更香的早苹果和晚苹果，望望有没有孩子在爬树偷苹果，再吹吹口哨，唱唱山歌。说到唱歌，华西里可是个好手。他有一副好嗓子。常有婆娘和姑娘从村子里来要苹果。华西里同她们开开玩笑，根据她们的相貌决定用多少苹果换她们的鸡蛋或戈比，然后又躺在麦秸上，只有吃早饭、午饭和晚饭时才起来。

华西里身上只穿一件粉红布衬衫，而且破洞累累，他光着脚板，但身体很强壮。煮熟一锅米饭，他一人吃三人的量，这使看守老头儿大为惊讶。华西里晚上不睡觉，不是吹口哨，就是大声吆喝，并且像猫一样在黑暗中能看得很远。有一次，村子里来了几个大孩子，他们摇晃苹果树。华西里悄悄走近他们猛扑过去。孩子们想躲开，但被他痛打一顿，其中一个被他拉到棚子里交给主人。

华西里的一个棚子在远处果园里，另一个棚子离主人的宅子只有四十步。当早苹果成熟时，华西里待在这个棚子里特别开心。他整天看见老爷小姐们打牌、骑马、散步，晚上弹钢琴、拉小提琴、唱歌、跳舞。他看见小姐们同大学生坐在窗口亲热，然后有一对走进黑暗的菩提树小径散步，那里筛下斑斑点点的月光。他看见，仆人跑来跑去送食物饮料，厨司、洗衣妇、听差、园丁、车夫干活都只是为了让老爷们吃喝玩乐。有时，少爷小姐们走进他的棚子。他就挑最好的红彤彤的成熟苹果给他们，小姐们就在这儿匆匆地吃苹果，称赞着，说着法语（华西里明白是在说他），并叫他唱歌。

华西里喜欢这样的生活，同时回忆他在莫斯科的日子，他觉得一切都在于钱。这念头越来越频繁地萦回在他的头脑里。

华西里越来越经常考虑，怎样一下子弄到许多钱。他回想他以前怎样弄到好处，决定不能那么办，不能只顺手牵羊，应该事先了解清楚，干得利索，不留痕迹。圣诞节前，婆娘们摘下最后一批晚苹果。主人收入很好，他同所有的看守人（包括华西里）算清工资，并向他们表示感谢。

华西里穿戴整齐（少爷送给他一件上装和一顶帽子），没回家去（他一想到农民粗野的生活就厌恶），而同几个一起看守果园的酗酒的大兵回到城里。到了城里，他决定夜间破门抢劫那个老板（他在那里干过活，主人不给他钱，还把他毒打了一顿赶出门）。他知道所有的通道，也知道钱放在哪里，他让一个大兵望风，自己从院子里破窗而入，抢走了全部钱财。这事做得很机灵，没留下任何痕迹。他拿了三百七十卢布。华西里给了同伙一百卢布，带着余下的钱来到另一个城市，在那里跟男女伙伴喝酒作乐。

十四

这时候，伊凡·米隆诺夫却成了一名大胆、机灵、成功的盗马贼。他的妻子阿菲米雅以前因为他干坏事（按她的说法）而骂他，现在却很满意，并为有这样的丈夫而得意扬扬，因为他有了挂面羊皮袄，她自己则有了短披巾和新的皮大衣。

在村子里和区里，大家都知道没有一件盗马案同他没有关系，但又不敢揭发他。有时人家对他发生怀疑，但他总是做得干干净净，没什么把柄可抓。他最近一次作案是在科洛托夫卡夜牧场上。伊凡·米隆诺夫常打听谁家可以盗窃，他喜欢挑地主家和商人家。但盗窃地主家和商人家比较困难。因此，如果找不到合适的地主家和商人家，他就去农民家偷。这样，有一天夜里他便在科洛托夫卡的牧场上偷了几匹马。这件事不是他自己干的，而是由他教唆机灵的小伙子盖拉西姆去干。农民们直到黎明才发现他那批马。他们顺着大路去寻找。马拴在公家树林的峡谷里。伊凡·米隆诺夫打算把那几匹马先藏匿一天，第二天晚上再把它们赶到四十俄里外一个熟识的看院人那里。伊凡·米隆诺夫到树林里和盖拉西姆见面，给他送去馅饼和烧酒，然后走林间小路回家，希望在那里不会遇见什么人。算他倒霉，他碰上一个警戒的士兵。

"你去采蘑菇吗？"士兵问。

"今天可什么也没采到。"伊凡·米隆诺夫回答，把随身带着以防万一的箩筐给他看。

"是啊，今年夏天没有蘑菇，仿佛在守斋。"士兵说着，走了过去。

士兵明白这里有什么事不对头。伊凡·米隆诺夫一早到公家树林里来总有什么缘故。士兵便回过头在树林里搜索。他在峡谷附近听见马嘶，就悄悄向那里走去。峡谷的地被踩过了，还留有马粪。再过去，盖拉西姆坐在那里吃东西，旁边树上拴着两匹马。

士兵跑到村里，领来村长、保长和两位见证人。他们从三个方向走近盖拉西姆，把他揪住。盖拉西姆没抵赖，他喝醉了酒，把事情全部招认了。他说，伊凡·米隆诺夫请他喝酒，怂恿他去偷马，并讲定今天到树林里来牵马。农民们把马和盖拉西姆留在树林里，自己埋伏起来，守候伊凡·米隆诺夫。天一黑，他们听见口哨声。盖拉西姆答应了一声。等伊凡·米隆诺夫从山上下来，农民们就一拥而上，把他带到村子里。第二天一早，村长门前聚集了许多人。

伊凡·米隆诺夫被押出来受审。斯捷潘是一个背有点儿驼的高个子农民，手臂很长，长着鹰钩鼻，神情忧郁，他首先审问伊凡·米隆诺夫。斯捷潘是个单身汉，退役回来。他刚离开父亲，开始独立生活，他的一匹马就被盗了。他做了一年矿工，又买进两匹马。这两匹马又被盗了。

"说，我那两匹马在哪儿？"斯捷潘愤怒得脸色发白，阴沉地时而望望地面，时而瞧瞧伊凡的脸，说。

伊凡·米隆诺夫矢口抵赖。斯捷潘打了他一记耳光，打得他鼻子直流血。

"说，我要打死你！"

伊凡·米隆诺夫低着头，不作声。斯捷潘用他的长手一次又一次地揍他。伊凡一直不吭声，只是他的脑袋一会儿倒向这边，一会儿倒向那边。

"再打！"村长嚷道。

大家都动手打。伊凡·米隆诺夫默默地倒在地上，叫道："野蛮人，恶鬼，你们把我打死吧，我不怕你们。"

于是斯捷潘从石堆里捡起一块石头，把伊凡·米隆诺夫的脑袋都打开了。

十五

打死伊凡·米隆诺夫的凶手受到审判。凶手中有斯捷潘。他受到的控诉最严厉，因为大家证明他曾用石头砸伊凡·米隆诺夫的头。斯捷潘在法庭上毫无顾忌地说，当他的最后一对马被人偷走时，他曾报了警，本来可以去追查吉卜赛人，可是警察局长不肯受理，连找都没找过。

"叫我们拿这样的人怎么办呢？他弄得我们破产。"

"那么，为什么别人不动手而你动手呢？"公诉人说。

"不对，大家都打了，是公社决定打死他的。我只不过打了最后一下罢了。何必白白地折磨他呢！"

斯捷潘讲到他怎样打了伊凡·米隆诺夫，怎样把他结果了。他讲的时候十分镇定，这使法官们感到惊讶。

在这次死人事件中，斯捷潘确实没看到有什么可怕的地方。他在服役时也不得不枪杀士兵，这次打死伊凡·米隆诺夫同以前一样，他没看到有什么可怕的地方。打死就是打死。今天打死他，明天打死我。

斯捷潘被判得很轻，只判了一年徒刑。他身上的农民衣服脱下来，编了号，被存放在仓库里。他穿上了囚衣囚鞋。

斯捷潘一向不尊敬长官，如今更加相信，所有的长官，所有的老爷（只有沙皇一个例外，他怜惜百姓，铁面无私）都是吸老百姓血的强盗。跟他同监的流放犯和苦役犯讲的故事加强了他这种观点。一个人被判流放服苦役是因为他揭发长官盗窃；第二个被判刑是因为长官无故查抄他的财产，他打了长官；第三个被判刑是因为制造假钞票。老爷、商人不论干什么都没事，可是贫穷的农民动辄被投入牢房喂虱子。

他的妻子去探监。他没出事，妻子的日子已经很难过，如今她更是走投无路。家里完全破产，她只得带着孩子去要饭。妻子落到如此困境，这使斯捷潘更加恼怒。他在狱中对谁都很凶，有一次差点儿拿斧头把炊事员劈死，因此刑期增加了一年。今天他知道妻子死了，他再也没有家了……

斯捷潘刑满释放时被带到仓库，他们发还给他进来时穿的衣服，让他出狱。

"现在叫我到哪儿去呢?"他一面穿衣服,一面问管理员。

"当然是回家。"

"我没有家。看来只好去拦路抢劫了。"

"你要是去抢劫,又要回到我们这儿来了。"

"那也只好这样。"

斯捷潘走了。他还是往家里走。没有别的地方可去。

还没到家,他来到一家带酒店的熟识的客栈投宿。

老板是个肥胖的弗拉基米尔小市民。他认识斯捷潘,知道他不幸坐过牢。他留斯捷潘在店里过夜。

这个有钱的小市民占有了邻居农民的妻子,让她兼做用人和妻子。

斯捷潘知道这件事的前后经过:小市民怎样欺负农民,这个不好的婆娘怎样离开丈夫。现在她吃得肥头胖脑、红光满面,坐在那儿喝茶,还大方地招待斯捷潘喝茶。过往客人一个也没有。他们留斯捷潘在厨房里过夜。玛特廖娜收掉杯盘,回到房间里。斯捷潘躺在炕上,但是睡不着,一直弄得炕上烘着的木柴窸窣作响。他眼前一直浮现出小市民洗得褪色的布衬衫下的大肚子。他一直想用刀剖开这个肚子,把里面的脂肪挖出来。对那个婆娘也是这样。一会儿他自言自语:"哼,去他们的,我明天就走!"一会儿他想起伊凡·米隆诺夫,接着又想到小市民的肚子和玛特廖娜汗滋滋的雪白喉咙。要杀就两个都杀掉。公鸡啼第二遍。要干现在就干,不然天要亮了。他在晚间就注意到刀和斧头。他从炕上下来,拿起斧头和刀,走出厨房。他刚出去,就听见门上插销嚯地响了一声。小市民走了出来。斯捷潘不能照他所想的那么干。他不能用刀,就抡起斧头,把小市民的头砍下来。小市民倒在门槛上。

斯捷潘走进房间里。玛特廖娜跳起来，只穿一件衬衫站在床旁。斯捷潘用同一把斧头把她也杀了。

接着他点着蜡烛，掏出账台里的钱走了。

十六

在县城里，有一个老人住在自己远离其他建筑物的家里，他是个酒鬼，做过官，跟他的两个女儿和一个女婿住在一起。结过婚的女儿也酗酒，日子过得很糟。大女儿玛丽雅·谢苗诺夫娜身体干瘦，五十岁年纪，守着寡，一个人养活全家：她有二百五十卢布养老金。一家人就靠这笔钱生活。家里干活的也只有玛丽雅·谢苗诺夫娜一个人。她照顾衰弱而又酗酒的老父，照料妹妹的孩子，烧饭，洗衣服。家务事照例都落在她身上，三个人都骂她，妹夫喝醉了酒还动手打她。她总是默默地逆来顺受，而且事情越多，她总是干得越卖力。她自己省吃俭用，帮助穷人，拿自己的衣服送人，还出去照顾病人。

有一次，有个独脚的乡下裁缝在玛丽雅·谢苗诺夫娜家里干活。他替老人改做紧身棉袄，又为玛丽雅·谢苗诺夫娜的短大衣挂上呢子面料，让她冬天上市场时穿。

独脚裁缝是个聪明细心的人，他做裁缝遇到过形形色色的人。由于少了一条腿，他总是坐着，因此常耽于幻想。他在玛丽雅·谢苗诺夫娜家里住了一个星期，对她的生活惊叹不已。有一天，她到他干活的厨房里洗手巾，他就同她谈起自己的生活，他的兄弟怎样欺负他，他怎样离开了他。

"我原以为分开过好些,可是照样穷。"

"还是不要改变好,你怎么过,就怎么过下去。"玛丽雅·谢苗诺夫娜说。

"所以我很钦佩你,玛丽雅·谢苗诺夫娜,你总是独自处处照顾人。可是,我看,他们并没给你什么好处。"

玛丽雅·谢苗诺夫娜什么也没说。

"你准是读了《福音书》,相信来世会有报偿。"

"这事我们可不知道,"玛丽雅·谢苗诺夫娜说,"不过这样过日子比较好。"

"那么,《福音书》里有这种话吗?"

"《福音书》里有这种话。"玛丽雅·谢苗诺夫娜说,给他念了《福音书》里耶稣登山训众的一段。裁缝开始思索。他算清工钱回家,一直想着他在玛丽雅·谢苗诺夫娜家里看到的事,她对他说的话和她读给他听的《福音书》。

十七

彼得·斯文提茨基改变了对老百姓的态度,老百姓也改变了对他的态度。不到一年,他们砍倒了二十七棵栎树,烧掉了没保过险的干燥棚和谷仓。彼得·斯文提茨基认定无法同这里的老百姓一起生活。

就在这时,索文卓夫家正为他们的庄园物色一位经理,首席贵族就介绍彼得·斯文提茨基去,说他是县里最好的当家人。索文卓夫家的庄园很大,但毫无收益,农民处处占他们的便宜。彼得·斯文提茨基就着手整顿,他把自己的庄园租出去,带着妻子移居到遥远的伏尔加河流域。

彼得·斯文提茨基一向重视秩序和法纪，如今更不能容许这些野蛮粗暴的农民违法占有不属于他们的财产。他很高兴能有机会教训教训他们，就严厉地管起事来。一个农民因盗窃木材被他送去坐牢，他动手痛打另一个农民，因为他不给自己让路，也不脱帽。关于那块有争议、农民认为是属于他们的草地，彼得·斯文提茨基向农民宣布，如果他们胆敢把牲口放到这块草地上，他将扣留。

到了春天，农民像往年一样把牲口放到老爷的草地上。彼得·斯文提茨基把全体雇工召集拢来，命令他们把牲口赶到老爷的牲口棚里。农民都在田里干活，不管婆娘们怎么大声吵闹，雇工们还是把牲口赶了回去。农民们下工回家，集合起来，到老爷家要求领回他们的牲口。彼得·斯文提茨基扛着枪（他刚巡视归来）走到他们面前，向他们宣布，一头牛罚金五十戈比，一头羊罚金十戈比。农民们大声叫嚷，说草地是他们的，他们祖祖辈辈拥有这些草地，谁也无权扣留别人的牲口。

"还我们牲口，不然不会有好结果的。"一个老人威胁彼得·斯文提茨基说。

"会有什么不好的结果？"彼得·斯文提茨基脸色发白，走到老人跟前，嚷道。

"别造孽了，把牲口还给我们！骗子手！"

"什么？"彼得·斯文提茨基叫道，打了老人一巴掌。

"你敢打人！弟兄们，把牲口拉回去。"

人群逼拢来。彼得·斯文提茨基想逃，但人们不肯放过他。他想冲出去。他开了枪，打死了一个农民。一场激战发生了。彼得·斯文提茨基被踩倒在地。过了五分钟，他那血肉模糊的身体被拖到峡谷里。

成立了军事法庭审判凶手。两名凶手被判处绞刑。

十八

在裁缝原来居住的村子里，五个富裕农民以一千一百卢布的代价向地主租了一百零五俄亩黑得像柏油的沃土，再分租给农民，有的十八卢布一俄亩，有的十五卢布一俄亩。没有一俄亩土地租金低于十二卢布。可见利润很高。这五个农民每人各分到五俄亩，等于是免费得到的。他们中有一个死了，他们就提出要独脚裁缝入伙。

当土地承租者分地的时候，裁缝没喝酒。他们谈论给谁分多少地，裁缝就说，应该人人平等，不应该从土地承租者身上多收钱。

"为什么？"

"我们又不是异教徒。这样对老爷们好，我们都是基督徒。一切都得按上帝意志办。这是基督的教规。"

"哪里有这样的教规？"

"《福音书》里有。星期日你们来，我念给你们听，给你们解释解释。"

到了星期日，虽非所有的人都来，但有三个人来到裁缝那儿，他就给他们念《福音书》。

他念了五章《马太福音》，开始讲解。三人听着，但只有丘耶夫一人接受。他诚心诚意接受。一切都按上帝的意志办。他的家人也开始这样过日子。他拒绝接受分外的土地，只接受自己的一份。

人们纷纷去找裁缝和丘耶夫，开始领会教义，不再吸烟、喝酒、说脏话，而且相互帮助。他们不再去教堂，把神像送还神父。这样的人家总共有十七户，六十五口人。神父害怕了，报告主教。主教考虑该怎么办，决定派米萨伊尔神父（原是中学神学教师）到这个村子去。

十九

主教请米萨伊尔一起坐下，告诉他教区里发生的事。

"一切都是心灵的软弱和无知造成的。你是一个有学问的人。我信赖你。你去，把大家召集起来，向他们讲讲道理。"

"既然主教嘱咐，我一定努力。"米萨伊尔神父说。他很喜欢这项工作。只要有机会表明他的信仰，他总很高兴。而向别人讲道，他就更自信他是有信仰的。

"你好好干吧，我为我的教民感到很难过。"主教说，不慌不忙地伸出他那双又白又胖的手，接受仆人递给他的一杯茶。

"怎么只有果酱？再拿些别的来，"主教对仆人说，"我感到非常非常难过。"他继续对米萨伊尔说。

米萨伊尔很高兴有机会一显身手。但他不是个有钱人，就要求给他旅费。他还担心暴徒闹事，要求省长下令地方警察在必要时协助他。

主教给他做好一切安排。米萨伊尔在仆人和厨娘帮助下准备了食品箱和食品，动身到一个穷乡僻壤去。这次出差，米萨伊尔感到特别高兴，因为意识到这项工作的重要性，并且对自己的信仰不再发生怀疑，相反，能更相信自己的信仰是虔诚的。

他的思想不在于信仰本身（信仰是由公理证实的），而在于反驳根据表面现象形成的观点。

二十

乡村司祭和司祭太太恭恭敬敬地接见了米萨伊尔。他到达的第二天,教堂里举行了群众集会。米萨伊尔身穿崭新的绸法衣,胸前佩着十字架,头发梳得溜光,走上讲台。他旁边站着司祭,稍远是诵经士、唱诗班,边门旁站着警察。教派分子也来了,他们穿着邋遢油腻的短大衣。

祈祷完毕,米萨伊尔进行布道,劝说失去信仰的人回到教会母亲的怀抱,还用地狱的苦难来吓唬人,并答应完全赦免忏悔者。

教派分子不作声。直到问他们,他们才回答。

问他们为什么脱离教会,他们回答说,教堂里崇拜人造的木头偶像,但《福音书》不仅不许这样做,而且做了相反的启示。米萨伊尔问丘耶夫,他们把圣像唤作木头,这是真的吗?丘耶夫回答说:"你把任何一个圣像翻过来,你就会明白了。"问他们为什么不承认教会,他们回答说,《福音书》里写着:"你们白白得到,就应白白给人。"可是神父只为钱而给人祝福。米萨伊尔千方百计试图引用《福音书》的话,可是裁缝和丘耶夫却镇静而坚决地用他们所熟悉的《福音书》的话来反驳。米萨伊尔大为恼火,拿公社权力进行威胁。对此教派分子就引用《福音书》里的话:"你们驱逐我,你们也将被驱逐。"

这事毫无结果,本来也就这么过去了,但第二天日祷时,米萨伊尔布道说到引人误入歧途者的罪恶,说他们应受各种惩罚。人们走出教堂议论纷纷,说必须教训教训不信神的人,叫他们不要再蛊惑老百姓。那天,米萨伊尔同监督司祭和城里来的学监在一起吃鲑鱼和白鲑，村子里却发生了殴斗。东正教徒聚集在丘耶夫小屋门口，等他们出来时殴打他们。男女教派分子共有二十名。米萨伊尔的布道和此刻东正教徒的集合和威胁性的演说，引起教派分子空前的仇恨。天色渐渐暗下来，婆娘们应该去挤牛奶了，可是东正教徒一直守候在门口，当一个小伙子走出来时，就把他痛打了一顿，又把他赶回屋去。他们商量怎么办，但是没有结果。

裁缝说，得忍耐，不要辩护。丘耶夫说，如果这样忍耐下去，他们会把大家都打死的。他就拿起火钩，走到街上。东正教徒一拥而上围住他。

"好吧，根据摩西的法律。"他大叫一声，便动手殴打东正教徒，把一个人的眼睛打了出来，其余的人纷纷逃出小屋溜回家去。

丘耶夫因引人误入歧途和渎神罪被判流放。

米萨伊尔神父获得奖赏，被提升为修士大司祭。

二十一

两年前，健美的东方型姑娘土尔恰尼诺娃从顿河军区来到彼得堡念书。她在彼得堡遇见了辛比尔斯克省地方行政官的儿子大学生玖林，爱上了他，但她爱上他，不是像一般女人那样想做他的妻子和他孩子的母亲，而是出于一种同志爱。这种感情主要表现为他们不仅都痛恨现存的制度，而且痛恨这种制度的代表人物。他们认为自己在智力、教育和道德上都比他们优越。

她天资很高，学习很好，很能记住功课，成绩优良。除此之外还大量阅读最新出版的书籍。她认为，她的使命不在于生儿育女，教育孩子（她甚至厌恶这种天职），她的使命在于打破压制人民精英的现存制度，向人们指出新的生活道路。这条道路她是从当代欧洲作家那里找到的。她长得丰满美丽，白净红润，生着一双闪亮的黑眼睛，扎着一条乌黑的大辫子。她在男人身上常常引起一种她不愿有也不愿分享的感情，而全心全意忙于鼓动和同人谈话。但能使人产生这样的感情，她还是感到高兴，因此，尽管不刻意打扮，她也并非不注意她的外表。人家喜欢她，她感到高兴，她确实使人觉得，她蔑视别的女人十分看重的东西。在同现存制度进行斗争的手段上，她的观点比多数同志和她的朋友玖林更激进，她认为在斗争中可以使用一切手段，直至暗杀。不过，女革命家土尔恰尼诺娃内心却是一位善良而富有自我牺牲精神的女人，她总是把别人的利益、快乐和幸福置于自己的利益、快乐和幸福之上，而且总是真心实意地竭力使人家（孩子、老人、动物）快乐。

土尔恰尼诺娃住在伏尔加河流域某县城里一个女教师朋友家消夏。玖林也住在这个县里父亲家。他们三人常常跟县里一位医生见面，交换书看，一起争论得面红耳赤。玖林家的庄园同索文卓夫家的庄园毗邻，而彼得·斯文提茨基就在索文卓夫家当管家。彼得·斯文提茨基一来就整顿秩序，年轻的玖林看到索文卓夫家农民富有独立自主的精神和坚决捍卫自己权利的愿望，对他们发生兴趣，常常到村子里同他们谈话，在他们中间宣传社会主义理论，尤其是土地国有化的理论。

当彼得·斯文提茨基被害事件发生后，法官来了，县里的革命小组对法官义愤填膺，大胆说出自己的意见。玖林常去村里同农民谈话。这事在法庭上被揭发了。玖林家被抄家，找出几本革命小册子。这位大学生便被逮捕并押送彼得堡。

土尔恰尼诺娃随着去了彼得堡。她到监狱探望他，但平常日子不许探监,只有在规定探望的日子才可以进去,而且同玖林见面还隔着两道栅栏。这次会见使她特别气愤。那个漂亮的宪兵军官表示愿对她特别宽大,如果她接受他的求婚的话。她气愤到了极点。这事使她恨透了所有的长官。她告到警察局长那里去。警察局长对她说的话同宪兵一样。他说他们无能为力,这是大臣的命令。她向大臣打了报告,要求探望玖林。她的要求又被拒绝了。于是她决定孤注一掷,买了一支手枪。

二十二

大臣在规定时间接见来访者。他绕过三个来访者,先接待了省长,然后走近一个身穿黑衣服、左手拿文件、年轻漂亮的黑眼睛女人。一看见这个漂亮的请愿女人,大臣眼睛里亮起色眯眯的火花,但一想到自己的身份,立刻又装起正经来。

"您有什么事啊?"他走到她跟前问。

她没有回答,立刻从斗篷里掏出手枪,对着大臣的胸部开了一枪,但是没打中。

大臣想抓住她的手,但她急忙闪开,又开了一枪。大臣拔脚就跑。她被人抓住。她浑身哆嗦,说不出话。忽然她歇斯底里地哈哈大笑起来。大臣却一点儿也没受伤。

这个女人就是土尔恰尼诺娃。她被关进拘留所。大臣收到达官贵人甚至皇上的慰问,皇上任命了一个委员会调查这次未遂的暗杀阴谋。

当然根本没有什么阴谋;但警官和秘密警官都卖力地搜寻这一虚构阴谋的一切线索,为了对得起自己的薪金而非常卖力:他们天没亮就起来搜查,抄录文件、书籍,检查日记书信,用漂亮的字迹在漂亮的纸上做摘录，多次审问土尔恰尼诺娃，叫她同人对质，希望从她那里得到同谋者的名字。

大臣心地善良，他很怜惜这个健美的哥萨克女人，但他暗暗对自己说，既然他身负国家重任，不论任务多么艰巨，他都得执行。当他的老同事，认识玖林一家的宫廷高级侍从，在宫廷舞会上遇见他，替玖林和土尔恰尼诺娃求情时，大臣高高耸起肩膀。弄得白背心上的红绶带都皱起来。他说：

"我很愿意释放这个可怜的姑娘，可是您也明白，我职责在身哪。"

土尔恰尼诺娃被关在拘留所里，有时平静地跟同监敲敲墙谈话，有时阅读向她提供的书籍，有时突然陷入绝望和疯狂，撞着墙壁，高声尖叫，哈哈大笑。

二十三

有一天，玛丽雅·谢苗诺夫娜从国库领了养老金回家，路上遇到一个熟识的男教师。

"玛丽雅·谢苗诺夫娜，您领到养老金了？"男教师从街道另一边大声问。

"领到了，"玛丽雅·谢苗诺夫娜回答，"只是有许多洞要填。"

"是啊，钱多，洞也要填，也还会有钱留下来的。"男教师说着同她告了别走了。

"再见。"玛丽雅·谢苗诺夫娜说，眼睛望着男教师，无意中同一个长手臂、相貌很凶的高个子撞了个满怀。

她走近家时又看到这个长手臂的人，不禁感到奇怪。那人看她走进屋里,站了一会儿,转身走了。

玛丽雅·谢苗诺夫娜先是感到恐惧,继而发起愁来。但当她回到家里,把礼物送给老人和患瘰疬病的小侄儿费嘉,又拍拍快乐地向她吠叫的特烈卓尔卡时,她又变得很高兴了。她把钱交给父亲,动手做她永远做不完的家务。

她所遇见的人就是斯捷潘。

斯捷潘离开他杀死店主的客栈后并没有进城,真奇怪杀害店主一事不仅没使他难过,他还一天几次想到他。他愉快地想到,这事他干得那么干净利落,不会有人知道,而且不会妨碍他以后对别人也这样干。他坐在酒店饮茶喝酒,总是以这样的角度窥察旁人:怎样杀死他们。他到一个做拉货马车夫的同乡家过夜。马车夫不在家。他说他愿意等一下,就坐下来同那人家的婆娘说话。后来,当她向炉灶转过身去时,他忽然产生杀死她的念头。他感到奇怪,对自己摇摇头,然后从靴筒里抽出一把刀,把她推倒,割断她的喉管。孩子们叫嚷起来,他也把他们一一杀死。他没在这里过夜,离开了城市。他出城来到乡下,走进一家小旅馆,在那里酣睡了一夜。

第二天他又来到县城,在街上听见玛丽雅·谢苗诺夫娜同男教师谈话。她的目光使他害怕,但他还是决定潜入她家,抢劫她领到的养老金。夜里他砸开锁,走进她的房间里。她那已婚的小女儿首先听见响声。她惊叫起来。斯捷潘当即把她杀了。女婿也醒了,同他扭打起来。他抓住斯捷潘的喉咙,同他搏斗了好久,但斯捷潘力气比他大。斯捷潘干掉了女婿,情绪激动,走到隔板后面。玛丽雅·谢苗诺夫娜躺在隔板后面的床上。她支起身体,恐惧而驯顺地望了望斯捷潘,画了个十字。她的目光又使斯捷潘感到害怕。斯捷潘垂下眼睛。

"钱在哪里？"他没抬起眼睛，问道。

玛丽雅·谢苗诺夫娜没作声。

"钱在哪里？"斯捷潘向她亮出刀子，问。

"你这是怎么啦？难道可以这样吗？"她说。

"当然可以。"

斯捷潘走到她跟前，想抓住她的双手，不让她拦阻，但她没举起手来，没有抵抗，只是双手抱住胸口，长叹一声，一再说："哦，罪孽深重啊！你这是怎么啦？可怜可怜你自己吧。毁灭别人的灵魂比毁灭自己的灵魂更有罪……哦——哦！"她叫道。

斯捷潘再也受不了她的声音和目光，一刀割断她的喉咙。"我跟您谈话。"他想。玛丽雅·谢苗诺夫娜倒在枕头上，呼噜呼噜地喘着气，枕头上流满血。他转身走到每个房间搜罗。斯捷潘搜罗了他需要的东西，点着一支烟，坐了一会儿，把身上的衣服擦干净，走了出去。他想，这次凶杀也会像以前那样平安过去的，但没等走到宿夜的地方，他突然觉得筋疲力尽，一步也走不动了。他在沟里躺下来，躺了半夜，第二天又躺了一天一夜。

第 二 部

一

斯捷潘躺在沟里，眼前不断出现玛丽雅·谢苗诺夫娜那张温顺、恐惧而瘦削的脸，听见她的声音："难道可以这样吗？"她说这话的声音很特别，含混不清，可怜巴巴。于是斯捷潘又回忆他对她所做的一切。他感到害怕，闭上眼睛，摇晃他那头发蓬乱的脑袋，想把那些往事和回忆从头脑里甩掉。他暂时抛开往事，但眼前立即出现一个黑鬼，接着又是一个黑鬼，接着又出现一个个面目狰狞的红眼睛黑鬼，他们一遍又一遍地说："你结果了她，你把自己也结果了吧，不然我们决饶不了你。"他睁开眼睛，又看见她，又听见她的声音，他开始可怜她，对自己又嫌恶又害怕。他又闭上眼睛，又看见那些黑鬼。

第二天傍晚，他起来向一家酒店走去。他好不容易走到酒店，要了酒喝。但不论喝多少，都没有酒意。他默默地坐在桌旁，一杯接一杯地喝。一个警察来到酒店。

"你是什么人？"警察问他。

"我就是昨天杀了杜勃罗特伏洛夫一家人的人。"

他被捆起来，在区警察局里关了一天，然后被押送到县城。典狱长知道他曾是一名闹事的囚犯，现在又成了一个要犯，十分严厉地把他收下。

"当心，别在我这儿胡来，"典狱长紧蹙双眉，凸出下巴，声音嘶哑地说，"只要一发现有什么违法行为，我就揍你。你别想从我手里逃走。"

"我怎么会逃走？"斯捷潘垂下眼睑回答，"我是自己来投案的。"

"哼，别跟我耍花招。长官说话，你得留神听。"典狱长吆喝道，在他的下巴上敲了一拳。

斯捷潘这时又在幻觉中看见她，听见她的声音。他没听见典狱长对他说的话。

"什么？"他脸上挨了一拳才清醒过来，问。

"喂，走，走，别装蒜了。"

典狱长以为他会闹事，同其他囚犯商量逃跑。但这样的事没有发生。值班看守或典狱长从门洞里窥视，只见斯捷潘坐在干草袋上，双手托着脑袋，嘴里喃喃地说个不停。对侦查员的审问，他也跟其他犯人不同：他心不在焉，没听提问；当他听清问题时，他非常老实，侦查员一向惯于同被告斗智，但此刻审问他情况完全不同，仿佛一个人在黑暗中登楼，他以为还有一级楼梯，其实已走到顶了。斯捷潘皱着眉，眼睛盯住一点，叙述自己杀人的经过。他竭力回忆所有的细节，用最简单认真的语言讲述。"他走出来，"斯捷潘讲到他的第一次凶杀，"他光着脚，走出来站在门口，我对他猛砍一刀，他呼噜呼噜地咽着气，接着我就去对付那婆娘……"等等。检察官巡查牢房，问他要不要上诉，有没有别的要求。他回答说，他什么也不要，他并没受冤屈。检察官在臭烘烘的走廊里走了几步，停下来问陪同他的典狱长，这个囚犯的表现怎样。

"我对他很满意，"典狱长对斯捷潘的态度很满意，回答说，"他在我们这儿已一个多月了，很守规矩。我只是怕他动什么坏脑筋。他这人胆子很大，力大无比。"

二

在监禁的第一个月里，斯捷潘一直被那件事折磨着：他看见牢房的灰色墙壁，听见监狱里的特殊声音——楼下大牢房里的喧哗、走廊里哨兵的脚步声和敲门声，同时看见她，以及第一次在街上见到时就使他折服的她那双温顺的眼睛和被他割断的皮肤松弛的瘦脖子。

他还听见她那温柔的可怜巴巴的微弱声音:"你在毁灭别人的灵魂和自己的灵魂。难道可以这样吗?"后来声音消失,出现了三个黑鬼。不论他闭上眼睛还是睁开眼睛,他都看得见。他闭上眼睛,他们显得更清楚。斯捷潘睁开眼睛,他们就跟门、墙壁汇成一片,逐渐消失,但后来又出现,他们从三个方向走来,做着鬼脸,并且说:"死吧,死吧。可以上吊,可以自焚。"这时斯捷潘便浑身战栗,于是他开始念祷词《圣母》《圣父》,起初仿佛有点儿帮助。他一面念祷词,一面回想自己的生活:他想到父亲、母亲、乡村、狼狗、炕上的祖父、孩子们当雪橇玩的长凳,然后想到几个唱歌的姑娘,然后想到他被偷的马,怎么逮住盗马贼,他怎样拿石头把他打倒。他想到他第一次坐牢,他怎样出狱。他想到胖子店主、马车夫的妻子和他们的孩子们。后来又想到了她。他感到热,从肩上拉下囚袍,从铺上跳下来,然后像笼中的野兽一样在狭小的囚室里迅速地来回踱步,踱到潮湿流水的墙壁前又急促地拐弯。他又念起祷词来,但念祷词对他已不起作用。

在一个漫长的秋天的黄昏,当寒风在烟囱里呼啸的时候,他在囚室里跑得累了,便在床铺上坐下来。他觉得再也无力反抗。那几个黑鬼把他征服了,他只得服从他们。他早就在留意烟囱的出气孔。要是拿细绳或细带子套住脖子,是不会滑脱的。但是得精心安排。他就动手准备。他花了两天工夫把垫在铺上的麻袋撕成一条条(值班看守进来时,他便拿囚袍盖住床铺)。他又把带子连接起来编成双股,以承受他的体重,不至于断裂。当他做这些准备工作时,他就忘记了痛苦。他准备就绪,拿绳圈打了个死结套在脖子上。爬到床上上吊。但他的舌头刚伸出来,带子便断了,他掉了下来。值班看守闻声跑来。他们叫来了医士,把他送往医院。第二天他就完全复原。他出了医院,被带到集体牢房而不是单人囚室。

在集体牢房里,他处在二十个人中间就像独自生活一样,他没看见谁,也没跟谁说话,一直感到很痛苦。他感到特别痛苦的是,大家都睡着了,可他睡不着,他仍旧看见她,听见她的声音,后来又出现了一些眼睛很可怕的黑鬼,并且逗弄他。

他又像以前那样念祷词,祷词又像以前那样不能帮助他。

有一天,在祈祷后她又出现在他面前。他向她祷告,向她的灵魂祷告,求她放开他,饶恕他。天亮以前他倒在揉皱的麻袋上睡熟了。他梦见她那皮肤松弛的瘦脖子,她向他走来。

"那么,你饶恕我吗?"

她用温顺的目光望了望他,什么也没说。

"你饶恕我吗?"

他这样问了三遍,她始终没有回答。他醒了。从此他变得好过些。他仿佛清醒过来,向周围环顾了一下,第一次接近同监的囚犯,同他们说话。

三

跟斯捷潘同监的有华西里和丘耶夫。华西里因盗窃又坐牢并被判流放,丘耶夫也被判终身流放。华西里一直用他的好嗓子唱歌,或者把自己的经历讲给同监的囚犯听。丘耶夫一直在干活,不是缝缝补补,就是念《福音书》和《诗篇》。

斯捷潘问他为什么被判流放,丘耶夫回答说,他被判流放,是因为相信真正的基督教义,是因为欺骗人的教会神父听不得那些按照《福音书》生活并揭露他们的人。斯捷潘问丘耶夫《福音书》的教义是什么。丘耶夫向他解释说，《福音书》的教义在于不向人造的上帝祈祷，而应该在内心崇拜真理。他还说，他们怎样在分地时从独脚裁缝那里懂得了这个道理。

"那么，做了坏事怎么办？"斯捷潘问。

"全都说出来。"

于是丘耶夫给他念《福音书》：

"当人子在他荣耀里，同着众天使降临的时候，要坐在他荣耀的宝座上，万民都要聚集在他面前。他要把他们分别出来，好像牧羊的分别绵羊山羊一般。把绵羊安置在右边，山羊在左边。于是，王要向那右边的说：'你们这蒙我父赐福的，可来承受那创世以来为你们所预备的国。因为我饿了，你们给我吃；渴了，你们给我喝；我做客旅，你们留我住；我赤身裸体，你们给我穿；我病了，你们看顾我；我在监里，你们来看我。'义人就回答说：'主啊，我们什么时候见你饿了给你吃，渴了给你喝，什么时候见你做客旅留你住，或是赤身裸体给你穿，又什么时候见你病了，或是在监里，来看你呢。'王要回答说，我实在告诉你们，这些事你们既做在我这弟兄中一个最小的身上，就是做在我身上了。王又要向那左边的说，你们这被咒诅的人，离开我，进入那为魔鬼和他的使者所预备的永生里去。因为我饿了，你们不给我吃。渴了，你们不给我喝。我做客旅，你们不留我住。我赤身裸体，你们不给我穿。我病了，我在监里，你们不来看顾我。他们也要回答说，主啊，我们什么时候见你饿了，或渴了，或做客旅，或赤身裸体，或病了，或在监里，不伺候你呢。主要回答说，我实在告诉你们，这些事你们既不做在我这弟兄中一个最小的身上，就是不做在我身上了。这些人要往永刑里去。那些义人要往永生里去。"①

华西里坐在丘耶夫对面的地上，听着他念《福音书》。点着他那漂亮的头表示赞成。

"对，"他断然说，"你们这些被咒诅的人，要往永刑里去，你们不给谁吃，自己去大吃大喝。他们活该如此。喂，给我，让我来念。"他添加说，很想卖弄卖弄自己的朗诵本领。

"那么，难道就不会有饶恕吗？"斯捷潘默默地垂下他那头发蓬乱的头，听着朗诵，问。

"且慢，闭嘴。"丘耶夫对华西里说，华西里一直在说富人既不给游方僧吃，也不探访监狱。"且慢，我说。"丘耶夫翻着《福音书》，又说。他用那关在牢里变得苍白的大手翻着《福音书》。找寻着他要找寻的章节。

"又有两个犯人，和耶稣一同带来处死。到了一个地方，名叫髑髅地，就在那里把耶稣钉在十字架上，又钉了两个犯人，一个在左边，一个在右边。当下耶稣说，父啊，赦免他们。因为他们所做的，他们不晓得……百姓站在那里观看。官府也嗤笑他说，他救了别人。他若是基督，上帝所拣选的，可以救自己罢。兵丁也戏弄他，上前拿醋送给他喝，说，你若是犹太人的王，可以救自己罢。在耶稣上面有一个牌子，写着，这是犹太人的王。那同钉的两个犯人，有一个讥诮他说，你不是基督，可以救自己和我们罢。那一个就应声责备他说，你既是一样受刑的，还不怕上帝吗？我们是应该的，因我

---

① 见《新约全书·马太福音》第二十五章第三十一节至第四十六节。

们所受的与我们所做的相称。但这个人没有做过一件不好的事。就说，耶稣啊，你得国降临的时候，求你纪念我。耶稣对他说，我实在告诉你：今日你要同我在乐园里了。"①

斯捷潘一言不发，坐着沉思，仿佛在听，其实丘耶夫下面念的他根本没听见。

"原来真正的信仰是这样的，"他想，"只有那些给穷人吃喝的，探望囚徒的人才能得救，而那些不这样做的人只能进地狱。强盗在十字架上忏悔，连他也能进乐园。"他在这里没看到任何矛盾，相反，只有相互证明：善良的人进乐园，不善的人入地狱。这就是说，人人都要做善良的人，耶稣饶恕了强盗，所以耶稣是善良的。这一切对斯捷潘都是新鲜事。他只觉得奇怪，为什么这一切，他至今都一无所知。从此他便同丘耶夫一起度过所有的空闲的时间，向他发问，听着他解说。他听明白了。他领悟了全部教义的基本意思：人和人都是兄弟，他们应该相爱相怜，这样对大家都好。他听着听着，领悟了，凡是他遗忘的和熟悉的一切都证明这个教义的基本意思，他把不能证明这一点的话当作耳边风，认为他还没有理解。

从此斯捷潘就变成了另一个人。

四

斯捷潘原来也很温顺，但近来他身上发生的变化却使典狱长、值班看守和同伴都感到惊讶。他没接到命令，不管轮到没轮到，主

---

① 《新约全书·路加福音》第二十三章，第三十二节至第四十三节。

动干各种最累的重活，包括清洗便桶。不过，尽管他这样老实，同伴们既尊敬他又怕他，知道他个性倔强，力大无穷，特别是在发生他同两个流浪汉之间的冲突之后。当时两个流浪汉动手打他，被他打退了，其中一个还被打断了胳膊。这两个流浪汉把一个年轻有钱的囚犯偷得精光，搜刮了他所有的东西。斯捷潘起来庇护他，夺回了被他们偷去的钱。两个流浪汉便骂他、打他，但他的力气大，把他们制伏了。当典狱长查问争吵的原因时，两个流浪汉说，是斯捷潘先动手打他们的。斯捷潘没替自己辩护，老实地接受了处分，也就是关三天禁闭，关进单人牢房。

单人牢房使他感到难受，因为他离开了丘耶夫和《福音书》，此外他害怕又会出现她和黑鬼的幻象。但是幻象并没出现。他的整个心灵充满新的快乐。要是他有《福音书》，能读《福音书》的话，他会快乐的。《福音书》本来可以给他，但他不会读。

他小时候学过旧体字母，但因为脑子不开窍，没把字母学下去，也学不会音节，便一直是个文盲。现在他决心学会读书，就向值班看守要《福音书》。值班看守给了他《福音书》，他拿起来读。他认出了字母，但怎么也不能拼成音节。不论他怎样努力想把字母拼成音节，但毫无结果。他通宵没睡，一直在思索，东西也不想吃，他难过得仿佛生了一身虱子，怎么也摆脱不掉。

"怎么，一直没找到吗？"值班看守有一天问他。

"没有。"

"你知道'圣父'吗？"

"知道。"

"那你就念吧。就在这里。"值班看守指给他看《福音书》里"我们在天上的父"一段。

斯捷潘开始读"我们在天上的父"。他把认识的字母一个个连起来。他突然发现字母连成字的秘密,读了起来。这真是一大乐事。他从此开始读书,通过困难地领会的字义他更加明白了其中的含义。

如今孤独不再使斯捷潘痛苦,反而使他高兴。他一心一意用功读书。后来,为了腾出单身牢房关政治犯,他又被关进集体牢房。对此,他反而不高兴。

五

如今在牢房里经常读《福音书》的已不是丘耶夫而是斯捷潘了。有些囚犯唱唱下流的小调,另外一些则听斯捷潘读《福音书》,听他讲圣经。一直默默地仔细听他读圣经的有两个人:服苦役的杀人犯、刽子手马霍尔金和华西里。华西里犯盗窃罪,等待审判,关在同一牢房里。马霍尔金在关押期间两次奉命执行刽子手职务。他两次离开牢房,因为法官判了犯人死刑,却找不到执行死刑的人。杀害彼得·斯文提茨基的农民受到军事法庭审判,其中两个被判处绞刑。

马霍尔金被召到奔萨省执行他的职务。以前遇到这种情况,他会立刻写信(他能读能写)给省长,说明他奉命去奔萨执行职务,要求省长发给他一天伙食费。现在呢,使典狱长大为惊讶的是,他公然拒绝出差,而且从此不再执行刽子手的职务。

"你忘了吃鞭子吗?"典狱长吆喝道。

"那有什么,吃鞭子就吃鞭子,可是杀人是不合法的。"

"你这是怎么了,从斯捷潘那儿学来的吗? 来了一位监狱的先知，你等着吧！"

六

这时候，马兴，那个涂改息票的中学生，念完中学，又在大学法律系毕业。凭着他在女人身上的成功，尤其是副大臣老头儿旧情妇的垂青，他年纪轻轻就当上了法院侦查员。他在债务上不守信用，引诱女人，又是个牌迷，但他聪明伶俐，记性很好，善于处理公事。

他是斯捷潘受审的那个地区的法院侦查员。还在第一次审问时，斯捷潘回答得简单、正确和镇定，这使他感到惊奇。马兴无意中发觉，他面前那个戴脚镣手铐、剃阴阳头、由两名士兵押送的人，是个自由不羁的人，精神上高不可攀。因此，在审问他的时候，马兴不断给自己鼓气，竭力避免发窘，说话颠三倒四。使他惊奇的是，斯捷潘说到他的事，就像说到很久以前发生的、不是他干的事而是别人干的事。

"那你不怜悯他们吗？"马兴问。

"不怜悯。我当时不懂事。"

"那么，现在呢？"

斯捷潘苦笑了一下。

"现在就是把我放在火上烤，我也不会干了。"

"这是为什么呀？"

"因为我懂得了：人人都是兄弟。"

"那么，我也是你的兄弟吗？"

"当然。"

"我是你的兄弟，我怎么能判你服苦役呢？"

"因为你不明白。"

"我不明白什么呀？"

"既然您在审判，您就不明白。"

"好，我们说下去。后来你到哪儿去了？……"

最使马兴惊讶的是，他从典狱长那儿知道了斯捷潘对刽子手马霍尔金的影响，马霍尔金宁可受惩罚，也不愿执行自己的职务。

七

在叶罗普金家的晚会上有两位有钱的小姐，这两位小姐都是马兴追求的对象。马兴赋有音乐才能，他二重唱唱得很好，又会伴奏，在和其他人唱了抒情歌曲后，就真实详细（他的记忆力很好）而不动感情地讲到那个说服刽子手的奇怪罪犯。马兴之所以记得那么清楚并能详细讲述前后经过，因为他对审案中接触到的人总是毫无感情。他不理解、也不能理解别人的心理，因此能清楚记得人们的遭遇和他们的一言一行。不过斯捷潘使他感兴趣。他不理解斯捷潘的心理，但是不由得发生一个疑问：他心里在想些什么？ 他找不到答案，却觉得很有意思，就在晚会上讲了这件事：刽子手怎样误入歧途，典狱长所讲的斯捷潘的古怪行为，他怎样读《福音书》，以及对同伴们的巨大影响。

马兴讲的事大家都很感兴趣，但最感兴趣的是叶罗普金家的小女儿丽莎。她是个十八岁的姑娘，刚在贵族女子中学毕业，刚摆脱她在其中生长的虚伪环境的愚昧和压抑，好像一个人刚从水中钻出来一样，拼命吸取生活中的新鲜空气。她向马兴打听这件事的细节，问到斯捷潘怎样和怎么会发生这样的变化。马兴讲到他听斯捷潘讲的最后一次凶杀案,讲到被他杀害的那个非常善良的妇女的温柔顺从和视死如归,这个妇女的优秀品质怎样战胜了他,打开了他的眼睛,后来读《福音书》更使他彻底改变了思想。

那天晚上,丽莎好久不能入睡。几个月来她的内心一直进行着斗争:一方面是姐姐带她参加社会活动,另一方面是她对马兴发生迷恋,也很想纠正他的为人。现在后面那种感情占了上风。以前她也听说过被杀死的女人的事。如今在那个女人惨死和马兴讲了从斯捷潘那里听来的那个故事以后,她知道了玛丽雅·谢苗诺夫娜事件的前后经过,对她的遭遇感到震惊。

丽莎渴望做一个像玛丽雅·谢苗诺夫娜那样的女人。她很有钱,唯恐马兴追求她是为了钱,就决定把自己的地产分赠给人,并把这主意告诉了马兴。

马兴很高兴,因为有机会表示自己没有私心,并对丽莎说,他爱她不是为了钱,她这种慷慨的决定更使他感动。这时丽莎同母亲发生了冲突(地产还在父亲名下),母亲不同意把地产分赠给人。马兴帮助了丽莎。他越是这样做,越理解同他的本性格格不入的丽莎的心愿。

八

牢房里一片寂静。斯捷潘躺在铺位上,还没有睡着。华西里走到他跟前拉拉他的脚,使了个眼色要他起来跟着他走。斯捷潘从铺位上爬下来,走到华西里跟前。

"喂,老兄,"华西里说,"劳驾你,帮帮我忙。"

"帮什么忙?"

"我想逃走。"

华西里告诉斯捷潘他已做好逃跑的一切准备。

"明天我要把他们搅得晕头转向,"他指指那些睡着的人,"他们会指出我。我会被转移到楼上,到了楼上我就知道怎么办了。只是你要把我从停尸房里拉出去。"

"这行。你要去哪儿?"

"哪儿都行。天下坏人还少吗?"

"这是事实,老兄,但我们无权议论他们。"

"哼,我又不是杀人犯。我没杀过一个人,盗窃又算得了什么?这有什么了不起?难道他们没抢劫过我们吗?"

"这是他们的事。他们应该负责。"

"何必对他们客气呢?你瞧,我把教堂洗劫一空。这对谁有害呢?现在我不盗窃铺子,我要抢劫国库,把抢来的钱分给人,分给好人。"

这时有一个囚犯从铺上起来,偷听他们的谈话。斯捷潘和华西里就散开了。

第二天,华西里按计划行动。他抱怨面包没烤熟,唆使全体囚犯把典狱长叫来,提出抗议。典狱长走来,把囚犯们痛骂了一顿,知道是华西里起的头,就下令把他关到楼上单身牢房里。

这正好是华西里所希望的。

九

华西里熟悉关押他的楼上牢房。他熟悉牢房的地板,一到那里就动手拆地板。他钻到地板底下,拆开底楼的天花板然后跳下底楼停尸房。这天停尸房桌上只躺着一具尸体。停尸房里还放着些装草褥子的麻袋。华西里知道这情况，因此看中这地方。停尸房的挂锁被拉掉了。华西里出了门，走到走廊尽头的厕所。厕所里有一个换气口从三楼直通底层地下室。华西里摸到门，回到停尸房，拉下冰冷尸体上的盖布（他揭盖布时碰到了死人的手），然后拿了几个口袋，把它们连接起来，做成一条带子。他把带子拿到厕所里，挂在横梁上，然后顺着带子往下溜。带子达不到地面。他不知道离地面还有多少距离，但没有办法。他就先拉住带子然后往下跳。他的腿在地面上猛烈地碰了一下，但还能走路。地下室里有两个窗，本可以爬出去，但窗上装有铁栅栏，必须把它拆掉。但是用什么拆？华西里动手找寻。地下室里放着些木板。他找到一块一头尖的木板，用它挖铁栅栏底下的砖头。他干了好一阵。公鸡已啼二遍，但栅栏还没松动。最后，铁栅栏一边脱开了。华西里把木板塞进去，用力一推，栅栏整个脱开，一块砖头落下来，发出了响声。岗哨可能会听见。华西里立即停住。周围一片寂静。他从窗口爬了出去。但要逃跑还得越过一堵墙。院子一角有一座披屋。得爬上这座披屋再从那里越墙逃走。还得随身带一块木板，没有木板爬不过去。华西里往回爬，拿了一块木板再爬出去，屏住呼吸倾听哨兵的动静。正像他估计的那样，哨兵在院子另一边。华西里走到披屋旁，放好木板爬上去。木板一滑，掉了下去。华西里穿着长袜。他脱下袜子，免得滑下去。他又放好木板，跳到板上，用手去抓水槽。"天哪，可别掉下来，让我抓住。"他抓住水槽，一个膝盖跪在屋顶上。这时一个哨兵走过来。华西里躺下，屏住呼吸。哨兵没看见他，又走开了。华西里跳起来。铁皮在他的脚下叮叮作响。他又走了一步，两步，前面就是墙壁。

手很容易摸到墙壁。他伸出一只手,又伸出另一只手,挺直身子,攀到墙上。但愿跳下时不要摔坏。华西里转过身,用双手抓住墙头,挂下身子,放开一只手,再放开另一只手。"上帝保佑!"他跳到地上。地是软的。双腿没摔坏,他撒腿就跑。

在郊区玛拉尼雅给他打开门。他一头钻进暖和的散发着汗臭的用碎布缀成的被窝里。

十

彼得·斯文提茨基的妻子高大漂亮,文静端庄,体格丰满,好像没有生过犊的母牛。她从窗口看见丈夫被杀害,尸体被拖到田野里。纳塔丽雅·伊凡诺夫娜(大家都这样称呼彼得·斯文提茨基的寡妇)目睹这场凶杀,吓得魂飞魄散。这种恐惧感压倒了她身上其他的一切感情。当人群在花园的围墙外面散去,喧哗安静下来时,他们家的使女玛拉尼雅瞪大眼睛,光着脚跑去通报,仿佛彼得·斯文提茨基被杀和被抛到峡谷里是个喜讯。纳塔丽雅·伊凡诺夫娜最初的恐惧感发展成另一种感情:从那个戴黑眼镜的暴君手里获得自由的快乐,他强迫她当奴隶已有十九年了。对这样的感情她自己也感到害怕,不敢承认,当然更不敢告诉别人。当头发蓬乱遍体鳞伤的黄色尸体洗净穿上衣服、放入棺材时,她更加恐惧,放声大哭。要案侦查员一来,她作为证人受到审讯。她看见侦查员屋里有两个戴手铐的农民,他们承认自己是主犯。其中一个是老人,留着长长的浅色大胡子,头发鬈曲,相貌端庄,神情沉着;另一个模样有点儿像吉卜赛人,年纪不老,眼睛乌黑发亮,留着蓬松的鬈发。她指出她所知道的,证明最初捉住彼得·斯文提茨基双手的就是这两个人,虽然那个像吉卜赛的农民皱起眉头,转动眼珠,谴责说:"罪过啊,大人!唉,我们大家都要死的。"尽管如此,她一点儿也不可怜他们。相反,在审讯的时候,她心里涌起一股仇恨和替被害丈夫复仇的欲望。

一个月后,这个案件提交军事法庭审理,法庭做出判决:八人被判服苦役,还有两人,就是那个留浅色胡子的老人和皮肤黝黑的吉卜赛人(人家都这么叫他)被判处绞刑。这时她心里感到有点儿不以为然。但这种感觉在法庭庄严气氛的影响下很快就消失了。既然最高长官认为必须这样做,这就做得对。

死刑将在村里执行。玛拉尼雅星期日做日祷回来,她一身新衣新鞋,向太太报告说,村里正在造绞架,星期三将有一名刽子手从莫斯科来,他们的家属不停地号啕大哭,哭得全村都能听见。

纳塔丽雅·伊凡诺夫娜足不出户,免得看见绞架、看见村里的人,她只希望这件事早点儿了结。她只想到自己,没想到被判刑的人和他们的家属。

十一

星期二,一个熟识的县警察局长来到纳塔丽雅·伊凡诺夫娜家。纳塔丽雅·伊凡诺夫娜请他喝烧酒,吃她亲手做的酸蘑菇。县警察局长喝了酒,吃了蘑菇,告诉她死刑明天还不会执行。

"什么?为什么呀?"

"这件事很怪。刽子手找不到。有一个刽子手在莫斯科,他(儿子告诉我)读熟了《福音书》,说:'我不能杀人。'他们对他说他将受鞭打。他说，'你们打好了，我可不能杀人。'"这个刽子手自己因杀人而被判服苦役，如今却说按照教义不能杀人。

纳塔丽雅·伊凡诺夫娜突然脸红起来，甚至因想到什么而出汗。

"那么，现在不能饶恕他们吗？"

"既然法庭判决了，怎么能饶恕呢？只有沙皇才能赦免。"

"那么，沙皇怎么才能知道呢？"

"人们有权要求赦免。"

"要知道他们是因为我被处死刑的，"愚蠢的纳塔丽雅·伊凡诺夫娜说，"现在我饶恕他们了。"

县警察局长笑了。

"那好，您去申请吧。"

"可以吗？"

"当然可以。"

"现在怕来不及了吧？"

"可以打电报去。"

"打给沙皇吗？"

"行，打给沙皇也行。"

刽子手拒绝执行任务，情愿自己受罪。这消息突然感动了纳塔丽雅·伊凡诺夫娜。同情和恐惧在她内心几次觉醒，终于主宰了她。

"好人，菲里普·华西里耶维奇，您替我写一份电报吧。我要请求沙皇开恩。"

县警察局长摇摇头。

"我们会不会被卷进这个案件呢？"

"我来负责。我不会提到您的。"

"这婆娘不错，"县警察局长想，"真是个好婆娘。我要是有个这样的老婆，就等于进天堂了，也不会像现在这样。"

县警察局长拟了一份电报给沙皇："皇帝陛下！被农民谋害的八等文官彼得·斯文提茨基的遗孀恳求皇帝陛下开恩（警察局长对这个用语特别得意），赦免某省某县某乡某村农民某某、某某死刑。"

电报是由警察局长亲自送去发的，纳塔丽雅·伊凡诺夫娜心里感到高兴和安慰。她认为，既然是被害者的遗孀饶恕了罪人，并提出要求，沙皇是不会不开恩的。

十二

丽莎·耶罗普金娜一直处于狂热状态。她沿着在她面前展开的基督生活之路前进，越走越相信这是真理之路，心里也越快乐。

当前她有两个奋斗目标：第一个目标是说服马兴，或者像她心里所说的，恢复他的本来面目，让他回归善良美好的本性。她爱他，在自己爱的光辉下，她看到他心灵美好的一面。这是人人具有的共性，不过，她在这种人类共有的生命基础中看到了他所独有的善良、温顺和崇高。她的另一个奋斗目标是不再做富人。她要放弃财产，以此来考验马兴。同时，为了自己，为了自己的灵魂（按照《福音书》上的教导）她也需要这样做。起初她把财产分赠给人，但被父亲制止了。再有，劝阻她的人和信源源不断涌来。于是她决定去找一个以生活圣洁著称的长老，要求他接受她的钱财，以便把它转送给需要的人。父亲知道这件事，大为生气，激动地同她谈话，叫她疯子、神经病，并说他将设法制止她这个疯子的行为。

父亲大发雷霆，他的情绪影响了她。她忘乎所以，号啕大哭，怒气冲天地对父亲说了许多粗话，叫他暴君，甚至自私自利的家伙。

事后她请求父亲原谅。父亲说他不生气，但她看出他深深受到伤害，心里并没有原谅她。她不愿对马兴说起这件事。姐姐嫉妒她同马兴的关系，完全疏远了她。她没有人同情，也不能向谁忏悔。

"必须向上帝忏悔。"她自言自语。正好是大斋节，她决定斋戒，并在忏悔时把一切告诉神父，请求他给她指导今后应该怎么办。

离城不远有一座修道院，里面住着一位长老。他以他的圣洁生活、教诲、预言和据说能治愈病人而闻名于世。

长老收到叶罗普金老人来信，知道他的女儿将去他那里，她精神不正常，恶性亢奋。叶罗普金相信长老会引导她走上真理之路：处事不偏不倚，过善良的基督生活，不破坏现存秩序。

长老接待来访者已十分疲劳，他又接待了丽莎。长老心平气和地教导她要温和，服从现存秩序，孝敬父母。丽莎不作声，她脸色发红，头上冒汗。等长老讲完，她含着眼泪说话。先是怯生生地说，基督说过："留下父母，跟我来。"后来越来越兴奋，把自己对基督教的想法都说了出来。长老先是微微笑着，用一般教义进行反驳，后来住了口，开始叹息，只是反复说："哦，主哇！"

"那么好吧，明天你来忏悔。"长老说，用一只满是皱纹的手替她祝福。

第二天，他听取了她的忏悔，没继续昨天的谈话，简短地表示拒绝接受她的财产处理权，就放她走了。

这个姑娘的纯洁、完全献身于上帝旨意的精神和热情使长老惊讶。他早就想弃绝尘世，但修道院要求他留下来工作。这种工作能给修道院弄到钱财。他同意留下，但隐隐约约觉得自己的处境不对头。人家把他看成一位圣人、一位创造奇迹的人，但他却是一个热衷于名利的弱者。这个姑娘向他敞开灵魂，也使他看到了自己的灵魂。他看到他的精神离开他的志向有多么远，他的心灵又迷恋着什么。

丽莎来访后不久，他把自己关闭在静修室里，每三个星期去教堂一次，主持祈祷。祈祷后做忏悔，既自我忏悔，又揭发尘世的罪孽，并号召人们忏悔。

每两个星期他忏悔一次。每次忏悔都吸引越来越多的人。他作为一个说教者，名声越来越大。他的忏悔大胆、真诚、与众不同。因此他能有力地感化人。

十三

这时候，华西里做了他想做的一切。他跟伙伴夜里潜入富翁克拉斯诺普卓夫家。他知道克拉斯诺普卓夫又吝啬又放荡。他摸到写字台，拿走三万卢布。华西里随意做他想做的事。他不再喝酒，把钱送给一些贫穷的待嫁姑娘，使她们结了婚，还清了债务，自己则深深隐蔽起来。他只考虑怎样好好散发这些钱。他也送了警察一些钱。他们就不再搜捕他。

他心里很快乐。最后他还是被捕了。他在法庭上笑着吹嘘说："那个大富贾没把钱藏好，他的钱多得数不清，我是劫富济贫。"

他的辩护词是那么风趣、美好，以致陪审官差点儿把他释放。最后他被判处流放。

他向法官道了谢，并预言他将逃走。

十四

斯文提茨基的寡妇发给沙皇的电报没起什么作用。大赦委员会起初决定不把她来电一事禀报沙皇,后来沙皇在早餐时谈到斯文提茨基一案,正陪皇上用膳的总管就把遇害者寡妇的电报向皇帝做了禀报。

"她这人真是太善良了。"皇室中有位夫人说。

皇上叹了一口气,耸耸戴肩章的双肩说:"法律嘛。"放下御侍替他斟的泡沫翻腾的摩泽尔葡萄酒。大家都装出惊讶的样子,表示钦佩皇上说话的英明。随后就不再谈电报的事。就这样,从喀山召来的残酷的杀手和屠夫,鞑靼剑子手,把一老一小两个庄稼汉绞死了。

老婆子想让她的老头子临刑穿上白衬衫,包上白包脚布,穿上新的白桦树皮靴子,但没得到许可。两个死刑犯一起被埋葬在公墓矮墙外的一个坑里。

"索菲雅·弗拉基米洛夫娜公爵夫人对我说,他是一位神奇的传教士,"太后有一次对儿子说,"请他来吧。他可以在大教堂里布道。"

"不,还是让他到这儿来。"皇帝说,下令邀请伊西多尔长老。

所有的将军都聚集在皇宫教堂里。新来了一位非凡的传教士,这可是件大事。

一个头发花白的小老头儿走进来,他环顾了所有的人,说了"奉圣父圣子圣灵的名"后,开始布道。

开头他讲得很好,但越往下讲越糟。事后皇后说:"他越讲越出格。"他猛烈抨击所有的人。他讲到死刑。他认为实行死刑是不义的统治。难道一个基督教的国家可以杀人吗?

人们面面相觑。大家都觉得这不成体统，并担心皇上会极不愉快，但谁也没有说出口。当伊西多尔说了"阿门"后，都主教走到他跟前，请他到他那儿去一下。

在都主教和正教院总监同他谈话后，老头儿就立刻回修道院，但不是回他原来的修道院，而是去苏兹达尔修道院，那里的院长和主管是米哈伊尔神父。

十五

大家都装得若无其事，并不因伊西多尔的布道而感到丝毫不快。没有人再提到那次布道。长老的话并没给沙皇留下什么印象，但这天他有两次想到农民的死刑，想到斯文提茨基的寡妇要求赦免他们的电报。白天他检阅，出游，然后接见大臣，然后午餐，晚上看戏。沙皇像平时一样，头一接触到枕头就睡着了。夜里他被一场噩梦惊醒：田野上竖着绞架，上面荡着两具尸体，死人伸出舌头，越伸越长。有人嚷道："是你干的事！是你干的事！"沙皇醒来出了一身冷汗，他沉思起来。第一次想到了他身负的责任，想起长老说的话……

但他只是模糊地意识到自己也是个人。人们从四面八方向他提出要求，使他无法考虑谁的要求更重要。而要承认人的要求比沙皇的要求更重要，这在他是办不到的。

十六

普罗科菲，这个泼辣大胆、爱出风头的花花公子，第二次在监狱里服满刑，出狱后成了一个无可救药的人。他清醒的时候什么事也不做，不论父亲骂他多少回，他还是只吃饭不干活。不仅如此，他总是把什么东西都拖到酒店换酒吃。他坐着咳嗽，吐痰。他去看医生，医生听了他的胸部摇摇头。

"老弟，你需要吃些你缺乏的东西。"

"当然需要。"

"喝牛奶，别吸烟。"

"我今天就在斋戒，我连奶牛也没有。"

春天里有一天他通宵没睡，心里苦闷，很想喝酒。家里已没有东西可以拿去换酒了。他戴上帽子走出门去。他沿着大街走，一直走到神父那里。教堂工人有一把耙靠在篱笆上。普罗科菲走过去扛起耙，想到彼得洛夫娜酒店喝酒。"也许可以换到一瓶酒。"他想。没等他走开，教堂工人就出现在台阶上。天色已大亮了，他看见普罗科菲拿走他的耙。

"喂，你这是什么意思？"

人们走出来，把普罗科菲抓住送到拘留所。治安法官判他十一个月监禁。

到了秋天，普罗科菲被转送到医院里。他咳嗽得很厉害，整个胸部都要咳破了。他的身子暖和不起来。身体比他好的人都没有发抖，可是普罗科菲日夜都打哆嗦。典狱长为了节省木柴，十一月前医院不生火。普罗科菲肉体上感到痛苦，但精神上更痛苦。他讨厌一切，恨一切人：恨教堂工人，恨典狱长，因为他不生火；恨值班看守；恨邻铺嘟着红嘴唇的囚犯。他也恨新来的同监苦役犯，那个苦役犯就是斯捷潘。斯捷潘头上生丹毒，被转到医院，安置在普罗科菲旁边。普罗科菲起初恨他，后来又喜欢他，只盼同他谈话。只有同他谈过话后，普罗科菲心里的苦闷才会消解。

斯捷潘总是把自己最后一件凶杀案讲给所有的人听，还讲了这次凶杀对他的影响。

"那可不是嚷嚷的事，"他说，"这是杀人。你不用可怜我，你要可怜你自己。"

"那当然，杀人挺可怕。我有一次宰羊，心里都感到难受。我可从没害过一个人，他们那些坏蛋为什么要害我啊？我又没对谁做过坏事⋯⋯"

"唉，你这是走入迷途了。"

"怎么会？"

"怎么会吗？那么，上帝呢？"

"我可没看到他；老兄，我不信——我想人一死只会长出青草来。就是这么回事。"

"你怎么这样想？我杀了多少人，可她这个好人只知道帮助人。你想我能得到同她一样的结果吗？不，且慢⋯⋯"

"你想你死后灵魂会留下吗？"

"当然。这是一定的。"

普罗科菲死时不断喘息，很痛苦。但到最后一刻突然觉得好过些了，他唤斯捷潘。

"老兄，别了。看来我要死了。我以前一直害怕死，但现在不怕了。但愿快点儿死。"

普罗科菲就这样死在医院里。

十七

这时,叶甫盖尼·米哈伊洛维奇的情况每况愈下。商店抵押出去了。没再做生意。他在城里又开了一家店,得付利息。又得设法借钱来付利息。结果商店连同全部商品都被迫拍卖。叶甫盖尼·米哈伊洛维奇夫妇到处奔走,哪儿也弄不到四百卢布来挽救他们的生意。

他们对商人克拉斯诺普卓夫存着一线希望,因为叶甫盖尼·米哈伊洛维奇的妻子认识他的情妇。现在全城都知道,克拉斯诺普卓夫失窃一大笔钱。据说,他被窃去五十万卢布。

"那是谁偷的啊?"叶甫盖尼·米哈伊洛维奇的妻子说,"是华西里,我们原来的看院人。据说,他拿这些钱乱花,警察局也被他收买了。"

"他是个无赖,"叶甫盖尼·米哈伊洛维奇说,"他当时怎么会这样随便违反誓言。我怎么也没想到。"

"据说,他到我们院子里来过。厨娘说是他。她说他给十四个贫穷的姑娘送了陪嫁。"

"哼,这是他们瞎想出来的。"

这时,一个身穿棉短袄上了年纪的奇怪男人来到店里。

"你有什么事?"

"您有一封信。"

"谁写来的?"

"信里写着。"

"那么,不用回信吗?你等一下。"

"不行。"

那怪人交出信就匆匆走了。

"真怪！"

叶甫盖尼·米哈伊洛维奇拆开厚厚的信封，简直不相信自己的眼睛：是几张一百卢布的钞票。一共四张。这是怎么回事？有人给叶甫盖尼·米哈伊洛维奇写了一封文理不通的信："《福音书》里说，要以德报恶。您在息票上对我作恶很多，我也大大委屈了庄稼人，但我可怜你。这里四百卢布你收下，不要忘记你的看院人华西里。"

"嗨，真是怪事。"叶甫盖尼·米哈伊洛维奇对妻子说，也对自己说。他想起这件事，或者对妻子说到这件事，他的眼泪就会夺眶而出，心里就会感到快乐。

十八

苏兹达尔监狱里关着十四名神职人员，主要都是违反教规。伊西多尔就是被送到那里的。米哈伊尔神父根据文件接受伊西多尔，也没同他谈话，就把他当作重罪犯关进单身牢房。在伊西多尔到来后的第三个星期，米哈伊尔神父巡视囚犯。他走进伊西多尔的囚室，问他是不是需要什么。

"我有许多话要说，但我不能当着人家的面说。我希望有个机会同你单独谈谈。"

他们相互瞧了瞧，米哈伊尔明白，他没什么事要害怕的。他吩咐把伊西多尔领到自己的修道室。当他们两人单独相处时，他对伊西多尔说："那么，说吧。"

伊西多尔跪下来。

"兄长！"伊西多尔说，"你干了什么啦？可怜可怜你自己吧！没有比你做的坏事更坏的了，你咒骂了一切神圣的东西……"

一个月后，米哈伊尔申请释放忏悔者，不仅释放伊西多尔，还释放其他七个人，自己则要求退休到修道院。

十九

过了十年。

米嘉·斯莫科夫尼科夫在工业专科学校毕业后，到西伯利亚一座金矿当工程师，工资很高。他有事要到区里去。矿长提出要他把苦役犯斯捷潘带去。

"怎么把苦役犯带去？难道不危险吗？"

"同他在一起没有危险。这是一位圣人。您可以问问随便什么人。"

"他犯了什么罪？"

矿长笑了笑。

"他杀了六个人，但现在是个圣人。我敢保证。"

于是米嘉·斯莫科夫尼科夫就带了斯捷潘——一个秃头、清瘦、皮肤黝黑的人，一起上路。

一路上斯捷潘像照顾自己孩子那样处处照顾斯莫科夫尼科夫，并且把自己的全部经历都讲给他听。他干了什么，为什么这样干，现在他靠什么生活。

说来奇怪，米嘉·斯莫科夫尼科夫原来一向吃喝玩乐，打纸牌，玩女人，如今第一次严肃地思考起生活来。他的思考一直没有停止，越来越深入他的灵魂。有人向他提供肥缺，被他拒绝了。他决定用自己的钱买一座庄园，成个家，尽可能为老百姓做点儿事。

二十

他就这么办了。他先到父亲那儿，他父亲另外建立了家庭，同他的关系弄得很不愉快。现在他决定去接近父亲。他就这么办了。父亲感到奇怪，取笑他，后来就不再责骂他，还想到许多对不起他的事。

一九〇四年

草 莓

这是炎热无风的六月。林中的树叶茂盛多汁，一片碧绿，间或夹杂着发黄的桦树叶和菩提树叶。野玫瑰丛里缀满芬芳的花朵，林间草地上遍布蓬蓬勃勃的蜜香三叶草，黑麦长得茁壮稠密，黑油油的，随风起伏，有一半已灌了浆；长脚秧鸡在低声鸣叫呼应；鹌鹑在燕麦和黑麦地里啼鸣，声音时而嘶哑，时而嘹亮；夜莺在树林里只偶尔鸣啭一下就没有了声音；干热烘烤着大地。大路两旁尽是干燥的尘土，它渐渐飘起，形成一片浓云，偶尔被微风一会儿吹向右边，一会儿吹向左边。

农民都在扩建房子，运送肥料；牲口在干枯的休闲地里忍受着饥饿，等待长出再生草。母牛和牛犊卷起尾巴，发出凄厉的叫声，离开牧人，跑出牛栏。孩子们在道路和堤岸上放马。农妇从树林里拖出一袋袋青草，姑娘和女孩争先恐后在砍伐过的树林里跑来跑去，采集草莓，卖给别墅里的避暑客。

在装饰华美的别墅里，避暑客身穿轻薄、洁净的贵重衣服，有的打着小伞，懒洋洋地在沙径上散步，有的坐在树木和凉亭的阴影里油漆过的小桌旁，热得浑身乏力，喝着茶或者冷饮。

尼古拉·谢苗内奇的豪华别墅有塔楼、凉台、阳台、游廊，全都整齐清洁，装修一新。别墅旁停着一辆有铃铛的三驾四轮马车。据车夫说，从彼得堡到别墅每天要跑十五个来回。

这位老爷是个著名的自由派活动家。他参加形形色色的委员会和赞助会,这些组织表面上正统保皇,其实都是彻头彻尾的自由派。组织得很巧妙。他在城里是个大忙人,这回到乡下来看望小时候的朋友和思想基本一致的同志,也只待一昼夜。

他们的分歧只在于实行宪法原则的方法上。这位彼得堡人主要是欧洲人类型,甚至有点儿倾向社会主义,他从职务上获得丰厚的薪金。尼古拉·谢苗内奇呢,则是个纯粹的俄罗斯人,正教徒,倾向斯拉夫主义,拥有几千俄亩土地。

他们在花园里吃饭,菜肴有五道,但由于天气炎热,大家几乎什么也没吃,因此尽管每月工资四十卢布的厨师和他的助手们卖力为客人做菜,他们的劳动几乎白费。他们只吃点儿用新鲜白鱼做的冷鱼汤和形式美观的冰淇淋。冰淇淋上还缀有糖丝和饼干。一起吃饭的有来客、自由派医生、家庭教师(一个大学生,狂热的社会民主党人、革命党人,但尼古拉·谢苗内奇能控制他)、尼古拉·谢苗内奇的妻子玛丽和三个孩子,其中最小的一个刚走过来吃馅饼。

饭吃得相当久,因为玛丽很神经质,她担心哥加(尼古拉小儿子的小名,上等人家往往用这种小名)闹肚子,还因为客人同尼古拉·谢苗内奇一谈到政治,狂热的大学生想表示他敢于在任何人面前说出自己的信仰,加入了谈话,来宾就不作声。这样尼古拉·谢苗内奇不得不去制止这位革命者。

他们在七时吃饭。饭后朋友们在凉台上一面喝着冰镇矿泉水和清淡的白葡萄酒,一面闲聊天。

他们的分歧首先在于选举问题,实行两级选举还是一级选举。他们被请到有纱门纱窗的餐厅喝茶,随即热烈地争论起来。喝茶的时候，大家同玛丽闲聊，她对这个话题不感兴趣，因为她一心一意想着哥加的腹泻。后来谈到绘画，玛丽认为颓废派绘画有一种不可否定的东西。这会儿，她其实根本没想到颓废派绘画，只不过随口说几句说过多次的话。来客对此完全不感兴趣，但她听见他们反对颓废派，就一直谈这个话题，似乎谁也不了解，她跟颓废派或非颓废派根本没有关系。尼古拉·谢苗内奇则望着妻子，觉得她有什么事不高兴，可能会出什么不愉快的事。此外，他听她说话觉得很厌烦，因为已听她说过上百次了。

贵重的青铜灯点着了，院子里的风灯也亮了，害病的哥加得到了治疗，孩子们都被安顿睡觉了。

来客跟尼古拉·谢苗内奇和医生来到凉台上。侍仆送来带灯罩的蜡烛，还有矿泉水，将近十二时他们才热烈地谈论起当前国家处于关键时刻，应该采取什么措施。他们不停地抽烟、谈话。

外面，在别墅的大门外，拉车的马没有喂过饲料，微微摇响着铃铛；坐在马车上的老车夫也没有吃过东西，一会儿打哈欠，一会儿打呼噜。他在这个主人家已待了二十年，每月工钱除了三五卢布用来喝酒外，全部寄给家里的兄弟。当各家别墅里的公鸡彼此呼应啼叫，特别是隔壁别墅那只公鸡高声啼叫时，车夫疑心他们是不是把他给忘了，就跳下马车，走进别墅。他看见他的乘客坐在那里喝着什么，间或大声说话。他害怕了，就去找跟班。跟班身穿制服，坐在前厅打瞌睡。车夫把他叫醒。跟班原是家奴出身，靠工作（他的待遇很好，月薪十五卢布，从老爷那儿得到的茶钱有时每年可达一百卢布）养活一个大家庭：五个女儿和两个儿子，他霍地跳起来，清醒过来，整理一下衣服，走去对老爷们说，车夫等得心焦了，要求放他走。

跟班进去时,争论正达到高潮。医生也参加了争论。

"我不能同意,"来客说,"俄国人民应该走别的发展道路。首先需要自由,政治自由,大家都知道这是最大的自由,要充分尊重他人最大的权利。"

来客自觉有点儿糊涂,不应该这样说话,但在热烈的争论中他不能好好思考应该怎样说话。

"是这样的,"尼古拉·谢苗内奇回答,他不听来客说,只想表达他特别喜欢的想法,"是这样,但可以用其他途径达到:不是靠多数票,而是要一致通过。您看看公社的决议。"

"哦,那是公社。"

"不能否定,"医生说,"斯拉夫民族有他们特殊的观点。例如,波兰的否决权。我不能肯定这样会更好。"

"请让我把我的全部想法说出来,"尼古拉·谢苗内奇说,"俄罗斯人民具有一种特殊的品质。这种品质……"

这时,身穿制服睡眼惺忪的伊凡走进来打断他的话:"车夫等得心焦了……"

"您告诉他(彼得堡客人对所有的跟班都以'您'相称,并以此感到很得意),我马上就走。我会多给他点儿钱的。"

"是,老爷。"

伊凡走了。尼古拉·谢苗内奇可以把他的全部想法说出来。不过,来客和医生听过他的话都快有二十遍了(至少他们有这样的感觉),都反驳他,特别是来客,他引用历史上的例子来反驳。他很熟悉历史。

医生站在来客一边，很欣赏他的口才，也很高兴认识他。

谈话一直继续下去，大路那边树林后面天空已经发白，夜莺醒了，但几个谈话的人却还在吸烟、谈话，谈话、吸烟。

要不是门里进来一个侍女，谈话也许还会继续下去。

这侍女是个孤儿，她要养活自己，不得不出来帮佣，起初她住在商人家，那里有个伙计引诱她，使她生了孩子。后来她的孩子死了，她转到一个官员家里。官员的念中学的儿子也不让她安宁。后来，她就到尼古拉·谢苗内奇家帮佣。她感到幸运，因为不再受到老爷们淫欲的欺凌，而且得到合理的工钱。此刻她进来报告说，太太请医生和尼古拉·谢苗内奇去。

"哦，"尼古拉·谢苗内奇想，"准是哥加有什么事。"

"什么事呀？"他问。

"尼古拉·尼古拉耶维奇有点儿不舒服。"侍女说。尼古拉·尼古拉耶维奇就是哥加，他因暴食而腹泻。

"哦，是该走了，"来客说，"您瞧，天亮了。我们坐得太久了。"他说着，脸上露出笑容，仿佛在夸耀自己和朋友谈了许多话，谈得那么久。这才向主人告辞。

伊凡拖着两条疲劳的腿跑来跑去给客人拿帽子和伞，客人放的都不是地方。伊凡满心希望得到茶钱，但一向大方的客人，平时每次都给他一卢布，今天因为谈得起劲，把这事忘得一干二净，直到半路上才记起他什么也没给侍仆。"唉，现在，来不及了。"他想。

车夫爬上驭座，分开缰绳，侧身坐下，策动了马匹，铃铛响起来。彼得堡人坐在弹簧软垫上摇摇晃晃，一路上想着朋友思想的狭隘和成见。

草莓

尼古拉·谢苗内奇没立刻到妻子那里去,也在想同一件事。"这个彼得堡人的思想真是狭隘得可怕。他们就是不能摆脱成见。"他想。

他慢慢走到妻子那儿去,因为现在两人见面不会有什么愉快的事。事情全在于草莓。农家男孩们昨天送来草莓。尼古拉·谢苗内奇没还价就买了两盘子没完全成熟的草莓。孩子们跑来要吃,就直接从盘子里拿去吃。玛丽还没从房里出来。她一来知道哥加吃了草莓,就大为生气,因为哥加肚子本来已经不舒服。她怪丈夫,丈夫也怪她,夫妇俩发生了不愉快的谈话,几乎吵起嘴来。傍晚哥加果然拉肚子。尼古拉·谢苗内奇以为就是这么回事,但医生说病情还将恶化。

尼古拉·谢苗内奇走进妻子房间里,看见她身穿色彩鲜艳的缎子晨衣(这件晨衣她很喜欢,但此刻她并没在意),跟医生一起站在瓦罐旁,并拿跳动的蜡烛照着他。

医生戴着夹鼻眼镜,拿一根小棒搅动罐里气味难闻的药水,全神贯注地瞧着。

"是啊。"他意味深长地说。

"都是吃了那些该死的草莓。"

"怎么是吃了草莓?"尼古拉·谢苗内奇怯生生地问。

"怎么是吃了草莓?是你让他吃的,可我通宵没合眼,孩子都快死了……"

"不,他不会死的,"医生笑眯眯地说,"只要服少量铋,再小心照料就行。现在我们就给他服一些。"

"他睡着了。"玛丽说。

"噢,最好不要惊动他,我明天再来。"

"那麻烦您了。"

医生走了,剩下尼古拉·谢苗内奇一人,他又费了好多工夫还是不能使妻子安静。等他睡着,天已大亮了。

这时,邻村的男人和孩子正夜牧归来。有人骑着马,有人牵着马,后面跟着周岁和两岁的马驹。

塔拉斯卡是个十二三岁的孩子,穿着短皮袄,光着脚,头戴鸭舌帽。他骑着一匹花斑母马,手里牵着一匹像母马一样的周岁花斑骟马,追过所有的人,向山村跑去。一条黑狗在马匹前面欢快地跑着,不断地回头看看。肥壮的周岁花斑马驹用它那白色的小腿把泥土时而踢到这边,时而踢到那边。塔拉斯卡走近小屋,跳下马,把马拴在门口,走进门廊。

"喂,你们睡过头了!"他对睡在门廊里粗麻布垫子上的妹妹和弟弟叫道。

睡在他们旁边的母亲已经起来挤牛奶了。

奥尔加一骨碌爬起来,双手理理蓬乱的亚麻色长发。费杰卡跟她睡在一起,仍旧睡着,头钻在皮大衣里,只用粗糙的脚跟擦着他那条从长衣里伸出来的细腿。

孩子们从黄昏起就去采草莓。塔拉斯卡答应夜牧归来就叫醒妹妹和弟弟。

他就这样做了。夜牧时,他坐在灌木丛下睡了一会儿,此刻兴高采烈,决定不再睡觉,而跟姑娘们一起去采草莓。母亲给了他一大杯牛奶。他自己切了一大块面包,坐在桌旁高凳上吃起来。

他穿着衬衫衬裤,快步沿大路走去,在沙地上留下一个个清晰的光脚印（大路上已有不少这种清晰的脚印，有的大些，有的小些）。前面苍翠的树林里已出现点点穿红着白的姑娘们的身影（她们从傍晚起就准备好瓦罐和杯子，不吃早饭，也没带面包，对圣像画了两次十字，跑到街上）。她们一离开大路，塔拉斯卡就在大树林后面追上了她们。

露珠还留在青草上，灌木丛上，甚至树木的低枝上。姑娘们的光脚很快就沾湿了，她们先觉得冷，后来又热起来。她们一会儿踩着柔软的青草，一会儿踏着高低不平的干地。草莓长在砍伐过的树林里。姑娘们先走进去年砍伐的树林里。树木的幼枝刚刚生长，鲜嫩多汁的灌木丛中出现一簇簇不高的野草，草丛中隐藏着正在成熟的粉红色草莓，有几处草莓已成熟发红了。

姑娘们身体弯成两半，用晒得黑黑的小手采着一个个草莓，把差的塞到嘴里，好的放进杯子里。

"奥尔加！过来。这儿好多。"

"是吗？你骗人！喂！"她们互相呼应着，走进树林，但不敢走远。

塔拉斯卡离开她们，远远地走过峡谷，跑到去年砍伐的树林里，那里新生的树，特别是核桃树和槭树，长得比人还高。青草更加茁壮，更加稠密。他来到长草莓的地方，果实在青草的掩护下个儿更大，汁水更多。

"格鲁施卡！"

"什么事！"

"有没有狼？"

"什么狼？你怎么吓唬人！我可不害怕。"格鲁施卡说，她想狼想得出神了，把一颗颗最好的草莓不放到杯子里而放到嘴里。

"我们的塔拉斯卡到峡谷那边去了。塔拉斯卡——卡！"

"哎——哎！"塔拉斯卡从峡谷那边回答，"到这儿来！"

"咱们去吧，那边草莓更要多。"

两个姑娘抓住灌木爬下峡谷，又从峡谷的岔路爬到另一边。这儿，在阳光照耀着的地方，她们立刻来到青草茂密的林间空地上，那里密密麻麻地长满草莓。两人都不作声，手和嘴忙个不停。

突然，有一样东西唰地蹿出来。在一片寂静中，她们听到青草和灌木丛里发出一个可怕的响声。

格鲁施卡吓得倒在地上，把采集的草莓撒掉了半杯。

"妈妈呀！"她尖声大叫，哭了起来。

"兔子，是兔子！塔拉斯卡！兔子。你瞧，"奥尔加叫道，指着在灌木丛里掠过的灰褐色脊背和长耳朵，"你怎么啦？"等兔子跑掉了，奥尔加问格鲁施卡。

"我还以为是狼呢。"格鲁施卡回答，在一场虚惊之后立刻破涕大笑起来。

"真是个傻丫头。"

"可把我吓坏了！"格鲁施卡说，发出一阵铃铛般的洪亮笑声。

她们收拾好草莓继续往前走。太阳已经升起，在草木上泻下光亮的斑点和阴影，把露珠照得晶莹透亮。现在姑娘们身上直到腰部都被露水沾湿了。

姑娘们差不多已来到树林尽头，她们还是往前走，满心希望越往前草莓越多。有好几处传出女孩和婆娘们彼此高声呼唤的声音。她们出来较晚，此刻也在采集草莓。

当姑娘们跟也来采草莓的阿库林娜阿姨相遇时,早餐用的杯子和瓦罐都已装满了一半草莓。阿库林娜阿姨后面跟着一个很小的大肚子男孩,他只穿一件衬衫,没戴帽子,一瘸一拐地挪动两条很粗的罗圈腿。

"他缠住我了,"阿库林娜抱起男孩,对姑娘们说,"家里没人管他。"

"我们刚才吓跑了一只大兔子。吱吱乱叫,真可怕……"

"瞧你!"阿库林娜说,又把男孩放下。

姑娘们同阿库林娜交谈了一下,继续干自己的活。

"我说,现在咱们坐一会儿吧,"奥尔加说,在核桃树的浓荫下坐下来,"可把我累坏了,唉,可惜没带面包来,真想吃点儿东西。"

"我也想吃。"格鲁施卡说。

"阿库林娜阿姨在叫什么呀?你听见吗?喂,阿库林娜阿姨!"

"奥尔加——加!"阿库林娜答应。

"什么事!"

"小家伙没跟你们在一起吗?"阿库林娜从沟岔后面大声问。

"没有。"

这时灌木丛里发出飒飒的响声,阿库林娜阿姨出现在沟岔后面。她的裙子掖到膝盖以上,手里拿着一个小钱包。

"没看见小家伙吗?"

"没看见。"

"哦,真造孽啊!米施卡——卡!"

"米施卡——卡!"

没有人答应。

"哦，小可怜，他迷路了。大树林里他找不到路。"

奥尔加跳起来，同格鲁施卡一起往一个方向找去，阿库林娜走另一个方向。她们不停地高声叫唤米施卡，可是没人答应。

"可把我累坏了！"格鲁施卡落在后面说，但奥尔加不断叫唤，向两边张望，一会儿往右找，一会儿往左找。

阿库林娜绝望的声音远远地传到大树林里。奥尔加已不想再找而回家去。这时，在一个稠密的灌木丛里，靠近一个小菩提树桩，她听见一只鸟发出不顾死活的疯狂叫声。它大概还带着小鸟，什么事使它不高兴。那只鸟显然害怕什么东西，并表示气愤。奥尔加回头望了一眼灌木丛，那里密密麻麻地长满开着白花的野草，看见一团浅蓝色的不像青草的东西。她停住脚步，仔细察看了一下。原来是米施卡。那只鸟就是害怕他，对他发脾气。

米施卡把一双小手垫在头下，大肚子朝下，伸开两条胖乎乎的罗圈腿，睡得很香。

奥尔加叫唤他的母亲，弄醒小家伙，给了他一些草莓。

后来好长一段时间奥尔加一直向遇见的人、父亲、母亲和邻居讲她怎样好不容易找到阿库林娜儿子的故事。

太阳已从树林后面升起，热辣辣地烤着大地和大地上的一切。

"奥尔加！洗澡去。"几个遇见奥尔加的姑娘邀请她。大伙儿就像跳轮舞一样唱着歌往河边走去。她们手舞足蹈，尖声狂叫，没发现从西边低低飘来一大片乌云，太阳时隐时现，雷声隆隆，花和桦树叶散发出芳香。姑娘们来不及穿衣服，天上就泻下倾盆大雨，把她们浑身上下淋个透。

姑娘们穿着贴住身体、失去鲜明色彩的湿衬衫跑回家去，吃了点儿东西，就给在田间翻耕马铃薯的父亲送饭去。

她们回到家里，吃过饭，衬衫已经干了。她们挑了一些草莓，放进杯子里，拿到尼古拉·谢苗内奇别墅，那里一向付好价钱，可是今天他们都不要草莓。

玛丽坐在阳伞下的大扶手椅里，热得难受。她看见拿着草莓的姑娘们，就用扇子向她们摆了摆。

"不要，不要。"

但是华里亚，十二岁的大男孩，在古典中学读书，平时功课很繁重，此刻正跟邻居一起打槌球，一看见草莓，就向奥尔加跑去，嘴里问："多少钱？"

奥尔加说："三十戈比。"

"太贵了。"他说。他所以说"太贵了"，因为大人总是这么说的。"等一下，你到拐角那儿去。"他说着跑去找保姆。

奥尔加和格鲁施卡这时观赏着光滑如镜的小球，球面上反映出小小的房子、树林和花园。她们并不觉得这个球和许多别的东西有什么稀奇，因为她们希望在老爷们的神秘世界里看到全部最奇妙的东西。

华里亚跑到保姆那里，向她要三十戈比。保姆说，二十戈比就够了，说着从箱子里取出钱给他。他从父亲身边绕过，父亲昨晚睡得很不好，此刻刚起来，正在抽烟，读报，他给了姑娘们二十戈比，把草莓撒在盘子里，大口大口地吃起来。

奥尔加回到家里，用牙咬开手帕打的结，取出里面包着的二十戈比交给母亲。母亲把钱藏好，到河边去收衣服和被单。

塔拉斯卡吃过早饭后就跟父亲一起去翻掘马铃薯，此刻正在浓密的大栎树荫里睡觉。他父亲也坐在这儿，望着用绳子绊住腿的卸套的马，它正在别人的地边上吃草，随时可能闯到燕麦地或者别人家的草地上去。

尼古拉·谢苗内奇一家今天同平时一样，一切都完美无缺。三道菜组成的早餐已准备好了，苍蝇早就叮在上面，但谁也没来，因为谁也不想吃。

尼古拉·谢苗内奇对自己的见解的正确感到很得意，今天他读报得到了证实。玛丽很放心，因为哥加的肚子好了。医生得意的是他开的药有了效。华里亚得意的是他吃了一大盘草莓。

一九〇六年

同路人的谈话

我一早出门,心里轻松愉快。这是一个美好的早晨,太阳刚从树丛后升起,青草上,树木上,到处都闪耀着露珠。万物都很可爱,人人都很可爱。这么美好,简直不想死。真的不想死。周围是那么美丽,心情是那么快乐,真想在这世界上再活下去。嗯,但这由不得我,这是上帝的事⋯⋯

我走近村庄,在第一座房子对面的大路上,有个人一动不动地侧身对着我站着。显然,他在等着什么事或者什么人,不烦躁,不怨恨,只有干活的人才能这样等待。我走近一看,原来是个庄稼汉,头发灰白蓬乱,留着大胡子。他体格强壮,相貌平常,一看就知道是个干活的人。他不吸纸烟而抽烟管。我同他打了招呼。

"阿列克谢老头儿住在这里什么地方?"我问。

"我不知道,老伙计,我们不是本地人。"

他不说我不是本地人而说我们不是本地人。

俄罗斯人几乎从来不是单独的(除非他做了什么坏事,才说"我")。说到家庭说我们,说到劳动组合说我们,说到社会说我们。

"不是本地人?那你从哪儿来?"

"我们是卡卢加人。"

我指指他的烟管,问:"你一年要抽掉多少钱?恐怕要三卢布吧?"

"三卢布？三卢布不够。"

"那为什么不戒掉？"

"怎么戒得掉？抽惯了。"

"我原来也抽过，戒掉了。戒掉很容易，很舒服。"

"那当然。但不抽太无聊。"

"戒了吧，不会无聊的。抽烟没什么好处。"

"能有什么好处！"

"没有好处，那就别抽了。别人会学你的样。年轻人更不该抽。他们会说，老头子抽，我们也可以抽。"

"是这样。"

"看到你抽，儿子也会抽。"

"是的，儿子也抽……"

"那就戒了吧。"

"戒可以戒，可是不抽烟太无聊，心里闷得慌。多半是由于无聊。一无聊，就想抽。毛病就出在无聊。有时候真无聊，真无聊……"他一再说。

"无聊的时候多想想灵魂就好了。"

他目光炯炯地瞧了我一眼，他的脸色顿时变了，变得严肃而专注，不像原来那样和善有趣，夸夸其谈。

"多想想灵魂，多想想灵魂，是吗？"他审视着我的眼睛，说。

"是啊，多想想灵魂，就不会干傻事了。"

他脸上焕发出亲切的光辉。

"对，老头儿。你说得很对。想想灵魂是头等大事。头等大事是想想灵魂。"他停了停，"谢谢你，老头儿。你说得对。"他指指烟管，

"这完全没意思,想想灵魂是头等大事,"他重复说,"你说得对。"他的脸变得更和善更严肃了。

我想继续同他谈话,但喉咙里被一样东西堵住(我变得很脆弱,容易流泪),再也说不下去。我同他告了别,快乐而激动地咽着眼泪走开了。

生活在这样的人民中间,怎能不快乐? 对这样的人民怎能不抱最美好的希望?

一九〇九年九月九日于克列克希诺

世间无罪人*

---

* 这部作品是未完稿。

第 一 稿

一

波尔洪诺夫是大俄罗斯某省一个富裕大县的首席贵族。他昨天从乡下来到县城过夜,在自己寓所酣睡了一宵,上午十一时来到机关。事情多得很:出席地方自治局会议,商量监护事务,去征兵处,出席卫生和监狱委员会,参加学校校务会议。

波尔洪诺夫是古老的波尔洪诺夫家族的后裔。这个家族古代就拥有尼科尔科耶—波尔洪诺沃大村。波尔洪诺夫在贵族子弟军官学校受教育,但未进军界服务。进大学后,从语文系毕业。后来在基辅总督手下工作了不长一段时间,在那里通过恋爱同社会地位比他低的穷男爵小姐克洛德结了婚,辞职回乡。回乡后,在初选中就当上首席贵族。至今他担任这个职务已是第三个三年了。

波尔洪诺夫为人聪明,又有教养。他博览群书,记忆力特强,而且能简单明了地表达自己的思想。他引起人家普遍好感的长处是他的谦逊。他总是竭力掩饰自己的优点:受过高等教育、为人诚实、善良、公道,而经常注意不断提高自己的修养,使自己竭力做得更正直,更善良,更公道。因此,波尔洪诺夫虽然总是很谦逊,他给人的印象却总是快乐、善良、正直和公道。波尔洪诺夫的生活，照他同一圈子里的人的看法，是合乎道德规范的：没做过对不起妻子的事，不纵酒作乐（婚前他在基辅时酗过酒，但很快就停止了），对自己庄园的农民、雇工，他只要求他们干好农活。在政治上他是个开明的保守派，认为最好是使现存体制变得开明和自由，而不要抱不切实际的希望，不要谴责别人而自己却不参加政府工作。他本可以被选入杜马，要不是一个口若悬河的原教授对选民更具有吸引力，取代波尔洪诺夫而当选的话。

在对人人都关系重大的宗教问题上，波尔洪诺夫也是一个开明的保守派。他不允许自己对东正教教义有丝毫怀疑，虽然他也同意从科学观点，特别是从历史观点来研究信仰问题。这方面的书他也读得很多。不过他对教义又极其谨慎，遇到谈话或书中涉及这方面的问题，他总是保持沉默。在生活中他坚决信守教规，更不用说行圣礼，以及在一定场合画十字，每天早晚祈祷——那还是母亲教他的。总之，他特别小心维护人类生活的准则，但他自己并不信守这些准则，仿佛怀疑它们是否可靠。在生活上，谈吐上，他是个极其乐天的人。他会引经据典，说些奇闻逸事。总之，他非常俏皮，会一本正经地说些最可笑的事。他爱打猎，下棋，打牌，而且棋艺高超，牌也打得很好。

二

他同秘书正在工作，地方自治局主席走了进来。主席是个极端的反动派，尽管波尔洪诺夫同他们的观点截然不同，但和他们关系很好。

随后来了一个医生。医生的观点完全相反,他是个民主派,几乎是个革命者。波尔洪诺夫同他的关系更好,对他总是和颜悦色,有时问他,俄罗斯社会主义共和国是不是快宣告成立,而医生则也用笑话来回答他。

"那么,伊凡·伊凡诺维奇(就是地方自治局主席),您牌打得怎么样?没像那一次输了六匹马吧?"他问地方自治局主席,"不过玩笑归玩笑,现在该开始干活了。事情多得要命。"

"是的,该开始了。"

"不过我对你们两位,亲爱的同事,有个要求:我先告诉你们,然后再谈公事。"医生问他有什么要求,波尔洪诺夫说,原来给他孩子们教课的大学生走了,现在他需要一名家庭教师。"我知道,"他对地方自治局主席说,"您这方面有熟人,您也有,"他对医生说,"你们能不能给我介绍一个?"

"不过我认识的人……该怎么说呢……对您来说太进步了。"

"是啊,我们同聂乌斯特罗耶夫处惯了,他这人真是太好了。"

"您那位聂乌斯特罗耶夫怎么了?"

"他要走了。您说,您认识的人对我家来说太赤化了,其实聂乌斯特罗耶夫也挺赤。但我同他处惯了。我甚至真心喜欢他。是个好青年。当然,现在一般人,头脑里都是一锅粥,而且还是一锅没熬熟的粥,但他可是个心地善良的好小子。我们同他很友好。"

"他为什么要走?"

"他没对我说实话。革命者必要时常撒谎。但问题不在这儿。他的一个朋友来找他。住在村里索洛维耶夫那儿,同他见了面。显然是他的同党,或者同一派,同一小组(波尔洪诺夫特别强调'小组'

一词),向他提出要求,他就说他不能再待下去了。他可是个诚实可靠的好教师,我再说一遍,是个好小子,尽管他是革命者,而且显然是属于某个小组的。"波尔洪诺夫添加说,笑着拍拍医生的膝盖。

医生像一般人那样看到亲切的微笑也报以微笑。他想:"他是位少爷,贵族,内心反动,但我不能不喜欢他。"

"为什么不请索洛维约夫呢?"地方自治局主席说。

索洛维约夫是波尔洪诺夫庄园乡村小学的教师,很有学问,在教会学校念过书,后来进了大学。

"索洛维约夫吗?"波尔洪诺夫含笑说,"我倒是要他的,可是亚历山德拉·尼古拉耶夫娜(波尔洪诺夫的妻子)根本不想请他。"

"为什么? 因为他喝酒。但他难得喝。"

"喝酒,这还无所谓。重要的是他老是违反上等人的规矩,"波尔洪诺夫说,一本正经地讲着他的笑话,"亚历山德拉·尼古拉耶夫娜不能接受他,因为他,说出来也可怕,'他用刀子当叉子吃东西。'"

在座的人都笑了。

"我有一个神学院学生,他要求工作,但您不会喜欢他的。思想太保守。"

"真倒霉,我的一个思想太自由,而伊凡·伊凡诺维奇那一个又太落后。不过,我倒是有一个青年,我可以写信给他。"

"那好。这事即使没结束,也已经开了头,让我们来谈别的事吧。斯捷潘·斯捷潘内奇,"他对秘书说,"人都到齐了吗?"

"都到齐了,请吧。"

从征兵工作开始。年轻人接二连三地进来。有单身汉,但多数结过婚。向他们提出通常提出的问题,作了登记。事情还很多,大家抓紧时间，送走一批，又叫进来一批。有人并不掩饰自己的烦恼，勉强回答问题，仿佛弄不明白是怎么一回事——他们的精神十分沮丧。有人装得高高兴兴，若无其事。有人装病，有人真的有病。有一个说他要提出申请，这使在场的人都感到惊奇。

"什么申请？你要申请什么？"

提出申请的人长着一头浅色鬓发，山羊胡子，长鼻子，前额紧蹙，说话时眉头肌肉不断抽动。

"我要申请的是，当兵……"他立刻改正说，"我不能参军。"说完这句话，他不仅额上的肌肉和左眉抽动，连面颊也抽动，他的脸色发白。

"怎么，你有病吗？什么病？"波尔洪诺夫问，"医生，请您……"

"我没有病。可我不能宣誓，按照我的信仰我不能带武器。"

"什么信仰呀？"

"我信仰上帝，信仰基督，我不能杀人……"

波尔洪诺夫回头看看同事们，没有作声。他板起脸。

"原来如此，"他说，"我没法向您（他已经不说'你'而说'您'了）证明您能不能参军，我也没有这个义务。我的工作就是把您的名字登记下来。至于您的信仰，您可以向您的长官说明。下一个……"

征兵工作一直持续到下午两点钟。他们吃了饭，又开始工作：开地方行政官会议，然后讨论监狱问题，这样一直忙到五点钟。

晚上波尔洪诺夫是在自己寓所里度过的。先是签发文件，然后同地方自治局主席、医生和军官一起打文特牌。火车清早开。他没睡够，一早起床，坐上火车，到站下来。他那辆由三匹暗栗色纯种马拉的带铃铛漂亮马车和家里多年的老车夫费多特已在站上等候了。早晨九时不到,他就经过公园来到波尔洪诺沃-尼科尔斯科耶村的二层大房子前。

三

叶戈尔·库兹明家有爱酗酒的老父亲、弟弟、老母亲和年轻的妻子——家里给他娶亲时,他才十八岁。他要干的活很多。干活并不使他感到劳累,他也像所有的人那样,尽管不由自主,但热爱土地劳动。他智商很高,在校是个好学生,一有空就读书,尤其是冬天。老师很喜欢他,给他读科学书,有自然科学的,有天文学的。十七岁时,他的思想发生了变化,他彻底改变了对周围事物的态度。他突然产生一种全新的信仰,完全打破了原来的信仰,他面前出现了一个理性的世界。使他感到惊讶的不是使许多人感到惊讶的新科学领域:世界的宏伟、空间的广大、星星的繁多,也不是研究的深度、预测的智慧,使他惊讶的主要是取得各种认识所必需的理性。使他惊讶的是,不能相信老人们所说的道理,甚至不能相信神父所说的话,也不能相信任何书本里所写的道理,而只能相信理性。这是改变他整个世界观、后来又改变他全部人生道路的一大发现。

这以后不久,在莫斯科工厂做工的同乡青年过节给他带来了革命书籍和自由言论。这些书有:《士兵的奇迹》《饥饿国王》《四兄弟故事》《蜘蛛与苍蝇》。这些书对他的影响特别大。

他们从理论上解释他不仅看到和懂得而且亲身体会到的道理。他和父亲名下有两块半份地,面积合两俄亩半。中等年景粮食也不够吃,更不用说饲料了。不仅如此,夏天没有东西喂牲口,孩子们也就没有牛奶吃。休闲地上的草被啃得精光，天不下雨，牲口就饿得哞哞直叫。商人那里，邻近地主太太那里有花园、树林、草地，你要钱，去给他们割草，五十戈比一天。你替他们割了草，他们把草卖掉，而你的牲口却因没有饲料而饿得直叫，孩子们也没有牛奶吃。这一切以前也都有过，但他没看到。如今他不仅看到，而且全身心感觉到。以前的迷信世界遮盖这一切。如今已经没有任何东西能掩盖这种制度的残酷和疯狂。他不再迷信任何东西，而把一切都重新检验。检验经济生活，他不仅看到可怕的谎言，而且看到惊人的荒谬。在周围人们的宗教生活中他也看到了这种情况。但他觉得这并不重要，他继续像所有的人那样生活：上教堂、守斋戒、吃饭和出门时画十字，早晚两次做祈祷。

四

叶戈尔去莫斯科过冬。伙伴们答应给他在工厂里找个工作。他去了，工作有了，月薪二十卢布，还答应以后加工资。在莫斯科，在工人中间，叶戈尔像在乡下那样清楚地看到农民处境的残酷和不公正，而工人的处境更加恶劣。男人、女人、虚弱有病的孩子一天工作十二小时，糟蹋着自己的生命，为富人干着不必要的蠢事：生产糖果、香水、铜器和种种废物。这些富人则心安理得地把摧残生命获得的金钱装进满得都快崩裂的箱子里。就这样世代相袭，谁也没有看到、也不愿看到这种荒唐和疯狂的现实。在莫斯科他更加憎恨制造这种荒唐事的人，越来越希望有朝一日能消灭这种不公正的现象。但他在莫斯科没有住满一个月。他在一次工人集会时被捕，受审，并被判三个月徒刑。

在监狱里，在集体牢房里，他先是跟同他一样的社会革命党人交往，但后来，他越了解他们，就越讨厌他们的自负、虚荣和急躁。他更加严肃认真地考虑问题。这时出了一件事，有个农民因为辱骂圣物（圣像）而被关进他们的牢房。他同这个温顺、镇静、对一切人满怀爱心的人交往，使他更清醒地理解生活。这个人，米吉奇卡（所有尊敬他的同监人都这样称呼他），向他解释，世上一切邪恶、一切罪孽并非由于恶人欺负人，夺取土地，剥削劳动者，而是由于人们自己不按上帝的教导生活。按上帝的教导生活，"谁也不能拿你怎么样"，全部信仰都在《福音书》里。神父们把一切都颠倒了。按照《福音书》生活就不能侍奉尘世的王公。而只能侍奉上帝。

叶戈尔懂得的道理越来越多。当他出狱时，他跟原来的伙伴分了手，开始过完全不同的生活。原来工作的地方不要他。叶戈尔回到父亲和妻子那儿，像原来那样干活。日子本来也可以平平安安过，但叶戈尔如今已不能像以前那样履行宗教仪式，他不再上教堂，不再斋戒，甚至不画十字。父母责备他，竭力开导他，但他们不理解他。父亲有一次酒后还打了他，叶戈尔克制着。他要求再次去莫斯科，他去了。在莫斯科好久没找到工作，因此不能给家里寄钱，父亲生气了，给他写了一封信：

> 我写信给我亲爱的儿子叶戈尔·伊凡诺夫，首先以你母亲阿芙多基雅·伊凡诺夫娜的名义给你送去父母的祝福，这祝福将永远伴随你。我向你鞠躬致礼，祝你身体永远健康。你的姐妹华尔华拉、安娜和亚历山德拉祝她们亲爱的哥哥叶戈尔·伊凡诺夫幸福。你的妻子瓦尔瓦拉·米哈伊

洛夫娜和你的女儿叶卡捷琳娜向你鞠躬致礼，祝愿夫君叶戈尔·伊凡诺夫身体健康。我要我亲爱的儿子收到此信后把你的妻子从我家里清除出去。我无法同她一起生活，她向她的爹娘诉苦，说我不叫你寄钱回来，我们买来的东西都被她拿走，还侮辱我的妹妹，弄得全村都笑话她。我真不知道怎么办。我不向她提到钱，也不向她提到东西。你如不把她从家里带走，那我就打官司叫她从我家搬出去，警察还会传你去局里。

叶戈尔收到这封信，回到家里，默默地听取父亲的咒骂和妻子的诉苦，步行到城里警察局。

五

那天深晚，波尔洪诺夫无法克制心头的快乐，因为他那么巧妙地把红方块七交给原来做他配手的医生，使他捞回自己的牌转交给他，他可以像他预见的那样，赢得大满贯。就在这时候，在波尔洪诺沃－尼科尔斯科耶村他那座旧宅的大客厅里，他的妻子亚历山德拉·尼古拉耶夫娜正在跟家庭教师聂乌斯特罗耶夫谈话。聂乌斯特罗耶夫在他们家工作了十个月，就是波尔洪诺夫在城里跟同事们谈到的那个人。

亚历山德拉·尼古拉耶夫娜虽然已有四十五岁年纪和六个孩子，但还具有健康女人迟暮的风韵。一双灰色的大眼睛、一个挺直的鼻子、一头浓密的鬈发、一张性感的嘴、一口洁白的有真有假的牙齿、一张白嫩的脸、一双保养得很好的同样又白又嫩的手，手上戴着两个戒指。美中不足的是身体过分丰满,胸部也过分发达。她身穿一套朴素而时髦的丝绸连衣裙,配有雪白的翻领。她坐在长沙发上,热烈地说着话,眼睛盯住坐在她对面的年轻人。

他个儿不高,身体瘦削,体格匀称,肌肉不发达,相貌聪明善良,眼睛狭长凹陷,浓密的头发剪得很短,眉毛乌黑浓密,胡子也同样乌黑浓密。他脸上最引人注意的特征是中间有小窝的突出下巴。

"我这样说,我这样对您说,不是为了自己——尽管我很舍不得失去您……我是为了孩子们。"她说着脸红了。"但我为了您,出于对您的爱和亲切,我劝您,衷心劝您,不要走。嗯,就算这是……为了我。"她带着相信自己魅力的女人的口吻说。

他的脸总是严肃认真的,因此这张脸上的微笑,尤其是配上乌黑的头发和浅黑的脸,加上雪白的牙齿,就显得英俊动人、富有魅力。此刻他就现出这样的微笑。他由于听到她的话而高兴得难以抑制住微笑,他不会听不出她的话里具有超过同情的表示。他不能不感到害怕,那就是情欲的挑逗,而他又无法抗拒。但这完全是一种无意识的感觉。他不但自己不相信,也无法使人相信,这个高傲的女人,这位贵族夫人,这个豪门女主人,几个孩子的母亲,会对他,贵族的敌人,一个小市民(她知道他的身份)产生这种感情。他不相信这种事,但感觉到这种不相信的事。

"我不能,亚历山德拉·尼古拉耶夫娜。我说什么也不能,尽管我很珍惜您对我的美好感情。"

"美好!不是美好,而是重大得多、完全不同的……唉,反正都一样。只是您别走。"

他又微微一笑。

"如果您愿意,我可以把实话,全部实话,都说出来,尽管我们的地位并不完全相同。如果我爱您,像一个男人爱一个女人那样,我也不会坠入这样的爱河,因为我们的世界观不同。"

"为什么您认为我对您不是全心全意?我无法不跟您在一起……"她停了停,"过去的不能再回来。但感情是无法控制的。您听我说,我再一次请求您:您不要走。您不走吧?是吗?"她向他伸出手去。他握住她的手。

"亚历山德拉·尼古拉耶夫娜,自从我认识您,了解您起,我就爱上(他好不容易说出这个字),爱上您。"

他自己也不知道在说什么。他在撒谎,但现在他觉得他可以达到出现在眼前的无法克制的目的。

"是吗?"

"是的,是的,像我这样一个无产者所能做到的全心全意地爱您,仰望您。"

"您别说了,别说了。"

这里只有他们两人,于是发生了他和她都没有想到的事。在一个小时里毁了她婚后十八年来幸福纯洁的生活,而对他则留下一段永远痛苦的回忆。

深夜两点钟,她一直还没睡着,又恐怖又快乐地反复回味着所发生的事,而对自己处境的恐惧却增加了回忆他的爱情的快乐。

六

聂乌斯特罗耶夫是酗酒致死的兽医的儿子。他的母亲没受过教育，还活着，住在她兄弟斯捷潘家里。斯捷潘是个留校的国家法硕士。

聂乌斯特罗耶夫原在大学念书，因参加革命活动跟其他几个同学一起被开除。

当时他也没有别的出路，特别在被大学开除以后，他这个才华横溢、品德高尚、遇事果断的人，自然就加入了革命小组。这个小组的任务是千方百计改变现在的政府，包括清除（暗杀）各种危害最大的人物。在聂乌斯特罗耶夫参加小组后不久，一个内奸出卖了小组成员，有几个人被捕，但几个最重要人物隐蔽起来。聂乌斯特罗耶夫根本没有受审。他自由自在，决定到乡下平民中间生活，经索洛维约夫建议，他就去波尔洪诺夫家当家庭教师。这样他就在他们家住了十个月，但三天前他去索洛维约夫处，组里一个同志给他带来执委会的指示，叫他去莫斯科干一件重要的事，就是夺取国库的钱作为党派经费。需要一个坚强的人，于是就邀请聂乌斯特罗耶夫。为了这件事他只好辞去家庭教师的职务，而那天晚上意想不到的荒唐事更促使他决定立刻离开这个地方。列车要到第二天早晨才开。他决定到他的朋友、乡村教师索洛维约夫家去。他在那里过夜，托他把自己的行李送走，他不再回家而直接出发。

他就这么办了。

索洛维约夫住在学校后面一个小房间里，房间只有一扇小窗。在村子里，聂乌斯特罗耶夫除了更夫，没有遇见任何人。夜晚很黑，更夫厉声把他喝住。

"是我，聂乌斯特罗耶夫。"

"谁啊？"

"从老爷家来的。"

"那么,你上哪儿去?"

"去索洛维约夫家。那么,他在家吗?"

"他能去哪儿。我想他在睡觉。"

聂乌斯特罗耶夫走到学校窗子旁,敲了敲窗子。好一阵没有人答应。后来突然响起一阵粗壮快乐的声音:

"是什么? 快说,不然我要泼水了。"

他听见有人赤脚踩着吱咯发响的地板走到窗前。

"噢,聂乌斯特罗耶夫! 你怎么深更半夜还在游荡? 来,到门口来,我来开。"

索洛维约夫让聂乌斯特罗耶夫进去,点着小灯,坐到凹陷揉皱的床上,两只光脚板相互摩擦着。他询问聂乌斯特罗耶夫来做什么,找他有什么事。房间里,除了床,上方有一张桌子,还有圣像,许多圣像,有长明灯,桌旁有两把椅子。房间一个角堆满书,另一角放着衣箱。聂乌斯特罗耶夫在桌旁坐下,告诉索洛维约夫,他由于索洛维约夫知道的那件事离开大家,出来了。索洛维约夫侧着头听着,眼睛斜睨着他。

索洛维约夫比聂乌斯特罗耶夫稍微年长些,个性也截然不同。他身材稍高,背有点儿驼,两只长臂说话时不断挥动,挥动的幅度很大。索洛维约夫的脸同聂乌斯特罗耶夫的脸也完全不同。索洛维约夫脸上最引人注意的是宽阔前额下那双善良的又大又圆的天蓝色眼睛。他的头发浓密,头发和胡子都是鬈曲的;鼻子宽阔,嘴巴很大。他常常发笑,露出蛀坏的牙齿。

"那么,好吧。"聂乌斯特罗耶夫讲完,索洛维约夫说。"好,我们就派你去。只是你要知道……"索洛维约夫说,挥动右手,左手则拉住滑下去的被子。

"我知道,我知道,我们知道你的理论,只是你的理论收效太慢。"

"走得慢,走得远嘛。"

"离开上帝,寸步难行,是吗? 这道理我们谁都知道。"

"你就是不知道。你不知道,因为你不知道上帝。你不知道上帝是什么。"

索洛维约夫开始讲述自己对上帝的理解,仿佛当时不是深夜两点钟,他刚被叫醒,而且不是单独同一个人对谈,他同这个人就此事已谈过几十次,还知道这个人像他自己所说的那样,宗教对他滴水不入。聂乌斯特罗耶夫笑眯眯地听着,而索洛维约夫则说个不停。他知道许多人在挑起聂乌斯特罗耶夫谈理论问题,倒不是不肯在他和他的同志们之间当仲裁人,而是认为自己有责任竭力劝阻他。

聂乌斯特罗耶夫听着他,有时笑笑。当索洛维约夫暂停的时候,他就说:"当你从他们那儿,"他指指圣像,"有希望得到奖赏时,你这样说当然是好的,可是我们活着一天,就得尽我们的力量行动一天,而且不是为了自己。"

索洛维约夫这时卷着一支烟。

"你说,"索洛维约夫热烈地说,"我的奖赏在那里。"他指指天花板。"不,老弟,我的奖赏在这里,"他用拳头敲敲自己的胸脯,"在这里,做我要做的事,不是为了别人 —— 别人管他去 —— 而是为了上帝,也为了自己,为了同上帝合成一体的自己。"

他点着烟,狠狠地吸起来。

"唉,这种玄学我实在弄不懂。我要睡觉了。"

"睡吧，睡吧。"

七

聂乌斯特罗耶夫按原来想定的主意一早派更夫去取行李，取到后雇一辆马车直奔火车站。索洛维约夫在睡觉，没听见他走。

他醒来后，像平时一样站在圣像前，念着从小就念熟的祷词："我们在天上的父""我信"，又提到父母（他们都已去世了），"圣母"，最后念到"天上的君王"（他特别喜爱），"你来，住进我们心里，清除我们身上的污秽，拯救我们的灵魂。"他想起他同聂乌斯特罗耶夫的谈话，今天念祷词时特别动情。

他感到心情舒畅，不想再睡。今天是礼拜天，学校不上课，他决定自己把信送到邮局。邮局坐落在两俄里外。他洗了脸，估计过节用的肥皂头还能用多久。"要是能拖到复活节，就好了。"他想，但并不明确什么"就好了"。然后穿上大皮靴，再穿上上装。上装已破得不成样子，需要缝补，不然右手臂就会伸到破洞里而不会伸进衣袖里。"得请寡妇阿法纳西耶夫娜补一补。"他想，同时想到了她的女儿纳塔莎。为了这念头，他自嘲地摇摇头。一片美丽的白雪掩盖了一切，寒冷的空气更使他神清气爽，他在邮局寄出一封信，同时收到一封使他很不愉快的信。信是他倒霉的二十六岁的弟弟写来的。弟弟没念完神学校（索洛维约夫是助祭的儿子），进一家商店工作，被揭发有盗窃行为，后来当了警察局文书，但在那里行为也不规矩。弟弟来信写到自己处境困难，已有两天没吃东西，要求哥哥寄钱给他。索洛维约夫自己手头也很拮据，他月薪只有四十卢布，送人和买书花了不少钱,现在手里只有七卢布六十戈比。这时他又数了一遍,因为他还得付伙食费给阿法纳西耶夫娜。没有办法,他决定给弟弟寄去三卢布,欠阿法纳西耶夫娜的账以后再还。但他感到伤心,因为弟弟瓦夏堕落,不能接济他。不寄钱去不行,寄钱去,他又会依赖成性。得拒绝他,主要不是为了自己,而是为了他。可是又不能拒绝他。

就这样,带着这些无法解决的问题,他走回家去,有时出声地自己盘算着。此刻皑皑的白雪也不能使他开心些。半路上,有个从尼科尔斯科耶(索洛维约夫教书的村庄)乘雪橇来的庄稼汉和他打招呼,愿意带他走。索洛维约夫坐上雪橇,两人就谈开了。庄稼汉建议带教师同行可不是没有缘故的。庄稼汉把雪橇赶到地方自治局法院。他有一个守寡的老姐姐,住在邻村,地方官判她三个月徒刑,因为她要求地主老爷允许她缓期缴地租,可是他们不肯,乡长来到寡妇家,要她缴地租。他姐姐说:"我倒是很愿意缴,可是没有钱;请等几天,让我想想办法。"

乡长听都不要听,要她立刻缴。

"我说了,没有钱。"

"没有钱,那就拿母牛抵押。"

"母牛不能牵去,我有孩子,我们不能没有母牛。"

"可我命令你:把牛牵去。"

"我不牵,人家会说是我自愿的。如果要,随您便,你们牵吧,可我不牵。"

"就是因为说了这些话,地方官把她叫去,罚她坐牢,可是叫她留下孩子们怎么办?我刚才就是去替姐姐求情。他们说不行。已经公布了，事情就结束了。老爷，您能不能替我想想办法。"

索洛维约夫听完，心里更加难过。

"得向上级法院提出要求。状子我来替你写。"他说。

"老爷，我的亲爹。"

索洛维约夫在村里跳下雪橇，走回家。更夫给他端来茶炊。他同费多特一起坐下喝茶。他刚点上烟卷，邻居女人就来了。她被丈夫痛打了一顿，浑身是血，因为她不让丈夫拿粗麻布去换酒喝。

"看在基督分上，你去说说他，他说不定会听你的。我现在不让他进门。"

索洛维约夫走了，农妇跟着他走，庄稼汉则站在门里。索洛维约夫说："你做得不好，巴尔缅，怎么可以这样呢？"

巴尔缅连话也不让他说完。

"你只要管好自己的事，教训好孩子们就行了，我可知道该怎样学习，我需要什么人。"

"你要敬畏上帝啊。"

"上帝我是敬畏的，你，我可不敬畏。你给我走开，要不，我喝醉了会打架，你还是去教训教训自己吧，可不要教训别人。就是这样。说得够了。快进屋去。"庄稼汉对妻子吆喝道。夫妻俩就走进屋里，砰的一声关上门。

索洛维约夫站了一会儿，摆摆头，没有回家，而是到女酒贩阿琳娜那里去，要了半瓶烧酒，开始喝酒抽烟。等他喝够了酒，抽够了烟，酩酊大醉，就去找阿法纳西耶夫娜。

阿法纳西耶夫娜见到他，摇摇头。

"你怎么怀疑我喝醉了？不用怀疑，我是喝醉了，但喝醉是因为我软弱,而软弱是因为我心里没有上帝。没有。那么,纳塔莎在哪儿?"

"纳塔莎上街去了。"

"唉,阿法纳西耶夫娜,你的姑娘很好,我爱她,只要她懂得怎样过日子就行,我愿意来求亲。你肯把她嫁给我吗?"

"嘿,别说废话了。你还是去睡觉,一直睡到吃晚饭。"

"行。"索洛维约夫爬到高板床上,好一阵向阿法纳西耶夫娜开导正确的生活,但当阿法纳西耶夫娜走出去时,他已经睡着了,一直睡到吃晚饭。

八

索洛维约夫是科斯特罗姆省伊林镇助祭的儿子。父亲把他送到初级神学校。他在初级神学校毕业时得了第一名,接着进专科神学校。在专科神学校念书,他成绩也很出色,毕业时名列前茅。他像专科神学校所有毕业生一样,面临的选择是:出家当修士,将来可能升任高级神职人员;或者做牧师,那就得结婚成家。索洛维约夫离开专科神学校时选择了第一条路。做出这种选择的原因不是功名心,而是相反,他只希望为灵魂、为上帝生活。但还在落发之前他的思想突然发生变化,因为不仅同事们而且包括他的上级都直率地向他指出,他将来可以升任主教这样的高位。这方面对他最起作用的是主教的规劝。主教得知索洛维约夫同专科神学校教师关于普世会议意义的神学辩论,大主教认为索洛维约夫是正确的。主教就把索洛维约夫召来,对他说了下面一番话:

"我知道,我听说对你的评价不错,在你同马卡里神父的辩论中尽管真理在你一方,你也不应该一味骄傲自大,而应该克制自己,不要得罪老人。要永远记住,处于教会的首席地位——这是你所追求的,看来也一定能达到——你必须谦虚谨慎,不骄不躁。现在你走吧。"

听了这一番话,索洛维约夫恍然大悟,他的内心,除了侍奉上帝为灵魂而生活的愿望之外,还存在一种卑劣的感情:渴望名誉和虚荣。一明白这一点,他对自己立刻很厌恶,决定放弃出家。但要放弃这条路,就只能当牧师,而当牧师就得结婚。当时父亲还在世,就替他物色了未婚妻,准备了经济收入。但想到结婚只是为了要当牧师,索洛维约夫很反感,认为这是不道德的,他不能迈出这一步,并且放弃了牧师的职位,这使父母大失所望。

剩下的只有一条路:当民众教师。于是索洛维约夫就在尼科尔斯科耶-波尔洪诺沃村当上民众教师。这个职位是喜欢他的教师向他提供的(索洛维约夫总能得到许多人的宠爱),收入丰厚,因为除了学校的一份薪金之外,他在县首席贵族波尔洪诺夫家做家庭教师,报酬优厚。索洛维约夫就去了波尔洪诺夫家,住在那里教孩子功课,但亚历山德拉·尼古拉耶夫娜很快就不喜欢他,说他邋遢,用刀子吃东西,不文明,尤其是有两次跟农民喝得酩酊大醉。亚历山德拉·尼古拉耶夫娜有一次对他说,住在上等人家里是不允许自己……不等她说完,他就把她的话打断了:"亚历山德拉·尼古拉耶夫娜,您那么久容忍我,我很感激您的宽容。对不起。我不再使您失面子……是的,不再麻烦您了。"

他又住了几星期,直到新教师聂乌斯特罗耶夫来校,但孩子们很不喜欢这位新来的教师,特别是八岁的塔尼雅和十岁的彼嘉。

从那时起，他在乡下住了一年多，也不再去波尔洪诺夫家，但以友谊来回报聂乌斯特罗耶夫对他的友谊。

聂乌斯特罗耶夫怎么也想不出应该把索洛维约夫派到哪儿去。他决不是一个保守派，不是一个保皇党，但也不是革命者。就信仰说，他是个民粹派，而且同社会主义者没有任何分歧。但同时他又是个古怪的东正教徒，持斋，守安息日，上教堂，领圣餐，爱读《福音书》，常常引用《福音书》里的话，还能背诵。在村子里，很少有人看得惯他的古怪行为，而主要则是因为他经常酗酒。他在阿法纳西耶夫娜家搭伙，他同健康乐天、圆脸的纳塔莎之间建立了古怪的关系：他喜欢同她在一起，爱同她说话——主要是他说，因为她说得很少，笑得很多。他给她讲圣徒故事，主要是基督故事，教她读书识字。她识字不多，但很用功，总想讨他的欢心，注意听他讲的话，装出很感兴趣、并听懂他讲的事的样子。

这个星期日，他向她求婚。他喝醉了酒把心里话说了出来。"她是一个健康的普通女人，将来会成为一个贤妻良母。说不定将来会经营土地，管理家庭。而最主要的是一个人过活，不可能不犯罪。而这又是最大的罪孽。"他想。

这个星期日，他在阿法纳西耶夫娜家跟纳塔莎一起吃饭，亲切地同她谈着话时，他这样想。

九

波尔洪诺夫第二天早晨很晚回到家里。亚历山德拉·尼古拉耶夫娜黎明前才睡着。他的女儿李娜和带着三个孩子（还有两个在保姆那里)的英籍女教师在前厅迎接他。

他逐一吻了孩子。对李娜除了亲吻之外,还摸摸这个快乐健康、相貌好看的十六岁姑娘鬌发蓬松的后脑勺,对她微微一笑。

"那么,妈妈呢?"他问。

"她大概睡得很晚。不过身体很好。"

"那么,聂乌斯特罗耶夫呢?他没留下吗?"

"没有,彼得,华西里耶维奇(家里的老仆)今天说,他离开我们家,东西都带走了。"

"可惜。是个好教师,人也好,可惜参加革命活动。我一直信任他。哦,你也不错,还是那么爱打架吗?"他对儿子彼嘉说着,走进自己的房间。

回家,回到家人中间,不仅回到原来的环境里,而且恢复了原来的精神生活。他感到的不是一般的轻松,而是像脱去窄小军服,穿上睡衣和便鞋一样舒服。他不用再东张西望,进行挑选,而是像放松缰绳,安闲地驾着马,要去哪儿就去哪儿。孩子们个个身强力壮,和农民、仆人相安无事,在规定的时间进餐、休息,有沙发,有写字台,读读有趣的书,尤其是看到善良而带有缺点的妻子,她虽年龄增加但仍旧热情单纯,而且始终具有一颗金子般的心。她很可爱,又很爱他。她是朋友,又超过朋友,而是第二个自我。这第二个自我使单调的自我变得丰富多彩。

他在书房里打盹,妻子把他吵醒了。

"哦,对不起,我没想到你在睡觉。"

"真要命,谢谢你来。我见到孩子们。你怎么样?"

"我吗,我挺好。"

他们接了吻。他发现她不知怎的有点儿激动。但这在她是常有的,因此当他发现她有点儿激动时,总是装作没看见。他给她讲了出门的情况。

"怎么,我们的聂乌斯特罗耶夫走了?"

"我想走了。他……"

"你没挽留他吗?"

"我有什么办法!"她说。

"天哪,我这人多么坏啊。"她暗自想。

"我竟敢想到她会迷上他,真是太卑鄙了,"波尔洪诺夫心里想,"是啊,我们这些人年轻时生活不检点,真是不像话。"

"噢,有什么办法呢。我写信给米沙。他会给我们找个大学生来的。"

"是啊,得这么办。早餐铃响了。我去一下。你来吗?"

"我看完信就来。你真不知道回家有多高兴,看到你,看到孩子们,还有我的沙发,真是高兴。"

"难道我真能继续生活在这种谎言,这种……卑鄙之中吗?我没法说。为什么要毁了他的安宁呢?但瞒住他也不行。"她走出去时想。接着立刻又想到了他,想到他那热情洋溢的脸,她觉得爱他真是幸福,她可以为他受苦。"但愿他不要毁了自己,能够活下去。这准是一种性命攸关的活动,而他就在干这种事。坐牢,送命。唉,我不敢想。"

她羞愧和悔恨极了,要不是她相信这爱情是无法抗拒的,而她又情不自禁地把它夸大,那她是很难忍受的。只有这种强烈的爱情使她摆脱了羞愧和悔恨的痛苦。

她不仅把他看作这辈子她从未遇见过的人,甚至世上不可能有比他更好的人,她确实看到他具有最完美的人品。而她之所以看到他这些优点,只是因为她爱他。她不仅看到他身上的毛病,而且觉得他这人完美无缺。他又聪明,又懂事,又有艺术天才,又善良,又真诚,尤其是富有自我牺牲精神——正是这种自我牺牲精神将毁了他。

她去用早餐。日常的家务立即把她吞没,使她摆脱,暂时摆脱悔恨的恐惧、对他的爱情和为他的担忧。

不过生活之所以可怕,是因为肉体的创伤、疾病都无法忘却,使人痛苦而不得不进行抗争;精神上的创伤,心灵上的创伤,对那些不过精神生活的人来说,就只能靠日常生活,靠日常生活中的琐事来缓解。对亚历山德拉·尼古拉耶夫娜来说,情况也是这样。

过了三个月。生活还是按老样子一天天过去。孩子们得了百日咳,家里的生活一度乱了套。她同丈夫恢复了良好的关系,同孩子们也一样。由地方自治局主席介绍的新教师性情温和。丈夫的兄弟一家来做客。他们进了几次城,去了一次京城,遇见了一些老朋友。关于"他"毫无消息。她密切注视着革命圈子里的事。发生了抢劫、恐怖事件。但没听到"他"的消息。不过,对她来说,最主要的就是一桩隐蔽而极其可怕的事:现在她确信她将成为他的孩子的母亲。

十

马特维伊·谢苗内奇·尼古拉耶夫住在广大的大学城的贫困地区已有一年多了。按照农村公社的职业,他是地方自治局统计员。在革命组织中,他的身份是民粹派执行委员和在工人中传布社会主义思想小组的组长。他现在三十二岁,在读大学四年级时不等毕业就离开学校,投身革命事业并在革命者中间占有显要地位,至今已有八年。

第 二 稿

夜间打雷引起大火,烧掉了半个村子。村头上两户农家几乎什么东西也没抢救出来。一匹马被烧死。一个农夫被烧伤。婆娘们号啕大哭,农夫拼命干活。叶甫多基姆·马哈申是个小伙子,今秋应征入伍,同父亲一起把烧焦的家具和农具从家里拉出来。

"你瞪着眼睛干什么?抓住横梁。你耳朵聋了?"父亲对他吆喝道。叶甫多基姆打起精神,仿佛刚刚被人吵醒,向父亲奔去。当父亲向他吆喝时,叶甫多基姆正瞧着一辆向火场驶来的由两匹灰色大走马拉的四轮马车。马车上坐着一位夫人和她的女儿。驭座上坐着一个雄赳赳的留大胡子、身穿蓝色衬衫和长毛绒坎肩的胖车夫。

"没见过世面吗?跑来看热闹了。喂,小心点儿!"

叶甫多基姆动手干活,父亲的话他没用心听,也不太理解,他正在想心事。他心里想的不是火灾,不是父亲母亲,而完全是别的事。村里出了大事——火灾,但昨天他心里发生了重大变化,以致他觉得乡镇九户农家起火这种事也没什么大不了。昨天念完助祭儿子给他的那本小册子之后,他第一次懂得,他不该再像原来那样过活,而应该改变,使它合乎理性的要求。可这些捧着圣像和圣母像该去救火的农妇，还有这位乘豪华马车的贵夫人和乌丽雅娜寡妇，以及衣不蔽体的饥饿的孩子、向人敲竹杠的警察、收集羊毛的肥牧师、高高在上根本不管人民苦难的沙皇，还有奴役饥饿工人的成千上万有钱的工厂老板——这一切都是不该有的，这一切所以能够存在，都是由于以前的他、他的父亲、孩子们，最受尊敬的聪明的农民，他们头脑糊涂，受骗上当，看不到真理，也不懂得真理。昨天发生了这样的事，昨天他第一次明白，他，也像所有的乡下人那样一直被一道欺骗、无知、迷信的墙（简直是拱顶）所包围，而昨天部分拱顶在他心里坍塌了，他看到了广阔无际的神的世界。他觉得可怕，同时开始思考，他以前怎么能在这样的黑暗中生活，他的父亲和乡下所有的人怎么能这样生活。拱顶上落下一块石头，他看到了整个自由世界，他觉得拱顶的石头并不牢固，只要有人使劲推落其中一块石头，整个拱顶就会塌下来。现在他心里充满这些思想，他既没听见父亲的话，也不考虑清理火场的事，而一味思索着心里发生的变化。

这种情况是昨天发生的，但酝酿了好久，酝酿了好久好久。

第 三 稿

一

我的命运是多么古怪奇特啊。我现在体会到的不公正、残酷、富人对穷人的欺压和愚弄，以及大量真正的劳动者和创造生活的工人处境的贫困和屈辱，我想，即使一个饱经折磨、受尽富人欺压的穷人也未必能体会到百分之一。我的这种体会由来已久。它逐年加强，近来达到最高峰。现在我深感痛苦。我生活在腐化、罪恶的富人中间，我却不能、不会也无力摆脱这种痛苦。我不能也不会改变自己的生活，使肉体上各种要求（衣食住行）的满足，不会因自己的地位而感到罪孽和羞耻。

我曾试图改变这种违反心灵要求的地位，但过去复杂的环境、家庭及其要求使我不能从这种困境中解脱出来，或者确切地说，我不会也无力摆脱它。现在呢，到了八十多岁的年纪，体力大为衰退，我已不再试图摆脱它了。奇怪的是，随着体力的衰退，我越来越强烈地意识到自己处境的罪过，我越来越为这样的处境感到痛苦。

我有时想，我虽处于这种地位，但不能无所作为。这种地位要求我把我的感受真实地说出来。这样也许可以缓解我内心的强烈痛苦，也许可以打开那些人（即使只有一部分）的眼睛，他们至今还没看到我看得十分清楚的情况，至少可以减轻众多工人大众的痛苦——他们因这种地位在肉体上和精神上都受到折磨，而他们之所以处于这样的地位则是因为存在着那些自欺欺人的人。事实上，我所处的地位有利于揭发人们之间关系的全部虚伪和罪恶，恐怕也最有利于说出这方面的全部真相。这种真相并不被自我辩护的愿望所模糊，也不因穷人和被压迫者对富人和压迫者的羡慕而显得暗淡。我正是处在这样的地位：我不仅不愿自我辩护，而且要竭力不夸大地揭发我所属的统治阶级的罪孽，并因同他们交往而感到羞耻，我全身心憎恨他们的地位，但自己又不能摆脱这样的生活。同样我也不能重蹈被压迫和被奴役的人们和民主派的错误，这些民主派是他们的捍卫者，没有看到这些民众的缺点和错误，也不愿看到减轻罪孽的环境，以往复杂的条件，这种环境和条件使大多数统治阶级简直无力自持。在被解放的人民面前我不想替自己辩护，也不感到恐惧，而人民对自己的压迫者也不羡慕和怨恨，我处在这种最有利的地位，因此能看到真相并能把它说出来。也许正因为这个缘故，我被命运安排在这个奇特的地位。我将尽我所能利用它。这样也许能稍稍减轻我的痛苦。

二

他妻子的表弟伏尔金在拥有超过一千俄亩土地的地主的豪华乡村别墅做客。他在莫斯科一家银行工作，年薪八千卢布，因此在单身汉圈子里很受尊敬。黄昏，他同家人打文特牌，一掷千金，打累了，才回到卧室。他把金表、银烟盒、公文包、麂皮大钱包、刷子和梳子放在铺有桌布的小桌上，然后脱下上装、背心、浆挺的衬衫、裤子、丝袜、英国制皮鞋，穿上睡衣和睡袍，把换下的衣服皮鞋放到门外，就在今天新铺的有双重垫子的洁净弹簧床上躺下。床上放着三只枕头和一条套好的被子。时钟正好指着十二点。伏尔金抽了一支烟，仰天躺了五分钟，回顾着一天来的印象；然后熄灭蜡烛，转身侧卧，虽然在床上翻来覆去好一阵，最后近一点钟时还是睡着了。

他在早晨八点钟醒来，穿上便鞋、睡袍，打了打铃。老仆斯捷潘（他在他们家已工作了三十年，是自己家的一家之主，已有六个孙儿）连忙曲着腿走进来，手里拿着擦得锃亮的皮鞋和拍打干净的笔挺衬衫。客人向他道了谢，问天气怎么样——窗帘拉下了，免得太阳照进来，这样即使像有些老爷那样睡到十一点也没关系。伏尔金看了看表说"还不晚"，就动手盥洗，换衣服。水准备好了，他把昨天用过的东西收拾了一下：肥皂、牙刷、指甲刷、头发胡子刷、指甲剪和指甲锉。他不慌不忙地洗了脸、手，仔细洗净指甲，用毛巾擦干，然后用海绵洗了洗又白又胖的身子，洗了脚，开始梳头发。他先在镜子前用双排英国梳子把他那两边花白的大胡子分开，然后用宽齿玳瑁梳子梳了梳，又梳梳稀疏的头发。然后用密梳篦头，拉掉脏棉花，换上干净棉花。他穿上衬衣、衬裤、袜子、皮鞋，用闪闪发亮的背带吊着裤子、套上背心，没穿上装，先在安乐椅上休息一会儿。他点着烟，考虑一下今天到哪儿去散步。"可以去公园，也可以去'小裤子'（这是一座树林的滑稽叫法）。还是去'小裤子'吧。"

他果断地站起来，把表（已是九点差五分）放到背心口袋里，把钱包（里面有一百八十卢布中用剩的钱，这笔钱他准备路上零用和应付在朋友家逗留两星期的开销）放进裤袋里。他把银烟盒、打火机和两块手帕放到口袋里，走了出去，照例把房间和杂物留给斯捷潘收拾。这个五十岁的老仆，已习惯于从伏尔金那儿得到丰厚的"报酬"，因此替他做事毫无怨言。

伏尔金照了照镜子，欣赏了一下自己的仪表，走进餐厅。那里，依靠一个男仆、女管家和餐厅侍仆（他在天亮前已跑到乡下整理了自己的菜地）的张罗，铺着洁白麻布的餐桌上已放好正在沸腾的银制或喷银的茶炊，还有咖啡壶、热牛奶、奶油、黄油和各种白面包和饼干。桌旁坐着大学生（他是第二个儿子的教师）、第二个儿子以及地方自治官（他是一家之主，也是大村庄的首领）的女缮写员。地方自治官已在八点钟出门办事去了。

喝咖啡的时候，伏尔金跟教师和女缮写员谈天气，谈昨天的文特牌，谈费奥多里特，谈他昨天的粗鲁行为——他无缘无故对父亲说了很多粗话。费奥多里特是主人成年的不走运的儿子。他的名字叫费奥多尔，但有一次不知谁有意还是无意地叫他费奥多里特。这事很可笑，但大家就一直这样叫他，即使他的行为一点儿也不可笑。直到现在还是这样叫他。他进过大学，念到二年级就辍学，后来进了近卫重骑兵团，但不久又离开了。如今他住在乡下，什么事也不做，老是指摘这个，批评那个，对谁也不满意。此刻费奥多里特还在睡觉，其他人也都在睡觉，包括女主人、男主人的姐妹安娜·米哈伊洛夫娜，原省长的寡妇，以及住在他们家的一个风景画家。

伏尔金在前厅取了巴拿马帽（值二十卢布）、刻花象牙镶头的手杖（值五十卢布），走了出去。他穿过摆满花草的凉台，经过中间有圆锥形花坛的花圃，花坛里布置着一道道整齐的白花、红花和蓝花，花坛两边则是用花排成的女主人名字、父名和姓的缩写花体字母。伏尔金走过花坛，走进菩提树夹峙的林荫小路。农家姑娘手拿铲子和扫帚正在那里扫地。花匠在丈量什么，一个小伙子在用大车运送东西。伏尔金从他们旁边经过，走进占地五十俄亩的古木参天的花园，园里交错着高低不平的打扫过的小径。伏尔金一边吸烟，一边沿着他所喜爱的小径走过亭子，来到田野。花园风景宜人，田野则更美丽。右边，身穿粉红衣裳的妇女三三两两在收土豆；左边是一片草地、留茬地和放牧的牲口；前面稍稍偏右，是波尔托奇卡的苍老栎树。伏尔金深深地吸着气，对自己的生活感到心满意足，特别是现在，住在姐姐家里，在繁忙的银行工作后获得了愉快的休息。

"住在乡下真幸福，"他想，"不错，尼古拉·彼得洛维奇住在这儿，总忙于自己的农活干不完，还有地方自治局的事，可他自由自在。"伏尔金摇摇头，又点着一支烟，精神饱满地迈着穿结实宽大的英国皮鞋的强健双腿,想到冬天他在银行里工作真是够辛苦的。"从十点干到两点,甚至干到五点,几乎天天如此。这样说说容易,干起来可真累,还有会议,然后还有人来请愿。然后又是杜马开会。在这儿可不一样。我在这儿很愉快。也许她会感到寂寞,但也不会长久。"想到这儿,他笑了笑。

他在波尔托奇卡漫步了一会儿,然后反身穿过田野,走进农民正在翻耕的休闲地。休闲地上放牧着农家的牲口:母牛、小牛、羊、猪。他穿过畜群笔直向花园走去。羊群受了惊,争先恐后向前乱跑,猪群也一样;两头瘦棱棱的小母牛眼睛盯着他。牧童对羊群高声吆喝,挥动鞭子。"我们比起欧洲来真是落后,"他记起自己经常出国,这样想,"全欧洲哪儿也找不到这样的母牛。"伏尔金想打听一下同他正在走的路连接的那条路通到什么地方,这些牲口是谁家的,便叫来牧童。

"这是谁家的牲口?"

孩子望着大礼帽、梳得整整齐齐的大胡子,尤其是金丝边眼镜,十分惊讶,几乎有点儿害怕,一下子回答不上来。直到伏尔金又问了一遍,孩子才清醒过来,说:"我们家的。"

"'我们家'是哪一家啊?"伏尔金摇摇头,笑着说。

孩子穿一双树皮鞋,裹着包脚布,身穿肮脏的肩上有洞的粗布衬衫,头上戴着一顶帽舌掉了的便帽。

"'我们家'是哪一家啊?"

"皮罗果夫家。"

"你几岁?"

"我不知道。"

"你识字吗?"

"不，不识。"

"怎么，难道没有学校吗？"

"我不上学。"

"怎么，没进学校？"

"没有。"

"这条路通到哪儿啊？"

孩子告诉了他。伏尔金就向那所房子走去，心里考虑着他将怎样责骂尼古拉·彼得洛维奇，因为尽管他奔走忙碌，民众教育还是搞得很糟。

伏尔金走近房子，瞧了瞧表，懊恼地发现已经十二点。他记起尼古拉·彼得洛维奇要进城去，他要同他一起发一封信到莫斯科，可是信还没写。这封信很重要，他要他的朋友和同事给他留下一幅拍卖场买来的圣母像。走近房子，他看见四匹膘肥体壮的纯种马已套在一辆在阳光下乌黑发亮的弹簧马车上，车夫身穿蓝色紧身长衣，束着银腰带，马车偶尔发出铃铛声。大门口站着一个农民，光着脚，身穿破长衣，没戴帽子。他鞠了一躬。伏尔金问他有什么事。

"我找尼古拉·彼得洛维奇。"

"有什么事啊？"

"我有事，倒了一匹马。"

伏尔金就问他是怎么一回事。农民讲了自己的处境，说他有五个孩子，原来只有一匹马，说着哭起来。

"你到底要什么？"

"行行好吧。"

他跪下来，伏尔金虽然一再劝说，他还是跪着不起来。

"你叫什么名字？"

"米特里·苏达利科夫。"农民回答，依旧跪着不起来。

伏尔金掏出三卢布给农民。农民向他叩头。伏尔金走进屋里。主人尼古拉·彼得洛维奇站在前厅。

"信呢？"尼古拉·彼得洛维奇在前厅遇见他，问，"我要走了。"

"对不起，对不起。要是可以，我现在就写。完全忘记了。你们这儿太美了。我把什么都忘了。太美了。"

"行是行，只是请快一点儿。马儿等了已有一刻钟。马蝇可厉害了。"

"你可以等一下吗？"伏尔金问车夫。

"怎么不可以？"车夫嘴上这样说，心里却在想："既然还不走，干吗叫人套车。我同孩子们拼命赶，可现在跑来喂马蝇。"

"我这就写，我这就写。"

伏尔金刚进屋又回来，向尼古拉·彼得洛维奇打听那个要求救济的农民的情况。

"你见到他啦？"

"他是个酒鬼，但确实挺可怜。请您快一点儿。"

伏尔金走进屋里，掏出信笺夹和笔，写好信，又从支票簿里裁下一张支票，写上一百八十卢布，放进信封，拿去交给尼古拉·彼得洛维奇。

"好，再见。"

早餐前，伏尔金阅读报纸。他读《俄罗斯新闻》[①]《言论报》[②]，有

[①]《俄罗斯新闻》——莫斯科大学的自由派教授和地方自治局活动家办的报纸，反映自由派地主和资产阶级的利益。

[②]《言论报》——俄国立宪民主党的中央机关报。

时读读《俄罗斯语言报》①,但主人订的《新时报》②他连碰也不碰。

他照例从帝王、总统、大臣的活动读到国会决议等政治新闻,然后又转到戏剧消息、学术活动、自杀新闻、霍乱疫情以及诗歌作品。这时早餐铃响了。依靠专为老爷们服务的十多个人——洗衣妇、菜农、烧炉工、厨司、下手、侍仆、管家、洗碗工——的劳动,餐桌上摆好八副银餐具、玻璃水瓶、克瓦斯、酒、矿泉水,亮晶晶的车料玻璃器皿、桌布、餐巾。两名侍仆不停地奔来跑去,端菜,送汤,收拾小吃,换上冷热菜点。

女主人说个不停。她讲着她所做所想和所说的事,而她所做所想所说的一切,她显然认为都是美的,总会给人带来极大的快乐,除了愚蠢的仆人之外。伏尔金感觉到、也明白她说的一切都很愚蠢,但他不能流露这种感觉,还要使谈话继续下去。费奥多里特板着脸不作声,男教师偶尔同寡妇说几句。有时出现冷场,于是费奥多里特就首先开口,但他的话总是使人觉得枯燥乏味。这时女主人就要求上新鲜菜点,于是侍仆们连忙东奔西跑,去厨房,找管家。其实谁也不想吃,谁也不想说话。但大家还是勉强吃着,说着,早餐自始至终就是这样度过的。

三

因为死了一匹马而要求救济的农民叫米特里·苏达利科夫,在

---

① 《俄罗斯语言报》——自由资产阶级的日报,后支持临时政府,反对列宁和布尔什维克党。
② 《新时报》——反动贵族和官僚集团的喉舌。

他去找老爷的前一天，他整天都在忙死马的事。第一件事是去安德烈耶夫卡找剥兽皮工萨宁。剥兽皮工不在家。等他回来，同他讲好马皮的价钱，已是午饭时间了。接着，他请求邻居帮他把死马运到墓地，因为死马不准就地埋葬。安德烈扬不肯借马给他，他自己要运土豆。好容易向史吉邦借来一匹。史吉邦可怜他，帮他把死马抬到大车上。米特里把前腿的两个马掌拆下来交给老婆。其中一个磨得只剩下一半，另一个是完整的。在他挖土坑的时候（铁锹很钝，很费力），萨宁来了。他剥下马皮，把死马推进坑里，然后大家撒上土。这可把米特里累坏了。他心里烦闷，走进马特廖娜酒店，同萨宁喝了半瓶烧酒，回家同妻子吵嘴，然后在门廊里躺下睡觉。他和衣而睡，包着包脚布，拿破长衣盖在身上。妻子同几个女儿睡在屋里。他们有四个孩子，最小的女儿才五个星期，还是个吃奶的婴儿。

米特里照例天亮以前醒来。想到昨天的事，那匹骟马怎样奔腾，又怎样倒下，如今他没有马了，只剩下卖马皮所得的四卢布八十戈比，不禁叹了口气。他起身，整理好包脚布，先走到院子里，然后走进小屋。小屋已倾斜，又脏又黑，已生了火。老婆一手把干草送进炉子里，一手把小女儿按在从脏衬衫里露出来的下垂的乳房上。

米特里对屋角画了三次十字，嘴里喃喃地说着："三位一体""圣母""我信""圣父"。

"怎么，水没有了？"

"姑娘去打水了。她会拿来的。那么，你要到乌林留玛雅老爷那儿去吗？"

"是的，得去一下。"

他被烟熏得咳嗽起来，从长凳上拿起一块抹布，走进门廊。女儿刚打水回来。米特里从桶里舀了水,掬了点儿到嘴里,淋了淋双手,又掬了点儿到嘴里,洗了洗脸,用抹布擦了擦,用手指梳开头发,又抚平头发和鬈曲的大胡子,走出门去。一个十岁光景的女孩,只穿一件脏布衬衫,从街上向他走来。

"你好,米特里大叔。他们叫你去打麦子。"

他知道卡鲁施金家也像他一样穷,他们叫他去打麦子,因为上星期他们在他租来的马拉脱粒机上替他干过活。

"好的,我去;你说我上午去。我得先到乌林留玛雅去一下。"

米特里走进屋里,取出包脚布和树皮鞋,穿好鞋,上老爷家去。他从伏尔金老爷那儿得到三卢布,又从尼古拉·彼得洛维奇那儿得到三卢布。回到家里,他把钱交给老婆,拿起铲子和耙走去干活。

在卡鲁施金家,脱粒机早就在隆隆地响着,只偶尔由于麦秸卡住而暂停。赶牲口人的周围走着几匹瘦马,把皮带拉得紧紧的。赶牲口人用同样的声音对它们吆喝着:"喂,走啊,宝贝!对了,对了。"一部分婆娘在解禾捆,另一部分在把匀麦秸和麦粒,再有一部分婆娘同农民一起把大捆大捆的麦秸递给一个男人,让他堆起来。活儿干得热火朝天。在米特里经过的菜地里,一个赤脚姑娘只穿一件衬衫,用双手挖着土豆,把土豆放到筐子里。

"爷爷在哪儿啊?"米特里问。

"爷爷在打谷场。"

米特里来到打谷场,立刻开始干活。老主人知道米特里的不幸。他跟他招呼了一下,指指垛起来的麦秸,把麦秸递给他。

米特里脱了衣服,把他那件破长衣卷起来放在篱笆旁,十分卖力地干起来,用叉子挑起麦秸送到麦秸垛上。他就这样一刻不停地干到吃晚饭。公鸡已啼了三遍,但他由于干活和谈话不仅没理会,简直没听见。这会儿从三俄里外老爷的打谷场上传来蒸汽脱粒机的轰鸣声。就在这时主人走到打谷场上来。他就是马赛伊老人,个儿很高,今年已八十岁,但仍腰骨笔挺。

"该歇工了。"他走到赶牲口人旁边,说,"吃饭了。"

活干得更起劲了。他们迅速地把脱过粒的麦秸堆到垛上,把打谷场上的麦粒同糠秕从麦穗上弄干净,这才走到农舍里去。

农舍生火没有烟囱,但已收拾干净。桌子周围放着几个长凳,大家对着圣像做了祈祷(总共九人,不包括主人),然后坐下来。有稀粥和面包、烤土豆和克瓦斯。

吃饭的时候,屋里进来一个乞丐,独臂,肩上搭着袋子,挂着一根大拐杖。

"阖府平安!面包和盐,看在基督分上给一点儿吧。"

"上帝会给你的,"女主人说,她也上了年纪,是老人的儿媳妇,"请勿见怪。"

老人站在贮藏室门口。

"切面包,玛尔法。这样不好。"

"我刚在计算,是不是够吃。"

"哦,不好,玛尔法。上帝吩咐分一半给别人。你切吧。"

玛尔法听从老人的吩咐。乞丐走了。打谷的人们站起来,祈祷了一下,谢了主人,走去休息。

米特里没躺下休息,而跑到小店买烟草。他太想抽烟了。他同一个痴呆的农夫闲聊,打听牲口的价钱。他打算卖掉母牛。当他回去时,工人们又在干活了。他们就这样一直干到晚上。

瞧吧，在这些受折磨、被欺骗、遭掠夺、被腐化，由于食物不足和过度劳累而渐渐死去的人旁边，在他们旁边，到处都有人过着空虚无聊和卑鄙猥琐的生活。他们直接享用这些奴隶过度和屈辱的劳动——更不要说干着各种屈辱劳动的工厂里的奴隶了——所制造的茶炊、银器、马车、汽车等东西；在这些奴隶旁边，心安理得地生活着一些人，其中有些人自认为是基督徒，另一些人自以为非常开明高尚，他们不需要基督教，也不需要任何宗教。在种种可怕的景象旁边，生活着享受天年而又常常心地善良的老人、老妇、青年、母亲和孩子——那些不幸的、被腐化的、道德沦丧的孩子。

瞧，这个拥有几千俄亩土地的老人，过着独身生活，一辈子饱食终日无所事事，生活放荡，他读着《新时报》的文章，对于政府准许犹太人进大学感到难以理解。瞧，他的客人，退休省长，领取退休金的参政员，他正赞同地读着法学家集会认为死刑是必要的新闻。而他们的对手 H.п. 则在阅读《俄罗斯新闻》，他对政府纵容俄罗斯民众同盟这种盲目行为感到惊讶……

瞧，这个女孩的慈祥可爱的母亲正在给她读福克斯狗怜惜家兔的故事。瞧，这个可爱的女孩看到那些饥饿的、啃着树上掉下的青苹果的赤足孩子，她对这些孩子熟视无睹，根本没把他们当作同自己一样的孩子，而是当作周围的一种景象。

这是怎么一回事？

一九〇九年

乡村三日记

第一日　流浪汉

在我们的时代，乡下发生了一种见所未见、闻所未闻的新景象。每天，有六到十二个饥寒交迫、衣衫褴褛的过路人到我们这个由八十户人家组成的村子里来借宿。

这些衣衫褴褛、几乎赤身光脚的人，多半身体有病，极其肮脏，到村子里来找甲长。甲长为了不让这些人在街上冻死饿死，就把他们带到当地居民家，而所谓居民，全部都是农民。甲长不把他们领到地主家，尽管地主除了有几十个房间的正屋外，在账房、马车夫房和洗衣室里，在粗细下房里，在其他房子里，还有几十个房间。他也不把他们领到教堂司祭、助理司祭和商人家，他们的房子虽然也不大，毕竟还有空的地方，却把他们领到农民家里。农民一家，包括妻子、儿媳妇、姑娘、大小孩子，全都挤在一个七八俄尺见方的房间里。主人接待饥寒交迫、衣衫褴褛、肮脏发臭的人，不仅让他过夜，还给他面包吃。

"你自己坐下来吃饭，"老主人对我说，"总不能不请他吧。要不你于心不安，总得给他吃喝啊。"

过路人要求宿夜的情况就是这样。但白天到每户农家去的客人往往不是两三个，而是十个、十几个。同样也是："总不能……"

于是，尽管面包远远不够吃，女主人还是会切面包给他们，有些人厚些，有些人薄些。

"要是人人都给，那么每天一个大面包也不够，"女主人们对我说，"有时只给他们暖暖身子，不给他们吃的。"

这样的事全俄国每天都在发生。乞丐、残疾人、被政府流放的无依无靠的老人，主要是失业工人，这支每年在增长的大军住宿、栖身（也就是躲避严寒和雨雪）和吃饭，靠的就是活干得最重和家境最贫穷的阶级——乡下农民——的直接帮助。

我们有贫民收容所，有社会救济衙门，城里有各种救济机关。在这些机关里，在电灯通明、铺着拼花地板、有服装整洁的仆人和各种高薪职员在服务的大楼里，正在救济成千上万各种无依无靠的人。但不论这样的人有多少，他们也只是贫民汪洋大海（具体数字不知道，但一定很大）中的一滴水，这些人如今一无所有，在俄国到处流浪，没有得到任何机关的救济，全靠乡下农民出于基督感情承担起这项巨大而艰苦的义务，向他们提供食宿。

试想一下，如果非农民家的每个卧室哪怕一星期一次接待一个饥寒交迫、肮脏生虱的过路人，这些过着非农民生活的人会说些什么。农民们不仅收留这种过路人，而且给他们吃饭喝茶，只因为"如果不请他们坐下来同自己一起吃饭，就觉得于心不安"。（在萨拉托夫、坦波夫和其他省份的僻远地方，农民们总是不等甲长把这种过路人领来，就自动接待他们，并向他们提供食物。）

这是真正的善事，农民们一直在做，但并没注意这是善事。再说，这种善事不仅是"为了灵魂"，而且对俄国社会极其重要。它的重要性就在于，如果没有这样的俄国农民，如果俄国农民没有这种强烈的基督感情,那么,不仅很难想象,这成千上万不幸的无家可归者将怎样过活,而且很难想象,所有富裕的人,特别是有钱的乡村居民,怎么能过太平日子。

只要看看这些无家可归的流浪汉的贫困程度,思考思考他们必然的心理状态,你就会懂得,全靠农民给予他们的帮助才使他们不至对另一些人行使暴力,因为那些人拥有过多的财物,而他们这些不幸的人只需要少量财物就可以维持生活了。

所以,不是慈善团体,也不是拥有警察和各种司法机关的政府在保护我们这些富裕阶级,不受极端贫困和绝望的饥寒交迫、无家可归的人的侵犯,而仍然是既供养我们又保护我们的俄国人民生活的基本力量——农民——在保护我们。

是的,要是没有那具有深厚博爱宗教意识的大量俄国农民,那么,不管有多少警察(他们在乡村是那么少,而且也不可能有许多),这些极度绝望的无家可归的人不仅会把所有富人的家洗劫一空,而且会杀死凡是阻止他们行动的人。所以,我们听到和读到有人为了掠夺财物而抢劫和杀人,倒不必感到恐惧和惊讶,而应该理解和记住:这种谋财害命的事之所以很少发生,我们只应该感激农民,是他们向那些不幸的流浪汉提供了无私的援助。

每天到我们家来的总有十到十五个人。在这些人中有真正的乞丐,他们由于某种原因选择这种过活的方式。他们缝制了口袋,勉强穿上衣着上鞋,上门求乞。在这些人中有瞎子,也有断臂缺腿的,偶尔也有孩子和妇女。不过这种乞丐只是少数。如今多数乞丐不背口袋,其中很大一部分是年轻人,身上也没有残疾。他们光着脚板,衣衫单薄,身体瘦弱,冷得发抖,样子都挺可怜。你问他:"你去哪儿？"回答几乎总是："找工作。"或者："找过工作，但没找到，现在回家去。没有工作，但到处都有人帮助。"其中也有不少是流放回来的。

在这大量过路的乞丐中有形形色色的人：有酗酒而落魄的酒鬼，有识字不多的文盲，但也有很有文化的人，有胆怯怕羞的，也有死乞白赖的。

前几天，伊里亚·华西里耶维奇一醒来就对我说："大门口有五个过路人。"

"领他们进来吃饭。"我说。

伊里亚·华西里耶维奇按照规定给每人五戈比。过了一小时光景，我来到台阶上。一个衣衫极其褴褛、鞋子千疮百孔的瘦子，脸带病容，眼睛浮肿，目光躲躲闪闪。他向我鞠躬，递给我一份证明。

"他们给了您钱吗？"

"老爷，五戈比有什么用？老爷，请您设身处地替我想一想，"他递给我一份证明，"请您看看，老爷，请您看看，"他指指身上的衣服，"我能去哪儿？老爷（他每说一句话都要叫声'老爷'，而脸上则充满怨气），我有什么办法，我能去哪儿？"

我说我给所有的人都一样。他继续请求，要我看看证明。我拒绝了。他跪下来。我请他不要缠住我。

"叫我怎么办呢，难道自杀吗？剩下只有一条路。没有别的办法了。您多少给点儿吧。"

我给了他二十戈比。他走了，显然充满怨气。

像这样特别纠缠不清、显然认为有权向富人要求点儿什么的人很多。这多半是些有文化的人，常常书读得很多，对于他们来说发生革命乃是必然的。这些人不像从前的乞丐那样把富人看作拯救灵魂的人，而是看作强盗、匪徒和工人的吸血鬼。这种乞丐往往自己不干活，还千方百计逃避工作，并以工人的名义自认为不仅有权而且必须憎恨掠夺人民的人，就是富人。他们因自己的贫穷而全力憎恨富人。他们如果乞求，也不是强求，只是装装样子而已。

这样的人，加上酒鬼（你会说是他们自己的过错），人数很多。但在流浪汉中也有不少气质完全不同的人，他们温顺、老实、非常可怜。想到这些人的处境，实在使人觉得难过。

来了一个漂亮的高个子，他身上只穿一件破烂不堪的短上装。靴子坏了，磨破了，他的脸却聪明而漂亮。他摘下帽子，照例向我求乞。我给了他钱，他谢了我。我问他：从哪儿来？ 到哪儿去？

"从彼得堡来，回家乡（我们的省）。"

我问他："为什么这样走着去？"

"说来话长。"他耸耸肩膀说。

我请他讲讲。

他讲的显然是实话。他说："原来住在彼得堡，当办事员，工作挺好，薪金有三十卢布。"他以前日子过得很好。"我读过您的书：《战争与和平》《安娜·卡列尼娜》。"他说着，又现出非常可爱的笑容。

"家里人想移居西伯利亚，去托木斯克省。"他继续讲道。他们写信给他，问他是不是同意出售老家的那块地。他同意了。一家人都去了，但没想到他们在西伯利亚买的那块地是坏地，他们在那里住了一阵又回到家乡。如今他们住在家乡的老宅里，没有土地，靠打工糊口。那时他在彼得堡的生活也很糟。首先，他失去了工作，不是由于他的缘故，而是由于他供职的公司破了产，把职工解散了。

"可那时，不瞒您说，我同一个女裁缝好上了，"他又笑了，"她可完全把我搞昏了头。原来我一直帮助家里人，可如今交上桃花运了。但上帝是仁慈的，也许我能克服困难。"

显然，他是一个聪明、强壮、能干的人，只是一连串意外事件使他落到现在这个境地。

再拿一个人来看：他穿着一双破鞋，腰里束一根绳子。身上的衣服百孔千疮，破烂不堪。他的颧骨很高，模样快乐、聪明而冷静。我照例给了他五戈比，他道了谢。我们聊了起来。他曾被流放，在维亚特卡住过。那边情况很糟，如今更是糟透了。现在他到梁赞去，他在那里住过。我问他原来是干什么的。

"报贩，卖报。"

"为什么受罪？"

"因为散发非法传单。"

我们谈到革命。我认为一切都在于我们自己。我说了这个意见。我说这样巨大的力量是不能用暴力来摧毁的。

"只有我们心中的恶被消灭了，我们身外的恶才能被消灭。"我说。

"原来如此，但不会很快。"

"这要看我们。"

"我读过您写的关于革命的书。"

"书不是我写的，但我也这样想。"

"我想问您要您写的书。"

"很高兴。只是不要因此使您受害。我给您几本最没有问题的书。"

"我怕什么？我已经什么也不怕了。对我来说坐牢比现在这样好。我不怕坐牢。有时我还希望坐牢呢。"他忧伤地说。

"真可惜，多少人力被白白浪费了，"我说，"瞧，像您这样的人是在糟蹋自己的生命。那么，您现在怎么样？打算干什么？"

"我吗？"他说，凝视着我的脸。

当我们谈到往事和一般问题时，他总是快乐而大胆地回答我，但只要一接触到他的事，看见我对他的同情，他就背过身去，用袖子遮住眼睛，他的后脑勺也抖动起来。

像他这样的人又有多少啊！

这样的人是可怜的。但使人感到，就连这样的人也站在绝望的门槛之外，只要一跨过门槛，就会完全绝望，而一旦落入这样的境地，一个善良的人也是什么都干得出来的。

"不论我们的文明看上去是多么牢固，"亨利·乔治[①]说，"其中已有破坏的力量在发展。不是在荒漠和树林里，而是在城市贫民窟和大路上培养着那种野蛮人，他们对我们文明的危害，就像古代的匈奴和汪达尔人[②]一样。"

是的，亨利·乔治二十年前的预言，现在到处都在实现，而在我们俄罗斯表现得尤其明显，那是由于政府惊人地丧失理智，竭力破坏一切社会福利赖以生存的基础。

乔治所预言的汪达尔人已在我们俄国培养出来了。他们这些汪达尔人，这种无可救药的人，居然会在我们这儿，在笃信宗教的人

[①] 亨利·乔治（1839—1897）——美国经济学家，著有《进步和贫困》《什么是单一税，为什么我们要实行单一税？》。托尔斯泰当时同意他的经济观点。

[②] 汪达尔人——古代日耳曼人的部族。

中间产生,这显得特别可怕。这些汪达尔人在我们这儿产生,显得特别可怕,就因为我们缺乏制约办法,没有遵守礼仪和不重视舆论,而这些做法在欧洲各国是很受重视的。我们这儿不是笃信宗教,就是完全缺乏任何制约办法,例如斯杰潘·拉辛[①]、普加乔夫[②]……说来可怕,由于我们的政府近来实行警察暴行、疯狂流放、监禁、苦役、把人关进堡垒、每天宣判死刑等可怕暴力,如同普加乔夫当年的所作所为一样,拉辛和普加乔夫的大军就一天天扩大了。

这种行为使斯杰潘·拉辛不顾最后剩下的道德规范。"既然有学问的老爷都在这么干,那我们也就只好听天由命了。"他们这么说,也这么想。

我常收到这类人 —— 主要是流放犯 —— 的信。他们知道我写过一些文章,主张不以暴力抗恶。虽然他们中间大部分缺乏文化,但都激烈地反驳我说,对于政府和富人对人民所做的一切,只能用一句话来回答:复仇,复仇,复仇。

我们的政府的盲目是惊人的。它没有看到,也不愿看到,它为解除自己敌人的武装所做的一切,只会增加他们的人数,加强他们的力量。是的,这些人是可怕的:对政府可怕,对富人可怕,对所有生活在富人中间的人可怕。

不过,除了由这些人所造成的恐惧之外,还有另一种感情,远比恐惧更难以避免。那就是当我们看到由于种种意外原因而过着可

[①] 斯杰潘·拉辛(1630—1671)——俄国农民反封建起义(1670—1671)领袖,顿河哥萨克。

[②] 叶密良·普加乔夫(约1742—1775)——俄国农民起义(1773—1775)领袖,顿河哥萨克。

怕的流浪生活的人时无法避免的感情,也就是羞耻和同情。

倒不是由于恐惧,而是由于羞耻和同情,我们这些没处于这种境地的人,不能不这样或那样来回答俄罗斯生活中新出现的可怕现象。

第二日　活着的和垂死的

我坐在屋里工作,伊里亚·华西里耶维奇悄悄走过来,显然不愿打断我的工作。他说有几个过路人和一个女人已等我好久了。

"请您拿点儿钱去给他们。"

"那个女人有什么事找您。"

我请她等一等,自己继续工作。后来,我走出去,把这个有事求我的女人完全给忘了。这时角落里走出一个年轻的农妇,她清瘦,长脸,脸色苍白,在这种天气里她身上的衣服显得过于单薄。

"您有什么事?您要什么?"

"求老爷恩典。"

"什么事?求什么?"

"求老爷恩典。"

"什么事?"

"他们把他送去是违法的。剩下我一个和三个孩子。"

"把谁送去,送到哪儿去?"

"把我们的当家人赶到克拉比夫纳去了。"

"去哪儿?干什么?"

"去当兵嘛。这是违反法律的,因为全家靠他一个人供养。我们没有他没法过。求老爷做主。"

"他怎么,没有兄弟吗?"

"只他一个。"

"那么,怎么能把独子送去呢?"

"谁知道他们。只留下我跟孩子们。随你怎么办吧。只有死路一条了。就是孩子们可怜。只希望您老爷做主,因为他们是违反法律的。"

我记下村名和她的名字,外号。我说,等我打听一下再给您回音。

"求您多少帮点儿忙。孩子们要吃,可是,不瞒您说,家里一块面包也没有了。最糟糕的是那个奶娃娃。我身上一滴奶也没有了。真想去见上帝。"

"难道你们没有牛吗?"我问。

"我们有什么牛?人都快饿死了。"

她哭着,穿着破烂衣衫的身子不断哆嗦。

我把她打发走,照例准备去散步。原来住在我们那儿的医生要到这个大兵老婆所在的村子里去看病,而乡政府也在那里。我就跟医生一起乘雪橇去。

我就拐到那个乡。医生则到村里去忙他的事。

乡长不在,文书也不在,只有文书的助手在。他是我认识的一个聪明小伙子。我向他打听那个大兵的情况。为什么把独子送去当兵?助手查了查档案说,那人不是独子,他们有两兄弟。

"那她为什么对我说他是独子呢?"

"她胡说。他们总是胡说。"他笑着说。

我在乡政府里办了我要办的事。医生看完病回来,我们就一起乘雪橇到大兵老婆所在的那个村子去。我们还没出村，就有一个十二三岁的女孩急急忙忙跑来把我们拦住。

"准是找您的。"我对医生说。

"不，老爷，我找您。"女孩对我说。

"你有什么事？"

"求老爷救命。妈妈死了，就剩下我们几个孤儿。我们总共五个……请您帮帮忙，帮我们想想办法……"

"你从哪儿来？"

女孩指着一座相当不错的砖房。

"我们是本地人，这是我们的房子，您进去，自己去瞧瞧。"

我跳下雪橇向那座房子走去。从房子里走出一个女人，请我进去。她是孤儿们的婶娘。我走进屋去。正房干净而宽敞。几个孩子都在里面。除了老大，还有四个：两个男孩、一个女孩和一个两岁的最小男孩。婶娘详细讲了家里的情况。两年前，孩子的爸在矿里被石头压死了。她们到处奔走申请抚恤金，但没有结果。留下寡妇和四个孩子，第五个是遗腹子。没有男人，他们勉强过活。寡妇先是雇人种地。但没有男人，日子越来越难过。她先把奶牛卖掉，然后卖马，只剩下两只羊。他们勉强度日，不想一个月前寡妇自己生病死了。剩下五个孩子，最大的才十二岁。

"好不容易一天天挨着过。我尽力帮助他们，"婶娘说，"可是我们力量有限。我真想不出办法拿孩子们怎么办。他们真不如死掉的好。真想送他们去孤儿院，哪怕送几个去也好。"

最大的女孩显然很懂事，也加入我同她婶娘的谈话。

"至少得把米科拉施卡送去，要不跟他一起真麻烦，哪儿也去不成。"她说,指着精力充沛的两岁男孩。他却乐呵呵地冲着姐姐笑,显然完全不同意婶娘的主张。

我答应设法让一个孩子进孤儿院。大女孩向我道谢,问我什么时候听回音。孩子们一双双眼睛,连米科拉施卡在内,都直盯着我,仿佛我是一个魔法师,什么都可以替他们办到。

我走出房子,还没走到雪橇旁,就遇见一个老人。老人向我问好,接着就谈起那些孤儿来。

"真糟糕,"他说,"瞧瞧他们都觉得可怜。大女孩到处奔走,就像是他们的妈妈。也只有老天爷保佑她。幸亏大家没抛弃她,要不这些可怜的孩子准会饿死。是啊,真应该帮助帮助他们。"他说,显然在劝我这样做。

我同老人、同婶娘、同女孩告别,跟医生坐上雪橇,再到大兵老婆那个村子去。

我问第一户人家,那里也住着一个大兵的老婆。原来这第一户里住着一个我很熟悉的寡妇,她靠乞讨过活。她乞讨起来特别执拗,死乞白赖的。这个寡妇照例立刻要求帮助。现在她特别需要帮助,因为要养活小牛。

"它可要把我同老太婆都吃了。您进来瞧瞧。"

"老太婆怎么样?"

"老太婆老得只剩一口气了。"

我答应去看看,主要不是看小牛,而是看老太婆。我又问她,大兵老婆的家在哪儿。寡妇指给我看院子对面的小屋,同时说:"穷是穷,他们的大伯酒又喝得厉害。"

我按照寡妇的指点穿过院子向小屋走去。

尽管乡下穷人的房子都很寒碜,但像大兵老婆那样破败的房子,我也好久没见到了。不仅整个屋顶倾斜,连墙壁都走了样,因此窗户也都弯曲了。

房子里面并不比外表好。小小的房子里有一个占三分之一面积的炕,房子完全倾斜,又黑又脏,屋里挤满了人,这使我惊讶。我想找大兵老婆和她的孩子们,没想到这儿还有她的嫂子——一个年轻的女人——和她的两个孩子,还有年老的婆婆。大兵的老婆同我分手后刚刚回家。她冻僵了,在炕上取暖。当她从炕上下来时,婆婆给我讲了他们的生活。她有两个儿子,弟兄俩,原来住在一起。大家靠劳动过活。"如今还有谁住在一起。大家都分开过,"饶舌的婆婆说,"婆娘们相骂,兄弟分家,日子过得越来越糟。地少。靠工钱才勉强过活。如今又把彼得送了去。叫她跟孩子们怎么过日子?她就这样跟我们一起过,但养不活所有的人。怎么办,我们也想不出办法。据说,可以叫他回来。"

大兵老婆从炕上爬下来,也求我设法把丈夫弄回来。我说这事办不到。我问她丈夫走后有没有留下什么财产。原来什么财产也没有留下。丈夫走时把地交给了哥哥,她的大伯,要他养她和几个孩子。他们原来有三只羊,两只送丈夫入伍卖掉了。她说,只剩下一只病恹恹的羊和两只母鸡。全部财产就是这些。婆婆证实了她的话。

我问大兵老婆她是从哪儿嫁过来的。原来她是从谢尔基耶夫村嫁过来的。

谢尔基耶夫村是个富裕的大村,离我们有四十俄里。

我问她父母是不是还健在,他们过得怎么样。

"他们活着,"她说,"过得很好。"

"你为什么不到他们那儿去?"

"我自己也想去。就怕他们不肯接受四五个人。"

"说不定他们会接受的。你给他们写一封信。我替你写好吗?"

大兵老婆同意了。我记下她父母的名字。

当我同婆娘们谈话的时候,大兵的大女儿,那个大肚子女孩,走到她跟前拉拉她的衣袖,讨着什么,大概是讨吃。大兵老婆在跟我说话,没理她。女孩又拉拉她的衣袖,喃喃地说着什么。

"该死的丫头!"大兵老婆叫道,抡起手臂向女孩的头打去。

女孩放声大哭。

结束了这里的事,我走出小屋,去有小牛的寡妇家。

寡妇已在家门口等我,又要我去看看她的小牛。我走进屋去。小牛果然就在外屋。寡妇要求我看看小牛。我瞧着小牛,心里明白,寡妇的全部生活都依靠这头小牛,她无法想象我会没兴致看她的小牛。

我看了小牛,走进正屋,问老太婆在哪儿。

"老太婆吗?"寡妇反问,显然感到奇怪,因为看了小牛之后我还会对老太婆发生兴趣。"在炕上。她还会在哪里。"

我走近高炕向老太婆问好。

"哦——哦!"一个微弱嘶哑的声音回答我,"是谁啊?"

我说了名字,问她过得怎么样。

"我过得怎么样吗?"

"那么,您哪儿疼啊?"

"浑身都疼。喔唷唷!"

"我这儿有一位医生。要不要叫他来看看?"

"医生?喔唷唷!你的医生对我有什么用!我的医生在哪里……医生……喔唷唷!"

"她太老了。"寡妇说。

"嗯,没有我老吧。"我说。

"怎么没您老,老多了。人家说她都有九十岁了,"寡妇说,"她两鬓头发都掉光。前不久我把她的头发都剪了。"

"为什么都剪了?"

"头发差不多掉光了,我就替她剪掉。"

"喔唷唷!"老太婆又呻吟了,"喔唷唷!上帝把我给忘了!他不肯接受我的灵魂。老天爷他不叫我去,灵魂自己是不会出去的……喔唷唷!看来我是有罪啊。连润润喉咙的水都没有。哪怕有一杯茶喝喝也好。喔唷唷!"

医生走进小屋,我和老人告别。我们来到街上,坐上雪橇,去附近一个不大的村庄,那也是医生出诊的最后一个地方。昨晚就有人来请医生去看病。我们到了那里,一起走进小屋。一间不大的清洁的小屋,中间放着一个摇篮,一个女人在使劲摇着。桌旁坐着一个八九岁的女孩,惊奇地瞧着我们。

"他在哪儿?"医生问到病人。

"在炕上。"女人说,没停止摇动睡着婴儿的摇篮。

医生登上高板床,臂肘搁在炕边,俯身对着病人,在那里做着什么。

我走到医生跟前,问他病人怎么样。

医生没回答。我也登上高板床,望着昏黑的床上,只勉强看出一个躺在炕上的人的头发蓬乱的脑袋。

病人周围弥漫着一股难闻的恶臭。病人仰卧着。医生按着他左手的脉搏。

"他怎么样,很糟吗?"我问。

医生没回答我,却同女主人说话。

"点灯。"他说。

女主人唤女孩,叫她摇摇篮,自己点了灯递给医生。我走下高板床以免妨碍医生看病。他拿着灯,继续检查病人。

女孩望着我们,不太使劲地摇着摇篮。婴儿可怜地尖声啼哭起来。母亲把灯递给医生,怒气冲冲推开女孩,自己摇摇篮。

我又走到医生跟前,又问他病人的情况。

医生还在给病人做检查,悄悄地对我说了一个词儿。

我没听清他说什么,又问他。

"濒死状态。"医生说了两遍,默默地从高板床上下来,把灯放在桌上。

婴儿凄厉地拼命啼哭。

"怎么样,死了吗?"婆娘说,仿佛懂得了医生的话。

"还没有,但不可避免。"医生说。

"那么,得去请神父来啰?"婆娘不满意地说,越来越使劲地摇着啼哭的孩子。

"要是他在家就好了,可现在你还能找到谁呢——全都打柴去了。"

"我在这儿没什么事可做了。"医生说。于是我们就走了出去。

后来我知道那婆娘终于找到人去请神父。神父刚赶上替垂死的人授了圣餐。

我们回家去，一路上默默无言。我想我们两人体验的感受是一样的。

"他什么病？"我问。

"肺炎。我没想到他会这么快完结，他体质很强壮，但情况是致命的。体温四十度，可是户外只有零下五度，这怎么行。"

我们又不作声，默默地走了好一阵。

"我发现炕上没有被褥，也没有枕头。"我说。

"什么也没有。"医生说。

他显然明白我在想什么，说："是啊，昨天我去了克鲁多耶村一个产妇家。要进行检查，就得让女人仰天躺平。可是小屋里没有可以躺平的地方。"

我们又不作声，大概又在想着同一件事。我们默默地回到家里。大门口停着一辆铺毯子的雪橇，前面有两匹骏马，一前一后地站着。车夫是个美男子，身穿光板皮袄，头戴一顶皮帽。这是儿子从他的庄园跑来。

我们一家坐在餐桌旁，桌上摆着十副餐具。有一副餐具空放着。这是孙女的位子。她今天有病，跟保姆一起在自己房间里吃饭。为她准备了特别卫生的伙食：肉汤和西米粥。

午餐由四道菜组成，有两种酒，还有两名侍从，桌上摆着鲜花。大家谈着话。

"这些美丽的玫瑰是从哪儿来的？"儿子问。

妻子说，这些花是一位不愿透露名字的太太从彼得堡送来的。

"这样的玫瑰每朵要卖一个半卢布呢。"儿子说。他讲到有一次举行音乐会或者演出。这样的玫瑰扔满一舞台。谈话转到音乐和一位音乐大师以及音乐的赞助者。

"怎么样？他身体怎么样？"

"一直不好。他又去意大利了。他总是在那里过冬，并且康复得很好。"

"旅行可是艰苦和寂寞的。"

"不，为什么，搭快车总共只要三十九小时。"

"到底太寂寞。"

"等着吧，不久我们可以乘飞机了。"

第三日　赋　税

除了通常的来访者和求助者以外，今天又来了几个特殊客人：第一个是个孤苦伶仃的老农；第二个是个子女成群的穷女人；第三个，据我所知，是个富裕的农民。这三个人都是我们村子里的，来访都是为同一件事。新年以前官府来收税，他们征收了老人一个茶炊，征收了女人一只羊，征收了富裕农民一头牛。他们全都要求保护或者帮助，有的既要保护又要帮助。

第一个开口的是富裕农民。他高个子，相貌好看，但样子已显老。他讲到村长走来征收了他的牛，还向他要二十七卢布。但这是粮食税，照农民的意见，这钱现在不应该收。这种事我一点儿也不懂，我就说，让我到乡政府去查问一下，然后再告诉他能不能免去这笔税。

第二个说话的是那个被征收茶炊的农民。他瘦小虚弱、衣装褴褛,样子悲伤而有顾虑,讲到村长来他家,拿走了茶炊,还要三卢布七十戈比,可他没地方弄到这笔钱。

我问:"这是什么税?"

"谁知道呢,反正是官府的税。叫我同老伴到哪儿去弄啊? 我们的日子本来就很难过。这是根据什么法呀? 您可怜可怜我们这些老人吧! 无论如何帮帮忙。"

我答应去了解一下,尽力想办法。我同那婆娘说话。这是一个清瘦憔悴的女人,我认识她。我知道她丈夫是个酒鬼,有五个孩子。

"他们征收了羊。他们走来,说拿钱来。我说,当家的不在,干活去了。他们说拿来。叫我到哪儿去拿呀。只有一只羊,就把这羊牵走了。"她边说边哭。

我答应去了解,如有可能一定帮助。我先到村子里去找村长,了解详细情况,这都是些什么税,为什么抽得那么凶。

村街上又有两个求助的女人把我拦住。她们的丈夫都干活去了。一个女人要求我买下她的一块麻布,她只要两卢布。

"要不就没收我的母鸡。都是刚刚养大的。我就是靠它们过活,收了鸡蛋拿去卖。您买吧,麻布挺好。如果不是需要钱,我连三卢布都不卖。"

等我回去后,我叫她回家,我们再商量,这样也许可以解决。还没走到村长家,半路上又遇到我过去的女学生奥尔加。她原是个眼睛乌黑灵活的姑娘,如今可是个老太婆了。同样的灾难,他们征收了她的小牛。

我去找村长。村长是个相貌聪明、留灰色大胡子的强壮农民,他走到街上同我说话。我问他在征什么税，为什么突然征得这么凶。村长告诉我上面命令在新年之前要严格收齐所有拖欠的税款。

"难道上面命令要没收茶炊和牲口吗？"我问。

"要不又怎么样？"村长耸耸肩膀说，"不能不缴啊。就拿阿巴库莫夫来说吧，"他给我讲了那个因为欠粮食税而被征收母牛的富裕农民的事，"儿子上市场去，带去三匹马。他怎么能不缴税呢？可他老是装穷。"

"噢，这个就算是这样！"我说。"那么那些穷人又怎么样？"我说了被征收茶炊的老人的名字。

"那些穷人是这样的，没东西可拿。可是很难分得清他们的情况。"

我提到那个被牵去羊的女人。村长也可怜她，但仿佛又在辩解他不能不执行命令。

我问他当村长有多久了，有多少收入。

"有多少收入吗？"他说，没有直接回答我提出的问题，而是回答我没有提出但由他猜想的问题：你为什么参与这件事。"这件事我本想拒绝。我们的薪金是三十卢布，可是造的孽数也数不清。"

"他们就没收茶炊、羊和母鸡吗？"我问。

"要不又怎么样？不能不没收啊。乡政府已决定拍卖了。"

"他们能卖掉吗？"

"能，他们会勉强卖掉……"

我走到那个被征收羊的女人家。一座很小的农舍，前室就关着她那只要去充实国家预算的羊。女主人是个神经质的受尽贫困和劳动折磨的女人，她一看见我，就按照女人的习惯激动地急急说："瞧，我就是这样过日子：他们要没收我最后的一只羊，可我同这些孩子日子都过不下去，"她指指高板床和炕，"您过来，没关系！不用怕。瞧，我就同这些光肚子的小家伙在挨日子。"

真是些穿着破衬衣、没穿裤子的光肚子小家伙。他们从炕上下来，围着母亲……

当天我就到乡里去，想了解一下我从未听说过的征税方法。

乡长不在。他马上就来。乡里有几个人站在铁栅栏外面，也在等他。

我问那些等他的人，他们是些什么人，有什么事。两个是为了身份证，他们要去找工作。他们带来了领身份证的钱。一个是来取乡法庭判决书的副本，他曾上诉，要求不让侄孙女夺走他的老宅，因为他在那里已居住和工作了二十三年，还埋葬过老叔叔和老婶婶。他的上诉已被驳回。这个侄孙女是老叔叔的直接继承人，利用十一月九日法律，把土地和原告居住的宅院作为私产出售。他的上诉被驳回了，但他不相信有这样的法律，他要向高级法院申诉，但自己不知道往哪儿提。我向他解释这样的法律是有的。我的话引起所有在场人的怀疑和非议。

同这个农民的谈话刚一结束，就有一个神情严峻的高个子农民要我解释他的事。他的事是他和他的同村人在自己的耕地里挖掘铁矿，他们自古以来一直在那里挖矿石。

"如今上面发布命令，不准挖掘。在自己的土地上不让挖掘。这究竟是什么法律啊？我们全靠这个营生过日子。我们已奔走一个多月了，可是一点儿结果也没有。简直弄不懂是怎么一回事了，他们逼得我们破产，就是这么回事。"

我对这个人说不出一句安慰的话，就问走来的乡长，强迫农民

乡村三日记 | 357

缴税的严厉措施是怎么一回事。我问他是根据什么法律条款征税的。乡长告诉我，现在向农民追收的税共有七种：第一，国库税；第二，地方自治税；第三，保险费；第四，粮食税；第五，代替缴粮的粮食金；第六，乡公社税；第七，村公社税。

乡长对我说的同村长对我说的一样，征税特别严厉的原因是上级有命令。乡长承认向贫农征税很困难，但他并不像村长那样对贫农怀有同情，也不谴责长官，主要是他几乎毫不怀疑自己的工作是必要的，参与这项工作是无可非议的。

"总不能姑息他们啊……"

这以后不久我有机会同地方自治局长官谈到这件事。这位长官就更不同情贫农的艰难处境了，因为他几乎没看到贫农的处境，因此也更不怀疑自己工作的合法性。尽管在同我谈话时他也同意，完全不工作更太平，但他还是认为他是一个好官，因为别人要是处在他的地位会更糟。既然住在乡下，那又为什么不利用地方自治局官员微薄的薪水呢。

省长关于征税——为满足从事造福人民的人的需要，征税是完全必要的——意见，就根本不考虑从乡下穷人那里征收茶炊、小牛、羊、麻布的合理性，而对自己工作的益处也从不怀疑。

大臣们呢，还有那些买卖烧酒，那些训练人们杀人，那些从事判处人流放、监禁、苦役和绞刑的人，所有的大臣和他们的助手——这些人就完全相信，那些从穷人那里充公来的茶炊、羊、麻布和小牛都会找到最合适的地方来酿造毒害人民的烧酒，制造杀人的武器，来建造监狱，组织苦役连等等，同时分发薪金给他们和他们的助手，使他们能布置客厅，为妻子购置服装，有钱旅游和娱乐，让他们在为愚鲁而不知感恩的人民艰苦工作之余得到休息和调剂。

一九一〇年

霍登广场事件*

---

* 1896年5月18日沙皇尼古拉二世加冕,在莫斯科霍登广场发放礼物,人群拥挤,秩序大乱,据官方统计,有1389人被踩死,1300人受重伤。

"我真不明白你怎么这样固执。既然明天你可以安安稳稳跟维拉姑妈一起乘车直接到皇宫，何必不睡觉而要到民间去呢？你什么都看得见的。我对你说了，别尔答应我陪你去。你是位贵族小姐，有权进去的。"

在上流社会以"花花公子"著称的巴维尔·高里岑公爵这样对他的二十三岁女儿亚历山德拉说。亚历山德拉小名叫黎娜。这次谈话于一八九六年五月十七日晚上发生在莫斯科，也就是全民庆祝沙皇加冕典礼的前夜。事情是这样的：黎娜是个美丽强壮的姑娘，鹰钩鼻子。从侧面看去十足是个高里岑家人。她已经过了迷恋上流社会舞会的年龄，是个——至少自认为——进步女性，也是民粹派信徒。她是父亲唯一的也是最宠爱的女儿，想干什么就干什么。现在她像父亲说的那样"异想天开"，同表哥一起去参加民众游艺会，不在中午同家里人一起走，而同民众一起去，同扫院人和车夫一起，一清早离家出发。

"我啊，爸爸，不是要看看民众而是要同民众待在一起。我要看看他们对年轻沙皇的态度。难道去一次也不行吗……"

"好吧，随你的便，我知道你很固执。"

"别生气，亲爱的爸爸。我向你保证我会当心的，阿列克会跟住我寸步不离的。"

不管父亲觉得这个想法多么古怪和荒唐，他也不能不同意。

"当然,你乘马车去好了,"他回答她可不可以乘马车,这样说,"你到了霍登广场就打发车回来。"

"嗯,好的,好的。"

她走到父亲跟前。他照例为她画了十字:她吻了吻他那雪白的大手。他们就分手了。

那天晚上,在著名的玛丽雅·雅科夫列夫娜出租给纸烟工人的寓所里也在谈着明天的游艺会。叶密良的寓所里坐着几个同伴,他们约定了出发的时间。

"现在可不能再睡了,要不,当心睡过头。"亚沙说。他是个快乐的小伙子,住在隔壁房间里。

"为什么不睡一会儿呢,"叶密良回答,"天一亮我们一起出发。伙计们都这么说了。"

"嗯,睡就睡吧。不过,叶密良,万一有什么事,你可得叫醒我们哪。"

叶密良答应了,从桌上拿起丝线,拉过油灯,动手钉夹大衣上的纽扣。钉好纽扣,准备好最好的衣服,他把它放在长凳上,刷了刷靴子,然后祈祷,念祷词"父啊""圣母啊"——这些祷词的含义他不明白,也从不感兴趣。他脱下靴子和裤子,躺到吱咯作响的床上,床上铺着揉皱的垫褥。

"这是为什么呀?"他想,"有些人就是好福气。就像彩票中了奖一样。(民众中传说,除了礼物之外,还将分发有奖彩票。)一万卢布不用说了。至少也该有五百卢布吧。中了奖就好办事:给老人们寄礼物,妻子也不用工作了。要不分开过算什么生活啊。要买一只像样的表。给自己和妻子各做一件皮大衣。要不然拼命干，拼命干，还是摆脱不了穷日子。"他想象他同妻子一起去逛亚历山大花园，而去年夏天抓过他、说他是酒鬼的警察如今已不是警察，而成了将军。这位将军嘲笑他，叫他到酒店去听管风琴。管风琴演奏着，就像钟鸣一样。叶密良醒过来，听见时钟的嘀嗒声和打点声，还听见女主人玛丽雅·雅科夫列夫娜隔着门的咳嗽声，窗外已不像昨天那么黑了。

"但愿不要睡过头。"

叶密良起床后，光着脚板走到隔壁房间，唤醒亚沙，穿好衣服，涂上发油，梳了梳头，在破镜子里照了照。

"没什么，很漂亮。所以姑娘们喜欢我。可我不愿意胡闹……"他想。

他走到女主人那儿。就像昨天讲定的那样，他拿了一袋馅饼、两个鸡蛋、一块火腿、半瓶烧酒。天蒙蒙亮，他就同亚沙一起走出大门，向彼得花园走去。他们并不感到冷清。前面，后面，左边，右边，都是男人、女人和孩子，快快乐乐打扮得漂漂亮亮，走同一条路。

他们来到霍登广场。这儿整个广场上已是黑压压的一片人海。四面八方袅袅升起篝火的浓烟。黎明很冷，人们弄来树枝、木柴，吹旺篝火。

叶密良跟同伴们聚在一起，也生了一堆篝火。他们坐下来，取出小吃和酒。这时太阳升起来了，又明亮，又鲜艳。大家都很快乐。他们唱歌、聊天，有说有笑，都很快乐，等待着喜事。叶密良跟同伴们喝了酒，抽着烟，心情更好了。

大家都打扮得漂漂亮亮，但在穿戴整齐的工人和他们的妻子中间还有富人、商人和他们的妻子儿女。他们也来到民众中间。黎娜·高里岑娜也出来了。她容光焕发，兴高采烈，因为想到她已达到目的，同民众在一起，处身在他们中间，参加庆祝民众所拥护的沙皇加冕大游行。她同表哥阿列克在一堆堆篝火中间走着。

"祝贺你，漂亮的小姐，"一个青年工人把酒杯举到嘴边，对她大声说，"没嫌弃我们对你的情意。"

"谢谢。"

"你们自己吃吧。"阿列克提示说，卖弄他熟悉民众的风俗习惯。黎娜和阿列克又向前走去。

他们照例总要走到前头，此刻他们正在拥挤的人群中穿越广场（人那么多，尽管早晨天气晴朗，广场上已弥漫着一片由人群的呼吸凝成的雾气），一直向陈列馆走去。但警察不让他们过去。

"太好了。那我们再往那儿去。"黎娜说。于是他们又回到人群中。

"胡说。"叶密良跟同伴们一起围坐在摆在纸上的小吃周围，有个熟识的工人走来说，将分发礼物，叶密良就这样回答。"胡说。"

"不瞒你说。不是根据法律，但他们会发的。我亲眼看见的。有人拿来纸包和杯子。"

"谁都知道，分发礼物的都是骗子手。他们随心所欲。他们要给谁，就给谁。"

"这算什么呀。难道可以违法胡来吗？"

"他们可以无法无天。"

"我们走吧，弟兄们。干吗瞧着他们！"

大家都站起来。叶密良收起还没喝完的酒瓶，跟同伴们一起往前走去。

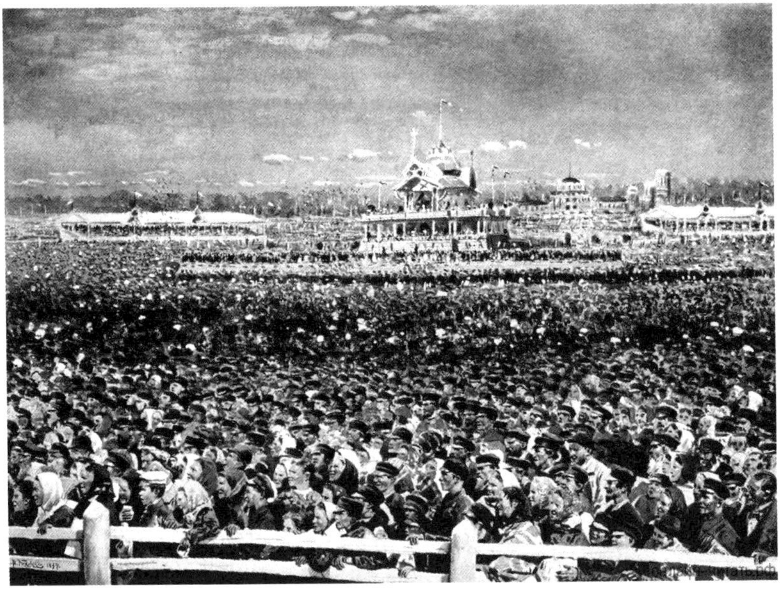

他走了不到二十步，人群更加拥挤，往前走越发困难。

"往哪儿钻？"

"你往哪儿钻？"

"怎么，只你一个人？"

"唔。"

"天哪，把人压坏了。"听到一个女人的声音。另一边传来孩子的叫声。

"到你娘那儿去……"

"那你怎么样？难道只你一个要去吗？"

"什么都会弄明白的。好吧，让我们到他们那儿去！真见鬼，真见鬼！"

这是叶密良在叫嚷。他使劲摆动强壮宽阔的肩膀，撑起臂肘，竭力分开人群往前挤，但并不清楚为的是什么——因为大家都在往前挤，所以他觉得他也一定要往前挤。他后面和两边都是人，大家都在往他身上挤，前面的人自己没有动，也不让人往前走。大家都在大声叫嚷，呻吟，哼哼。叶密良不作声，他咬咬强壮的牙，皱起眉头，没泄气，没脱力，一直把他们向前推，虽然很慢，但在移动。突然人群波动起来，在一阵均匀的移动之后所有的人都向前拥，向右拥。叶密良往那儿瞧了一眼，看见飞过一个东西，又是一个，再是一个，落在人群里。他弄不懂这是什么，但有人在他旁边叫道："该死的东西，往老百姓头上扔。"

在一袋袋礼物扔到的地方，听见了哭声、笑声、叫声和呻吟声。

叶密良腰被人狠狠地撞了一下，他变得越发沮丧和愤怒了。但他还没来得及平静下来，又有人踩了一下他的脚。他那件新的夹大衣在什么上面挂住，撕破了。他一肚子气，使尽全力挡住前面的人，把他们往前推。但这时发生了一个他无法理解的情景。前面，除了人们的脊背外，他本来什么也看不见，但这时他的前面突然豁然开朗。他看见了许多帐篷，那些应该分发礼物的帐篷。他高兴了，但这只是刹那的事，因为他立刻明白前面所发生的事：前面之所以豁然开朗，是因为人们走到了一堵巨大的土墙前面，前面的人有的用脚支持着，有的像猫一样弓起身子倒在土墙上。而他也倒在那上面，倒在人群上面。他自己往人们身上倒，而后面的人则往他身上倒。这时他第一次感到恐惧。他倒下了。一个身披毯子的女人倒在他身上。他想摆脱她，想往回走，但后面的人挤过来，他已没有力气。他往前挤，脚踩在一块柔软的东西上面，踩在人们的身上。人家抓住他的两脚，大声嚷嚷。他什么也没看见，什么也没听见，一直踩着人们往前挤。

"弟兄们，给你们表，是金表！弟兄们，救救命！"他旁边有个人叫道。

"现在谁还顾得上表。"叶密良想，向土墙另一边挤去。他心里有两种感觉，两种都很痛苦：一是替自己担心，替自己的生命担心；二是憎恨所有这些挤他的疯狂的人。不过，他一开始就追求的目标——走到帐篷那儿，领一袋礼物和里面的彩票——始终吸引着他。

帐篷就在前面，也看得见分发礼物的人，听得见那些接近帐篷的人的叫喊声，还听见前面一群挤断木板过道的断裂声。叶密良使劲往前挤，他离帐篷已不到二十步。这时他突然听见脚下，更确切地说两脚中间，一个孩子的叫声和哭声。叶密良往脚下一看：一个没戴帽子的男孩，身上只穿一件撕破的衬衫，仰天躺在地上，不停地叫嚷着抱住他的两腿。叶密良心里顿时冒起了一种感情。他不再替自己担心，也不再恨别人。他可怜起孩子来。他弯下身，拦腰抱住他，但后面的人拼命往他身上压，他差点儿摔倒，他手一松，孩子掉了下去，但他立刻又使出全身的力气把他抱起来放到肩上。后面挤的人稍微轻一点儿，叶密良就把孩子拖起来。

"把他抱到这儿来！"一个紧跟在叶密良身边的马车夫大声叫道。他接过孩子，把他举过人群头上。

"从人群头上跑过去。"

叶密良回过头看见那孩子忽而钻到人丛里，忽而爬到人群头上，踩着他们的肩膀和头，越走越远。

叶密良继续移动。他不能不移动，但此刻他已不再关心礼物，也不想走到帐篷那里去。当他往土墙走去时，他想看那男孩，想着亚沙往哪儿去了，想着那些他所看见的被压倒的人。走到帐篷那儿，他领到一袋礼物和一杯酒，但这已不再使他高兴。最初一瞬间也感到高兴，因为这里不再拥挤，可以自由地呼吸和活动。但他马上就不再高兴了，因为他看到了这里的景象。他看见一个穿撕破的条纹布连衣裙的女人，她披着一头淡褐色长发，脚上穿着一双有纽扣的靴子。她仰天躺着，穿靴子的脚往上翘着。一只手横在草地上，另一只手指弯曲放在乳房下面的地方。她的脸不是苍白，而是白里透青。这种脸色只有死人才有。这个女人是第一个被压死的人，被扔在这里土墙外面，就在皇宫前面。

叶密良看见她的时候，她旁边站着两个警察，警官在吩咐他们什么。这当儿，有几名哥萨克骑马过来，一个长官在命令他们做什么事。他们向叶密良和站在这儿的其他人跑去，把他们赶回人群。

叶密良又落到人群中间，又很拥挤，而且比原来更拥挤。又是妇女儿童的叫喊和呻吟，又是一批人践踏另一批人，而且无法不践踏。但叶密良此刻既不替自己担心，也不怨恨那些挤压他的人，他只有一个愿望：走开，脱身，定定神，抽抽烟，喝点儿酒。他很想抽烟，喝酒。他终于达到了目的：挤到空旷的地方，抽烟，喝酒。

但阿列克和黎娜的情况就完全不同。他们漫无目的地在坐成一圈的人群中间走着，跟妇女儿童交谈。突然所有的人都向帐篷冲去，因为传说分发礼物的人不按规定在分发礼物。没等黎娜回头看一下，她和阿列克已被人群冲散，人群不知把他挤到什么地方。她感到胆战心惊。她竭力不作声，但是办不到。她大声叫喊，要求留情。但没有人理会，她被挤得越来越厉害，衣服撕破了，帽子落掉了。她蒙蒙眬眬地觉得她那只带链子的表被人抢走。她是一个强壮的姑娘，本来还能支持，但心中十分恐惧，她吓得喘不过气来。她的衣服被撕破，身体受到挤压，她好容易勉强支持住；但在哥萨克冲向人群要把他们驱散的时候，黎娜绝望了，一绝望身体就发软，她感到一阵眩晕。她倒下来，什么也不记得了。

她清醒过来时，仰卧在草地上。一个类似工人的人，留着大胡子，穿着一件破外套，跪在她面前，用水喷着她的脸。她一睁开眼睛，这人就画了个十字，吐了口口水。这是叶密良。

"我在哪儿？ 您是谁？"

"在霍登广场。我是谁？ 我是人。我也被挤坏了。我们什么都忍受得了。"叶密良说。

"这是什么呀？"黎娜指指自己肚子上的铜币问。

"这是说老百姓以为你死了，要埋葬了。可我一看，知道你还活

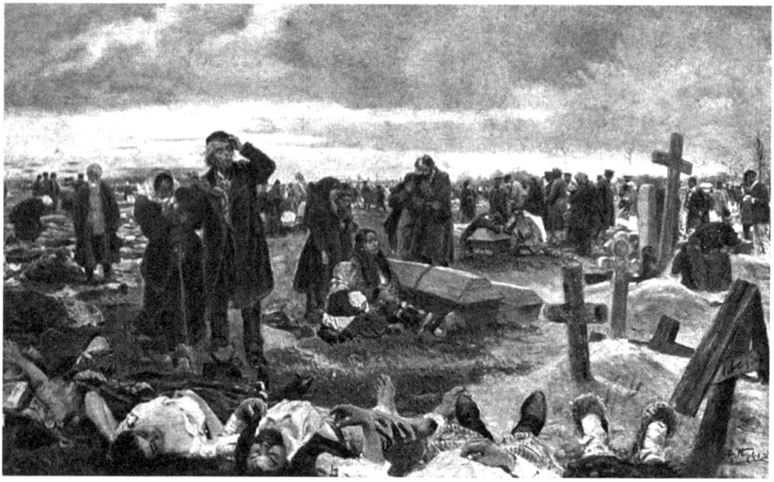

着。我就用水浇你。"

黎娜对自己浑身上下看了一下,看见她全身都被踩坏,胸部一半露着。她感到害臊。叶密良明白她的意思,把她的身子盖住。

"不要紧,小姐,你能活下去的。"

人们走过来,一个警察也走过来。黎娜支起身坐起来,她说明她是谁的女儿,住在哪儿。叶密良就去找马车。

当叶密良雇到马车回来时,周围已聚集了很多人。黎娜站起来,人家要扶她上车,但她自己坐到马车上。她只为自己那副蓬头散发的狼狈相感到羞耻。

"那么,你哥哥在哪儿啊?"走近来的女人中的一个问黎娜。

"我不知道,我不知道。"黎娜绝望地说。(黎娜回家后才知道,当他们开始受到挤压的时候,阿列克就从人群中脱身出来,没受到丝毫伤害回到家里。)

"喏,就是他救了我,"黎娜说,"要不是他,真不知会出什么事。您叫什么名字?"她问叶密良。

"我吗?问我做什么。"

"要知道公爵小姐她……"一个女人告诉他说,"很——有——钱。"

"您同我一起去见见我父亲。他会报答您的。"

这当儿,叶密良心里忽然涌起一股强烈的感情,他甚至不愿拿二十万卢布的彩票去换取这种感情。

"还用得着吗?不,小姐,您走您的。还用得着谢吗?"

"不行,我过意不去。"

"再见,小姐,上帝保佑你。只是别把我的夹大衣带走。"

他露出雪白的牙齿快速地微微一笑,这笑容黎娜在一生最痛苦的时刻想起都会感到欣慰。

叶密良一回想到霍登广场和这位小姐,以及同她的最后一次谈话,他便感受到一种超越现实生活的更大的快乐。

一九一〇年

КОНЕЦЪ.

草婴
（1923−2015）

原名盛峻峰，俄语文学翻译家。